MR. C 后窗文库

LOVE YOU DEAD

夺命之爱

[英国]
彼得 · 詹姆斯
著
Peter James

任爱红
译

译林出版社

图书在版编目（CIP）数据

夺命之爱 /（美）彼得・詹姆斯 (Peter James) 著；任爱红译．—南京：译林出版社，2022.6
（后窗文库）
书名原文：Love You Dead
ISBN 978-7-5447-9066-6

Ⅰ.①夺… Ⅱ.①彼… ②任… Ⅲ.①长篇小说－美国－现代 Ⅳ.①I712.45

中国版本图书馆 CIP 数据核字（2022）第 025279 号

夺命之爱 〔英国〕彼得・詹姆斯 / 著 任爱红 / 译

责任编辑 祖朝志
装帧设计 任凌云
校　　对 戴小娥
责任印制 单　莉

原文出版 Macmillan
出版发行 译林出版社
地　　址 南京市湖南路 1 号 A 楼
邮　　箱 yilin@yilin.com
网　　址 www.yilin.com
市场热线 025-86633278
排　　版 南京展望文化发展有限公司
印　　刷 江苏凤凰通达印刷有限公司
开　　本 880 毫米 ×1230 毫米 1/32
印　　张 15.5
版　　次 2022 年 6 月第 1 版
印　　次 2022 年 6 月第 1 次印刷
书　　号 ISBN 978-7-5447-9066-6
定　　价 78.00 元

第1章　2月10日，星期二

一对恋人从酒店客房的窗户向外看，开心地笑着，但两人笑的原因却不同。

预报了近一周的大雪终于在一夜之间来了，直到今天早上雪花还在漫天飞舞。几辆汽车沿着狭窄的山路蜿蜒爬行，防滑链嘎嘎作响，而停在酒店外面的汽车，现在都成了一个个大白墩。

法国滑雪胜地库尔舍维勒的每个人都放下心来——度假村经营者，酒店经理，餐馆老板，季节工，滑雪用品租赁店，电梯公司，以及所有依赖滑雪季谋生的人。当然，最重要的还是来参加冬季运动的游客。那些为一年珍贵的几天花费不菲的滑雪者，现在终于可以指望有绝佳的滑雪条件了。

酒店滑雪更衣室门外，当乔迪·本特利和她年长的美国未婚夫沃尔特踏上滑雪板时，雪花飘下来，落在他们的头盔和滑雪镜下面裸露的脸上。

虽然经验丰富，酷爱滑雪，但此次是这位金融家第一次来欧洲滑雪。一周以来，他一直依靠比他年轻很多的未婚妻的指导。她似乎对该滑雪胜地了如指掌。

能见度很低，他们小心翼翼地滑到酒店下面的缆车站，穿过电子旋转门，加入等待的队伍中。几分钟后，他们紧抓滑雪杖，被宽大的缆车载着向前飞去。

缆车七分钟就到达了目的地。刚下缆车，就有一阵狂风吹来，但乔迪没停留片刻。她在前面带路，先是沿容易滑行的绿色雪道，接着沿蓝色雪道，朝滑雪场的中心缆车站克鲁瓦塞特滑去。

他们卸下滑雪板，沿坡道来到缆车站。一辆八人座红色缆车缓缓驶来，沃尔特先将两人的滑雪板插进缆车外面的放置处，然后随乔迪步入车厢。他们坐下，将滑雪镜推了上去。很快一对夫妻也跟了进来。就在缆车门关上之前，一个50多岁的矮个子男人箭步冲入车厢，身穿时髦的蜘蛛牌滑雪服，头上花哨的皮头盔自带反光滑雪镜。

“你们好！”他用蹩脚的法语说，随后改用英语，“不介意我加入你们吧？”他在他们对面刚坐下，缆车就开始摇摇晃晃向前驶去。

“一点也不介意。”沃尔特用英语回答。

乔迪礼貌地笑了笑。那对夫妻忙着用手机发短信，什么也没说。

“啊，太好啦，你会说英语！”男人摘下头盔，抓了抓秃头，“美国人？”他又摘下手套，从口袋里取出一张纸巾，开始擦眼镜。

“我来自美国加利福尼亚，但未婚妻是英国人。”沃尔特友好地说。

“好极了！天气真糟糕，但为了山顶的粉雪死也值得。”男人说。

乔迪再次礼貌地笑了笑，“你从哪里来？”

“英国布赖顿。”男人回答。

“天哪！这么巧！我也是！”乔迪说。

“世界真小。”他咕哝道，突然看上去不太自在。

“那你从事什么行业？”沃尔特问他。

“医学界。刚刚退休，搬到了法国。你呢？”

“我是干投资信托的。”沃尔特答道。

“我是一名法律秘书。”乔迪说。

缆车在狂风下摇摆着往上爬去，这里是暴雪，能见度也越来越低。沃尔特用胳膊搂住乔迪，“也许我们今天早上不应该上得太高，亲爱的，山顶上风会很大。”

“那儿的雪会很棒，”她说，“而且这么早上面不会有太多人。有些雪道真的很好，相信我！”

“好吧。”他将信将疑，透过模糊的玻璃向外看。

“哦，那绝对是。”英国人说，“你要相信这位美丽的年轻女士，而且天气预报也说天气会越来越好！”缆车到了第一站停下，他礼貌地等待他们先下车。“很高兴遇到你们，”他说，“再见。”

那对夫妻留在了缆车上，仍在发短信。

沃尔特扛着滑雪板，两人吃力地走到相距不远的缆车处。通常缆车里像沙丁鱼一样挤满了前来滑雪的客人，但今天早上巨大的车厢里四分之三都是空的。除了他俩，里面只有几个铁杆滑雪爱好者。沃尔特抬了抬滑雪镜，朝乔迪笑了笑。她也抬起滑雪镜，冲他微笑。

他摘下一只手套，夹在滑雪板中间，接着从胸前口袋里掏出一根巧克力棒，递给乔迪。

“我不要，谢谢，早饭吃多了，还很撑呢！”

“你几乎没吃什么东西！”他掰下一块，把巧克力棒放回口袋，拉上拉链，边咀嚼边焦急地向外看。缆车在风中摇摆，突然剧烈晃动起来，引来一阵尖叫。他又用胳膊搂住乔迪，“也许我们应该到山顶喝杯咖啡，等着能见度变好？”

“我们先去滑上几道吧，亲爱的，”她回答，“在其他滑雪者破坏之前先去找些新鲜的雪。”

“好吧。”他耸耸肩，又盯着她看了一会儿，“太不可思议了。戴上头盔和滑雪镜还很美的人不多，但你就是这样。”

“你是我帅气的王子，全身上下都是！”她说。

他试图吻她，但他的头盔顶部碰到了她的滑雪镜。她咯咯笑着，靠近他，低声道：“这里还有其他人，真是太糟糕了。”说完，她用一只戴着手套的手朝他裆部摸了过去。

他扭动着，“天哪，你正让我欲火焚身！”

“你可一直都让我欲火焚身。”

他咧嘴笑了。很快，他又面带严肃，露出紧张的神情。外面的暴风雪更猛烈了，缆车也摇晃得更厉害了，差点让他失去平衡。“你带手机了吗，亲爱的？”他问。

“带了。”

“你知道——只是以防万一，万一我们俩在暴风雪中走散了。”

“不会的。”她倒是很自信。

他摸了摸胸前口袋，不禁皱起眉头。“哎呀，”他说，又把滑雪夹克的口袋摸了个遍，“真不敢相信，太蠢了。我肯定是把手机落在客房里了。”

“我看见你把手机放进右上方口袋了，就在我们出发之前。”她肯定地说。

他又检查了一遍，并查看了裤子口袋，“该死，一定是丢了，也许是在踏上滑雪板的时候丢的。”

“我们会靠得很近。万一分开了，B计划是我们滑雪回到克鲁瓦塞特，在那里碰头。只要按照指示牌走就行，一路上都有。”

“也许我们应该直接滑下去，看看手机是不是就躺在酒店外面的雪地上。”

“如果是的话，会被人捡到，亲爱的。”

“我们最好回去，我需要它。下午我还有几个重要的电话要打。”

“好吧，”她说，“我们会很快滑下去！”

五分钟后，缆车缓缓降落，最后停了下来。车厢门打开，他们迈步走出去，脚上穿着沉重的滑雪靴。

他们沿路前行，小心翼翼地下了台阶，走进凶猛的暴风雪中。几英尺远的地方都很难看清，前方的那群人都低头夹着滑雪板，看上去像阴影的轮廓。

他们在一个被积雪覆盖的标志旁边站住。沃尔特将两人的滑雪板放在地上，踢掉靴子底下的冰，又用滑雪杖敲打，以确保没有积雪粘在上面，然后固定在滑雪板上系好。

乔迪说：“等等，亲爱的，我擦一下滑雪镜。”

沃尔特等着，尽可能背风而立。乔迪拉开口袋拉链，掏出一张纸巾，把眼镜两面擦了擦。

“太可怕了！”他不得不大声喊叫，以让对方听见。

“我们几乎到了这一带的最高点，”她说，“一旦离开这道山脊，风就吹不到我们了！”

“希望你说得对！也许我们应该先从容易点的开始——是不是有条往下的蓝色雪道？能见度这么低，我可不想接受什么挑战！”

“有一条雪道很不错。刚开始的时候有个地方稍微陡峭点，但是一路上极好。那可是我最喜欢的雪道！”乔迪又戴上手套，接着踏上滑雪板。此时他看见最后一个阴影轮廓消失。

“准备好了吗？”她问。

“嗯。”

她朝右侧指了指，“我们走这边。”

“你确定吗？其他人都上那边了。”他朝同坐缆车的其他人行进的方向指了指。

“你想去滑高难度的黑道还是简单的蓝道？”

“蓝道！”他语气很肯定。

“那群疯子都去滑黑道了。”她扭头瞥了一眼，只见缆车正驶出车站原路返回。下一批滑雪客人被运送过来还得再等15分钟。现在，这里只剩下他们两人。

“蓝道？”她说，“你确定吗？我相信你能在黑道上滑。”

“这种能见度不行。”

“那我们走这条路。”她说。

“我没看到什么指示牌。这里肯定有路标吧？”

她用滑雪杖将新飘下的雪从地面上刮去，不一会儿，露出了下面结冰的雪道，“看见了吧？”

他仔细瞧了瞧。前方几码远都是雪道，直到消失在飞舞旋转的白色暴雪中。他终于放下心，笑道：“真聪明！我跟在你后面吧。”

“不，你在前面。万一你跌倒了，我可以帮你。最初50码有点陡，后面滑道就平了。膝盖弯曲，撑住身体，放松就行！”她紧张地瞥了一下四周，以确保没有人在看他们。

“好的！”他突然兴致勃发，“开始喽！悠——哈！”他撑起滑雪杖向前飞去，就像赛车手驶出起跑线。

但他的声音突然变成了可怕的尖叫，只持续了短暂的一秒钟，便被狂风吞噬。

然后是寂静。

乔迪转过身，朝其他滑雪者前进的方向滑去。风雪刺痛了脸颊，她也全然不顾。

第2章　2月10日，星期二

按照她与沃尔特万一走散该如何行动的事先约定，乔迪滑到克鲁瓦塞特，在滑雪学校入口前等待。

这里比索利尔山顶暖和多了。正如缆车上的那个英国人所预测，现在天气果然好转了。雪花变成了雨夹雪，太阳正要刺破云层。在去往山顶途中乘坐的两辆缆车上，他们并没有引起什么人的注意，倒是和那个英国人说了几句话。

她摘下头盔，心想，这样的话，就有人能为她作证了。那个来自布赖顿的英国人能证实她和沃尔特在能见度不佳的情况下一起去滑雪。真遗憾，她竟然忘了问他的名字。

她看了眼手表，估摸着等待多久才合适。一小时吧，她最后决定。一小时就很合理，之后她想去酒吧，来一杯热腾腾的咖啡，喝一瓶高浓度白兰地，或者两瓶，放松一下紧张的神经。找个地方坐坐，仔细规划一下她的说辞。

她再次看了眼手表，上午11点05分。此时天气转晴，更多滑雪者正纷纷离开酒店和小木屋，进入缆车站。突然，一个白痴像失控的汽车一样冲过来，脚上的滑雪板碾过她的滑雪板。他紧紧抓住她，以免两人都摔倒。

“非常抱歉！请原谅！”他的道歉和动作一样笨拙。

“白痴。”她说，抽身而出。

“没必要这么粗鲁吧。”

“我好端端站在这儿，你撞到我身上，还想让我怎么样？跳个舞吗？”

她说完匆忙离开，继续盯着雪道斜坡，看看每个身穿黑夹克黑裤子的人是不是她的未婚夫。并非期望见到他，但她依然盯着，同时准备好了说辞，不管有多么不可能，以防万一他出现。

一个半小时后，乔迪走出酒吧，戴上名牌毛皮衬里手套，扛起滑雪板，沿着陡坡朝酒店费力走去。头顶上传来直升机嗡嗡的轰鸣声，她抬头仰望。也许直升机要拉着一群人去滑雪场以外的地方滑雪，又或许去处理什么紧急事务。

难道他的尸体被发现了？比她预计的早了些。该死的天气预报，她本指望暴雪能再持续一段时间。但不要紧。

为掩盖酒精味，她含了一片薄荷味口香糖，将滑雪板和滑雪杖放在滑雪商店入口的架子上，走了进去。一面墙上摆着一排排崭新的滑雪板，另一面墙上是头盔，周围摆着几个人体模型，都穿着最新款式的滑雪服。

店主西蒙·普莱斯是个年轻英俊的法国人，他们的滑雪板就是从他这儿租的。见她进来，西蒙笑盈盈地上前欢迎，并用一口迷人的法国口音说：“你没去滑雪？现在可是几周来山上滑雪条件最佳的时候，我想今天下午会阳光明媚。”

“我找不到未婚夫了。我们上去时，山顶上暴风雪肆虐。我不喜欢一个人滑雪。我太蠢，把手机落在客房里了。我得打电话找他。这里就这点不好，太大了。”

他帮她脱下靴子，“滑雪板你还喜欢吗？”

“挺不错。”

“斯道克林滑雪板，滑雪板中的劳斯莱斯。”

“它们没有配备司机真是太糟糕了。”她说，来到走廊上，留下一脸困惑的法国人。

她从酒店前台拿了钥匙，告诉接待员她跟未婚夫在滑雪时走散了，现在很担心，因为她在底下等了一个小时，他还没有出现。她补充说，他滑雪经验丰富，她确定他会没事。她请求接待员，如果见到沃尔特，麻烦转告他，如果她不在客房，就去水疗会所找她。交代完后，她乘电梯到了三楼。

房间已经有人来打扫过，看上去很整洁，空气中弥漫着一股淡淡的松香味，沁人心脾。她从内衣架后面取出手机，拨打沃尔特的号码。

她听见沃尔特的手机嗡嗡振动，接着响了起来。她挂掉电话，从抽屉的一堆衣服下面取出他的手机——她事先藏在那儿的——把它放在桌上他的笔记本电脑旁边。然后，她脱下湿夹克，挂在散热器上，将口香糖吐进垃圾桶，在蓬松的羽绒被上坐下，开始开动脑筋。

到目前为止一切还算顺利。她觉得有点饿，那一大瓶烈性酒让她晕晕乎乎的。现在她有了一个证人，能证明她和未婚夫一起去了山顶。滑雪商店还有另一个证人，能证明两人在暴风雪中走散，而她独自一人返回酒店取手机。至于索利尔山顶发生了什么，并没有什么目击证人。

他们订婚时，沃尔特告诉她，他已经把她写进了他的遗嘱。他可真好。

楼下有个不错的水疗会所，配备了游泳池。她会查看一下电子邮件，去餐厅吃顿午餐，然后再去问问前台接待员。之后，如果没有新的进展，她会在水疗会所度过轻松的一下午，也许做个按摩。缆车停运一个小时后，即下午5点30分左右，她会回到前台接待处，再次表达对未婚夫没能回来的担忧，问问他们能否跟警察和诊所取得联系。

就像任何一个焦急的爱人都会做的那样。

她对自己非常满意。

第3章　2月10日，星期二

英国布赖顿，在理疗师安妮塔·莱恩的小诊疗室，当罗伊·格雷斯从理疗台上下来时，他对自己也感到很满意。他盼望着星期六的到来，那天是情人节。他已经在他和妻子克莉奥最喜欢的英格利餐厅预订了位子。对于要吃什么，他早已满怀期待。基尔帕特里克牡蛎，和培根一块烤，再来点龙虾或多佛比目鱼——配上豌豆泥。先来一杯香槟，再来一瓶普伊富塞勃艮第白葡萄酒——这是他的最爱，要是他能买得起的话。

在亨菲尔德郊区买了一座乡间别墅后，他们已经捉襟见肘，但仍然会留出一小部分钱，在特殊场合下犒赏一下对方，而情人节就是其中之一。他们已经跟家人和朋友举行了一场温馨的乔迁派对，他很高兴他的妹妹和克莉奥的妹妹查莉成了好朋友。他的前妻桑迪没有兄弟姐妹，她的父母性情古怪，与他们的关系总是很紧张。所以现在的状况真是令人欣慰。

“就这样吧！”安妮塔·莱恩说，“理疗到此结束！我想你不用再来了，除非腿又疼了，那样的话你再打电话给我。”

“谢谢，”他说，“真是太好了！”

去年圣诞节前，皇家苏塞克斯郡医院的外科医生从他的右腿取出11粒霰弹枪子弹，从今年1月初开始，他每周都来这里两次进行康复治疗。在霍夫抓捕一个连环杀手嫌疑犯时，他被对方近距离开枪射中。外科医生告诉他，他能保住腿已算万幸。

康复过程真是令人万分痛苦。多处神经受损，让他感到腿部火烧火燎，夜间多次被疼醒。在治疗期间，他坚持按照理疗师制订的方案进行锻炼，最终疼痛减轻，他渐渐也能下地活动了。

“再坚持锻炼几周。”她说。

“再有多久我就能跑了，安妮塔？”

“现在就可以了，但慢慢来。别去尝试跑马拉松，好吗？”

“不会的！”

“要是再疼痛，直接回来找我。这是命令！”

“你可真霸道，不是吗？”他笑了。

“我觉得你太心急了。你的腿受伤很严重，现在虽然不用拄拐杖了，但这并不意味着你可以任性。明白了吗？”

“明白！”

“先别去和什么坏蛋打斗。”

“我是一名警司，不和犯罪嫌疑人打架。”

“那么，作为一名警司，就意味着你只能被坏人开枪打伤？”

“好吧，希望这只是偶然。”他做了个鬼脸，跟她握了握手，到接待员那里付了账，把收据放进钱包。在执行公务期间受伤产生的治疗费将从警察基金里报销。

20分钟后，当重新回到警局时，他感到一个时代结束了。虽然有时能做到不墨守成规，但从根本上说，罗伊·格雷斯是个按部就班的人。他不喜欢变化，改变总是让他感到不安。由于政府对警务预算大幅削减，警局已经发生了很多巨大变化，而且变化仍在继续。

对士气的影响更是显而易见。10年前，他可以保证，警局里几乎每个人都热爱自己的工作。而现在，太多的人尚未退休便选择离去，因为他们看不到晋升的希望，受不了职业生涯途中养老金被砍，厌倦了因担心狂热分子报复而如履薄冰的生活。如今的警察不敢畅所欲言，随便开玩笑。然而，根据多年从警的经验，格雷斯十分清楚，正是警察那种著名的“绞刑架下的幽默”，才使他们能够从容应对各种案发现场的惨状。

他依然热爱本职工作，只是尽量不让自己受到负面东西的影响。不过有些时候，尤其是1月份在身体康复阶段，从警20年的他也开始考虑何去何从。但在内心深处，他知道不管发生多少变化，都没有什么能比侦破凶杀案更让他开心的了。

现在，这幢大楼还在发生另一重大变化。在重案组与萨里警局合并之前，这座装饰艺术风格的两层楼建筑是刑事调查局总部，也是他过去10年的大本营。它曾经热闹非凡，警探、罪案现场执法官、法医部门、指纹鉴定科、影像科和高科技犯罪科均在此驻扎，很多凶杀案和重大罪案也在此告破。

但是，由于政府对全国警局的预算进行了残忍削减，再过几个月这里将人去楼空。

影像科已经搬到了萨里。不久，高科技犯罪科将搬到布赖顿以北几英里的海沃兹希思。虽然还没有得到最终确认，但有传言说他们重案组分部将迁至位于路易斯的苏塞克斯警察总部。

和这儿的大多数警察和后勤服务人员一样，他从没有真正喜欢过这幢大楼。大楼位于城市边缘的一个工业园区，没有食堂，暖气和空调系统形同虚设。对于即将搬走，他应该感到高兴才是。但现在，面对逐渐门可罗雀的景象，他又有些恋恋不舍。

他关上办公室的门，走到办公桌后面坐下，向窗外看去。外面正下着毛毛细雨，他望着马路对面的阿斯达超市，那是他们充当餐厅的地方，想着再过几周克莉奥就将迎来她的第一个母亲节了。他要替儿子诺亚送她一份礼物。他的手机上有个礼物清单，上面列了要送给克莉奥的生日和圣诞节礼物，包括一对绿松石耳环和一支中性笔。他又在清单上添上"书"，提醒自己去书店买一本她想看的小说。

接下来他登录电脑终端，查看自从他理疗以来收到的电子期刊和电子邮件。他注意到一封邮件提到了苏塞克斯警局橄榄球队。这倒提醒他，需要为球队物色一名新队长了，因为现任队长被派往美国联邦调查局基地进行反恐训练了。他也很高兴地得知，他和克莉奥为新家订购的面包机正在派送途中。

他迅速写了几封回信，并把有关橄榄球队的电子邮件转发给业已退休的前总警司戴维·盖洛。接下来，他把注意力转回到那个案子，那个关于他的袭击者，爱德华·克里斯普医生的案子。

他瞥了一眼那名霍夫全科医生的照片。照片上克里斯普看上去扬扬自得，正面带微笑盯着他。

克里斯普共杀害了五个20岁出头的年轻女性，或者说，警方知道的有五个，而实际人数可能更多。警方把他堵在一个地下隧道，但是这个家伙在用霰弹枪打伤格雷斯的腿后，竟然在看似完全不可能的情况下逃脱了。他是如何办到的，无人知晓。一种猜测是，克里斯普在洞穴勘探方面经验丰富，堪称专家，他钻进了布赖顿-霍夫市错综复杂的下水道，最后从一个下水井盖钻了出来。

负责此段排水系统的南方水务公司最初坚定地认为，任何人钻进下水道都不可能存活下来。克里斯普就算未被淹死，最终也会进入过滤器，而任何大于1英寸的物体都不可能流经过滤器进入大海。然而，他们并未搜查到尸体。虽然可能性不大，但他们最后也极不情愿地承认，克里斯普有可能逃脱了。

有一点罗伊·格雷斯十分确定，那就是克里斯普极端狡猾。他的妻子桑德拉与其关系疏远，警方在对她仔细审讯后，断定她并非共犯。能离丈夫远远的，她终于可以安心了。事实令人难以置信，虽然是共同生活了多年的夫妻，她竟然对丈夫在自家豪宅隔壁废弃的房屋内所施的暴行一无所知，也不知道房屋隶属于丈夫创办的一家海外离岸公司。

就在最近，警方得到一些证据，克里斯普可能没有死。

在消失并被推定死亡几周后，他向罗伊的重案组发送了一封不怀好意的电子邮件。

电子邮件的来源显然无法追踪。它发自一个匿名Hotmail账户，可能来自世界上任何地方。而且，邮件也有可能是在几周前延迟发送的。

幸运的是，到目前为止，一切风平浪静，苏塞克斯没有凶杀案发生。这让罗伊·格雷斯有充分的自由时间，通过与欧洲、美国、澳大利亚、非洲和远东的警方取得联系，调查有关医生的任何蛛丝马迹。他还花了些时间联系上国际刑警组织的一名干事，确保有关克里斯普的细节及其照片传到世界各地。

克里斯普的作案对象是20多岁、留棕色长发的年轻女性。罗伊的办公桌上堆满了国内外符合该条件但尚未告破的凶杀案报告，他电脑的许多文件夹里也塞满了此类报告。

他仍然毫无头绪。全世界有200多个国家，而现在，留光头、戴大眼镜的爱德华·克里斯普医生可能躲在任何一个国家。或许他正坐在某家酒店房间里，扬扬得意地笑着。

“你到底在哪儿，你这个混蛋?”格雷斯恼火地说出声来。

“就在这里!”

他抬起头，惊讶地看到格伦·布兰森咧着嘴站在他面前。布兰森督察是格雷斯的同事，一个剃光头的黑大个，像座小山一样。

“你看上去不太开心啊。”布兰森说。

“是的。你知道为什么不开心吗？因为每次我刚要开心，就看见他妈的爱德华·克里斯普在朝我笑。”

“好吧，我有消息要告诉你。”

“说吧。”

布兰森探过身子，将一封电子邮件打印稿放到桌上。

看完后，格雷斯抬头看着布兰森，“该死。”

第4章　2月10日，星期二

快到傍晚6点时，躺在酒店房间床上的乔迪被直升机的轰鸣声吵醒。透过窗户，能看到外面天几乎全黑了。她感到口干舌燥，还有些头痛。

她喝了点水，走到桌旁，打开苹果笔记本电脑，输入密码，查看电子邮件。她的脸上立刻露出了微笑。他又来信了！

我最亲爱的乔迪：

读到这封信时，无论你在世界上哪个地方旅行，相信你都玩得很开心。很长时间以来，我一直被你发的信息弄得心痒痒的。昨天你发给我的照片非常非常性感，我很喜欢。我能感受到我们之间有着一种真正美妙的联系。非常盼望能见到你！你觉得什么时候可以呢？我已经搬进了布赖顿的海边新别墅，还有一些非常可爱的名人做邻居。请告诉我时间不会很长。

最爱你的罗利

她打字回复。

我非常性感的罗利：

我同意，虽然未曾谋面，我也强烈地感觉到我们神交已久。我很欣赏你的想法，真的！我很喜欢你的文字给我的感觉！我打算一结束在纽约（或者按别人教我的当地人发音，称呼它为“扭越”）的公务，就尽快返回布赖顿。每当想起你，我都想起以前读过的一位印度诗人写的美丽诗句：“爱情之路狭窄，不容两人并行，故需合二为一。”这就是我对我们之间关系的感觉。

她在签名后加上一排香吻符号，点击发送，然后小心地将他的电子邮件和她的回复放进一个名为“地方慈善”的文件夹中，该文件夹藏在标注“慈善”的大文件夹下。不知何故，沃尔特从未进过她的电脑。也不太可能，因为他并不精通电脑。

她关闭系统，合上电脑，静静地坐了几分钟，梳理事件全过程。她脱下从水疗会所那儿穿来的浴衣，换上毛衣和牛仔裤，把头发束好。她决定不化妆了，因为这样显得更苍白憔悴些。

她乘电梯下楼来到大厅，朝前台走去。走近时，她看到那儿站了一个年轻的金发男子，蓝色羊毛外套后面写着白色“警察”字样。

那个前台女接待员之前已与乔迪和沃尔特交谈过多次，此时她手里正拿着电话，见到乔迪便把电话放下。

她看上去很不安，“哦，本特利小姐，我正要给你房间打电话，”她指着金发男子，“克里斯托夫·谢米尔警官想跟你谈谈。”

“谈——谈什么？”乔迪朝警官转过身去，一脸焦虑。

他面带关切的微笑，用流利的英语说：“本特利小姐，能否跟你私下谈一谈？”

“当然可以。是关于我未婚夫沃尔特吗？我真的很担心他——今天早上我们分开去滑雪，山顶上下起了暴雪——我一整天都没见到他。他没什么事吧？我整个下午都在等他的消息，真的不知如何是好。”

接待员用法语对警官说：“要不你用一下我们的办公室？”

“好，很好，谢谢。”他用法语回答。

接待员带领他们来到柜台后面，进入一间小办公室，里面有两台电脑、几个文件柜、两把转椅，接着关上门出去了。

警官朝一把椅子指了指，乔迪极力露出一副虚弱和焦虑的神色，坐了上去，问道：“请告诉我，沃尔特没事，对吧？”

他拿出一个小记事本，看了看，“本特利小姐，你的未婚夫是叫沃尔特·克莱因吗？”

“是的。”

“你最后见到他是什么时候？”

她耸了耸肩，“今天上午10点左右。我们乘缆车到了索利尔山顶，当时能见度很差，但是他想滑新鲜的雪，所以急着早点上去。”

他将信将疑地看了她一眼，“你们俩滑雪技术都还行吧？”

“是的——他比我滑得好——他是滑雪高手——我心里

没底，因为我对这里不太熟。山顶上什么也看不清，但是听别人说，天气会好转。一些滑雪爱好者与我们乘坐了同一辆缆车。我看见他们都滑走了，觉得最好跟着他们。沃尔特让我先滑，万一我跌倒，他可以帮我，于是我就跟在别人身后出发了。他们滑得太快了，我没能追上，就停下来等沃尔特，但是一直没见他的人影。你们知道他在哪儿吗？我真担心他出事。请告诉我他没事。”她开始抽泣起来。

“我们只是想搞清楚事情的来龙去脉。”等她平静下来后，谢米尔警官说，“你未婚夫没有出现时，你都干了些什么呢？”

“我们约定好打电话给对方，如果电话打不通，就到克鲁瓦塞特去等，最后等不到就回酒店会合。后来我突然发现，我太蠢了，竟然忘了带手机，所以我就一路滑雪到克鲁瓦塞特。”她吸了吸鼻子，擦了擦眼睛。

“你等他了吗？”

“我等了一个小时。”

“你不担心吗？”

“那会儿没有。在暴风雪中本来就很容易走散，而他和我又来自不同的滑雪文化。”

“文化？”

她顿了顿，镇定一下情绪，“我很担心他。他总是到帕克城和阿斯彭等美国滑雪胜地去滑雪，那些地方一年四季都有粉雪。我不喜欢在能见度为零的情况下去滑雪，但他不管，只要有新鲜的粉雪就去。他知道我今天并不十分想出去，所以我猜他在找到不错的新鲜雪后就独自滑下去了，以为我会很乐意自己回去，游个泳，做个按摩。”

警官点点头，“本特利小姐，我很遗憾地告诉你，今天下午，有人在索利尔的陡峭山坡下发现了一具尸体。”

“哦，天哪，不！”她喊道，“不，不要，请不要！不，不，告诉我那不是沃尔特。请告诉我！”

“这个陡坡仅供跳滑翔伞使用——在此滑雪是不可能的——哪怕是滑雪专家。我们发现了这位先生的两张信用卡和缆车证，断定他是滑错了雪道。信用卡上的名字是沃尔特·克莱因。缆车证是由这家酒店发出的。”

“你能描述一下他的样子吗？”她问，眼泪顺着脸颊流下来。

“我并没有见到他。别人告诉我，他是一位绅士，70多岁，白发，个头很高，身材稍胖。”说完，他面带疑问地看着她。

她呜咽道：“哦，上帝！哦，上帝！哦，上帝！不要啊！”

“我很抱歉，但你能和我去辨认尸体吗？”

她把脸埋在胳膊里，好像彻底崩溃了。过了一会儿，她担心自己表演得太过火，才止住了声。

第5章　2月10日，星期二

罗伊·格雷斯本来希望能早点下班，好回家帮克莉奥给诺亚洗澡，给儿子读绘本故事，哄小家伙上床睡觉。可是他与格伦·布兰森一整天都没能离开办公室，一直在收发电子邮件，与驻法国里昂国际刑警办公室的伯纳德·维盖特警官通电话。他的桌上放着格伦早些时候带来的电子邮件打印稿，是里昂警局的一位警官发给“干草车行动”高级调查官的，该行动负责继续调查失踪的连环杀手嫌疑犯爱德华·克里斯普医生。

邮件上说，该市一名性工作者两天前深夜在红灯区上了一辆汽车，之后便失踪了。目睹此景的一名妓女犹豫再三后还是报了警。她瞥见了车内男子，长相酷似格雷斯通过国际刑警组织发送到世界各地照片上的克里斯普。她记下了一部分车牌号，该车与赫兹出租车公司的一辆汽车相匹配，最后还车的是一个名叫托尼·苏特的英国人。

这引起了格雷斯的兴趣，因为托尼·苏特是克里斯普在过去几年使用的众多别名之一。当然，这也可能是巧合。那名性工作者的长相是另一个巧合。她也20岁出头，留着棕色长发。

这与目前已知的女性受害者形象完全相符。

这辆车归还之后被清洗干净，租给了另一位顾客，法国警方目前正在紧急寻找它的去向。罗伊·格雷斯确认，那个名叫苏特的租车男子极有可能是他们要找的嫌疑人，为此，法国警方正努力获取出租车公司的监控视频，同时追查那名失踪妓女的下落。

“里昂那个地方可不小。”

“我去过那儿。”

“法国最大城市之一。”布兰森补充道。

“谢谢你教给我地理知识。”

“别客气。还有一条——《法国贩毒网》，吉恩·哈克曼主演的，还记得吗？”

“记得，为什么提这部电影？”

“这部电影的部分背景就设在马赛，法国第二大城市。”

“这个跟什么有关系吗？”

“没有。我只是想抓住每个机会好好教育你。电影结尾很棒。”

“你到底想告诉我什么？”

布兰森突然有些犹豫。“哦，是，对了，”他说，“我忘了。也许结尾没有那么高明。”

“也可以这样说，”格雷斯说，“除非你想向我释放什么信息？”

布兰森咧嘴笑了，举起双手，“没有。”

“那就好，因为电影里的坏蛋最后也漏网了。”

第6章　2月17日，星期二

在与法国官僚交涉一周之后，乔迪最终领回了未婚夫沃尔特·克莱因的遗体，护送他回纽约。她坐在头等舱喝着香槟，在乘务员看来，正像一个悲痛不已的情人从酒精中寻求安慰。沃尔特就不能这么高调了，只能躺在飞机尾部的货舱区。她在舒服地打盹时心想：平心而论，比起那些乘坐经济舱的可怜家伙们，他躺在棺材里，腿部空间可宽敞多了。

而且，平心而论，她在棺材上可没有精打细算，用的是顶级黄檀木。殡仪执事向她保证，阿尔卑斯山区任何地方都没有比这更好的棺材了。当然，看到价格时，她也知道没有比这价钱更贵的了。

整个航程中喝的一杯又一杯香槟仍然在体内翻腾，这让她排在长长的移民队伍中时，尽管头脑昏沉，心情仍然很愉快。入境处检查护照的移民官询问她造访的原因，她希望自己不要一身酒气，并努力在外表和声音上表现出适度的悲伤，“为了埋葬我的未婚夫。”

她拿好行李，进入到达大厅。一看见沃尔特的两个孩子，她立刻便想再喝上满满一杯酒。身材高大、神态严肃的唐，是他40岁的儿子；卡拉是他35岁的女儿，比哥哥热情得多。他们来机场迎接，完全是出于对已故父亲的尊重，而不是因为对这个可能成为他们继母的拜金女的关爱。

“卡拉，”乔迪用胳膊搂住她，“哦，我的天哪，太可怕，太可怕了。”她哭了起来。

“爸爸可是个滑雪高手，”唐冷冷地说，“他有多年的滑雪经验。他不会出错的。”

“当时下着暴雪，”乔迪抽泣着说，“什么都看不清。”

“爸爸不会出错的。”唐又重复了一句。

“我们会住在爸爸家里，直到葬礼结束，”卡拉说，“希望你没意见。”

“但我们觉得，你可能想独自一人待着，哀悼我们的父亲，也避开媒体的骚扰，因此我们给你预订了酒店房间。”唐说，“你看着办吧。”

“乔迪！”突然，她听到有人大喊她的名字。

她转过身，只见闪光灯一闪，接着传来照相机咔嚓咔嚓的声音。又是一声喊，她朝右瞥了一眼，闪光灯又是一阵闪烁。接着又一阵。

十几个摄影记者竞相高喊着她的名字。

“乔迪，你了解沃尔特吗？”

“你对沃尔特的财务状况了解多少？”

乔迪是六个多月前在拉斯维加斯的百乐宫酒店认识沃尔

特的。在酒店一间允许吸烟的酒吧，当时他正独自一人坐在桌前，喝着马提尼酒，手拿一支雪茄。她与他就隔几张桌子，边抽烟边喝着玛格丽特酒，盯着每一个可能上钩的男人。这是该市最贵的酒店之一，能在这儿入住或只是进来喝一杯的客人非富即贵。

她前一天刚从布赖顿赶来，到此稍事休息，玩几把大赌注21点纸牌，顺便物色一个新男人。一个可爱、孤独、上了年纪的男人。会有人对她投来的目光表示感激。但是，最重要的是，这人要有钱。非常有钱。

如她在高端约会机构上登记个人资料一样，此次旅行也是一次投资。

似乎这次旅行她的运气比期望的来得更早些。难道第一天就要赢大奖?

他身材偏胖，肌肉松弛，一头浓密的银发，上身穿黄色古驰羊毛衫，里面是一件带金色纽扣的衬衫，脚蹬一双蓝色山羊皮休闲鞋。她猜他75岁左右。

他看上去很是孤独。

也很悲伤。

而且手指上并未戴婚戒。

此时他正弓背盯着手机屏幕。是在看华尔街股票价格吗？过了一会儿，他放下手机，吃掉马提尼酒中的橄榄，将酒一饮而尽，随即示意服务生再来一杯。接着他抽了一口雪茄——从上面黑黄相间的标签，她能认出他抽的是高希霸雪茄。

她夹起香烟，盯着他看。烟雾缕缕升起。过了一会儿，他终于抬起头，接住了她的目光。她对他微笑。他微微点头以示友好，然后眨了眨厚眼皮，继续低头看手机。

她马上捻灭香烟，拿起酒杯和包，朝他的桌子走去。她身穿名牌丝绸连衣裙，脚蹬红色周仰杰高跟鞋，落落大方地在他对面坐下，用优雅的英式口音说："你看上去很孤独，和我一样。"

"是吗？"

他抬起头，面带忧伤地盯着她。她举起酒杯，"干杯！"

就在此时，殷勤的服务生又为他端来一杯马提尼。他举起酒杯，两人的酒杯碰在一起，叮当作响。"干杯。"他有点犹豫地说，好像有点担心自己被一个妓女勾搭上了。

"乔迪·本特利，"她说，"来自英国布赖顿。"

"沃尔特·克莱因。"他放下酒杯，双臂交叉。

她故意学他的样子，也放下酒杯，双臂交叉。"是什么事让你来到拉斯维加斯？"她问。

"你想听我简要介绍，还是说上整整三小时？"

她笑了，"反正我也不急着赶火车，所以只要有冰淇淋、爆米花和酒，你尽管慢慢道来。"

他也笑了，"哦，好吧，我来这里是为了忘记。"他分开双臂，手垂下来放在大腿两侧。她也马上做了同样的动作，不过这次没那么显眼。

"为了忘记？"

"我又经历了一场糟糕的离婚。两段婚姻44年了。"他耸耸肩，厚厚的眼皮耷拉下来，接着又像剧院的帷幕一样，再次抬起。

她又一次学他的样子，“44年——你看上去可没那么老！难道你十几岁就结婚了？”

“你真是太抬举我了！我可比你想象的老多了。你觉得我年龄多大？”

“55岁？”

“你可真好。我喜欢你可爱的英国口音！”

“啊，那就‘蟹蟹’啦！”她用更加夸张的口音说，“好吧，57岁？”

“77还差不多。”

“不可能！”

“真的。”

“你看起来要年轻20岁！你肯定很注重保养。”

他举起雪茄，朝那杯马提尼酒点点头，“这些东西给了我养料。只是开个玩笑！是的，我每天都锻炼身体。经常打网球，冬天喜欢去滑雪。”

“我也喜欢运动，”她说，“在英国我还是一家健身俱乐部的会员。而且一有机会我也去滑雪。你喜欢去哪儿滑雪？”

“主要是阿斯彭、怀俄明州的杰克逊霍尔，还有犹他州的帕克城。”

“你不是开玩笑吧？那些都是我一直想去的度假胜地，特别是阿斯彭。”她打开手提包，取出香烟盒，抽出一支，再次模仿他把烟举起来。

“你知道，我最想去的地方就是法国的库尔舍维勒了！”

“那可是全世界最棒的滑雪胜地。”她说。

“你很了解那儿，是吗？”

“很熟悉。”

“这么说也许我应该带你去那里？”

“今晚吗？”

他扬起眉毛，“如果你乐意的话。”他看了眼手表，“好吧，现在是晚上8点30分，法国——如果我没弄错的话——比这儿早九个小时，所以那儿是早上5点30分。如果我现在租一架喷气式飞机，那么我们明天晚上就可以到那儿吃晚餐了。”

“只有一个问题。”她说。

“什么问题？”

“现在是8月，那儿还没有雪！”

“说得没错。”

“不如我们一起在这儿吃晚餐怎么样？”她建议道。

“这就意味着我的晚餐计划取消了。”他说。

“什么计划？”

“20世纪50年代，那时你还没出生，你们国家一位著名美食家说过，‘享用晚餐的最佳人数是两个——我自己和一名优秀的服务生。’”

“我不确定该不该完全同意你的说法。”她调皮地看着他，“这么说你本来计划独自用餐喽？”

“对。”

“我以前在餐馆做过服务生，”她说，“那会儿我还是学生。”

“真的吗？”

“不过时间不长。我误把一位客人价格不菲的酒倒进水杯里了，水杯里还有水。”

他笑了，“希望餐馆老板没扣你工资。”

“很幸运，没有。不过我被炒了鱿鱼。”她也笑了，接着问道，“嗯，你说你离婚了——到底发生了什么？”

沃尔特·克莱因面露难色，“好吧，第一次婚姻破裂后，我跟卡琳结了婚，她比我年轻很多。我以为我们关系融洽，会幸福美满。我的孩子和孙子们也都很喜欢她。然而有一天，我想大约是在两年前吧，她突然对我说：‘你让我感觉很老。’”他耸耸肩，“就这样。她告诉我她想离婚。我问她是否另有新欢，她否认了。”

“到底是怎么回事？”

“她喜欢艺术，一段时间觉得闲极无聊，我就在西村为她买了一家画廊。我听朋友说，她和一个雕塑家搞上了，当时她正在展览他的作品。”

“很抱歉。”乔迪说。

“坏事总是难免。”

“的确如此。”

“那么你的故事是什么？”

“你想听我简要介绍，还是说上整整三小时？”

他笑了，“现在先给我简要介绍，晚餐时再说上三小时。”

“好吧，”她朝他粲然一笑，“我跟一个有暴力倾向的家伙结了婚。”

“太可怕了。你可真可怜。”

“是的，那是一场噩梦，完全是噩梦。我不知道还能不能再信任男人了。”

“你想从头说吗？”

乔迪点点头，“当然，如果你愿意听的话。”

“我有一晚上的时间，”他说，“再来一杯？”

“好的，谢谢。”她说。看着他投来的目光，她知道自己已经胜券在握。

她借口去洗手间，把自己锁在小隔间里用谷歌搜索“沃尔特·克莱因”。

他是一名股票经纪人、投资顾问、金融家，拥有一家以他名字命名的华尔街证券公司，估计市值80亿美元。

她开心地笑了，把手机放回手提包。

沃尔特·克莱因就很不错。

真的非常不错。

第7章　过去

乔迪·丹福思有很多家庭作业要完成，但她根本无法集中精力去做。相反，在乱作一团的楼上卧室里，她穿着牛仔裤和模糊乐队T恤，赤脚盘腿坐在床上，手里拿着日记本，嘤嘤啜泣。这是她父母的一幢白色正方形别墅，乔治王时代艺术风格，堪称完美：绿色的百叶窗，整洁的花园，沐浴着5月的夕阳。房子坐落在布赖顿以北几英里的伯吉斯希尔镇郊，一条林荫大道两旁是一排排几乎一模一样的别墅。

家里的一切井井有条。母亲勤于打扫房间，父亲喜欢清洗汽车。屋外的私家车道上停放着父亲引以为豪的崭新黑色捷豹和母亲的萨博敞篷车。一对完美的父母，一个完美的女儿——她姐姐凯茜，还有一个让父母尴尬的问题女儿——她自己。

乔迪的卧室墙上张贴着她的偶像海报：麦当娜、妮可·基德曼、汤姆·克鲁斯、凯莉·米洛、接招乐队、模糊乐队和绿洲乐队。他们也都很完美，都长着完美的鼻子。

不像她。

她一边流泪，一边在日记上写道：

因为我很丑，鼻子更是滑稽，所以不管去哪儿，总有人指着嘲笑我，说我是一个怪胎。今天早上，在去学校的巴士上，车窗玻璃映出我的头像。天哪，那根本不是鼻子，而是大钩子，喷嘴，或者说猪鼻子。到了学校，我发现有个贱货在课桌上放了一张协和式飞机的照片，上附一张便利贴，说我的鼻子就像飞机头一样，凹陷，弯曲。

我的眼睛太大，与脸根本不协调。我的嘴唇太厚，仿佛嘴被打肿了。我的耳朵也太大，招风耳那种。总之，我的五官像是拼凑在一起，却用错了零件。

我的胸部也令人尴尬得要死，平得像男孩子的胸部一样。当然，凯茜的胸部长得完美极了。

上午的英语课上，每个同学都必须站起来，大声朗读莎士比亚的十四行诗。特露迪·伯恩在读下面这首诗时，眼睛还时不时瞥向我。

“我的爱人没有阳光一般明亮的眼睛，
也远远没有赛过珊瑚的红唇；
她的胸脯比白雪幽暗，
如麻的黑发长在她的头顶。
我见过红白各色的玫瑰，
可玫瑰的颜色在她面颊上全无踪影；
如果说香水气味芬芳，

可她的呼吸中香味难寻。”

天哪，我真的是一句也不想听下去了。

我知道，我的头发犹如一扎黑电线，看上去就像钢丝刷。为什么我不能和我该死的姐姐凯茜一样，长着一头笔直的金发？

命运真他妈的跟我开了一个天大的玩笑。

爸爸溺爱凯茜，喜欢她待在他身边，跟他开玩笑。但当他看我时，我能看见他脸上的失望，好像我根本不是他女儿。如果他命中注定不能生儿子，至少该再有个貌美如花的女儿。

结果他却有了我。

妈妈和爸爸又在楼下吵架。电视开着，但我能听见他们的声音。爸爸很生气，因为公司大裁员，他担心丢了工作。虽然妈妈告诉他，他很重要，公司不会裁掉他。听上去他又喝酒了，这很正常，几乎每天晚上他都把自己灌醉。他担心钱，担心房子的按揭付款，担心豪华轿车的费用。他才50岁就开始走下坡路，可能再也找不到工作了。

乔迪听到砰的一声门响。是前门吗？父母一吵架，父亲就去酒吧。她等着汽车发动的声音，但什么也没听见。也许他这次选择走着去。

她打开卧室门侧耳倾听，听见姐姐房间传出音乐声。她可以跟母亲谈谈。她现在想蜷缩在沙发上，依偎在母亲怀里，两人一起看电视。母亲是唯一一个说她漂亮的人。尽管乔迪知道，这只是一个谎言。电视开着，声音很大。电视上一对美国夫妻正在大声吵架。

她朝楼下走去，没等走到底下又听到砰的一声，急忙停下来。是爸爸回来了？

“该死的猫！”他喊道，“为什么不在自家花园里拉屎？”他抬头看着正在下楼的乔迪，好像这是她的错。

她也盯着他。他怒气冲冲地进了客厅。

电视声音很大，妈妈说了一些什么，像是在安慰他，乔迪没有听清具体内容。

“看呀，这就是我所处的世界：邻居家一只把我家花园当厕所的蠢猫，一个逼得我不停喝酒的老婆，还有一个噩梦般的女儿！”

电视突然静下来，现在她能清楚地听见他们的谈话。

“你必须明白她正在经历一段艰难时期。”母亲说，“十五六岁对女孩子来说可不容易。”

“胡说！凯茜就从来没像她那样。”

“嘘——小点声！你喜欢凯茜，那是因为她长得漂亮。乔迪长成那样也不是她的错。再过两年她会变漂亮的。”

“也不仅仅是她的长相，还有她的态度——她就是头令人难受的小母牛。”

“如果你多亲近她，她就不那么让你头痛了。”

“我试过。我一抱她，她就像滑溜溜的爬虫一样缩成一团。她就是条爬虫。”

“阿拉斯泰尔！你不能这样说你女儿。”

“如果她是我女儿的话。”

“你这话什么意思？”

“她长得不像你，更他妈的不像我。那么她是你和谁怀的野种？怪物马戏团的演员？”

乔迪听到一声闷响，像是一记耳光，接着父亲发出痛苦的号叫。

“你这个婊子！”他喊道。

“再也不要这样说我们的女儿。听见了吗？”

“她是个怪胎，你知道的。再打我，我就把你那该死的脑袋拧下来。”

“把你的话收回去，否则我还打你，你这个混蛋。天哪，当初我嫁给你到底是看上了哪一点？”

“她就是让人难堪。又胖又丑，内心还很肮脏。要是她是我从一元店里买来的，我就送回去要求换货。糟糕的是，我们不能换。”

“阿拉斯泰尔，我警告你，她已经够可怜的了，整天生活在姐姐的阴影里——这又是谁的错呢？是，我们都知道她长得丑。再等两年，我相信她会变漂亮的。”她厉声说。

“看见窗户外面了吗？”父亲说。

“看见什么？”

“那头猪——正越过地平线。猪都比她漂亮。”

第8章　2月17日，星期二

天气晴朗，温暖如春。动物园里，一只骑在树枝上的小松鼠猴啃着胡萝卜。诺亚睁大眼睛盯着它，咯咯地笑起来。

“喜欢小猴子，是吗？”罗伊·格雷斯对胸前婴儿背带中的儿子说。

诺亚开心地笑着，流出了口水。天哪，听儿子笑才是世界上最美好的事，格雷斯一边想一边用纸巾擦了擦诺亚的下巴。

他用一只胳膊搂住克莉奥，她顺势靠了过来。他真希望和家人在一起的时间更多一点。多年来，因为前妻桑迪的长期失踪，他一直生活在黑暗之中。如今生活又变得美好起来。

他希望自己深爱的妻儿能永远平平安安。

这时，他的手机响了。

“罗伊·格雷斯。”他说。

手机里传来国际刑警组织伯纳德·维盖特警官的法语口音。

在里昂郊区的一条排水沟里，警方找到了那名失踪数日的妓女的尸体。此外，赫兹出租车公司的那辆汽车也已找到，警方在车里发现了克里斯普的DNA。

根据苏塞克斯警方对嫌疑犯的描述，里昂机场一位火眼金睛的海关官员拘留了一名乘坐国际航班的男子。该男子左胳膊打着石膏，貌似是滑雪事故造成的。从其身上提取的DNA证实，他就是爱德华·克里斯普医生。

格雷斯建议妻子带诺亚去看大蝙蝠，然后打电话给诺曼·帕丁探长，向他说明了案情的最新进展。"诺曼，我想派你和格伦去一趟里昂。法国警方会需要关于克里斯普的所有情报。你能与他们联系，以便我寄给他们吗？"

"好的。这可是个好消息！"

接着他又打电话给格伦·布兰森。

"里昂可是法国的美食之都，"布兰森说，"很高兴能去那儿和法国警方联络。"

"我觉得去法国和那里的警方取得联系，见见克里斯普对你也有好处。你趁机也好好散散心，自从艾莉去世你一直都没出去过。"

布兰森跟妻子艾莉关系疏远。艾莉在一次自行车事故后做手术，结果麻醉过敏，不治身亡。后来他开始跟《阿格斯报》年轻聪慧的女记者西沃恩约会，两人不久就要结婚了。

格雷斯继续说："我们会申请引渡令，但几乎可以肯定的是，在审判结束之前，他们不会让他离开法国。引渡程序需要得到无数政府机构的批准，欧洲逮捕令涉及许多条款。在指控他之前，我们首先需要征得皇家检察署的同意，然后才能开始整个流程。他必须先接受法国法官审判，之后才能被移交至英国警方。国家引渡部门将负责把他带回英国，但法国警方希望你们先去里昂，把我们收集到的所有克里斯普的情报带过去。他们告诉我克里斯普的案子有了新进展，还给我寄来了一大堆文件，全是法语的，需要找人翻译，所以我们还得看看哪家翻译公司更好。”

第9章　2月18日，星期三

乔迪泪流满面地坐在保罗·穆斯卡特的老式大办公室里，难掩兴奋之情。保罗是曼哈顿穆斯卡特、威廉姆斯和伍丁律师事务所的高级合伙人，也是已故沃尔特·欧文·克莱因的遗产执行者。办公室位于第五大道一幢大楼的27层，从窗户看出去，风景颇为壮观。

她手拿蕾丝手帕，喝着浓咖啡。

刚刚有事离开办公室的穆斯卡特大步迈进来。他40多岁，穿着保守，一头整齐的棕色头发，脸上一副不苟言笑、公事公办的神情。

他紧紧握住她的手，“我向你表示最深切的同情，本特利女士。”

“谢谢。”她说，听起来像是在极力忍住不哭。

“恐怕媒体真的要从自杀的角度报道此事。”他说，在办公桌后面的黑皮椅子上坐下。

“自杀？什么意思？”

“当然，这只是一个假设，是阿尔卑斯山区法国警方的推测，但考虑到可怜的沃尔特所处的财务困境，也很合理。”

“我刚到这儿时，那么多记者堵在机场想采访我，后来我上网，读到一些新闻报道，但我还是希望你能告诉我更多——上面写的都是真的吗？”

律师皱起眉头，“沃尔特从没告诉过你？他没跟你说实话？”

“告诉我？什么实话？”

“有关他的财务状况？”

“不，我们从没谈论过钱。”这是事实，“你是说法国警方认为他可能是自杀？”

“有这个可能。沃尔特真是喜欢白日做梦。他去世前一周，我们进行过最后一次谈话——那会儿他还相信一切都会好起来。也许就在最后一周，他意识到自己没有出路了。沃尔特滑雪经验丰富。在暴风雪中他紧跟在你后面——为什么突然又去了完全不同的方向？”

自杀。

想到这个，她的心怦怦直跳。这么说，他们认为这不是一场意外事故，而是自杀！

一时之间，她觉得这真是太好了。但是转念一想，她又开始担心起来。

自杀？财务困境？妈的，这又会对整个事态产生什么影响？

穆斯卡特仔细看了一会儿面前的一叠文件，然后抬头看着她。“无论如何，本特利女士，”他自信有力地说，“我想我们可能永远也不会知道沃尔特心里在想什么。”

“他很爱我——我们都很爱对方。我不敢相信他从来都没有和我谈过这个。我的意思是——他告诉过我，他修改了遗嘱，将我也加了进去。你说他陷入财务困境，这是什么意思？”

“你最近有没有发现他有些焦虑？”

她耸耸肩，“不，没有，他一直挺正常的。”

“好吧，我相信。你很想知道未婚夫在遗嘱中对你做了什么安排吧？”

她耸耸肩，抑制住兴奋，努力露出一副满不在乎的神情。上任丈夫留下的财产远远低于她的预期，令她颇感失望。虽然足够她买下罗丁区的房子，并过上舒适的生活，但远不够让她实现梦想。这一次，她很有信心，期望撞上大运。她会从沃尔特那里继承数百万吧？也许几十亿呢！

“不，一点也不，”她装模作样地说，“我太爱沃尔特了。我不敢相信他就这么走了——我们在一起才这么短时间。不管他给我留下什么，都毫无意义。我只想让他回来。”

“是这样吗？”他将信将疑地看着她。

她伤心地点点头。

“现在我单独见你，而不是让沃尔特一家人都在场，我觉得这样更好。”

“谢谢。”她说。

“我必须告诉你，对你来说不是好消息。”

她的身体僵直了。穆斯卡特的举止似乎也变了，好像天空忽然飘来乌云。她瞪大眼睛看着他。

“沃尔特的财富来自他管理的一些基金——由他管理的基金高达几十亿美元。但最近两个月，他受到美国证券交易委员会调查。你听说过庞氏骗局吗？”

她皱起眉头，“听说过。”

“还记得那个叫伯纳德·麦道夫的骗子吗？他欺骗投资者，是近几年最大金融诈骗案的制造者，目前正在联邦惩教所服刑。基本上，他是动用新投资者的本金，以远高于市场利率的高回报回馈早期投资者——自己也抽走一部分。恐怕沃尔特就是这么干的。现在他的所有银行账户都被冻结，所有资产都被没收。要是他现在还活着，等待他的很可能是和麦道夫一样长的入狱监禁。”律师的声音和举止中似乎不再有同情，“我想，另一个问题是从他人寿保险中弄钱——但大多数保险公司都不会为自杀买单。”

她盯着穆斯卡特，敢打赌他在努力控制不让自己笑出声来。

“你到底在说什么？”她问。

“我说的是，似乎你不会继承到一分钱，本特利女士。但这还不是最糟糕的。作为他的未婚妻，你很可能会作为共犯而受到调查。我猜警察会找你谈话。”

“什么？”她感到全身发软，好像所有的力气都被吸走了，“共犯？我对他的事一无所知。”

“你和他虽然交往时间不长，但也享受到了一段美好生活，对吧？养尊处优。”

“他从来没有对我说过他的事。我只是觉得他是个成功商业人士，就像看上去的那样。”

“我还要提醒你，他的所有信用卡都已经被冻结。我知道你自掏腰包支付了沃尔特的葬礼费用，包括棺材以及往返机票——恐怕你手头也没钱了——但我们不可能偿还你。”

“天哪，怪不得他的信用卡都被拒了呢！我真傻——我还以为——你知道——他超过信用额度什么的呢。这不可能是真的！”

他把一堆文件推给她，“看看吧，这些都是大陪审团对你未婚夫的起诉书。”

她凑过去，扫了几页，但什么也没看懂。全是用她看不懂的法律术语写的。一阵寒意传遍全身，同时，她感到怒火从胸中升腾，“这全是胡扯！”

“我也希望如此，本特利女士。相信我，沃尔特一直是我们事务所最大的客户之一。他还欠我们好几千美元——现在不太可能要回来了。”

“真是个混蛋，”她说，“真是他妈的大混蛋！他骗了我！我好几个月都给——”她沉默了片刻。

“浪费了？你是想说这个吗？”

“他骗了我！”

“很高兴看到你露出了真面目，本特利女士。”

“你这是什么意思？”

“哦，我想你知道，本特利女士，我想你完全知道我是什么意思。”他冷冷地看着她，脸上没有了一丝笑容。

“我不喜欢你的语气，”她说，“你在暗示什么，我不喜欢。”

他看了眼手腕上的名表。她认出那是瑞士爱彼手表。她知道所有顶级手表的品牌及其价格——这块表超过5万美元。他站起身来，“我很乐意继续我们之间的讨论，但直到现在，我花费的时间一直记在已故的克莱因先生的账户上。如果你还想找时间跟我谈，我会要求你提前付款。”

她也站了起来，从身边桌子上抓起香奈儿手提包，这是沃尔特给她买的。“我觉得没有什么好谈的了。”她眼含热泪说，震惊、愤怒的同时，也倍感失落。

当她走到办公室门口时，律师说：“葬礼上见。”

“我不这么认为。”

他在桌子后面笑了，“我也不这么认为。他的家人也一样。哦，如果你回到英国后还需要我做什么，我们在伦敦还有一个办事处。”

她在身后砰地关上门。

第10章　2月18日，星期三

乔迪回到四季酒店的套房，踢掉鞋子，坐在沙发上，细细掂量留下来参加沃尔特葬礼的利弊。

房间电话响了。自从她来到纽约，电话似乎就没停过。

她接起电话，犹豫地问："哪位？"

"我是前台，本特利女士。这儿有位戴夫·西尔弗森先生想和你说话。"

"戴夫·西尔弗森？我不认识这个人。"

"是《纽约邮报》的一名记者。"

她的大脑飞速转了一会儿，"呃，不认识。谢谢。"

她挂断电话。

电话几乎立刻又响了。这次是一个不同的声音，"本特利女士，这儿有位来自《国家询问报》的记者简·平克。我可以为她接通电话吗？"

可恶。"不，"乔迪强调，"我以前要求过，我需要个人隐私，好吗？别再打电话了。"

接着电话又响了。她不去管它。响了六声之后，电话停了，红色留言提示灯开始闪烁。几秒钟后，电话又响了。她又坐到床上思索。肯定是有人向媒体透露了她所住酒店的信息。是沃尔特清高的儿子和女儿？还是那个傲慢的律师？

她任由电话一直响，直到最后停下了。

她该去参加葬礼吗？

就是去，她也只是为了面子。但是参加一个名誉扫地的人的葬礼，不是尽失颜面吗？肯定会有媒体报道此事，这个她可不想有。鉴于她与沃尔特的关系，她还要承担被逮捕的风险。最后她决定，还是越早离开越好，离纽约越远越好。

先离开这个套房。

几年前她曾住过一家酒店，在那里能俯瞰中央公园。她打电话过去，那里还有房间，这让她舒了一口气。她退了房，乘酒店的豪华轿车来到几个街区以外的皇家花园酒店。

20分钟后，她舒舒服服地在42层的一个套房入住，登记时用的名字是朱迪丝·福肖。这是她为自己精心设计的一个假名，只是偶尔使用，地址栏填的是布赖顿市韦斯顿路。她打电话给礼宾部，让他们查一下英国航空公司的电话，然后预订了一张飞往伦敦希思罗机场的机票，航班将于第二天上午8点离开肯尼迪机场。她还预订了一辆豪华轿车，早上5点送她去机场。

之后，她从房间的小冰箱里取出还剩一半的香槟，打开倒进酒杯，点燃一支香烟，并不理会禁止吸烟的警告。因为愤怒，她的手仍在颤抖。为扬扬自得的律师穆斯卡特，还有沃尔特·克莱因那个混蛋感到愤怒。

对整个世界都感到愤怒。

她瞥了一眼天花板上的烟雾报警器。凭过去的经验，通常一支香烟产生的烟雾不足以引发报警。她把酒一饮而尽，重新斟满，走到窗前。旁边是支着三脚架的望远镜，这是房间的一部分装饰。她把另一个酒杯当成烟灰缸，盯着楼下中央公园里如蚂蚁般大小的市民，他们在夕阳下散步、慢跑、骑自行车、遛狗。

此时她的心里感受不到阳光。

白白浪费了好几个月。

随着香槟在体内流淌，她的心情开始好转。“永远别回头，姑娘，只能向前！”她大声说，又干了一杯，把瓶中剩余的酒全部倒出来，也一饮而尽。她把烟蒂扔进马桶冲掉，冲洗了酒杯，然后坐在床边。沃尔特·克莱因已经成为历史，她现在要把全部精力集中在下一个目标，罗利·卡迈克尔身上。

她很喜欢卡迈克尔这个名字，已经能想象出自己的签名：乔迪·卡迈克尔。比乔迪·克莱因更有派头。

她喜欢罗利·卡迈克尔的一切。最重要的是，在《星期日泰晤士报》最新富豪榜上，他名列第225位。

她从桌上的水果盘里拿了一个苹果，用酒店提供的小刀把它一切两半，恶狠狠地咬了一大口。她一边吃苹果，一边打开笔记本电脑。看到罗利又发来一封电子邮件，她笑了。

几个月前，她在网上读到他登的一则交友广告：成熟丧偶男性，热爱艺术、歌剧、戏剧、美食、红酒、旅行、冒险，寻求交友，或许更多……

虽然已与沃尔特·克莱因订婚，乔迪还是做了回复，用的是娘家姓。她用不同名字注册了多家针对有钱单身人士的在线约会机构，在网上吻了很多“青蛙王子”。但是几个月前吸引她注意的还是“有钱”和“单身”这两个词。她喜欢他那句“或许更多……”。在她训练有素的目光看来，他的文字后面隐藏着某种绝望。

绝望很好。

在又仔细读了几遍之后，她精心写了一封电子邮件，并附上一张端庄娴静的照片，那是一张精致的化妆照，就附在她刚为自己写好的个人资料后面：丧偶女性，外表美丽，一头乌黑秀发，寻求热爱艺术、美食、旅行的成熟男性为友，并希望最终走进婚姻殿堂。

不到一小时，罗利·卡迈克尔就回信了。

自此以后，她一边为最终让沃尔特见阎王做准备，一边偷偷摸摸又极其谨慎地引罗利·卡迈克尔上钩。现在他准备好了，而她也终于自由了！她从来不会把所有鸡蛋都放进一个篮子。虽然沃尔特看上去相当有钱，但她总有一个备用计划，那就是要尽快除掉他，继续前行。

她打了个哈欠。下午4点刚过，天色很快就会暗下来。她越来越感觉到时差的影响，还有香槟。她可不想在纽约再浪费一个晚上——你永远都不知道会有什么事情发生。也许她会遇上某个帅哥来一场一夜情。现在，她不在乎对方是谁，只要长得好看，不像沃尔特那样年老恶心就行。这个城市到处都是以邂逅一夜情而闻名的单身酒吧。这正是她现在想要的。跟一个猛男来一场一夜情，干他个天翻地覆。天哪，她已经有一年没有好好享受性爱了。一年多了。

好消息是，这儿就有纽约最有名的一个单身酒吧，就在这家酒店楼下。

她定好下午6点的闹铃，便一头倒在床上，呼呼睡去。

第11章　2月18日，星期三

下午7点左右，洗过澡，穿上最暴露的衣服——一件黑短裙，一双黑皮短靴，乔迪在灯光昏暗的狭长酒吧里找了一把红椅子坐下，点了一杯曼哈顿鸡尾酒。她身材苗条，美丽动人，很有自信。黑发打了卷，穿着时髦——只是稍微暴露了点。

但最珍贵的一直是她那双蓝色大眼睛，清澈透亮，让人见了就神魂颠倒，沉醉其中，无法自拔。

危险的眼睛。

她慢悠悠地喝着酒，不一会儿便只剩下杯底的马拉斯奇诺樱桃。她已经感觉到酒精带来的燥热。在举手朝服务生示意时，她意识到身旁多了一个人。一个男人坐到了她旁边的椅子上。

“可以请你喝一杯吗?”他问道，声音浑厚而迷人，听上去既有美音，也有中欧口音，还带着几分醉意。

她迅速瞥了一眼，是一个帅气的拉美人，一头凌乱的黑短发，一口漂亮雪白的牙齿。白衬衫外面是黑夹克，脖子上戴着一条金链子。看上去醉醺醺的，不知是因为吸食了毒品还是喝多了酒。

“当然了，”她嫣然一笑，“来一杯曼哈顿，不加冰，放两颗樱桃。”

他点了两杯，再次转向她，“我叫罗密欧。”

“我叫朱丽叶！”她脱口而出。

“你在开玩笑吧？”

“没有！”

他睁大眼睛笑了。大大的栗色眼珠，她还注意到他瞳孔放大。他的脸上绝对有点不对劲。

“轻声！那边窗子里亮起来的是什么光？那就是东方，朱丽叶就是太阳！起来吧，美丽的太阳！赶走那妒忌的月亮！”他用戏剧表演的腔调说。

“她已经气得面色惨白了！”她接了下去。

“你知道这个？”他惊讶地问，“你知道莎士比亚？”

“当然了！”

“哎呀，太难忘了。罗密欧在酒吧遇见朱丽叶！这个发生的概率有多大？”

“命中注定呀！”她含情脉脉地盯着他的眼睛，“那你全名叫什么？”

“罗密欧·蒙特亚努。”

他们点的酒来了，他举起酒杯，“你是她的女弟子，比她美得多。”

“既然她这样妒忌你，你不要忠于她吧。”乔迪歪着脑袋说。

“好吧，”他说，“我想每个人都会羡慕此刻的我们。纽约最美丽的两个人一起坐在酒吧里。”

“这么说你还很谦虚呢，是不是，罗密欧？”

“谦虚面前显真理！”他又和她碰杯，“是什么风把你吹到这个城市的？”

“家族生意，”她说，“你呢？”

“也是生意。”

“你是做什么生意的？”

“哦，你知道，进出口贸易之类的。”

她能听出他对此不愿细谈，“听上去不错。你是哪里人？”

“罗马尼亚首都布加勒斯特。你去过那里吗？”

她再次含情脉脉地盯着他的眼睛，挑逗道：“还没有。”

他们很快就把酒喝干了，他又点了两杯。

“你为罗马尼亚的公司做事吗？”她问。

“国际，”他说，“是国际公司。我经常旅行。我喜欢旅行。”

“我也是。”

他用吸管从酒杯里捞出一颗樱桃，举在空中，用打量的眼神看着她，朝她的嘴边送过去。

她把樱桃含进嘴里，从茎上咬下来，细细咀嚼起来。

20分钟后，他喝干第三杯曼哈顿——乔迪也一样，突然问道：“你吸不吸可卡因？”

她点了点头，酒后的她已无所畏惧，“嗯。”

“我有最好的货——我是说——真是最好的，你知道吗？就在我楼上房间里。”他朝天花板点点头，“当然——如果你敢到陌生人房间里去的话？”

“命运偏爱勇者，对吧？”

“那也是莎士比亚说的吗？”

她笑了，“命运和人们的白眼。”

“呃？”

“莎士比亚第29首十四行诗：当我受尽命运和人们的白眼，暗暗哀悼自己的身世飘零。”

他呆呆地盯着她看了一会儿，“你不仅长得漂亮，还这么有文化。你还知道什么？”

她直视他的眼睛，“我还知道如何让男人在床上疯狂。”

“真的吗？我相信我知道如何满足女人。”

“果真如此吗？”

“是的，真的。”

“那就演示给我看看吧！”

第12章　2月18日，星期三

10分钟后，罗密欧和朱丽叶已经难舍难分。他们相拥着乘电梯来到52楼，途中一直不停地热吻，最终跌跌撞撞来到他的套房门口。

进入房间，他领她坐到沙发上，给客房服务部打电话点了一瓶年份香槟，要求立即送上来。他挂上电话，穿过双扇门走进另一个房间，片刻后拿着一个装满白色粉末的塑料袋、一根吸管和一把小刀回来了。

他在玻璃茶几上撒上几行可卡因粉末，把吸管插进鼻子，低下头，猛地吸了一行。“呜哈！”他高声喊道，“呜——哈哈！我告诉你，这可是最好的！全纽约最好的！”他递给她一根吸管。

她刚试探性地吸了一下，门铃响了。

“别担心，我不会让任何人进来！”

罗密欧起身去了门口，给了服务生小费，回来时手上多了一个银托盘，上面有一瓶放在冰桶里的香槟、两只酒杯、一碗坚果和一碗橄榄。他把托盘放在桌上，紧挨着可卡因，吻了下她脖颈，坐在她身边。

突然，他夺过吸管，用力吸了一行，接着又一行。他狂乱地喊着，一把将她扯了起来，开始疯狂地吻她。

她很是惊慌，试图后退，“嘿！温柔些，好吗？”

“别让我温柔。我知道像你这样的婊子想要什么！”他含糊不清地说，“你喜欢来硬的，是吗？”

“不。”

他猛地掀起她的裙子，摸她的内衣。

“嘿！”

他突然用力把她推开。她跌跌撞撞，靠到了墙上。他用身体紧紧压住她，扯下她的内裤。

“住手！”她越来越害怕。

他如恶魔般狞笑着，目光在酒精和毒品的作用下呆滞空洞，“你不是想这样吗，婊子？你想让我对你猛干，不是吗？你喜欢来硬的。”

他用一只手把她摁在墙上，另一只手解开裤腰带。他眼中的疯狂着实吓坏了她。

她一头朝他的鼻梁撞去。他踉跄着后退几步，扑通一声跪倒在地。鲜血从鼻子里汩汩流出来，但他一脸茫然。她又抬起右脚，用鞋尖狠狠踢中他下巴。他的头猛地往后一仰，闭上眼睛，一动不动地躺在地上，喉咙里发出响亮的呼噜声。

她打着哆嗦，摇摇晃晃向前走去，意识到自己喝得太多了。她低头看他，他已晕了过去，但仍有呼吸。她从沙发上抓起手提包，摸了摸火辣辣的头，再次瞥了他一眼，快步走到门口。

但她停了下来，意识到面前有个绝好的机会。她转身穿过双扇门，进入一间带步入式衣帽间的大卧室，四处寻找他的钱包。床边金属皮革架上有一个半开的行李箱。她翻了一遍，在箱底找到一包装满白色粉末的塑料袋，密封得很好。

她回头看了看，紧张极了。不如拿走吧。下定决心后，她把它放入手抓包。接着她鬼使神差地跪在地上，掀起床罩。

她看到一个路易威登大行李箱。

她跑回门口。罗密欧仍然昏迷不醒。她又回到床边，拉出箱子，弹开两个搭扣，掀开盖子。

尽管醉意未消，她仍兴奋得浑身发抖。

里面装满了一捆捆崭新的100美元钞票。

天哪!

她再次回头看了看，合上盖子，扣好搭扣，然后提起箱子，小心走到门口。

那个罗马尼亚人还是一动不动。

她悄悄走出去，关上身后的房门，紧紧抓住箱子，沿着空无一人的走廊冲向安全出口。她跌跌撞撞地快速走下10层楼水泥台阶，直到看见自己所住楼层门上的号码。

42。

她推开安全防火门。走廊里没有人。她走了出来，沿走廊前行，尽量表现出若无其事的样子。

几分钟后，她安全回到自己的套房，打开灯，关上门，挂上安全链。

她的心怦怦直跳，脑子飞速转动。

电视上正播放着音乐，窗帘也拉上了。她警惕地环顾了一下四周，神经绷得紧紧的。她知道，酒店夜床服务时间已过。

她匆忙把行李箱放到床上，开始检查钱。钱都成捆，每捆上面有一个纸带，标着1万美元。她数了数，一共20捆。天哪！20万美元。今天在穆斯卡特办公室遭受了奇耻大辱，这就算是个不错的惊喜和甜蜜的补偿了。

她取出成捆的钞票，分散装进自己的三个大行李箱，藏在衣服中间，还有一些放进手提行李箱。她琢磨是否把罗密欧的行李箱也带走，以免在这里被人发现，最后决定先检查一下，看看里面有没有什么跟踪设备。

她拉开侧面口袋拉链，里面是空的。她又摸了摸内衬，摸到一个鼓鼓的小东西。

她从果盘里拿来水果刀，割开行李箱内衬，隔一会儿就紧张地朝门口瞥上一眼。等罗密欧苏醒过来，发现东西丢了，还得多久？

她将手伸进内衬，取出一枚白色信封，里面装着一个小东西。她撕开信封，看到里面是一个亮闪闪的黑色优盘。

这个东西为什么藏在了内衬里？

她看了眼手表，晚上9点40分。搭乘夜间航班离开这儿还来得及吗？

她把优盘放回信封，装进手提包最里面的口袋，拉上拉链。直觉告诉她，东西藏得那么严实，肯定很值钱。虽然心里很乱，但她还是打定主意：等回到英国，她会打电话给罗密欧·蒙特亚努，问问他愿意出多少价把优盘买回去。

或者还是算了吧。

毕竟，按照目前的汇率，一晚上搞定20万美元也不错。

虽然这比她指望从沃尔特·克莱因那里弄到的几百万还差了不少，但也是一大笔呢。

她把那袋白粉从手抓包里取出放入手提包，又看着罗密欧的行李箱，思索该怎么处理它。最终她拎起行李箱，出了房门，左右看了看，沿走廊走到不远处的洗衣房，把箱子放进里面，然后匆忙返回，打电话叫行李员上来。

接下来的几分钟，她四处走动，焦急地等待。一会儿门铃响了，她先从猫眼看了看才打开房门。她让行李员顺便叫一辆出租车送她去纽瓦克机场，给了他20美元小费，让他到酒店外等候。

她再次小心地进了走廊，乘电梯下楼。出电梯前先瞥了一眼大厅，几乎空无一人，也并没有狗仔队围着跟上来，她终于放下心来。她取消了之前预订的第二天早上的豪华轿车，退了房，因为担心罗密欧·蒙特亚努的身影会随时出现，她急匆匆穿过旋转门，进入曼哈顿寒冷的夜晚。

行李员让她看了看她的几个行李箱，都妥妥地放在黄色出租车后备箱里，然后关上后备箱盖。

她很快坐上出租车的后座，司机穿过哥伦布广场出发了。

“纽瓦克机场吗?”他问，“哪个航班?”

“计划有变，我一会儿再告诉你。”她边说边在苹果手机上打开谷歌应用，查找今晚从此地出发飞往英国的任何航班。或者，飞往任何一个地方的航班都可以，只要能离开此地。

第13章　2月18日，星期三

三分钟后，乔迪对出租车司机说："请到拉瓜迪亚机场。"

远处传来一阵警笛声。

糟了。她的心提到了嗓子眼。

旁边驶过一辆鸣着警笛的警车，乔迪屏住了呼吸。但是警车超过他们，沿着中央公园南路一路向前，闯过第五大道交叉路口的红绿灯，一溜烟没了踪影。

她从手提包里取出笔记本电脑，打开，将优盘插了进去。过了一会儿，屏幕上出现了一个新图标。她双击想打开，不出所料，一个窗口弹了出来，要求输入密码。

她拔出优盘，放回手提包内侧口袋，拉上拉链。在英国她有个熟人，能轻而易举地帮她查看里面到底是什么内容。

她看了看装着白色粉末的袋子。她和司机之间隔着高高的隔离栅栏，上面安装的电视正在无声地播放新闻，再加上有机玻璃挡着，司机不可能看见她在干什么。她仔细环顾四周，确保车后部没有安装监控摄像头，接着打开密封袋，舔了舔手指，蘸了一下，把它放进嘴里。

是可卡因。

浪费了可真遗憾，她想，扔掉也太可惜，但是留下它也是疯了。她左手攥成拳头，在上面放了一点，这时出租车突然紧急刹车，她的手提包和笔记本电脑差点摔落，气得她在心里咒骂。她分别用两个鼻孔使劲吸了吸，立刻神清气爽。

真是好东西！

根据以前购买的经验，她知道这袋可卡因值多少钱。好几千英镑呢。

她又吸了一阵，重新把袋子封好。她知道，必须把它扔掉，但是又极不情愿。这可是好东西。她刚想把它放进手提包，以便到机场时吸上一会儿后再扔，突然又想到了当下的处境。再有多久罗密欧·蒙特亚努就能苏醒过来？等发现钱和可卡因不见了，他又会干什么？把装着那么多钱的行李箱藏到床底下，不管是谁，干的都不可能是合法勾当。同样，看他吸毒后的状态，也有可能会一时头脑发昏去报警，把她供出去。

机场有嗅探警犬。为了最后吸一次，值得冒这么大的风险吗？

当然了，她也可以在到达机场后重新打包，把毒品放到行李箱底部。

但她该这么做吗？

她还没考虑清楚。

车窗外闪过拉瓜迪亚机场的第一块路标指示牌，此时她仍未下定决心。

第14章　2月19日，星期四

今晚是鲨鱼嘴运动酒吧的烧烤之夜。这就意味着，过不了多久，来这儿的常客将酩酊大醉，嘴里塞满烤焦的鸡肉、牛排和海鲜。

坐在木制平台上的图斯又矮又瘦，留着光头，面露愠色。这儿能俯瞰龟湾码头南端的小河，陪伴他的是那条叫尤索林的狗。蚊子肆虐，他不停地拍打裸露的胳膊和腿。

加勒比海的夜晚气温高达36摄氏度，湿度也很大。他穿一条卡其短裤，一件印着吉姆·莫里森照片的汗衫，一双人字拖，仍然汗流浃背。他正抽着好彩牌香烟，喝的是加冰的美格波旁威士忌。坐在他身旁的尤索林，不停地翕动鼻孔闻着肉香，时不时从平台上的一只碗里舔水喝。

这是只丑陋的杂种狗。几年前，在比弗利山庄的一条街道上，他到一座房子前踩点时，这条狗开始跟着图斯。他多次撵它走，但它毫不理睬，于是最后他把它带回岛上。他不知道是谁收养了谁。他也不在乎。

酒吧里传来一阵大笑声。几年前，两个夏威夷人来酒吧抢劫，结果被一名顾客开枪打死。这个地方就是这么疯狂。

过去10年他称为家的这个岛屿是游客的度假天堂，也是让美国边境管理局头疼的一块加勒比飞地。普罗维登西亚莱斯岛——当地人称之为“普罗沃”——地处海地、牙买加和佛罗里达群岛南端之间，长17英里，宽5英里。

英国人假装要维持治安，在此地安插了一个傀儡总督，但让美国海岸警卫队对付——或者确切地说是镇压——那些腐败不称职的地方警察。

这是图斯来此地居住的原因。没有人问他问题，也没有人在乎。他的公寓位于远离小河的一个住宅区，如果他外出，帮他打扫卫生的米西克老妈就替他照顾狗。

今晚的蚊子格外猖狂。他不喜欢蚊子，恨死了这些讨厌的小东西。很久以前，他就下定决心，如果能见到上帝——可能性不大，因为他不相信上帝存在——他要问的第一个问题就是为什么创造了蚊子。

是为了让每个人都不爽吗？

他现在就很不爽。他的右脚踝刚被蚊子叮过，痒得受不了。如果有机会，他会将地球上的所有蚊子都赶尽杀绝。但现在他有更重要的事要做：赶紧接一笔业务。

图斯年纪轻轻就辍了学，最终参了军，其间去过两次伊拉克。之后他的人生彻底改变，因为在那里他发现了自己作为一名狙击手的不凡身手。

他又喝了两杯波旁威士忌，抽了四支香烟，然后和尤索林沿着空荡荡的昏暗街道朝家走去。回家他要再烤一些自己驾船捕来的梭鱼。

他还可以再接一份合同。他的两个美国大客户都没了——一个被判不可假释的终身监禁，一个被人开枪打死(开枪的正是他本人)。现在他又有了两个新客户，但是已有几个月没有他们的消息了。他在瑞士银行账户里的钱越来越少。他那艘名为“远景”的捕鱼船长达35英尺，有两台奔驰引擎，油耗高，仅是加油就很费钱。

也许有一天，他需要这艘船帮他做个了断。此外，“远景”载着他出海的日子才是真正的生活。

他永远不知道自己还能在世上活多久。再过几周他的生日就要到了。每个生日他都有固定的仪式。他会离开鲨鱼嘴，开车去丘镇，找他固定的妓女。岛上没有严禁酒后驾驶的法律。过后他会开车回家，玩俄罗斯轮盘赌。

过去10年，他那把.38口径手枪一直子弹上膛，装的是他自制的子弹。弹头底部有两个深深的切口，这样就保证不管什么物体被击中，都会打出一个网球大小的洞。他不可能侥幸活下来。

砰的一声。

烟消云散。

尽管还不到他生日，但他决定，管它呢。生日只不过是个数字。他把枪口紧紧抵住太阳穴。

这时手机响了。

他犹豫了。接还是不接呢？也可能是来活儿了。他还是接了。

传来难听的口音。

近几年来，给他付钱的有美国黑帮，声音听上去就像鼻孔里塞了口香糖，还有东欧人，他们没有幽默感，但言简意赅。

“我给你打过去。”他说完，立刻挂上电话。

上次去美国时他买了10部即付即用手机，他从中选了一部，给联系人回电话。他仔细听了对方的指示，牢牢记在心里，并提醒客户他的条件——现在就把钱打到他的瑞士银行账户上——然后挂了电话。他从不留任何商量余地。

他又拿起枪，把枪口顶在太阳穴上。

尤索林看着主人，发出可怜的哀鸣。

“你也想要一发子弹？”图斯问，“你是这个意思吗？你不用担心我死，我就是死了，你也会没事的。有人会照顾你。米西克老妈喜欢你。不知为什么，但她说过，要是我有个三长两短，她会照顾你的。律师那儿有我的遗嘱。我把一切都留给你了。会有人照管你的。”

尤索林仍紧紧盯着主人。

“和我玩心理游戏？”

他扣动了扳机。

咔嗒一声。

放下枪来时，他相信这个坏坏的家伙在咧着嘴笑他。

“觉得挺好玩，是吗？”他把枪瞄准狗的脑袋，手指搭着扳机。狗继续咧嘴笑。

他朝空中举起枪，扣动扳机。

砰的一声，枪声震耳欲聋。天花板上的石膏哗啦啦掉了下来，落在他身上。尤索林继续咧嘴笑着。和主人一样，这条狗从不知道什么是恐惧。

第15章　2月19日，星期四

在返回英国的路上，乔迪有足够的时间思考。她在拉瓜迪亚机场搭乘红眼航班飞往华盛顿，入住机场酒店，并在第一时间返回机场，购买了国内航班飞往亚特兰大的机票，用的都是另一个别名：珍玛·史密斯。

她又买了一张从亚特兰大飞往伦敦的维珍航班的机票。她相信，在亚特兰大不太可能有人认出她。虽然根据美国移民制度，她离开美国时的名字必须与她到达时的名字——乔迪·本特利——相吻合。

她买了一本英国作家西蒙·托因的惊悚小说，因为很喜欢书的封面。小说能帮她分散注意力，但是此刻她思绪万千，很难集中精神。

她充分利用了在华盛顿的停留时间，在机场美发厅把头发染成了金色。她还买了一些新衣服。有好几次，她很想在酒店打电话给罗密欧·蒙特亚努，看他愿意出多少钱买回优盘，但她控制住了自己。在采取行动之前她需要知道里面是什么内容——如果她采取行动的话。

有一点她很确定，这东西对某个人很有价值，否则他就不会费心把它藏在行李箱里了。她也很肯定，他会试图寻找她的下落，但到目前为止，她在时间上比对方占优势。

在等待登机搭乘飞往伦敦的航班时，她翻了翻航空杂志，看见一篇关于委内瑞拉的旅行文章，这打开了她记忆的闸门。

埃米拉。

埃米拉·德尔·卡门·索科罗！委内瑞拉出生，是乔迪最好的朋友。两人在塔楼修道院学校（乔迪的父母勉强付得起学费）这所一流私立学校认识。与乔迪不同，埃米拉·索科罗是真时髦。她和凯茜一样漂亮，也和凯茜一样，在聚会上被成群的男孩围住，他们都被她极富异国情调的口音迷住了。埃米拉的父母有一栋乔治王时代风格的乡间大别墅，里面有室内和室外两个游泳池、一个网球场、一个人工湖、一个管家。

埃米拉与乔迪几乎一见如故，两人一起偷偷抽烟、喝酒，偶尔吸毒。直到几年后，乔迪才明白为什么埃米拉跟她如此亲近。那是因为自己在许多方面都对她有用。长相平平的她更能把埃米拉耀眼的光芒映衬出来。记不清有多少次，她陪同埃米拉踏上征服男人的无尽之旅。16岁时，她明白，只有一个方法能让她不输给埃米拉，那就是把自己拱手交给男人。

她开始陷入一夜情中无法自拔，与那些在聚会上搞不到真正想追求的女孩、喝得酩酊大醉的家伙随便发生关系。在沙发后面，在备用房间成堆的外套上，在妈妈或爸爸的汽车后座上，随随便便与男人搞在一起。还有一次是在散发着蘑菇味的盆栽大棚里。

事实上，她很喜欢自己“公共汽车”的名声。对性，她并不在意。比起性，她更喜欢这个称呼。她在手提包里放了一堆避孕套，时常开心地向埃米拉吹嘘自己如何征服男人，令对方大跌眼镜。

18岁时，她们几乎失去了所有联系。埃米拉去了奥地利的女子精修学校（培养富家女社交能力的学校）。乔迪去了南安普敦大学学习社会学——同时也是为了远离父母。

最后一次见到对方是在埃米拉21岁的生日派对上。派对极其奢华，在她父母的苏塞克斯豪宅举行，来的都是俊男靓女，还雇了曼弗雷德乐队现场演奏。乔迪四处溜达，几乎没有发现一个熟人，不禁越来越生气。第二天黎明时分，她最后发现自己摇摇晃晃地走在家门口的车道上，不确定有没有和送她回家的那个家伙发生关系。

两年后，她翻开一本《你好!》杂志，看见了长达六页对埃米拉婚礼的报道。她嫁给了一个年轻帅气的贵族，丈夫是摇滚音乐会承办人，在伦敦最佳地段拥有大片房产，在苏格兰有一处豪华庄园，在巴巴多斯悬崖顶端有一处豪宅，在费哈岬角还有一幢别墅。

“拥有一架私人飞机真是太棒了，这意味着不论去哪里都不用与一群陌生人同乘飞机了。”文章引用埃米拉的原话说。她还说了下面的话，让乔迪很是自卑：“我真不是一个势利小人。我有来自各行各业的朋友。我就是和这样的人一起长大的，你知道，就是些普通人。”

第16章　2月20日，星期五

星期五早上6点30分，飞机在希思罗机场降落，乔迪有一点宿醉，双眼通红，疲惫不堪。飞行途中她精神高度紧张，无法入睡，于是看了几部电影，但也不能集中精力。

她已在到达大厅洗了淋浴，吃过早餐，现在首要任务是回家，开着奔驰车到路易斯附近的宠物店，把心爱的猫接回家。

她要做的第二件事是生意。

格雷厄姆·帕森斯一直在马罗科餐厅等她。餐厅坐落在霍夫滨海区，灯光柔和，座位舒适，墙上张贴了现代艺术画。他的面前有一瓶香槟，放在冰桶里，还摆着一盘牡蛎。

他身材结实，看上去凶巴巴的，马上就要过60岁生日了——在一个周六晚上他们初次见面时，他是这样告诉她的。就在楼下的波希米亚酒吧，这是布赖顿为数不多的单身中年男女酒吧。当时他跟妻子吵了架，一气之下跑出来借酒浇愁，向她倾诉生活苦恼。帕森斯是一个职业坏蛋，犯罪分子，前半生专门持枪抢劫，为此蹲了18年监狱后才“重见天日”。

还有网络犯罪。

过去20年，无论是入狱还是出狱期间，他都在策划网络犯罪。他手下还有一个犯罪团伙，他们以并不存在的房地产做抵押，骗取数百万英镑的贷款。此外，他们还复制自动提款机信用卡和借记卡，盗刷数百万英镑。

但是，和众多犯罪策划者一样，他的大部分非法所得都已被追回。他现在虽然衣食无忧，但还会干报酬丰厚的兼职，赚点外快以维持其生活方式，比如伪造高仿真护照和身份证件。在怀特岛最高安全级别的帕克赫斯特监狱，与他同处一室长达五年的狱友是个伪造大师。乔迪是他一个不错的客户。

帕森斯就是那句老话“英国监狱是一所犯罪大学”活生生的见证。他总是衣冠楚楚，脸上挂着一种微微心烦意乱的表情——仿佛自由并不适合他，唯一能让他感到真正自在的地方是在铁窗后面。

“乔迪！亲爱的，你好吗？”他站起来拥抱她，亲了亲她的两颊。

她在他对面的椅子上坐下。他把香槟从冰桶里拿出来，用布擦去上面的水滴，把她的酒杯倒满。“来一个吧！”他指了指牡蛎。

“谢谢，不用了。”

他往牡蛎上倒了些塔巴斯科辣椒酱，挤了一些柠檬汁，又舀了色拉调味汁浇上，掀开壳，把肉倒进嘴里，“正是吃牡蛎的好时候！”

她莞尔一笑，“听说吃牡蛎能增强性欲。”

“这可能是监狱里从来不做牡蛎的原因，”他咧嘴笑道，“这么说，你急着要见我？”

她知道他们所处的环境很安全，帕森斯也从不选择在同一个地方与她见面两次，但她还是先警惕地环顾一下四周，才把信封递给他，“是的。”

他的手像变戏法般动了动，信封就进了他的衣服内口袋，“那么你能告诉我这是什么吗？”

“是一位美国朋友给我的。他觉得我可能会对它感兴趣，但有密码保护。”

“把它交给我就行，美女。”他把菜单朝她推过去，“这儿的海鲜很棒。我很喜欢这个地方。你以前来过吗？”

“来买过一次冰淇淋，好几年前了。”

“开心果——我向你推荐开心果味的。这么说你找到你的白马王子了？”

她喝了一口香槟，“我原以为已经找到了，但现在看来似乎不是。”

“是吗？要是再不成功，你就来找我，好吗？”

乔迪笑了笑，举起酒杯，“我想你老婆不会饶了你的，对吧？”

“你说查琳吗？哦，亲爱的，她会没事的！”

第17章　2月21日，星期六

下午5点，天色渐渐暗下来。一辆黄色日产出租车在纽约先锋广场的梅西百货公司外面停下卸客，接着亮起“下班”指示灯。但没等它离开，车后门打开了。

一个身材矮小的光头男人，提着两个梅西百货的购物袋，低头顶着飘落的雪花，爬进温暖的出租车后座，带上车门。该死，天真冷。

目前纽约签发了13 471个出租汽车执照牌，允许车主经营黄色出租车。大多数出租车每周7天每天24小时无休，由两名司机轮流上岗，各跑12小时。皇家花园酒店外面的监控视频显示，2月18日星期三晚上10点17分，朱迪丝·福肖搭乘了一辆出租车。图斯的俄罗斯客户雇用一名私家侦探，花了不到两天，便找到了出租车的下落。

“对不起，先生，我下班了。”包着头巾的司机说。他转过头，看见一卷10美元钞票正通过把他与乘客隔开的防弹玻璃孔伸了过来。

“开车。”

“我想你没明白。我现在下班了，要回家了。”

“开车！”

后面的车主愤怒地按响了喇叭。

“抱歉，我要回家——”

“开车！”

后面传来更长一阵喇叭声。

出租车猛地向前驶去。

图斯把脸压在隔离板上，“星期三晚上你在皇家花园酒店门口拉了一位女士，还记得吗？”

“星期三？”

“那天晚上你上交了一袋可卡因。你把知道的一切都告诉了警察，对吧？”

“我不记得了，先生。”

通过玻璃孔又伸过来一卷钞票——这次是100元面值的。“我会给你足够多现金，你一周都不用上班了。她是我妻子，我需要找到她。请告诉我你还有什么没有告诉警察。”

司机在红灯信号前停下车，“我把一切都告诉他们了。”

坐在后座的乘客终于失去了耐心。他在极短的时间里下车，坐到了副驾位上，用匕首抵住了司机的喉咙，“不，你没有告诉他们一切，对吗？”

“求求你，我真的都说了。”司机吓坏了。

图斯用眼角瞥见窗外明亮的药店广告牌，“她还对你说什么了？”

“没有！她什么也没说！”

“你能感觉到匕首有多锋利吗？”

司机害怕地点了点头。

图斯又用匕首抵在男人裆部，“你想让我把你的家伙割下来吗？”

司机摇头，“不，不，求求你了。”

“你们说什么了？你和那个婊子？”

“什么也没说。求你了，先生，什么也没说！我发誓！”

“你是想要我把你的睾丸割下来，塞进你的喉咙？还是更想要1 000美元小费？”

一辆车大声鸣笛，一个急转超到了前面。

“求你了，你想要什么？”

“她给了你一笔可观的小费，是吗？你把可卡因上交给警察时，告诉他们，她给了你100美元小费。对吗？”

“是的，先生，没错。”

“那100美元钞票在哪里？”

“我——我——”

“别他妈的跟我耍心眼。钞票在哪儿？这不是你自己的出租车，对吧？”

“是的，先生。”

“你只是给别人开车。你叫什么名字？”

“维什拉姆，先生。”

“姓呢？”

“辛格。”

“好吧，维什拉姆，那张钞票在哪里？在你家？你没有把它交给车主，是吗？”

“是，”他结结巴巴地说，“没有，我没交。”

“你也没把它存进银行，是吗？你可不想为此付税。你花掉了吗？”

“没，还没有。”

“还在你手里吗？”

“在我家，先生。”

“你家在哪？”

“在皇后区，先生。”

“我告诉你，维什拉姆。我要和你做一笔交易。如果你现在开车带我去你家，把那张钞票给我，然后在曼哈顿市中心把我放下，我会给你1 000美元小费。或者你是想让我告诉车主，你私吞了这笔小费吗？”

“不，求你了，求你了。我需要钱。我老婆病了。她没有保险。我需要钱给她付医药费。”

“我们做不做这笔交易？”

“是的，先生。成交。是的，求你了。”

第18章　2月22日，星期日

亲爱的乔迪：

真不敢相信我们星期二就要见面了！再睡上两觉就行了，人们现在是这样说吧？我像个毛头小伙子一样兴奋！你在上一封信中说，你喜欢鱼和海鲜，所以我预订了一家餐厅。听说那里的东西不错，就是格兰德酒店的GB1餐厅。先到那儿的酒吧喝上一杯好吗？晚上7点30分怎么样？

等待你的恋人，罗利

寒冬的夜晚，外面一片漆黑。乔迪坐在二楼的房间里，窗帘是拉上的——为了防止外面有人偷看，写了一封回信，然后发送出去。她做这些时，身后的走廊上一直传来刮擦声。“泰森！”她厉声说，“泰森，停下！”

屋内的家具是她喜欢的现代风格，都是白色和米色。墙上挂着不值钱的抽象画。桌上只有两张照片，没有纪念品。

与沃尔特·克莱因的交往以不愉快告终，因此她对罗利·卡迈克尔愈加小心。他通过了她的审查。他是一名备受瞩目的伦敦艺术商，专门经销印象派画作，作品全部以市场最高价格卖给一家大拍卖行，似乎真是腰缠万贯。网上还没有发现他的任何丑闻。

我英俊潇洒的恋人，星期二晚上7点30分，格兰德酒店酒吧不见不散。真恨不得立刻见到你。在此之前，我不知道该怎么熬过这段时光。

乔迪

她听到刮擦声更响了。她气呼呼地站起来。

泰森是乔迪养的猫咪，她一回到家便去宠物店把它接了回来。这只猫一再到二楼楼梯平台尽头的墙壁那儿去抓。可能它闻到墙那边的东西很好玩、很诱人。让主人大为恼火的是，泰森每天都如此。它已经抓掉了油漆，现在石灰也快磨掉了。它拼命地想知道墙那边有什么。

听到她的脚步声近了，它转过身，发出可怜的喵喵叫声。

“泰森！”她的声音中带着愤怒和恐慌，“泰森！我告诉过你，别再抓了！”

她尝试过各种招数，从宠物店买东西喷过墙壁和前面的地毯，在楼梯上安装过儿童护栏，也把它锁在外面过。但它总能进来，总能回到这里，总在同一个地方抓。因为墙那边有东西，那些东西还散发出一股强烈的气味。显然那些东西让它无比好奇。

“你知道人们怎么说你的好奇心吗，泰森？你以前差点死了也是因为这个吧？因为好奇？好吧，别他妈的再抓了，好吗？”

三年前的一天晚上，她开车回家，车头灯照到车道入口躺着一只灰白相间的小猫。小猫躺在那里几乎没有了意识，发出微弱的呜呜声。它的一只耳朵流着血，一条腿断了，眼睛周围肿得非常厉害。很明显，它被车撞了。

她把它抱回家，用毯子包好，查了当地一家24小时紧急兽医服务站号码，打电话给他们。她描述了小猫的症状，他们说必须马上过去，听上去情况不妙。

兽医给猫仔细做了检查，查看它身上是否安装了芯片，以便找到主人，但是没有。可怜的小东西头骨骨折，腿和肋骨断了，脾脏有瘀伤，此外身体还有多处轻伤，兽医怀疑它能否挺过那一晚。但它活了下来，身体恢复得很快，令人惊讶。她以前从未养过猫，也从没想养过。当兽医告诉她会把小猫送到动物救援中心时，她心软了，不顾它后期的康复治疗还需要花费不菲，把它带回了家。

后来，为了避免被人认出，她乔装打扮一番，到附近小区转了一下，看看是否有人丢了猫，或者认识这只猫。好在没有。她又提供一切机会让它回到原来的主人家，但它只是在周围转悠，并没有想去其他任何地方的意思。

她给它起了著名拳击手“泰森”这一名字，因为显然它是一个十分坚强的家伙，整日还闷闷不乐。考虑到为它付出了那么多，她觉得自己该得到它无条件的爱和温情，但却一无所获。

偶尔，如果她开着门，它会在半夜来到她房间，跳到床上，然后喵喵叫着，深情地去蹭她的脸，舔她，把她弄醒。

“你知道吗，泰森，”一次半夜醒来，她对它说，“我爱你，可我就是猜不透你。但是，我想你也猜不透我，对吗？而你真正猜不透的还是墙后面有什么，对不对？”

第19章　2月22日，星期日

纽约第63大街的麦克纽杜雪茄酒吧，身穿皮夹克、黑T恤和斜纹棉布裤的图斯坐在后面一个安静角落里的沙发上，一支接一支地抽着好彩香烟，喝着健怡可乐，消磨周日晚上的时光。酒吧那头，一群人坐在电视前面，观看美国橄榄球超级杯比赛重播。

他不喜欢看橄榄球比赛。

他也不喜欢冷天。现在是晚上7点，外面漆黑一片，寒冷刺骨，雨雪交加。他瞥了一眼四周，酒吧内灯光昏暗，装修风格更像一个绅士俱乐部。

除了服务生偶尔走过来看看他是否需要再喝点什么，没有人注意他。

他从钱包里取出维什拉姆·辛格交出的那张100美元钞票，又一次看了看印在上面的序列号：76458348。

昨天晚上的电话证实，这张钞票是20万美元崭新钞票中的一张，被人从一个罗马尼亚人渣放在皇家花园酒店套房的行李箱里拿走了。罗马尼亚人叫罗密欧·蒙特亚努，为一群俄罗斯商人干推销。这些俄罗斯人住在小敖德萨飞地，位于纽约布莱顿海滩附近的布鲁克林区，过去一年他们也是图斯的主要客户。

这个活的第一部分他已经完成，为此对方向他的瑞士银行账户预付了100万美元的总费用。给罗密欧·蒙特亚努一个教训，对外释放信号：他的老板可不是好惹的。这个任务轻而易举。接下来的工作才更具挑战性。

他花了5 000美元到后勤办公室买通了晚间行李员，拿到了一份以朱迪丝·福肖之名入住酒店的那个女人的视频，以及有她个人签名的登记表副本。行李员觉得他认识这个女人。就在他要告诉图斯时，办公室的小电视上播放了一条新闻。新闻进一步揭发受到起诉的金融家沃尔特·克莱因的不法行为，指出其诈骗规模之大，甚至远超外界最初预料。新闻还提到，在悲痛欲绝的未婚妻乔迪·本特利的陪同下，他的尸体已于上周被护送回美国。电视画面上的乔迪在机场到达大厅一脸茫然，后来她入住纽约四季酒店。

“不会错的，朋友，”行李员说，“她很紧张，英国口音，我觉得这个名字只是个幌子。我猜也许她是为了摆脱狗仔队。”

那把匕首上还沾着罗密欧·蒙特亚努身上的鲜血，图斯以此威胁吓得发抖的行李员，如果他胆敢向任何人吐露一个字，他就会和5213套房的客人有一样的下场。行李员保证守口如瓶。

朱迪丝·福肖在登记表上填的地址是英国布赖顿的韦斯顿路。这个海滨城市他曾去过两次：一次是去干掉一个爱沙尼亚船长，那个家伙在城市西部港口试图带着一货舱毒品潜逃；另一次是一个纽约黑帮雇他去为死去的儿子报仇——那一次差点要了他的命。

他插上耳机，播放那个女人在皇家花园酒店大厅的视频。朱迪丝·福肖。她拿走了不属于她的20万美元。

此外还顺走了对他的客户来说更为重要的东西，值得客户支付给他100万美元的东西。是一只优盘。他的客户要他速速弄回来。非常紧急。

图斯端详了一阵她的脸。他会永远记得。只要他见过的脸，他从来不会忘记。

不管是朱迪丝·福肖还是乔迪·本特利，他都会找到她。

也许她去了拉瓜迪亚机场，但他估计可能性不大。她的未婚夫沃尔特·克莱因死了。克莱因是一个犹太人名字。他知道犹太人的传统是迅速埋葬死者。如果法医让他们领回了尸体，葬礼就会在下一周的某天举行。作为悲伤的未婚妻，乔迪·本特利一定会参加吧。或者她会去吗？

现在铺天盖地都是沃尔特·克莱因的消息。他的财产被冻结。显然乔迪孤立无援——否则她为什么去干抢劫陌生人这样的傻事？因为绝望？

她会到曼哈顿附近冒险吗？去看一个一文钱都没留给她的老骗子入土为安？

如果是他，他会去吗？

他可不会。他会搭乘最早的一趟航班离开这个冻死人的鬼地方。

第20章 2月23日，星期一

几周前，在酒吧，谢尔比·斯托纳的老搭档迪安·沃伦在他对面坐下。

“你知道你是啥吗，嗯？就是他妈的老古董！”沃伦说，“现在谁还入室抢劫。为什么你还喜欢冒那么大风险，在深夜四处瞎逛？谁要是有什么值得偷的东西，早就安上了防盗报警器、监控摄像头或者养狗了。有比这个更好的活儿，被逮住的可能性也小——就是抓住判得也轻。你要是贩毒或网络诈骗，一周能挣好几千英镑呢。或者去弄豪华汽车，就像我现在做的一样。路虎揽胜车卖得最好。只需一个简单的小技术，启动无钥匙点火系统，几分钟内你就能把车开走。现在顶级的路虎车他们出价1万英镑！奔驰SL敞篷车能卖到5 000英镑！把车偷来12个小时内，它们就进了集装箱，从纽黑文运往中东或塞浦路斯！”

“只需把车偷来，再送到别处？”斯托纳问。

“易如反掌，”沃伦回答，“几个小时内你就能学会。还有打开车库门的神器——不管什么样的门，几秒钟内就能打开——我可以教你。两个人合作更快——我们一晚上就能偷好几辆车——或者白天更好。白天被人发现的概率更小。真的，你先学学这个技术吧，可简单了。”

但谢尔比·斯托纳不喜欢学技术——除了基本的发短信和上网，偶尔用手机拍摄照片，他真的不懂技术。“不是我的菜。我就喜欢入室盗窃。”

“那好吧，但你仍然可以帮我，对吗？嗯——我们可以互相帮助。”

“怎么帮？”

“你负责给我找车，我给你佣金。路虎、宾利、宝马、奔驰、保时捷——值钱的我都偷。别人给我订单，就像汽车购物清单，知道吗？所以，如果你干活时看见好车——比如发现谁家车库有豪车——就给我发短信，说清车牌号和地址，我会给你5%的提成。怎么样？”

“我只需给你发短信吗？”

“是的。”

“只要我发现你说的那些豪车？”

“对。”

“听起来不费吹灰之力。”

“没错。还有贩卖毒品，来钱都很容易。”

斯托纳没有反驳。他们曾经讨论过这个问题，当时一直争论到深夜，因为醉得越来越不省人事，说话也越来越不连贯。在他看来，贩卖毒品是不道德的，而入室盗窃则不同。

毒品摧毁人们的生活，而入室盗窃只是一个游戏——一直以来都是如此。你从有钱人家里偷走了东西，保险公司就给赔上了。那么有什么问题呢？是的，偶尔你偷了一个珍贵的传家宝，或者某个老家伙的战争奖章——诸如此类的感伤玩意儿——老家伙会非常难过，布赖顿的《阿格斯报》会整版报道此事。但人们不要忘了《圣经》关于财产是怎么讲的。我们赤裸裸来到这个世界，最终也会赤裸裸离开。没有什么东西能让谢尔比感伤。7岁时，他的父母离了婚，社会工作者把他从酗酒的母亲身边带走，之后他就辗转于多个寄养家庭，直到他第一次坐牢。斯托纳不太懂感伤。感伤买不了一顿饭，但入室盗窃弄来的钱倒是让他吃上了饭。

15岁时，他第一次入室盗窃，户主是他在布赖顿怀特豪克郊区的一个邻居。他太蠢了，竟然没戴手套，几周后便因入室盗窃罪被捕，之前入狱是因为偷车去兜风。他的指纹与布赖顿一个销赃人摄像机上的指纹相吻合。他将摄像机卖给了对方，而这个家伙在毫不知情的情况下，竟将摄像机转手卖给了一名刑事调查局卧底警官。

两年后，他从少管所出来时，变得更加成熟和精明了。他已经明白，不管你偷的是穷人的陋室还是富人的豪宅，刑期长短相差无几。因此，他决定专攻布赖顿的高档住宅区，那里住的都是有钱人，也有东西可偷。

接下来的20年，这个行当让他过上了好日子，尽管被抓住的次数也数不胜数。但是监狱也挺好。他喜欢阅读，狱中生活让他终于有时间沉迷于图书。牢房里有电视，伙食也不错，而且很多狱友都是他熟悉的惯犯。

现在他已经出狱快一年了——这是他记忆中最长的一段

自由时间——最近他对人生思考了很多。10年前，他的妻子特丽克西终于厌倦了他一再入狱，而自己却困在家里照顾三个孩子。她另结新欢，最后带着孩子罗伯特、乔治和埃迪移居国外。她还让孩子们都恨他。

妻子和小杂种们一走便杳无音信。他有时也想，真的不能责怪孩子。这么多年来，他又在家里陪伴过他们几天？每次走进家门，他都感觉自己像个陌生人。

他意识到，他现在真正想要的，正是他曾经拥有但又失去的。他想结婚，想要孩子，想住在漂亮的房子里，想开一辆好车。但他最想做的是当个好父亲。

但是怎么才能做到呢？

他年近40，有过176次前科，想实现这些可不那么容易。没有多少人愿意给他提供工作机会——选择很有限，而且大多数都是不体面、薪水低的工作。他最大的愿望就是能继续从事这个赚钱的行业——只是希望自己聪明些，别再被警察逮住。

目前他正在跟一位叫安吉·本森的女士交往。安吉30岁，有房有车，在一家会计师事务所当记账员。她知道他的过去，但并不介意。昨晚在床上，她告诉他，她爱他，想给他生个孩子。他把她抱在怀里，向她求婚。她答应了，但有一个条件：他不能再入室盗窃了。

他撒了一个善意的谎言，说自己在一家汽车备件仓库找了个装卸货盘的工作，经常上晚班和夜班。她信了。他今晚比以往任何时候都开心。他想买一枚大钻戒，亲手戴在她的手指上，带她去一个阳光灿烂、风景如画的地方，一个配得上她的地方。

安吉!

他真的很爱她。爱她的名字，爱她的温柔，爱她充满信任的眼睛。要是他再去弄点钱，买下所有他想给她的东西，所有她值得拥有的东西，那该多好。有前科的人合法赚大钱的途径寥寥无几，电话销售是其一。几年前他从狱友那儿听说，一些电话销售公司不在乎你的背景，只要你能销货。但他不确定自己是不是搞推销的料。开出租车是更吸引人的选择。在布赖顿，一个出租车车主每年能挣5万英镑。给别人开出租车挣的可就少多了。

但是城里一辆出租车车牌的价格是4.8万英镑，而现在他的银行账户余额与其相差47 816英镑。他那辆破车或许还能卖几百英镑——那辆开了15年、锈迹斑斑的菲亚特熊猫。但他现在还需要开它一阵子。

4.8万英镑也不是高不可攀。《阿格斯报》会时不时列出本市排名前20的最贵房产的名单，这可是帮了他大忙。

就好像是专门为他列的!

过去一年，他变得聪明了。偷便宜的烂货毫无意义——这也是他从怀特豪克郊区入室盗窃被抓的经历中学到的教训。所以他一直在互联网上学习如何识别昂贵的珠宝和价值不菲的手表。他现在觉得自己都快成奢侈品专家了。他也找到了一些房子，里面很可能有值钱的东西。过去几周他还跟踪了房主的动向。

他感到自己已经做好了准备。

第21章　过去

这是他们一家四口一起度过的最后一个暑假。和往常一样，乔迪和姐姐凯茜弓着背，顶着风，挤在母亲的老式萨博敞篷车后面，周围堆满了一家人为期三周的自驾游所需的行李。他们要开车横穿法国、德国、瑞士和意大利。父亲的捷豹车空间更大，坐在里面会更舒服，但他坚称开敞篷车度假更好玩。

这是8月湿冷的一天，汽车行驶在法国高速公路上，父亲坚持把车顶棚收起来。两个女孩感觉头发都快被风连根拔起了。现在是父亲开车，母亲不停地提议玩各种游戏，让大家打起精神。“我来猜”是一家人的默认游戏。有时，他们会根据前方汽车车牌上的字母自己编词。另一个游戏是找英国埃迪·斯托巴特运输公司的绿色货车和法国诺伯特物流公司的红色货车。

凯茜已经比乔迪多找了五辆货车。不管干什么，凯茜总是略胜一筹。凯茜继承了母亲的金发和美貌；乔迪则随父亲，长着钢丝刷般的暗棕色头发和鹰钩鼻。

“我看到了一样东西，首字母是R！”父亲瞥了一眼后视镜说道。他们现在到了加来以南两个小时车程的地方。

“Rheims（兰斯，法国东北部城市）！”凯茜喊道，前方出现了“兰斯”城市标识。

“不是。”他回答。

“Road sign（路标）？”母亲说。

“不是。”

一辆英国牌照的深红色豪华轿车从他们旁边驶过。乔迪看见车后座有一个和她年纪相仿的漂亮女孩，戴着随身听耳机，一脸轻蔑地看着他们。

“Rolls-Royce（劳斯莱斯）！”乔迪说。

“对了！”父亲说。劳斯莱斯车向远处驶去。

乔迪羡慕地盯着那辆车。为什么他们坐的不是那辆车，而是这辆该死的萨博？

“该你了，乔迪！”妈妈说。

“这个愚蠢的游戏我玩腻了。”她不耐烦地说，仍然盯着那辆豪车。现在它已经变成地平线上的一个小点。这些人要去哪里？去有游泳池和迪斯科舞厅的特别地方吧？她敢打赌，人家肯定不会和他们一样每晚住寒酸的宾馆。

她也应该坐在一辆漂亮的劳斯莱斯车里横穿法国。她发誓，终有一天，她会的。终有一天，她从快车道上驶过时，人们也会向她投来羡慕的目光。

她知道，这不是一个梦。这是她的天命。

接下来的一周，他们在意大利的科莫逗留了三个晚上。

并不是住在湖畔的埃斯特庄园酒店——那是坐在劳斯莱斯车内的女孩住的地方——而是住在位于尘土飞扬的后街窄巷中的家庭旅馆。她不得不和凯茜挤在一张小床上，外面不断传来摩托车和踏板车的噪声，让她无法入睡。

第一天晚上父母请她们去埃斯特庄园酒店喝了一杯。在湖边，就在他们一侧的桌子旁，坐着劳斯莱斯车上的一家人。脸庞晒得黝黑的父亲穿丝绸白衬衫、粉红色长裤和黑色便鞋。母亲看起来像是女伯爵，也像电影明星。那个女孩比她大几岁，穿一件非常酷的裙子，脚蹬莫罗伯拉尼克鞋，手提包是优雅的香奈儿。乔迪心想他们可能是名人，因为一个身穿时髦红夹克的服务生一再过来巴结他们，拿一瓶香槟斟满他们的酒杯，再把酒瓶放进闪亮的银冰桶里。他们三人在热烈谈论着什么。那位父亲抽一根大雪茄，母亲抽的是一支纤细的过滤嘴香烟。

其他桌旁也坐着达官贵人。戴着丝绸围巾、珠光宝气的优雅女人；穿白衬衫和时髦裤子、相貌英俊、皮肤晒成古铜色的男人。

相比之下，她的父母看上去就太了无生气了。父亲穿印有一条鱼图案的黄色衬衫、乏味的灰色斜纹棉布裤、袜子和凉鞋。母亲看起来稍微时尚些，但整体效果被一件沉闷的白色开衫破坏殆尽。凯茜穿的是绿洲乐队T恤和牛仔裤。父亲花了大半天时间才让服务生注意到他们，但他是如此冷漠，好像一眼就看出了他们根本不是那里的客人。

上帝呀，乔迪真想溜到桌子底下找个地洞钻进去。他们不是我的父母。这不是我的家人。我不认识这些人。真的，我不认识。

至少这儿的天气还好，艳阳高照，温暖宜人。第二天，他们坐船到湖上游览。她、凯茜以及父母一起坐在上层甲板上，听导游滔滔不绝地从科莫市讲到贝拉吉奥小镇。他们会在贝拉吉奥停留一小时吃午饭。

湖水碧绿，湖岸后面是陡峭险峻的青山，长满了橄榄、夹竹桃和柏树。湖边的小镇和村庄里，黄色、粉色和白色的房子、公寓楼、教堂塔楼历历在目。导游说，那里的工厂为丝绸围巾印花。接着映入眼帘的是富人名流的豪华别墅，家家都有私人码头。

导游向他们一一介绍每座壮观的房子。范思哲别墅，海因茨假日别墅，雅芳化妆品家族避暑别墅，俄罗斯一寡头在建的巨大豪宅。还有一幢略显粗俗的大别墅，一个伦敦对冲基金亿万富翁正在对其进行修缮。

父亲在不停地拍照，无聊的凯茜在游戏机上玩俄罗斯方块，而乔迪则眼睛一眨不眨地盯着，一脸艳羡。之前她从未见过这样的房子。相比之下，他们的家简直是棚屋。她想住在这里。她感觉内心涌起一种深深的渴望，一种强烈的欲望。她应该生在这种地方。她的脑海中不由得浮现出这样的场景：她手拿古驰、范思哲、爱马仕或圣罗兰等奢侈品牌的手袋，一踏上车道，私人司机便殷勤地为她打开劳斯莱斯车后门。

经过右边的一座岛时，导游介绍说岛上有一家没有菜单的著名餐厅。

“爸爸，怎样才能有钱？”乔迪把头转向父亲。

“你什么意思？”

“我怎样才能买得起那些湖畔别墅?”

“你怎样才能买得起那些房子?”父亲脸上也满是羡慕之情,“你能做的,乔迪,是嫁给一个亿万富翁。”

“是的,但是,”凯茜抬起头,“只有漂亮女人才能嫁给有钱人。”她转向乔迪,“你可不行。”

乔迪瞪着姐姐。凯茜比她大两岁,快17岁了。总是先给凯茜买新自行车,三年后才轮到她用。新的音响,也是等给凯茜换了更新更先进的才会给她。甚至她的大多数衣服也是捡凯茜的穿。

游船又经过一幢大别墅,别墅前有完美的花园。她看见一把巨大的奶油色太阳伞下面,桌边坐着一群人正在举行午餐派对。一艘漂亮的木质丽娃游艇停在码头石阶底下。

她盯着看。看那一群人,看那艘游艇。她深感嫉妒,更是愤怒。为什么在那里的不是她?

父亲的手指穿过凯茜的金发,“你怎么样,我的小天使?”

凯茜耸耸肩,点了点头。

母亲对凯茜微笑,又朝父亲微笑,接着给他俩拍了张照片,就好像乔迪不存在似的。

“有一天我也要住进那样的房子!”她宣布。

母亲投给她一个甜甜的微笑,只为迁就她。

第22章　2月24日，星期二

“亲爱的，你到底是从哪儿弄到这东西的？”格雷厄姆·帕森斯举起优盘。他们坐在海边霍夫深海钓鱼者俱乐部一个角落的桌子旁，透过结满盐霜的窗户，能模糊看见卵石海滩上几艘底朝天的渔船。他面前摆着一品脱啤酒。乔迪面前是半品脱柠檬苏打水。这是个湿冷的星期二，正是午餐时间，布置得犹如酒吧的屋内，只有几张桌前坐了人。人们轻声低语，空气中弥漫着一股油炸食品的气味。

“从哪儿很重要吗，格雷厄姆？”她问。

他依旧穿着时髦的西装，打领带，胸前口袋露出丝绸手帕的一角，很是醒目。她穿着牛仔裤、高翻领毛衣和黑色仿麂皮短夹克。

“是的，重要，非常重要，亲爱的。”

“哦？”

他站起身来，“我去抽支烟。马上回来。”

“我和你一起去。我也想抽一支。”

他们走到露台上，那儿的桌椅都是空的。格雷厄姆顶着冷风冷雨，把手罩在打火机上，先为她点燃香烟，然后是自己的。“该死，你知道惹上谁了吗？”

她盯着远处汹涌澎湃的大海，“不知道，所以我才把它交给你。”

他抽了几口，把烟夹在食指和拇指之间，好像那是支飞镖，“你对俄罗斯黑手党了解多少？”

“不是很多。”

“哦，好吧，那你现在可要大开眼界了。听说过血鹰吗？”

“那是什么？”

“我以前跟美国黑手党打过交道。可以这么说吧，他们没什么。干掉敌人都是速战速决——一个双连发——两发子弹击中头部。但新一代俄罗斯和东欧的黑手党就不一样了。他们喜欢发信号，知道吗？”

“信号？”

“想跟我们对着干，你不仅会死，但首先还得生不如死。明白吗？”

“怎么样生不如死？”

“你真的想知道？”

“是。”

“谁要是让他们不爽，他们会到他家里去，给他一个教训。当着全家人的面把他的孩子慢慢折磨死，或者让孩子们看着父母被折磨死。让他知道，永远不要去招惹他们。”

“我不怕，格雷厄姆。”

“是吗？你应该害怕。”

抽完香烟，他们匆匆返回屋内。他们点的比目鱼和薯条已经上桌。

坐下后，他拿起一瓶番茄酱，往薯条上倒了一些，“我听说，几天前，纽约一家豪华酒店的房间里，一个罗马尼亚无赖就被人实施了血鹰刑罚。”

“这话是什么意思？”

“相信我，你可不想让这种事发生在自己身上。这是以前维京人对付敌军首领的做法。让受刑人趴在地上，把他背上的皮全部剥下来，再用斧头砍断肋骨，而此时人还活着。接下来，再徒手把肋骨和肺拽出来，让它们伸在外面，就在肩膀之间，所以看上去像一只鹰收缩翅膀。如果一声不吭，他死后就被允许进入瓦尔哈拉殿堂。但如果他高声尖叫，那将永不得进入。”

她全身发抖，“这个发生在……”

“那家伙在皇家花园酒店被发现时就是这个样子。他叫罗密欧·蒙特亚努。这个名字听起来耳熟吗？”

她不由得一阵恶心，深深的不安席卷了全身，“罗——罗密欧·蒙特什么？”

“蒙特亚努。”

她使劲摇摇头，“没有，从没听说过这个名字。”

“好，很高兴听你这么说。”他盯着她看了一会儿，又把优盘举在她面前，“如果你不想在某天早上醒来，发现内脏被拽出来，你就聪明点，赶紧把这东西处理掉。你不会想惹毛这伙人的。”

“优盘里面都有什么？”

“东欧和俄罗斯犯罪团伙成员在世界各地的名单和地址，包括电话号码和电子邮件——还有他们在几个国家的银行账号。世界各地的警察，如果能搞到这些信息，都会高兴死的。”

她伸手接过优盘，放进手提包，“谢谢你的警告。这么说你破解密码了？”

“破解了。”

“那就告诉我。”

“你这是向我要你的死刑执行令吗？”

“我说过我不怕。谁都不怕，格雷厄姆。”

“你他妈的该怕呀。”

“他们应该怕我，我更愿意这么想，”她说，“如果他们下这么大狠劲把人折磨死，那就说明，有人非常想把它弄回去。也许愿意为它花大价钱。”

“这不是这伙人行事的做法。”他说。

“嗯，这是我的做法。”她在盘子上倒上一些番茄酱，叉起一根薯条，蘸蘸番茄酱，津津有味地吃起来。

“你这是在玩火。”

“哦，最近有什么新鲜事吗？”

第23章　2月24日，星期二

罗伊·格雷斯坐在桌后，浏览《布赖顿-霍夫独立报》，旁边放着一块三明治。独自吃东西时，他总是喜欢阅读——尤其是有关这座城市的文章——尽量从多种来源得到不偏不倚的视角。看完报纸，他又浏览爱德华·克里斯普医生一案最新进展的大堆文件，那是里昂警局通过国际刑警组织发过来的。文件是用法语写成的，让人颇感沮丧。他已请本地一家翻译公司快速做了翻译。

随附的DNA和指纹确认，此人无疑就是布赖顿那个连环杀手。格雷斯拿起三明治，一只大虾从中掉出来，落在一张报告单上。他边骂边捡起大虾，放进嘴里。这时他的手机响了。

“格雷斯警司。”他边吃边接电话。

“嘿，朋友，你好吗？”

一听到电话那头的布鲁克林口音，他立刻便知道那是纽约警察局的帕特·拉尼根警探。“很好，谢谢！你还好吗？弗朗辛怎么样？”他用餐巾纸使劲擦拭报告单上的污渍。

“嗯，她很好！听着，希望你不介意我直接打电话给你？”

“当然不，一直如此！”

“我想从你这儿能比从国际刑警组织官僚机构那里更快得到答案。”

“什么事？”

“我正在纽约处理一桩杀人案。性质相当恶劣，涉及酷刑。似乎与有组织犯罪有关——一个为俄罗斯黑手党跑腿的，我们已经跟踪他几个月了。他被发现死在皇家花园酒店的房间里，名叫罗密欧·蒙特亚努，罗马尼亚人。但对你来说这可能不重要。传言说他丢了一个行李箱，里面装着一大笔现金。他本来是要带着这笔钱去进行毒品交易的，但没有人相信他的话。”

“多少钱？”

“20万美元。我们正努力查找一个英国女人的下落，他死之前被人看见在酒店酒吧与这个女人在一起，我们相信她用的是假名。可能希望也不大，但我想或许你能帮我们找到她。我们不确定她是否一定与此案有关联——我们问过酒吧工作人员，他们说他好像是上周三晚上7点左右在酒吧与她搭讪。8点左右他们一起离开了酒吧。当天晚上刚过10点她便退房离开了酒店。工作人员说，她当时神情很是不安。”

“你有她的姓名吗？”格雷斯问。

“她入住登记用的名字是朱迪丝·福肖，但我们很确定她的真名是乔迪·本特利。从监控上看是这样。当天早些时候，她用真名登记入住四季酒店，地址留的是她未婚夫位于派克大街的公寓楼。我们猜她遭到媒体围追堵截，为了躲避极有可能换了酒店和身份。虽然我们现在还没有详细信息——四季酒店的监控视频出了点问题，他们正努力恢复，但我可以给你一份皇家花园酒店的监控视频，你要是觉得有用的话。”

格雷斯在便笺本上把名字记下，“你们对乔迪·本特利了解多少，帕特？”

“她的未婚夫是一位赫赫有名的大金融家，名叫沃尔特·克莱因，此前正接受美国证券交易委员会的调查，马上就会受到指控。就在两周前，他在一场滑雪事故中死亡，死得真是时候。可能是自杀。据克莱因的律师说，她就是想傍大款，但对他的真实财务状况一无所知。律师告诉我们，她来自英国布赖顿，这就是我打电话给你的原因，万一她在你们的监管范围内。她在皇家花园酒店留的地址是布赖顿的一条街道，叫韦斯顿路。”

“我对这条路没什么印象，”格雷斯说，“但她这个准新娘也真是可以，才过了两周，就换了假名去酒吧勾搭男人。”

“哦，听说她可是个情场老手。好戏还在后头。几年前，她的第一任丈夫被毒蛇咬死了。”

“她可能就是很不走运，或者事情并没有那么简单。”格雷斯说。

“这就是我希望查清楚的，罗伊。还有两件事可能与这有关系。凌晨时分，那个叫蒙特亚努的家伙，看上去不像个人样，下楼来到皇家花园酒店前台，发了疯似的找这个女人。听说她已经退房离开，他当时就抓狂了。他试图贿赂前台接待，把她的地址和任何其他联系方式告诉他。他出了一大笔钱。前台接待只好叫来夜班经理，让蒙特亚努冷静下来——直到经理威胁说要打电话报警，他才终于回到自己房间。后来有人发现他死了，这才叫来了我们。性质极其恶劣——是俄罗斯仪式杀人案。”

拉尼根停了一会儿，继续说道：“当天晚上早些时候，大约午夜时分，市内一个出租车司机带了一袋可卡因——黑市价值约1万美元——走进第10警察分局。他说他是在出租车后座发现的——是一名乘客一屁股坐在了上面，发现后交给他的。他还对那晚乘坐他车的所有乘客一一作了描述，其中一名乘客是女的，他说那人似乎有点不对头。她是在皇家花园酒店门口坐的车，她的长相和时间都符合。她好像不确定要去哪个机场——最终去了拉瓜迪亚机场。”

“她是如何付车费的？”

“现金。还给了司机一大笔小费。”他说。

“司机送她到哪个航站楼下的车？”

“国内。当天晚上那个时间只有一班飞往华盛顿的飞机，还延误得厉害。朱迪丝·福肖乘坐的就是这趟航班。”

“朱迪丝·福肖。她有这个名字的身份证吧？”

“嗯。”

“但是她飞来美国用的是乔迪·本特利，她应该也有这个名字的身份证吧？”

“嗯。我已经问过移民局了。”

“有意思。为什么她有多个身份证——更重要的是，她又是如何弄到的呢？”

“听说她死去的未婚夫是一个大诈骗犯，罗伊。据说诈骗规模都赶上伯纳德·麦道夫的庞氏骗局了，骗了投资者数十亿美元。我想，对那样一个家伙来说，搞到假身份证也不是什么大事了。”

“丢了20万美元可是不小的损失。”格雷斯说。

“是。我们已经查过她可能搭乘的从华盛顿飞往英国的所有航班。第二天飞往英国的有15班。监控显示，这个女人大约在午夜时分到达杜勒斯国际机场——与在皇家花园酒店大厅监控中的女人相吻合。我们发现她穿过离境大厅，但随后她似乎就消失得无影无踪了。”

“你查过离境航班乘客名单了吗？”罗伊·格雷斯问。

“当然。没查到。她像幽灵一样杳无踪迹。”

“我去过那个机场，太大了，”格雷斯说，“难道她不该留在纽约，参加未婚夫的葬礼吗？”

“我们和他的律师谈过。他告诉我们，在他看来，她只是想傍大款，在得知未婚夫的财务状况后，便怒气冲冲离开了他的办公室。当然，我们会去葬礼上找她——目前还不确定日期。法国警方说他是自杀，他的孩子对此不满，想请独立医疗机构再对父亲进行尸检。”

“这么说，她或许是乘出租车、公交或者火车返回市里了，或者去了另一个机场搭乘航班返回了英国。”格雷斯说。

“两者都有可能，”拉尼根说，“对于乔迪·本特利是否已经离开美国，我正在等待国土安全部的答复，希望今天晚些时候能得到消息。”

“如果她去更衣室乔装打扮，我认识一个人，他也许能帮你。”格雷斯说，“你有那天国内航班候机楼的监控视频吗？”

“我可以给你弄到。”

“我们与英国法医步态分析师海登·凯利合作，他与国内外很多警局都有合作关系。不管她的外表有了怎样的变化，他都能从人群中指认出来。”

“你不是开玩笑？法医步态分析师？”

“你们没有这种技术吗？”

“听都没听说过，罗伊。”

“如果你能把所有镜头传给我，我可以让海登·凯利看看。不管她怎样乔装打扮，他都能用技术识别出来。”

“几个小时之内我就给你。她可能是无辜的，但我们想尽快和她谈谈。”

“请尽早发给我。”

“没问题。”

第24章　2月24日，星期二

在布赖顿格兰德酒店餐厅，一对男女面对面坐在桌子两边，脉脉含情地看着对方。

透过远处的窗户，越过滨江大道的路灯，远处就是西码头废墟黑乎乎的轮廓，犹如海底钻出来的怪物，以及正在建设中的高耸入云的i360观光塔。但是乔迪·本特利和罗利·卡迈克尔对这些景色都视而不见。他们甚至都没注意到服务生给他们端来了酒——他的阿马尼亚克酒，她的苏格兰威士忌利口酒。他们紧紧盯着彼此的眼睛。他那已经神魂颠倒的眼睛。

她那危险的眼睛。

他让她感觉面熟，但又想不起是谁。

罗利·卡迈克尔比她大30多岁，温文尔雅，穿手工制作西装，戴丝绸领带。他的头发太长了，陌生人见了都不会认为他是银行家或律师，当然更不会是会计师——他更有可能是媒体或者艺术界人士。对，他的确从事艺术业。

隔着桌子，他举起酒杯朝她靠过去，透过角质镜框眼镜紧紧盯着她的蓝眼睛。那双眼睛如此深情，被她盯着的每个男人都会感觉自己是她注意的全部焦点。他感觉现在就是这样，这让他心潮澎湃。“干杯，”他说，“我们都住在布赖顿，这真是一个奇妙的巧合！”

一晚上乔迪都在模仿他的动作，此时她也隔着桌子向他靠过去。“干杯，”她说，“的确，这是一个奇妙的巧合。像是命中注定！”

“你知道，”他说，“跟你在一起，我感到非常自在，真是太不可思议了。虽然过去几个月我们只是通过电子邮件联系，但我觉得我们好像已经认识多年了。”

“这也正是我对你的感觉，罗利。”她回应道。

他向后靠了一点。

她也向后靠了一点。

“叫我罗洛！”他说。

“好，”她妩媚一笑，“罗洛！”

“你以前找过网上婚介所吗？”他问，稍微有点尴尬。

“不，不，我从来都不敢。我是一个非常害羞的人。”

“哦，我也一样。我也很害羞。”

她把酒杯放下，双臂交叉，身体前倾。也不知为什么，他也跟着做了完全一样的动作。

现在她领头，而他成了模仿者。这正是模仿对方的目的。如果她耐下心来，长时间这么做，总是屡试不爽。

“丈夫去世后，我感到很孤独。”她说。

“我也是，自从妻子去世，我就很孤独。我们退休后搬来布赖顿，几乎谁也不认识。一个朋友说服我尝试一下网上约会。但是因为太害羞，我没有勇气去联系在网站上看到的人，直到我看到你。照片上的你看上去那么热情友好，所以我想，嘿，试一下又能怎么样，她拒绝了再说！”

“我和你的情况一模一样！一个朋友说服我试一试。我拿不准——事实上，联系我的人我真的都没看上——直到看到你的照片。我对你的感觉也完全一样！你是看上去能让我信任的人。事实上，还有——我有种很奇怪的感觉——看着你的照片时，我觉得你让人很有安全感。”她故作紧张，用手捻着戴在脖子上的纯银心形小盒吊坠的链子。

“我真是受宠若惊！”

她的手滑过桌面，轻轻碰了一下他的手，“很高兴这次我鼓足了勇气。”

“我也是，”他说，“我太开心了。但你知道，你在个人资料里写的是‘不算年轻了’。我想这对你自己不利。我会以为‘不算年轻了’指的是60多岁的人。而事实上你才30多岁！”

她笑了，“也许是因为我换了发型吧！但是，嘿，我一直喜欢比我年龄大的。”她捏了捏他的手，“那么告诉我，你妻子是怎么走的？”

“老年痴呆症。病情急转直下，不到五年人就没了。”

“太可怕了。”

“是呀。你丈夫呢——他是怎么走的？”

“癌症。我照顾了他两年。后来他重重摔了一跤。”

“跌倒了啊，这可是老年人和病人的大忌。”

“没错。”她说。

“很抱歉听到这些。”他耸耸肩，“对你来说一定很难。他去世时多大?”

“52岁。开始是结肠癌，后来扩散到全身。”

“52岁？也太年轻了。”他摇摇头，“要知道我的年龄要大得多。”

她笑了，“我不觉得有什么年龄差距。而且——我也说过——你身上有种东西让我很有安全感。”

“从我们的电子邮件中，我能感觉到咱俩心意相通。真是太美了，乔迪，就好像我又有了一次机会。现在找到了你，我就是死也值得了。”

“不要死太早，求你啦！我们才刚见面呢。”

“我可没这个打算，”他说，“我还想多活很长时间呢!”

她又笑了。

第25章　2月24日，星期二

有结果了！没错，绝对有结果了！

谢尔比·斯托纳坐在破旧的菲亚特熊猫车内，看着停在车道上几辆锃亮的豪华汽车，羡慕极了。他贪婪地盯着一辆闪闪发光的法拉利488，一辆宝马i8，还有一辆白色宾利欧陆。他的父亲就是一个汽车迷。他对父亲印象不深，这个混蛋把妻子打得脸上开花后便永远离开了家，那时他才4岁。谢尔比的名字就是父亲根据自己的偶像，一位美国汽车设计师和赛车手传奇人物——卡罗尔·谢尔比取的。

他穿着黑色厚夹克和黑裤子，里面是紧身衣裤和橡胶头罩——这是他从电视剧《犯罪现场调查》中学的——这样就避免留下任何皮肤细胞或能提取到DNA的毛发，戴黑色皮手套和黑便帽。他的车停在街道阴影处，两旁是罗丁新月街僻静的豪宅和优美的风景——当然白天才看得见——越过远处的悬崖峭壁就是英吉利海峡。

《阿格斯报》最新列出的20处最贵房产之一就在他的左

边。那座豪宅他已经盯了一个多月，但因为难度太大他决定放弃。那地方很大，强光灯照得亮如白昼，还安了电动铁门和监控。车道上停着一辆运动版黑色路虎揽胜，一辆与之相配的黑色保时捷911Targa，十分招摇，好像在进一步炫耀主人的财富。它们大喊着：有胆就来偷我呀！为了得到5%的提成，他给迪安·沃伦发送了在这条著名大街上发现的所有汽车的详细信息。之后他便专注于来到此地的真正目的。

这条街上还有一些不如那家奢华，但也够气派的房子。其中一座是他今晚的目标。第191号。就在街道下面，一条不长但陡峭的车道尽头。和这座城市中许多房子一样，那是座仿都铎王朝时期风格的宅邸，窗户是花饰铅条窗。

房子主人的行踪他已经盯了几天。她似乎是个单身女士，很漂亮，三十五六岁，有一辆几乎全新的深蓝色奔驰SL500敞篷车。他已经把这辆车的车牌号和地址发给了迪安。

今晚那个女人没开自己的车。她刚刚乘坐布赖顿-霍夫简化出租车公司的出租车走了，是一辆漂亮的斯柯达速派。他不知道她会离开多久——他推测，至少得好几个小时吧。

铁窗岁月并非全是浪费。他从狱友那里得到很多建议，也学会了不少技巧。其中一条非常有价值的信息是警务预算大幅削减。十几年前，对防盗报警器的自动报警，警察几分钟内就会做出反应。现在报警不再直通警局，而是先传给呼叫中心，呼叫中心再转给物业或私人安保公司。除非你非常不走运，否则来人之前你还有一二十分钟时间逃跑；就算来人，来的也只是一个保安。报警器要是响了，只需镇静。

但最好的建议来自一个入室盗窃老手：首先要嗅探信箱，

看看能了解到什么信息；其次是进屋之后马上找出口路线；再就是一定开着后窗或后门。

他转到房子后面，注意到一个垃圾箱，一扇侧门，然后是后花园，那里有一扇门通往露台，再往前是一个浴缸。他又来到前面的门廊上，并没有亮灯，这让他松了口气。他推开橡木门上的信箱，往大厅瞅了瞅，里面亮着灯。装修风格挺现代，但感觉像是病房，死气沉沉的。他闻了闻，没有狗的气息，但有股浓烈的香水味——大概是刚坐出租车离开的那位女士的。穿着时髦，又喷了那么多香水，这表明她离开的时间不会很短。

“汪汪！”他学了声狗叫。没有任何反应。他口袋的塑料袋里装了一块掺了麻醉药的牛排。他等了一会儿，扭头瞥了一眼，发出更大声音。

仍然没有动静。

仔细选择入口能为你赢得更多时间。通常不是每个房间都安装了报警器。找楼上的一间备用小卧室，通过这个房间进去。立即计划出口路线。然后找到主卧，珠宝和高档手表很可能就放在里面，至少还有五分多钟——足够彻底搜查一番了——这样在任何人到达现场之前，你早就拍屁股走人了。

谢尔比一直擅长攀爬，而今晚他真是很幸运。这座房子外面有一个施工标志，右边已经竖起了脚手架。楼上两扇窗户露出灯光，但第三扇窗户里漆黑一片。

为了避免被哪个角落隐藏的监控摄像头拍下，他一直低着头爬上脚手架。透过第一个窗口，他可以看到里面似乎是个备用房间，但他注意到天花板上报警监视器的警示红灯——虽然这也不一定表示报警器开着。他继续爬，从下一扇窗户往里看去，只见里面有一排排书架，一张桌子，桌子上有一台电脑。在门正上方也亮着一盏红灯。他继续侧身前行，透过窗户往房间里看，百叶窗后面透出绿莹莹的微光。他使劲看了看，但并没有看到红灯。

完美！

他从口袋里掏出玻璃刀，在窗底部的玻璃上割了一个方形切口，然后对准玻璃按下吸盘，使劲往外拉。但是，玻璃并没有整齐地裂开，而是刺穿了他的厚夹克袖子，他感到右臂被扎了一下。

“妈的！”他痛得叫出了声，接着把嘴唇压在胳膊上，尝到血有股金属味。他站住不动，左手抱脚手架，又吸了一口，害怕留下血滴。他知道警局有他的DNA记录。他看看周围和身后，街道上静悄悄的，空无一人。

他又静静站了几分钟，等待伤口凝结。胳膊不再出血后，他把手通过窗底割开的切口伸进去，摸到没上锁的窗闩，拉开。

他掀起百叶窗，立即闻到一股酸臭味。他打开手机上的手电筒，房屋四周亮了。远处有一扇玻璃门，奇怪的是，门后竟然有一面坚实的墙。墙两边摆满了玻璃容器，里面发出微弱的绿光。还有两个独立的架子，上面分层摆着一些长方形玻璃陈列柜，每个大约3英尺长、2英尺高，里面都装着蛇、蜘蛛、青蛙等动物，有一个里面好像是蝎子。

他盯着这些动物，一阵恶心。随后，他跳进房间，不料右脚被窗台边缘绊了一下。他疼得大叫一声，整个人往前扑去，径直倒在一个架子上，打翻了上面的容器，把第二层的容器也带了下来。一个容器碎了，玻璃碎片在地板上闪闪发光，盖子掉下来。他手上的手机滑过地板。

“该死!”他咒骂了一声，扑过去抓起手机。四周到处都是盯着他的小眼睛。他听到唰唰的疾走声，吱吱的叫声。手电筒的光束照到了一对发光的小眼睛。那是一只样子奇怪的小青蛙，金色，黑眼睛。它径直朝他蹦了过来，跳到他的脸上。

“哎哟!”他大喊着，用戴了手套的手抓住它。它挣脱掉，跳到他胳膊上。他用力把它甩到房间那头，此时，房间传来沙沙声。他看见一条盘作一团的蛇，米黄色，棕黑相间的花纹，不停扭动着身子，吐着芯子，滑过地板朝他游过来。

“不，妈的，滚远点。”他用一只手撑住身体后退，另一只手挥舞手机当作武器，直至退到窗户下面的墙边。蛇仍在步步紧逼。

“不——”他尖叫着挣扎爬起来，朝蛇踢去。只见蛇从牙间飞快吐出芯子，他突然感到右脚踝一阵刺痛，像被荨麻扎了一下。

他害怕极了，心怦怦直跳。他撑住身体后退，躲在百叶窗下面，爬出窗户回到脚手架上。为了不让那个东西追上来，他砰地关上窗户，迅速回到地面，头也不回地拔腿就朝车跑去。

妈的，他想。妈的，妈的，妈的。

他发动汽车，加大油门开走了。他的脑子乱作一团，无法理清思绪。他需要找个地方停下车，看看伤情。现在还有点痛。他沿威尔逊大道行驶，拐进空无一人的布赖顿赛马场停车场，在尽量远离大路的地方停下。

他弯下身，卷起裤腿，褪下袜子，再次打开手电筒。脚踝上只有两个针眼般的小红点。

谢尔比对蛇一无所知。裤腿、厚厚的羊毛袜和紧身衣肯定起了保护作用，所以没被咬得更惨，他想。本来今晚还有三座房子要去踩点，但刚刚经历了这场惊心动魄的意外，他不想再去了。万一咬他的蛇有毒，那该怎么办？他想是否该去趟急诊室，让医生检查一下。但他能说什么呢？说他在库房，或者在公园遛狗时被什么东西咬了？医生会问他很多问题，他又不能如实回答。

他摘下手套，用手指摩擦咬痕。没有血渍，还好，这样安吉就不会发现。至于胳膊，他可以告诉她，是被货箱里掉出来的金属条割伤的。他看看车上的钟表。现在还不能回家，因为他告诉她今天上晚班。此外，他迫切需要喝上一杯来镇定一下情绪。他会开车去皇家阿尔比恩酒吧，或许迪安也在那里。回家后可以告诉安吉，一个同事过生日带了一箱啤酒，在快下班时大家为他庆祝，这样就能解释嘴里的酒气了。

真是不错的计划。

他会在一小时后再检查伤口，看看是否肿胀。

但是，天哪，是谁在家里养这么可怕的东西？

他发动了汽车，朝霍夫驶去，想着先去喝上几品脱哈维斯红酒，然后再搂着安吉缠绵一夜，心里不由美滋滋的。

第26章　2月25日，星期三

这是一个晴朗寒冷的早晨，伦敦在这种天气下最美了。法医步态分析师海登·凯利在潮湿的亚洲待了很长时间，最近刚刚回国。在他看来，伦敦比以前更美了。去国际医疗机构工作之前很多年，他都喜欢沿长长的哈利街漫步，欣赏沿街两侧雄伟壮观的乔治时代红砖房屋。他很高兴又回到了英国。

他身材结实，40多岁，一头棕色短发，黝黑的皮肤，和蔼可亲。穿着保守而优雅，一身质地优良的黑西装，浅蓝色衬衫，黑色真丝领带。他坐在办公桌前，盯着罗伊·格雷斯刚刚发来的15个视频文件。

上午要处理的事他记得很清楚。他最近当选为足病外科主任——他称其为“慈善工作”，因为这个职位并无报酬，但仍然占用了他和委员会大量的时间和精力，推动足病学发展。入职20多年来，他收获良多，也很高兴能有所回报。每天上午他都要留出一些时间来处理电子邮件。他先吩咐接待员，接下来两小时若有电话找他，先不要接通。然后他打开第一个视频，题为“2月18日，晚上22点12分，纽约，皇家花园酒店大厅”。

几分钟后，他便看见了警司描述的那个女人。她三十五六岁，穿一件时髦黑外套、过膝麂皮绒靴子。她从电梯出来，走到前台，似乎在退房，之后通过旋转门走了出去。

他用法医步态分析软件运行视频，接着打开下一个视频文件。文件显示的是华盛顿杜勒斯机场的到达大厅。几分钟内他就认出了皇家花园酒店的那个女人，正推着行李手推车。他继续运行其他文件，拍摄的都是国内登机口附近。

软件在运行一个多小时后，图像在13点05分达美航空飞往亚特兰大的登机口停住。一个戴墨镜、灰色毛呢帽，穿奶油色裤套装的女人朝门口走来。

凯利不由得一阵兴奋，喝了一大口黑咖啡，把镜头切换到慢动作模式，然后一次又一次点击放大她的图像。她的形象变得越来越模糊，现在不能确定此人就是皇家花园酒店的那个女人。帽子下面头发很少——她要不是把它遮在了里面，就是把它剪短了。

他浏览了一下软件得出的各种统计数据。步态匹配的不同点。自从他首创法医步态分析——通过步态或步态特征，包括分析从头到脚的全身运动，去识别一个人——以来，他已提供许多专家意见和法医报告，让许多人从中受益。他开发此项新技术已有五年，可靠性不容置疑。他写的教科书乃该领域首部著作，也于最近出版。

每个人走路的样子都不同，有些人的步态更有特色。每个人的步态和DNA一样都是独一无二的，但镜头质量差会导致精确度降低。

有些公司很是吝啬，只使用品质低劣的监控设备，并且从不考虑更新，却期望执法部门从质量极其糟糕的镜头中创造奇迹。这些镜头连树和灯柱都分辨不清，更不用说人了。有时他纳闷这些家伙是否听说过数字技术。没有最新技术，额外花费的时间和金钱代价实在太大了。

仅仅分析脚的位置，软件也能基本准确地把一个人从人群中识别出来。如果镜头中的人正在行走，且镜头质量良好，那么确定此人身份的概率就相当高。这项技术能帮助确定某人是否在犯罪现场。它不仅寻找相似性，也评估相异之处。它可以用来寻找一个人步态的特殊性，而排除的过程至关重要。

幸运的是这些图像的质量很好。毫无疑问，镜头中的人正是在皇家花园酒店退房的女人。

他面露满意的微笑，拿起手机，往后靠在真皮转椅上，拨通了罗伊·格雷斯的手机。

第27章　2月26日，星期四

图斯不怎么喜欢阅读，从头到尾全部看完的书没有几本。他给狗起的名字“尤索林”，是《第二十二条军规》中的一个人物。这本书吸引了他，因为它准确还原了军队战区生活原貌，与他的个人经历十分相似。都是一群混蛋，打一场不能取胜的战争。大多数时间他都看电视。

最近他迷上了英剧《唐顿庄园》。眼前的这座公寓楼位于纽约派克东大街，几乎和他想象中的英国庄严宅邸一样。他出了9楼电梯，步入一个墙上挂着大师名作的大厅。

身穿制服的管家殷勤地朝他鞠躬，他可以闻到雪茄和咖啡的香味。

两个身材高大的打手走了出来，都一身黑衣，戴着耳机。他们搜了他全身，把绑在左脚踝上的猎刀和腋下枪套里的手枪取下。图斯阴沉着脸，一声不吭地站着，直到他们搜完身。他在布鲁克林租了一个储物柜，专门存放这些武器。世界各地好几个城市的储物柜里都存放着他的武器。

“这边请。”管家说。

图斯没有动，“给我开一张收据。”

“你走的时候会还给你的。”一个打手说。

“我现在就要走。”

“我可不这么想。”另一个打手说，拿出一把带消声器的西格绍尔手枪。

图斯抬起左脚重重踢中这个打手的裆部。趁这个家伙痛苦地蜷起身子的工夫，他一把夺过手枪，用头撞向第二个打手，然后抬起右脚，用脚背踢中这个家伙的膝盖，对方也重重跌在地上。两个打手痛苦地躺在地板上，图斯用枪指着他们，“也许你们没听明白我的话。我说我要走了。”

他拿回自己的枪和刀，重新装入皮套。

“图斯先生，求你了，”管家说，“叶戈罗夫先生真的想和你谈谈。”

“是吗？我就在这里呀。”

管家和他对视了一会儿，开口道：“叶戈罗夫先生不能走路。”

图斯记得，他的客户惹恼了一个人，被对方枪击，从此腰部以下瘫痪。他轻蔑地把西格绍尔手枪朝两个打手躺着的地上扔去，让管家带路。

沿途长长的走廊上挂着很多风景、狩猎、肖像之类的油画，裱着华丽的金框，但图斯不是个喜欢艺术的人。

他们穿过双扇门，进入一个富丽堂皇的大房间，里面摆着古董家具，墙壁上也挂了油画。

四个人坐在一张长餐桌旁边，桌上摆满了装满羊角面包的银篮子、一瓶瓶橙汁、银咖啡壶、装果酱的盘子和小罐。其中三人警惕地盯着他。他们虽然身穿商务套装，但看上去还是像凶暴粗鲁的尼安德特人。另一个坐在轮椅上的就是谢尔盖·叶戈罗夫了。他金色短发，白色衬衫下面的扣子未扣，露出肚脐，手里拿着一根大雪茄。

“啊，图斯先生，很高兴见到你。”他说。

图斯面无表情，大步走过去。

他在桌旁一个空位上坐下，冷冷地扫了眼三个野蛮大汉，然后转向谢尔盖·叶戈罗夫。他一边直视雇主的眼睛，一边伸手去够咖啡壶。

管家立刻走上前，给他倒上。

“你想向我们报告什么？”叶戈罗夫问。

“这里他妈的太冷了。”

叶戈罗夫朗声大笑，夸张地挥挥手臂。打手们也笑了。接着屋内又寂静下来。

“还有其他要汇报的吗？”

“沃尔特·克莱因的葬礼将于明天在河畔纪念教堂举行，随后在布鲁克林的格林伍德公墓入葬。”

“你会去那儿吗？你还没有找到那个女人？”叶戈罗夫问，“为什么没有？”

“她可能入住的市内各家酒店我都去过，”图斯回答，“目前为止还没找到。”

“为什么没有？”

“我告诉过你，她已经离开这儿了。”

“这是她未婚夫的葬礼。你不觉得她为了面子也会参加吗？”

“最初我也这么想，但现在不这么认为了。为什么她会去呢？”图斯说，“克莱因的家人瞧不起她。她不会继承到一分钱。我想她已经回到英国，之前我也告诉过你了。”他从口袋里掏出香烟盒，抽出一支香烟，叼在嘴里点上。

“到现在已经一周了，”叶戈罗夫说，“你努力找了吗？”

图斯喝了一口咖啡，扭头看看他的客户，“把你的银行账户告诉我。”

“我的银行账户？为什么？”

“我不喜欢你。”图斯看着另外三个人，“你可以通过一个人的朋友判断他的为人，你的朋友太渣了。”

三个保镖都大怒，叶戈罗夫奋力挥手才让他们冷静下来。

“我会把你的100万美元还给你，不收任何费用。你不想听我说话？好，我走就是。”

“好吧，好吧，”叶戈罗夫说，“我听。”

图斯盯着对方，掂量着这份差事对他的意义。他需要钱，所以尽可能控制自己的脾气，“我说她已经离开这儿了，你还有什么不明白的地方吗？”

“图斯先生，我们需要拿回那只优盘。她拿走的现金就不用管了，是假币。我们希望你能教训一下那个女人，明白吗？按照你的方式教训。我们也想看看你是怎么教训的。”他举起一只手，另一只手模仿拍照做了一个按快门的动作。

“如果优盘对你如此重要，那到底是谁把它交给那个罗马尼亚笨蛋的？”

“这真的很重要，”叶戈罗夫抽了一口雪茄，并未理会这个问题，“我要你去葬礼现场。如果她不在那里，没关系，算我运气不好。然后你到英国去，拿回优盘，杀死那个婊子。听说你很擅长把目标的死亡过程拍摄下来。我们会很喜欢看。明白我说什么了吗？”

图斯犹豫着。他不喜欢跟不听他说话的混蛋打交道。就是这些家伙让你最后身陷囹圄。

但是……

他需要钱。这些混蛋都是不错的客户。如果他让他们不爽，他们就会说他的坏话，也许以后他的财路就彻底断了。

他盯着叶戈罗夫，就像盯着扑克牌对手，“你的钱，你做主。”

第28章　2月26日，星期四

下午5点30分，外面下起了大雨。罗伊·格雷斯收拾好厚厚一摞文件，那是他为爱德华·克里斯普最后返回英国接受起诉准备的，他要把文件带回家，晚上再仔细阅读。之后他盯着手机屏保，上面是诺亚和克莉奥在新家前拍的照片。他期待能及时回家，在诺亚睡觉前陪他玩会儿，然后和克莉奥一起享用晚餐。

有人敲办公室的门。

“进来！”

根据海登·凯利发来的报告，前一天他要求杰克·亚历山大探员从美国相关部门紧急查找乔迪·本特利在亚特兰大机场的动向。她，或朱迪丝·福肖，是否去了美国其他城市？他们的系统是否显示乔迪·本特利离开了美国？

杰克笑容满面地进来，手里拿着一张纸，上面有许多名字，还有亚特兰大机场监控镜头里那个可疑女人放大的模糊面部图像。他还带了一只优盘，把它放在格雷斯的办公桌上。

格雷斯示意他在前面的椅子上坐下。

“长官，”杰克坐下后说，“我已查明乔迪·本特利似乎是从华盛顿杜勒斯机场飞往亚特兰大的哈特菲尔德–杰克逊机场，用名珍玛·史密斯。然后她又用乔迪·本特利的名字离开了亚特兰大，上周四17点35分乘坐维珍航空公司的航班飞往希思罗机场，20日星期五上午6点30分抵达伦敦。我从她的信用卡详细信息中获得了她的地址。”

“她住在哪里？”

“这点很有意思，”亚历山大说，“我查过了，是一个租赁邮箱地址——与她入住纽约皇家花园酒店时登记的地址一样。”

“对此你有什么发现？”

“我去找过那里的人，跟经理也谈过，但她并不想帮忙，直到我用搜查令威胁她。”

格雷斯笑了。他喜欢这个探员的态度，让他想起了当年的自己。

亚历山大继续说：“她说他们从没见过那个女人。客户大约一年前通过电子邮件联系上他们。当然了，用的是Hotmail账户。我已经把它交给了高科技犯罪科，看看他们能否查到任何信息，但他们也不确定。”

“她怎么为这个邮寄地址付费？”格雷斯问。

“很明显是现金，由出租车送来。”

“这么说一切她都提前计划好了，”格雷斯说，“她的邮件又由谁负责取？”

“经理说，工作人员一直频繁变动，现有员工没有一人记得与她打过交道。”

“你去查过选民登记册吗？”

“是的，我去查过了。没有乔迪·本特利这个名字。”

“干得漂亮，杰克。”

“谢谢你，长官。我觉得她不想被查到。”

格雷斯笑了，“这还用说！”

“我也问过希思罗机场的边境管制局。她的护照于上午7点35分被扫描。如果记录显示为丢失或被盗，那么护照就会被标记出来，伪造的也一样。伪造的护照通常无法通过扫描，因为伪造者总会露出马脚！”

“扫描的信息他们保留下来了吗？”

“没有，长官。”

“哦，为什么没保留呢？”

“我也不知道，长官。”

他们又盯着模糊的照片看了一会儿。亚历山大拿起优盘，继续说：“我去了一趟希思罗机场的监控室，想查一下乔迪·本特利通过入境检验后的动向。我看到她下了自动扶梯，到了取行李处，但随后就消失了。”

“消失了？”

“可能她进了厕所，换了发型和帽子。这只优盘里有我拷贝的入境大厅的视频，但我没看见她。视频里出现了十几个与她体形相似的女人，但没有一个长得像她，或衣着像她。她在亚特兰大机场推的手推车上有三个大行李箱。肯定有行李搬运工帮忙，或者她在行李传送带那里又准备了一辆手推车。”

“机场出租车公司和接送旅客轿车服务处那儿怎么样?”格雷斯问,“有没有哪辆车拉了一个女人去布赖顿?还有,有大楼外部的监控视频吗?”

“我已经提出请求要那儿的监控视频,正在咨询出租车公司和轿车服务处。”

格雷斯看着亚历山大脸上热切的表情,“干得漂亮!”

“谢谢你,长官。”

接下来,格雷斯打电话给位于约翰街警察局的财务调查科,跟凯莉·尼科尔斯通了电话,请她查一下布赖顿地区的一个女人,30多岁,最近刚从美国回来,用的是乔迪·本特利、朱迪丝·福肖或珍玛·史密斯的名字。

然后他就回家了。

第29章　2月26日，星期四

“啊，哦，啊，哦……天呀，你太厉害了！啊，啊——啊——啊——”乔迪在狂喜中高声尖叫——或者她希望自己听上去是狂喜。她用指甲紧紧抓着罗利·卡迈克尔赤裸的后背，他正压在她身上，不断用力进入她的身体。她偷偷瞥了一眼手表，才过去三分钟。太早了点。

她对卡迈克尔最初的判断没错。虽然他并非律师或银行家，但他是一个正儿八经的伦敦上层社交界艺术品经销商。他经销的印象派画作价格简直高到离谱。他在骑士桥有一处房产，只是偶尔去住。她设法从他那里打听出房子地段，上网一查，发现房子价值1 000多万英镑。他现在主要在城里这幢价值超过300万英镑的海滨别墅居住。如果她处理得当，这可能真是让她荣华富贵的好机会。之前他激动地向她发出邀请，他已经预订好具有异国情调的游轮之旅——他星期六下午就飞过去。他没有人陪伴，她能否放下手头的事，加入他——好吗？

他之前表示歉意，家里没有万艾可了。她用性感的声音向他低语，如果没有万艾可便不能唤起他的情欲，那她也太失败了。

现在他还在继续。大象般笨重的身体，表示不达目的誓不罢休的咕哝声，全身黏糊糊的汗水，带着酒精甜味的呼吸，这些都让她想起以前一个女友描述一位超胖的国会议员，说跟他做爱，感觉就像被衣柜压在身上，而钥匙还在门上。

现在她就有这种感觉。

为了让自己分心，她想起了过去的恋人们使用的不同“技巧”。幸运的是，沃尔特·克莱因在高潮之前从来不超过几秒钟。在他之前，矮小结实的马丁·格兰杰，做的是奇怪的摇摆运动，就好像在钻孔。在他之前，天哪，拉尔夫·波特曼最喜欢玩性爱前戏，一再用力咬她的乳头，让她疼得直尖叫。

她再次看了眼手表。快四分钟了。差不多了。她需要让他感觉自己是个猛男，相信他能满足她，因为这会让他自我感觉良好！这是他们的第一次。能俯瞰大海的豪华大房。巨大的飘窗。茶几上冰桶里的香槟。酒精。酒精使一切变得可以忍受，偶尔也会——虽然不是现在——让人愉快。

这是他们本周第二次约会。她有一个三次约会原则，两天前的星期二他们第一次一起用晚餐，之后他向她发起进攻时，她就调皮地把这个原则告诉了他。他对她说，昨晚他就想来见她，但必须去参加某个乏味的城市同业公会晚宴。

她仍然为家里闯进了人而心神不宁。虽然家里安了报警器，但她从未设置使用过，因为她最不想让别人有她家的钥匙。此外，万一报警器响了，警察会到家里来到处窥探，这个风险也太大了。希望只是个小偷爬进屋捅的乱子。妈的，锯鳞蝰蛇和毒镖蛙差点就放出来了——虽然现在天气寒冷，它们生存的时间也不会很长。幸运的是，它们仍在屋里，她设法把它们安全放入新的生态养殖箱。她当时特别生气，第一个冲动就是去打电话报警——但想想之前为了不暴露身份可谓费尽心机，只得忍气吞声。此外还有另外一个原因，她饲养这些动物并无本地许可证，这当然是非法的。一些是她在荷兰休顿和德国哈姆的有毒爬行动物展上买的。把它们放进小纸箱带回英国总是不费吹灰之力。只需把它们放进随身携带的免税店购物袋，便能大摇大摆地通过入境检查处。

她希望那个混蛋——或者混蛋们——被咬才好。他妈的活该！她的确也想过，这次家里进人可能与优盘和现金有关，但果真如此的话，屋里会被翻个底朝天。她想这些人是不会因为她养的爬行动物而善罢甘休的。

小时候，叔叔送给她一本关于野生动物的书，之后她就迷上了有毒爬行动物。她对那些毛绒玩具完全不感兴趣，却喜欢蛇、蜘蛛、鳄鱼和青蛙。和她一样大的女孩玩洋娃娃，她却养蛇。她经常想，父亲觉得她性情古怪，也许这是另一个原因吧。蛇才不会在意她的鹰钩鼻和平胸呢。

一天晚上，她把一条草蛇放在凯茜的床单下面，然后回到自己房间躺下，等着传来尖叫声。那尖叫在她听来简直是天籁之音，就是第二天蛇被没收也在所不惜！

她和第一任丈夫克里斯托弗·本特利是在伦敦动物园的爬行动物馆认识的。那时她22岁，他48岁，刚刚离了婚。在遇到他的几个月前，她从家里搬了出来，用全部积蓄和一张假信用卡——她在几周内从中提取了不少现金——到哈利街的整容医院整了鼻子和下巴，接着又隆了胸。

克里斯托弗早年投资房地产小赚了一笔，因此不必工作。他最大的爱好是有毒爬行动物。成年后他花大量时间去印度、非洲和南美洲旅行，开始迷上了这些动物。他已经写了两本关于毒蛇、一本关于毒蛙的书，同时还是英国几个动物园爬行动物馆的顾问。

她发现他很迷人，很有魅力。第一次进入他的私人爬行动物馆，她就被深深迷住了。那是他漂亮房子的地下室，位于摄政公园附近，离伦敦动物园也不远。

墙两边摆满了玻璃陈列柜，里面有许多足以致命的蛇、蜘蛛和毒蛙。他对所有动物都了如指掌，并乐于与人分享。他养着响尾蛇、剧毒蝰蛇、加彭蝰蛇、锯鳞蝰蛇、虎蛇和各种黑曼巴眼镜蛇，以及一系列蜘蛛，包括红背蜘蛛和漏斗网蜘蛛。他还对蝎子着迷，养了印度红蝎、噬魂金蝎和阿拉伯肥尾蝎。

这些动物让她兴奋。她为这些小动物的力量惊叹不已。只要轻轻一咬或蜇一下，对于一些毒蛙来说，仅是与其皮肤接触，便足以致命。克里斯托弗还告诉她，假如一只蝎子不喜欢周边环境，或者被一圈火包围，便会蜇自己的脖子自杀。

她喜欢这点。她想，有一天她也会这样。而眼下，她正在享受人生，还有很多计划。了不起的宏伟大计。

他向她展示了放置解毒药的柜子，每种药都精心标记，用于治疗这些动物的叮咬蜇伤。他还教她如何使用解药，以及瘫痪或死亡之前的时间范围。最重要的是，他教她如何使用各种工具来处理他收藏的这些宝贝。

他喜欢用金属棒去弄蛇，比如一头弯曲的扦，还有双手。

就在那一天，他带她进了爬行动物室，向她展示刚到的新品。那是一个用胶带密封的小纸板箱，里面有一条锯鳞蝰蛇。他高兴地告诉她，这种蛇在世界上导致的死亡事件，远多于其他蛇。它生活在非洲、中东、巴基斯坦、印度及斯里兰卡。他说，此蛇攻击性极强，行动极为迅速，身体盘绕成许多小圈侧行移动，鳞片互相摩擦，发出嗞嗞的声音。

她惊讶地看着他用没戴手套的手把胶带撕开，用带钩的金属棒打开盒子。接着，他把蛇倒进一个红色塑料箱，砰地拉下通风盖。

她注意到，在最后一个步骤，他看上去也有些紧张。

“你为什么对这些动物如此着迷？”她问。

“因为它们的力量。”他言简意赅地回答，“你看，我们人类太复杂了。而这些动物，有的大脑只有针头般大小，但任何一个都能置人于死地。”

他高兴地跟她讲述这些动物叮咬蜇伤发生的生物化学反应，以及在没有解毒药的情况下，毒液对人体产生的危害。

不知为何，她发现自己尤其被锯鳞蝰蛇所吸引。一旦咬伤必将致命。此外，必须在两小时内施用解毒药。

太糟糕了，他们结婚八年后，克里斯托弗就错过了关键的解毒期。嗯，严格说，事实并非如此。在他卡住一条锯鳞蝰蛇的脖子时，她猛地碰了他胳膊一下。此前她把解毒药换成了安慰剂。

当他被送往伦敦盖伊医院的毒理科时，他的眼睛和全身的每个毛孔都血流不止。

他必须得死。他坚持不要孩子，这与她的计划不符。他不够有钱，不能提供她想拥有的一切，包括孩子——随着时间的推移，她对孩子的渴望越来越强烈，而她的青春年华却在慢慢流逝。

但那次婚姻带给她两样好东西。在交完遗产税后，她把他留下的大部分财产用于购买房产——在布赖顿买了一幢房子和一套公寓，又在伦敦买了一套公寓——短时间内她也不必再担心用钱。此外，她还学到，务必为爬行动物室安装玻璃门，这至关重要。因为这样的话，假如有宠物从容器里跑出来，你在进去之前便能看见。

和她现在家里的情况一样。

她又偷偷看了眼手表。现在时间足够了。她开始扭动身子，疯狂地抓住他，高声尖叫："哦，我的宝贝，啊——啊——我——我——我——"

突然，罗利·卡迈克尔哆嗦了一下，接着他身体每一部分都变得僵硬，除了那个真正重要的部位。此时它疲软不堪，从她体内滑了出来。

她感到他整个身体都压在她身上，简直要把她压垮。

"亲爱的？"她说。

没有回答。

"罗洛？你已经……"

他轻轻吐了一口气。

"罗洛？"

她抓住他的头，把他的脸转向自己。他的眼睛直视前方，一眨不眨，已经不省人事。

“罗洛？”她先是轻轻地，接着大声叫道，“罗洛？罗洛？不，不要这样对我。罗洛？”

还是没有反应。

第30章　2月27日，星期五

果然不出图斯所料，乔迪·本特利并未露面。如果那个俄罗斯大混蛋听了他的话，此时他就不必站在凄风冷雨中，冻个半死了。他就会坐在从英国布赖顿飞往纽约的航班上，带回那个价值100万美元的优盘。他总是要求提前付款；他不需要一手交钱一手交货，因为他从未耽误过交货。

他穿一件羊毛外套，戴一顶阿斯特拉罕羔羊皮帽，脚蹬毛皮靴，站在距格林伍德公墓不远的小山上。一架从拉瓜迪亚机场起飞的飞机从头顶呼啸而过。远处传来一架直升机的轰鸣声，更远处传来一辆消防车的警笛声。山下，参加葬礼的人们正要离开。长长一列黑色豪华轿车——他想，对一个资产全被冻结的人渣来说，葬礼真够盛大隆重的。

但是图斯到这里来不是为了对那人做出评价。

警笛响起。又一架飞机从头顶呼啸而过。他从烟盒里抽出一支香烟叼在嘴里，用手遮住打火机的火焰，把烟点燃。

他等着，等到烟只剩下烟蒂，等到最后一辆车驶出墓地，才把烟扔到草地上用脚踩灭。他走回到租来的福特车那儿，爬进去发动引擎，把空调开到最大温度。他先是把枪和刀存入布鲁克林的储物柜，然后去了肯尼迪机场。

他把车停在停车场，从那里打电话给客户，向其汇报了最新情况。

“去英国吧。”叶戈罗夫指示道。

第31章　2月27日，星期五

今天是安吉的生日。谢尔比告诉她，今晚的夜班不去了——改到明天，也就是周六晚上——这样他就能带她出去庆祝生日了。

安吉与生意伙伴分手后，最近刚从地处内陆的考文垂搬到布赖顿。海滨度假胜地的一切都是那么新鲜，她被迷住了。因此，虽然他今天没有胃口，他还是请她去码头的棕榈阁餐馆吃炸鱼薯条大餐，喝香槟。

她把盐撒在面糊上，把薯条蘸上醋和番茄酱，敞开肚皮大吃。他坐在对面，小口喝着香槟，把食物在盘子里堆来堆去，几乎没吃两口。

“怎么了，我的大帅哥——不饿吗?”

“我只对你有胃口，”他勉强微笑着，“你让我如此发狂，我都吃不下了!”

他感到她踢掉鞋子的脚压在他两腿之间。

“我喜欢你为我发狂，”她说，“我想让你一直对我发狂。”

他又笑了。事实上他感觉不是很好，但他不想扫她的兴。今天可是她的大日子。他喝完了香槟，叫来服务生，点了一品脱啤酒，希望酒精能让他好些。为了好好庆祝一下，他们是坐出租车来的。该死，反正已经破费一笔了，就花个痛快吧，他想。

今天早上醒来，他发现脚踝上有一个小肿块。他觉得没什么大不了的。白天肿块似乎也没变大。但今晚他觉得肯定是哪里有些不对劲了，自己不像以前那样精神十足。他感到头晕乎乎的，全身乏力，好像得了流感。

当然，这可能是因为来餐馆之前，安吉坚持要他带她坐摩天轮造成的。摩天轮在空中翱翔，他们在里面转了一圈又一圈。当他觉得再也受不了的时候，他们又转了一圈，接着再一圈。现在他还觉得脑子在不停旋转。

安吉看看他，皱起眉头。她从手提包里取出一张纸巾，探身给他擦了擦下巴，“还流血呢。”

谢尔比摸了摸下巴。来之前刮胡子时刮破了皮肤，他用止血笔涂了伤口，通常很管用。但他拿开手，却看见手指上又有了新鲜的血渍。他用纸巾压住下巴，叫来服务生，询问有没有创可贴。

接着，他将啤酒一饮而尽，又要了一品脱。他注意到安吉的盘子很干净了。她拿起最后一根薯条，把盘里剩下的番茄酱全部抹光，扔进嘴里。

“是因为坐摩天轮吗？”她边吃边问道，眼睛盯着他那一大份鳕鱼，几乎还一点都没碰。

他可怜巴巴地点点头，“恐怕是。从来都不习惯坐那个。”

“觉得恶心想吐，是吗？”

“有一点。”他承认道。

“我知道怎么能治好！”

他感到她的脚又压在他两腿之间，轻轻从一边蹭到另一边。

“嗯——”她说，“我觉得好些了。”

他有气无力地笑了笑，“我也感觉到了。”

“我想我该带你回家睡觉了。”她说。

“今夜还很长呢。”他闪烁其词，不知道还能不能撑住。

“我正是这么想的。”

她的那只脚又开始扭动起来。

第二杯啤酒下肚，他希望很快就没事了。但没有。一喝完，他就飞快冲进洗手间，狂呕不止。

第32章　2月27日，星期五

图斯坐在去肯尼迪机场的豪华轿车后座上。只要有可能，他在纽约都乘坐豪华轿车。他讨厌黄色出租车。司机常常性情古怪，后排空间也太小，他的脸紧贴在被划得乱七八糟的有机玻璃挡板上，还得忍受无限循环的广告视频。这些都让他讨厌。他只在迫不得已的情况下才乘坐黄色出租车。

比如上星期六。

他要乘坐美国大陆航空公司的红眼航班飞往伦敦，坐的是二等舱，对此他并不介意。他总是乘坐二等舱，因为不容易受到他人的注意。机组人员不会记得他们。融入周围环境，不被别人注意，也不被别人记住，因此他总能平安无事。就像他在军队当狙击手时一样。他擅长耐心等待。反正又没有别的事情可干。不必去照顾或担心谁，除了尤索林。尤索林现在很好，米西克老妈会把这条傻狗惯坏的。就像他和狗一样，又老又丑的米西克在这个世上也没有家人。他们三个是同类，困在一起，困在这个以时速1 040英里不停旋转、毫无意义的行星地球上，等着被人遗忘。哦，米西克老妈跟他不一样。她等着进天堂。

对她来说是件幸运的事，图斯想，等那一天到来，她便不再会失望。

图斯不相信天堂。

第33章　过去

事情都过去18年了，但是乔迪依然对那件事记忆犹新。真好笑。不管她父母是怎么想的，乔迪就是觉得好笑。

当然了，事情发生时她可不敢笑，而是极力表现出和父母一样震惊的样子。

那是凯茜去世一周年纪念日。姐姐在她记忆中渐渐变淡，在家里四处摆放的照片中也逐渐褪色。她高兴地看到，放在客厅窗台上的那张姐姐的巨幅肖像照，看上去真是美丽动人的那张照片，已经开始严重褪色。

家里到处摆放着凯茜的照片，以至于有种神殿的感觉。凯茜的神殿。美丽的凯茜。完美的凯茜。爸爸的宠儿，妈妈的宠儿，老师的宠儿。乔迪经常想，如果死去的是她，父母还会这样悲伤吗？家里也会摆得像个神殿一样吗？

她觉得不会。

父母都没有注意到，她把这张大照片从原来的阴影中移到了飘窗台上，那儿太阳一天会照射好几个小时。凯茜的皮肤开始渐渐失去颜色。过不了多久，乔迪想，她看上去就真像鬼一样了。从此又少了一张阴魂不散的照片！

那天下午，一家人去给凯茜扫墓。父亲请假没去上班。母亲自从凯茜去世后就再也没有回去工作。她始终未能从丧女的打击中完全恢复过来，一度精神崩溃，

快点啊，臭女人，快恢复正常吧！乔迪心里暗想。你相信上帝——你每个星期天都去教堂，所以你还有什么问题？凯茜去了天堂，很可能成了天使加百列的宠儿，耶稣的宠儿，上帝的宠儿！

乔迪不相信那些玩意儿。在她看来，凯茜现在只是一堆腐烂干枯的皮肤、骨头和头发，躺在地下6英尺也在腐烂的精致棺材里，就在老肖勒姆路边那个巨大公墓，那里也埋葬着她的祖父母。

这个地方再适合凯茜不过了。终于摆脱了，她站在墓地时偷偷想，同时吸着鼻子啜泣，装出伤心的样子，因为姐姐走了，被残忍地夺走了——正如那光滑洁白的石碑上刻着的漂亮文字所言：

凯茜·简·丹福思
亲爱的女儿和姐姐
从我们身边被残忍地夺走

“被残忍地夺走”——哦，这一点严格说来并不准确，她想。是在10月期中假一家人到康沃尔郡度假时，凯茜沿海边悬崖小路走，结果掉下去摔死了。实际上是被推下去的。但

那是另一个故事了——最好别想那些了。

那天晚上，乔迪趴在床上，在日记中写道：

我们从墓地回来后去了酒馆吃晚餐。妈妈太难过了，不想马上回家，可怜的她也做不了饭，于是我们开车到乡下，去了妈妈和爸爸都喜欢的一家美食酒馆，吃了我平生吃过的最恶心的大虾冷盘。虾很小，倒是比凯茜尸体上的蛆虫大多了，很多虾还没有化冻——上面铺了一层别有风味的玛丽玫瑰酱。妈妈每次去都点这个，一定要我也尝尝。“量可很大呢。”她总是这样说。

真不敢相信我今晚又点了一次。这次比以前还糟糕。

虽然开车，爸爸还是喝了两品脱哈维斯酒，吃了一块牛排饼、豆子，又要了一大杯红葡萄酒。妈妈喝了一小瓶雪利酒。他们两个争论该由谁开车。她坚持说由她开车回去。菜上齐了，但我不得不跑出来，进了厕所，以摆脱让人作呕的氛围。

这真是太可笑了。一整天，一整晚都是。

刚开始是妈妈开车。她开车就像个老太太，好吧，她就是个老太太嘛，我想，46岁已经很老了——但她开起车来像是146岁——时速一直稳稳保持在46英里。她开车时速从未超过50英里，即便在高速公路上也这样。她从不超车，包括自行车，除非前方10英里空无一物，否则她只是坐在方向盘后面一动不动。这让我很烦，但爸爸不。

今晚他甚至让她放慢速度！我们以每小时15英里的速度跟在一辆自行车后面，他竟然对她说："苏珊，慢下来，你离前方的自行车太近了。"

这就是我的家人。

让我难堪的家人。

还有他们说的话。

但最好笑的还是下面这件事。妈妈突然说想为凯茜点上一根蜡烛，把点燃的蜡烛放在桌上与我们一起用餐。于是爸爸去了吧台，问他们是否可以为他的女儿点一根蜡烛。10分钟后，厨师和两名服务生走了出来。他们端着一块小蛋糕，中间点着蜡烛，朝我们走来，一边对我微笑，一边齐唱："祝你生日快乐！"

现在快午夜时分了，明天的作业我还没开始写，但我仍然在笑这件事。

但是，说实话，我必须说，我有好长时间没有这么开心过了！

第34章　2月28日，星期六

晚了六个小时。由于技术故障，飞机在离开肯尼迪机场一小时后又返航。乘客全都下了飞机，在候机厅坐等了四个多小时才再次登机。飞机原本预定在早上7点到达，而现在已经是下午1点30分了。

伦敦希思罗机场，等待入境护照检查的人们排起了长长的队伍，站在中间的图斯打了个哈欠。如果有必要，他能长时间保持清醒状态。年轻时在军队，有时他在敌军阵地潜伏，必须48小时或更长时间不眠不休，一直等到目标出现。但是现在，他盼望着快点到预订好的布赖顿海滨酒店睡上几个小时。也许是他老了。

整个飞行过程中，他在经济舱狭窄的座位上一直很清醒，计划着到达后需要做的事情。

飞机在希思罗机场的跑道上滑行时，他连接上网，从手机上调出布赖顿-霍夫的街道地图，提醒自己记住整个城市布局，查找朱迪丝·福肖填写在酒店登记表上的街道地址。

韦斯顿路。

地址是真还是假呢？管它呢。有关沃尔特·克莱因的新闻报道说，他的未婚妻来自布赖顿。这个城市总人口只有27.5万人。纽约人口有850万，他在那里找个人从来都不是问题。

在布赖顿找到她简直就是小菜一碟。

他从口袋里拿出护照，看了看他在移民表格上填写的详细信息。此次出行，他用的是迈克·欣顿的名字。他不喜欢用假证件旅行，这增加了不必要的风险。但是他在苏塞克斯有前科，这里肯定有他真实姓名的记录。欣顿。迈克·欣顿，会计师。

10分钟后，移民官仔细端详护照，并让他摘下帽子。图斯把遮住半个脸的棒球帽往上一抬，对女警官粲然一笑，极力掩饰心中的焦虑。

她又对着护照看了看他的脸，合上护照，还给他，微笑道："祝你在英国愉快，欣顿先生。"

图斯并未回答，而是径直往前走去，下了自动扶梯，来到行李大厅，去取旅行袋。他不想让它离开自己的视线，但如果把它当作随身行李带上飞机，那么里面的一些东西就会被没收。

行李到了，他从传送带上拿下旅行袋，把它和笔记本电脑包背到肩上，慢慢走到绿色出口通道。他总是喜欢轻装旅行。无论身在何处，买衣服更容易，离开之前再扔掉也省事。15年来他全世界到处飞，从不带行李箱。对于大部分任务来说，他总能速战速决，甚至都不必打开随身携带的那点行李。纽约是个例外。他被困在那里太久了，因为跟他打交道的家伙都是混蛋。

现在，他要面对的是一个自以为聪明的女人。但显然她没有那么聪明。她跟一个财产被冻结的骗子订了婚，现在又傻乎乎地偷走了她永远都不可能卖掉的东西，为此她要付出生命的代价。

不痛快地死去。

图斯从不让目标痛痛快快地死。

第35章　3月1日，星期日

“许多年前，一个朋友告诉我，人生的秘诀在于知道它何时很美好，”罗利·卡迈克尔说，他的胳膊紧紧搅着乔迪的腰，海风吹拂着他们的头发和脸颊，“现在就很美好。美好得令人难以置信。”

她抬头盯着他的眼睛。她自己的眼睛在船尾灯光的照耀下闪闪发光，犹如头顶上的星星一样明亮，也像船上珠宝店里黑色天鹅绒垫上的钻石订婚戒指一样闪亮。他几个小时前刚把钻戒买来送给她。她假装并未注意价格，虽然已经暗自计划好，再过几个星期，把它拿到布赖顿的商店，定会卖上一个好价钱。“我知道这很俗套，亲爱的，但我觉得我们俩就像《泰坦尼克号》上的那对情侣——还记得那部电影吗？”

“杰克和罗丝，是不是他们的名字？”他说。

她点点头，“莱昂纳多·迪卡普里奥和凯特·温斯莱特扮演的。”

“难道他们不是在船头吗？”他问。

“你想到船头去吗？”

“这儿就很好！”他微笑道，举起盛满水晶香槟的酒杯，与她的一碰，“干杯，亲爱的。致我未来永不会沉没的罗利·卡迈克尔夫人！”

“致我永不沉没的未婚夫！”她说，喝了一小口，踮起脚尖吻他。一个长长的吻。此时他们倚靠在船尾栏杆上，她努力掩饰自己的厌恶之情。他的嘴巴黏糊糊的，舌头像觅食的啮齿目动物一样在她嘴里四处游移。他们下面50英尺处，漆黑一片的印度洋波涛汹涌。

“我还是不敢相信你同意嫁给我了，”他说，“真是难以置信！我们正式认识不过才几天。”

“我还是不敢相信你向我求婚了。”她微笑道。

“我当时太开心了，不可能更开心了。”他说。

她一脸崇拜地望着他的眼睛，“在这艘船上举行婚礼不是一件浪漫的事吗？”

“在这艘船上——你是说——就在船上？”

她使劲点点头，“是！难道那样不好吗？多浪漫啊！我从哪儿读到过，船长有资格主持婚礼。”

“我就爱你这股疯狂劲，”他说，“你是多么真诚可爱！这太疯狂了！好的，我们就这么干。走，我们先去找事务长，问问他需要什么程序！”

“天哪，我太爱你了，”她说，“我真喜欢看着你！”但她继续盯着他时，突然意识到他让她想起了谁。他们第一次约会时那个念头就在她脑海中一闪而过。

她的父亲。

她能感觉到脚下发动机轻微的抖动。她呼吸着清新的油漆味、大海的咸味和偶尔飘来的柴油气味。这是他们在海上的第一个晚上。金色年华号游轮于那天凌晨离开迪拜拉希德港游轮码头，三天之后将停靠第一站孟买。这是一艘漂亮的白色大船，全身闪闪发光，运营尚不到一年，船上搭载了350名乘客，并且船上服务一流，让人感觉船员人数是客人的两倍。在他们见面之前，罗利就已经预订好乘坐这艘游轮，进行为期四周的环球之旅。说服她加入并未费什么口舌。

上周五凌晨，她回家收拾好游轮之旅所需行李，又把猫送到宠物店寄养。泰森对此不太高兴，但是话又说回来，它对任何事都不太高兴。它会没事的，等她回来后再好好补偿它。她还为家里的其他动物设置了定时喂食。

他们的船舱是豪华套房，带一个阳台。

“你没忘带胰岛素吧，亲爱的?”她问。

他拍拍白色燕尾服口袋，掏出速效胰岛素蓝色注射器。“当然!”他把它小心地放回口袋。

“那天晚上你可把我吓死了。我还以为失去你了呢——甚至还没来得及了解你。你还记得发生了什么吗?”

“哦，不是很多。一片模糊。如果血糖太低，我就不能正常思考，就会晕过去。都是我的错，我以为我们要一起吃晚餐，所以就注射了胰岛素，吃了药。但我们都没出房门。”

她莞尔一笑，“所以这真是我的错呢！我就是想不停地摸你。我等不到吃完晚餐，当时就想要你。就在那里！但是，天哪，你瘫在我身上真是把我吓坏了。医护人员来时你都快神志不清了。可是你拒绝让他们带你去医院，我可真生气。”

“我只是需要糖。我没事。天哪，我们才刚刚见面，我就差点死了，还要失去你……”

她踮起脚来吻他，“以后可不要再那样了，记住了？”

“我想我已经得到教训了。”

“什么教训？”

“那就是：我们一起在卧室时，我的手不能离开你。”

“可不许有变！”

“我不会的。”他用手指抚摸着她的长卷发说。

“好！”

“你知道，我还是不敢相信我们见面了。我的意思是，我们俩有这么多共同点。我们都热爱艺术、歌剧、戏剧、美食、红酒，还有旅行。你相信灵魂伴侣吗，亲爱的？”他问。

“以前我不信，直到遇见你。这就是你给我的感觉。”

“我也是！我感觉咱俩上一辈子见过面，现在终于又找到了对方。”

“这正是我的感觉。”为讨好对方，她撒了个谎。

第36章　3月1日，星期日

星期六一整天谢尔比都躺在床上，呕吐不止，偶尔还流鼻血。今天，醒来时他感觉头晕眼花，看到穿戴整齐的安吉一脸担心地站在面前，手里拿着装有深棕色液体的玻璃杯。

“现在感觉怎么样了，亲爱的?”她问。

他的头正晕得厉害，感觉又想吐。他早已吐得喉咙发痛，几个小时前连胆汁都吐出来了。“几点了?”

“10点30分。今天是妈妈60岁生日，记得吗?”

“嗯。”

“你觉得怎么样？想去吗?”

她的父母住在沃特福德，开车需要近两个半小时。他不可能撑那么久。反正她那无聊至极的妈妈也不喜欢他。他慢慢摇摇头，感觉头很晕。

“我必须马上出发了。你试着喝点这个。”她把玻璃杯递给他。

“这是什么?”

“可口可乐。我一直在搅拌，让气泡跑出来。里面的糖对你有好处。你必须喝点东西，你需要电解质。你昨晚什么都没吃，喝点这个就好多了。”

她扶他坐起来，用怪怪的眼神盯着他的脸。

“怎么了？”他问。

“星期五你刮胡子割伤的地方又出血了。”

“不可能。”

“你一定是又碰到伤口了。一会儿我再给你拿块创可贴。先把这个喝了。”她把玻璃杯送到他手中，朝他的嘴边倾斜。

他喝了一小口，瞬间皱起了眉头，“哎呀呀。”

“相信我，”她说，“这个会让你好起来的。你得了胃病——最近得这个病的人很多。”

“我希望没传染给你。”

“我没事，”她说，“我还准备了两杯。每隔几个小时喝上一杯，真的，你会感觉好起来的。”

“可乐吗？”他问。

“相信我。可乐最初就是为了治胃病而发明出来的。”

“你可真会开玩笑。”

她摇摇头，“最初它就是一种药物，后来人们喜欢上了这种味道。我生病的时候都喝它。”

他将信将疑地又喝了一些。过了一会儿，他感到的确没有那么恶心了。

“来吧，再多喝点——为了我。”

他又喝了一大口，接着又是一口，“谢谢你啊，护士小姐。”

她吻了吻他的额头，“今晚不要去上班了。你把他们的号码给我，我打电话告诉他们，说你病还没好。”

他摇摇头，“不——我——我过会儿看看再说。我就躺在床上，看会不会好点。我不能再误工了。”

“我会跟他们解释，你病得厉害。”

他又喝了些可乐，“这个让我感觉好多了。如果今天下午还不好，我会给急诊医生打电话。”

“如果你还是不舒服，给我打电话，我会早点回来。”

“你真是个天使。”

她笑了笑，又亲吻他，“我知道。”

“看把你美的！”

“你感觉好点了，是吗？”

“早点回来。我有一种感觉，我可能会欲望很强烈。”

“保持这种感觉哦！”她挥手和他告别，走出了卧室。过了一小会儿，她又拿着一块创可贴跑回来，递给他，“对不起，差点把这个给忘了。”

她一走，他便掀开羽绒被。他在脚踝周围缠了绷带，万一安吉问起来，他会告诉她，上班时被箱子绊倒了。

他小心翼翼地把双腿挪到床边，弯下身子取下绷带。

他震惊了。

被咬伤周围的皮肤已经肿了，又黑又黄，而且往外渗血。

他感到恶心也是因为这个吗？被蛇咬后的反应？那到底是个什么东西？

他用纸巾轻轻擦了擦伤口，到浴室药柜里找了些消炎膏涂上，又换了新绷带。做完这些后，他打开笔记本电脑开始搜索“蛇”。他只记得那条蛇是棕色的，身上有黑色花纹。这样的蛇有几十个种类。他盯着那些图片，并没认出是哪种蛇。当时他只是借着手电筒的光束，匆匆瞥了几眼。

如果蛇真的有毒，那么他肯定早死了，他想。难道毒蛇不是在几小时内致命吗？都过去五天了。也许是伤口感染了，他现在难受是因为感染后的反应？

再等等，看看过会儿感觉怎么样吧。

第37章　14年前

绷带解开了，她看上去糟糕透了。眼睛发黑，脸上的瘀伤青一块红一块。但是……

她的鼻子棒极了！鹰钩鼻子不见了，取而代之的是一个小巧玲珑、笔挺秀美的鼻子，堪称完美。

简直和凯茜的鼻子一模一样。

第一次到哈利街的美容医院咨询时，她就带了一张姐姐的照片。外科医生根据这张照片，给她整了鼻子和下巴，手术非常成功。

接下来的两周，她几乎整天宅在自己位于布赖顿肯普敦的海边小公寓里。出门时，她很高兴外面寒冷刺骨，因为正好可以把脸包裹在围巾里面，戴上墨镜遮住眼睛，再把帽檐拉下来。

她每天都照镜子，瘀伤正在逐渐消失。外科医生对她下巴的改造堪称杰作。镜子里的女人一天一天变得漂亮起来，就像暗室里的照片一样，越来越明艳动人。

她每天都对着凯茜的照片仔细端详。随着疤痕逐渐消退，又一个完美的凯茜形象呼之欲出。

她在脸和身体上做的一系列手术几乎花光了她从小积攒的每一分钱，包括多年来从父母那儿偷的钱，以及从假信用卡上提取的钱——但是完全值得！

为了离开父母，经济独立，她在霍夫一家小酒馆当服务生，那些辛苦也完全值得。

整个童年时期他们都把她当丑小鸭，不接受她，却对凯茜宠爱有加。可怜的凯茜，早已长眠不醒的凯茜。

但她跟他们还没完。

几周后，在一个星期天的傍晚，在确定父母都在家后，乔迪开着宝马迷你来到了伯吉斯希尔。她已经几个月没见过他们了，妈妈不时给她发信息，她也不回，让她回来跟家人一起过圣诞也被拒绝。

她没有回去，而是一整天躺靠在床上，一部接一部地看电影，喝普罗塞克葡萄酒直到酩酊大醉，吃了超大一份中餐外卖。她觉得这是自己过得最开心的一次圣诞节。

她把车停在房子外面，经过母亲闪闪发光的崭新奥迪车——毫无疑问，肯定是父亲早些时候洗的——摁响了前门的门铃。叮咚叮咚叮咚响了三声，真是白痴……

屋里面传来微弱的电视声。

门终于开了，母亲站在那里，穿着宽松的套衫、牛仔裤和拖鞋，目瞪口呆地盯着她。

她听到客厅传来父亲的声音，盖过了电视声，“是谁呀？

我们今晚有客人吗?”

母亲继续呆呆地盯着乔迪，就好像盯着鬼魂。接着，她开始全身颤抖，泪流满面，嘴巴哆嗦着喊道:“阿拉斯泰尔!阿拉斯泰尔!”

乔迪只是站在那里和母亲对视着。她的头发染成了金发，和凯茜去世当天的发型一样。

父亲走过来，穿着宽松的棕色灯芯绒裤子和蓝色鸡心领毛衣，里面是粉红色衬衫。看见她后，他马上停下，露出难以置信的表情。

“哦，我的天哪，你都做了些什么呀，乔迪?”母亲说，“为什么——你为什么这么做?”

“哦，”乔迪假装一脸无辜地说，“你知道，嘿，星期天下午嘛!这么久没见到你们了，我就顺路来看看。”

父亲气得脸色铁青，“你这个玩笑开得非常恶心，乔迪。”

乔迪耸耸肩，“哦，我明白了，你们不喜欢我的新面孔。”

“你这个恶毒的贱货，”他破口大骂，“你永远都不会变。绝不会。给我滚。从这里滚出去，滚得远远的。我和你妈妈这辈子再也不想见到你了。”

第38章　3月1日，星期日

昨天，等图斯终于到达预订的酒店，已经是下午3点多了。他之所以选择这家地处中心位置的大酒店，是因为这样不容易引起别人的注意。

他进入自己的房间，感觉很是疲惫。他知道疲劳时做事容易出差错，于是洗了澡，换上干净衣服，到外面抽了支香烟，然后回到房间，呼呼睡去。

凌晨2点他醒了过来，感觉饿了，就从迷你吧台找了些巧克力吃掉，然后坐在桌前，打开笔记本电脑，登录酒店Wi-Fi，查看电子邮件。一封也没有。他并不期待什么邮件。他使用的电子邮件地址，由五个东欧国家发送，任何人都不可能查到。他每周必更改地址。他收到的唯一电子邮件是他发送电子邮件的回复。

他合上电脑，端详着皇家花园酒店大厅里那个女人的两张照片。这个女人很漂亮，也很时尚。

乔迪·本特利或朱迪丝·福肖。她到底身在何处？

这个城市比起纽约小多了。如果她在这里，他一定会找到。他要做的只是取回优盘，教训她一顿。

距离他最后一次来这儿的时间并不长，他还能清楚记得整个城市的布局。不过有一件事困扰着他。他手头有她的地址，就是她在纽约酒店登记时提供的地址，韦斯顿路。在他的记忆中，那个地方商店和公寓楼交错在一起。

他从谷歌上搜索这条路，证实了这一点。这样的女人住在这种地方也真是奇怪——从她的生活方式判断，他猜她该居住在更高档的社区才对。也许这个地址是假的？

他在想，是不是穿上运动服，出去跑跑步，顺便看看。他的大脑高度兴奋，但身体感觉像灌了铅一样沉重。他又回到床上，想再睡上一觉。外面传来警笛声。走廊里有人喝醉了在大笑。过了一会儿，他还是睡不着，于是索性起床。他来到外面，在凄风冷雨中跑了一圈才返回酒店。

八小时后，图斯穿一件从纽约买的厚夹克棉衣，戴一顶棒球帽，给了出租车司机10英镑的钞票，告诉他不用找零了。

外面下着小雨，寒冷刺骨。他很累。因为时差，他的生物钟乱套了。晨跑时他已经来过这里，韦斯顿路23A号，布赖顿咖啡大师。

这个该死的阴雨连绵的城市，难道每家店都是咖啡馆吗？

他走了进去。诚然，这个地方飘着一股诱人的香味。里面有许多张桌子，每张桌子上都配有电脑终端。一个土老帽坐在一张桌前；前面窗户旁的另一张桌前，坐着两个穿烂牛仔裤、飞行员夹克、戴棒球帽的男人。他们会不会是在监控路人的便衣警察？他又看看他们，觉得不像。

他来到店的后面。墙上有一个饮品菜单，下面玻璃柜里展示着一些纸杯蛋糕、一块胡萝卜蛋糕和各种帕尼尼三明治。柜台后面站着一个20多岁的女孩，一脸厌倦。如果她脸上不涂那么厚的脂粉，金发没有做成美杜莎造型的话，会更漂亮，他想。

“我在找韦斯顿路23A号。”他说。

“啊哈，你已经找到了。”她听上去像是宁愿给冰箱除霜，或者等着油漆晾干，也不愿意跟任何人说话。

“我来这儿取我女友乔迪·本特利的邮件。她也用朱迪丝·福肖这个名字。”

“啊哈，”她在下面他看不见的地方敲了敲键盘，过了一会儿，抬起头用迷离的眼光看着他，“你有她的护照和密码吗？”

图斯粲然笑道：“她忘了告诉我还需要这些。”

“你说话带的是哪儿口音？”她问。

“美国中西部的威斯康星州。”

她微笑道：“真逗。”

“你这样想？”他颇为吃惊。

她点点头。

“知道我是怎么想的吗？”

她摇摇头。

“你欠操了。”

她又笑起来，“真逗。知道我是怎么想的吗？”

图斯向前探探身子，微笑道："说出来听听？"

"你就是一个死变态，大淫棍。去你妈的吧。"

她朝天花板指了指。顺着她手指的方向，他看见一个监控摄像头正对着他的脸。

他暗自咒骂。妈的，妈的，妈的，都是该死的时差。进来时他怎么就没看看有没有监控？他马上怒气冲冲地转身走开了。走到门口，他听到女孩继续挑衅的声音。

"今天这样你就高兴了吧！"

他头都没回，举起手给她竖了中指。

"那是你鸡巴的大小吗？"她讥讽道。

图斯走进外面的毛毛细雨中，气得七窍生烟。疲惫让他把事情全搞砸了，而且可能已经被人注意到。

他转身站了一会儿，竭力遏制住跑回去的冲动。他来这里不是为了这个。

他愤然离去。

第39章　3月1日，星期日

豪华船舱内，罗利已经打着呼噜进入甜美的梦乡，而乔迪仍很清醒。她坐在床上，枕头上放着笔记本电脑，感受着游轮在波浪中轻柔地摇晃。她在默默算计。

她面前摆着一张明天的节目单：岸上考察讲座，队列舞班，草地滚球，吉尔和迈克的工艺课，桥牌课，健身课，晚上的亮点是喜剧演员艾伦·斯图尔特的节目。

但她对这些节目都不感兴趣。她完全专注于多年来自己对未来制订的计划。凯茜说过，想跟有钱人结婚那是她白日做梦。嗯，现在一个有钱人可能正在做梦。明天这个时候，她就会和他举行婚礼了。当然了，她的继承权可能会受到他家人的挑战，但无论结果如何，他死后她必然会大赚一把。只要熬过今晚。

从明天起，等她戴上钻戒，结婚证上签署了名字，她就可以采取行动了。她看了看他。他张着嘴，鼾声如雷，嘴角还流着口水，那副自我陶醉的神情让她想起了父亲。

天哪，我多么希望你去死！

她又找到了十几岁时写的一则日记——像她以前的日记一样，被扫描存放到一个设置了密码的文件夹中。

她记得，一次她把一只直径9英寸的哥伦比亚猎人蜘蛛放到了凯茜床上。这则日记肯定是在此之前记的。这种蜘蛛对人类完全无害，但凯茜和父母并不觉得好笑。那些蛇和青蛙也是——都是无害的——她喜欢让这些动物在她房间四周自由地爬来爬去。

她的所有蜘蛛和爬行动物——即使是父母应她的要求给她买的生日和圣诞礼物——都被统统没收，再也不会还她。之后她写道：

关于蛇有很多迷思——尤其是那些毒蛇。听着，锯鳞蝰蛇被称为世界上最致命的蛇，因为它杀死的人比其他任何蛇都多。仅在印度，每年就有5.8万人因此丧生——比整个美国在车祸中丧生的人数多1.3万！

但实际上它并非世界上毒性最强的蛇——那个称号属于贝尔彻海蛇——它的一口毒液足以杀死1 000人！但因为它生活在东南亚和南澳大利亚的水域，所以很少伤害人类。

黑曼巴蛇很酷。它是世界上最快的蛇——以每小时12英里的速度移动，其毒液能让人在30分钟内致命。眼镜王蛇可以在一小时内杀死一头大象。内陆太攀蛇可以在50分钟内使人丧命。

我好喜欢！

这么多人害怕蛇，但我不怕。从没有一条蛇对我说，我长着鹰钩鼻；没有一条蛇对我说，我没有胸。我不去评判它们，它们也不评判我。它们需要我喂食。作为回报，它们也帮我。

我觉得它们应该为提供的服务得到奖励。但是你怎么去奖励一条蛇？它们喜欢什么？食物，住所，水？有时我会想，要是我有下一辈子，我很想变成一条蛇。蛇没有人那么复杂。你见过蛇对着镜子做鬼脸吗？你见过蛇对自己的长相耿耿于怀吗？

第40章　3月1日，星期日

图斯站在沙滩上，在一排安了百叶窗的维多利亚时代样式的拱门前，茫然地望着雨中的大海。他的右边是一大片建筑工地，中间的建筑物一部分搭了脚手架，像一颗巨大的钉子直插云霄。一块巨幅广告牌，上面是未来派建筑师的绘画，看上去像是一艘宇宙飞船，上写“i360”。这让他想起了西雅图的太空针塔。

海上不远处，是一堆生锈的大梁，提醒人们那是西码头的遗迹。他的左边是布赖顿码头，码头不远处的海岸边矗立着硕大无比的摩天轮。他闻到了腐烂的杂草和船漆的味道。雨中的海滨度假胜地总是让人抑郁。这个地方让他想起了科尼岛，有人曾雇他去那里干掉一个家伙，冬天他在那儿待了10天等目标露面。他觉得世界上再也没有比雨中的科尼岛更令人沮丧的地方了。

又有新气味钻进鼻孔，是烤汉堡或炸薯条的香气。尽管不到两小时前已经在酒店吃过早餐，但现在他还是觉得饿了。

他转身朝布赖顿码头走去，经过一个大门紧闭、装饰华丽的小木屋，绿松石色的板条上写着“布赖顿贝类和牡蛎酒吧”。

他低头顶着风，苦思冥想：像乔迪·本特利这么时髦的女人会在哪里出没呢？

他决定先带上她的照片到酒店酒吧、餐馆、咖啡馆看看，顺便问问出租车司机。他之前问过拉他来韦斯顿路的司机，但司机面无表情地摇了摇头。

他上了台阶，来到滨海步行大道上，盯着前方马路对面的建筑物。长长一排酒店和餐馆，正对面就是大都会酒店。他穿过马路进了酒店，来到前台，朝一名穿制服的男子走过去。

“我是一家美国律师事务所的私家侦探，”他说，“我们正在查找一位女士。她最近继承了一笔遗产，但她本人并不知情。我们不知道她的名字，但相信她可能是死者唯一在世的亲属。”他出示了乔迪·本特利的照片。

五分钟后，又有六个人前来看了照片，但他们都摇了摇头。

他离开了，来到不远处的格兰德大酒店，旋转门前站着一名穿制服的门童。

图斯走上前，跟他编了同样的说辞。门童仔细端详了照片，“是的！我认识她。她来这儿好几次了，很迷人的一位女士。她上周还在这儿用过餐——让我想想——是星期三——不——我那天休班。星期二。是的，一定是星期二！”

“你知道她的名字吗？”

“不知道，但她是和一位先生一起用餐的。跟我来！”

图斯跟着门童进去，经过前台，来到餐厅入口，那里有一个穿着得体的迎宾员。

“米歇尔，这位先生要找一位上周二来这儿吃晚餐的女士。”

“好的，谢谢你，科林。”她看了看图斯亮出的照片，“是的，她来过这儿几次了。请稍等。”她打开登记册，上面记着名字和用餐时间，往回翻了几页。她手指向下滑，停了下来。

“我想就是她了——当时是那位先生预订的位子。罗利·卡迈克尔先生。对吗？”

“不知道，”图斯说，“你对他们还有印象吗？”

她表示歉意，因为来了四位吃午餐的客人。她从名单上找到他们的名字，打了钩，带他们进入餐厅。不一会儿她又回来了。“我正在努力回忆。我们这里每天都有很多客人。如果你能等一会儿，我去问问领班埃尔万，看看他能不能回想起来。可以借用一下照片吗？”

他给了她最迷人的微笑，轻佻地盯着她的眼睛，把照片递过去。

几分钟后她回来了。“埃尔万记得她！”她说，“她和一位比她年长的先生一起用餐，他们还要求他在11点左右打电话叫两辆出租车。”

“你们使用的出租车公司是固定的吗？”

“一家当地出租车公司，简化公司。”

图斯谢过她。他的魅力攻势让他如愿以偿。

他离开酒店，沿滨海步行大道走回自己住的酒店。他先在外面停下抽了支香烟，然后上楼进入房间，要了一壶咖啡。在等咖啡送来的间隙，他就编好了故事。

他拿起电话，拨打出租车公司的号码。

第41章　3月1日，星期日

接下来的几个小时，谢尔比时睡时醒。窗外大街上传来汽车驶过的轰鸣声，他几次想够放在床头柜上的那杯可乐，却总是没有力气。

他的手机响了。

是安吉打来的，问他感觉怎么样，是否喝掉了她留下的可乐。

“是的，”他说，“喝了两杯。”

“那就好！”

他把手机放回床头柜上，盯着玻璃杯。自从她离开，他就没再碰过杯子。现在是下午1点30分，他感觉胃像着了火一般。他撑着虚弱的身体从床上坐起来，喝了些可乐，然后又查看脚踝。看上去并不比以前更糟糕，好像比原来稍好了一些。也许消炎膏起作用了吧。也许他这么难受是因为该死的病毒感染。迪安星期四晚上没能去酒吧，也是因为得了这个病。这只是24小时的事。苏塞克斯很多人都得了这个病——

都上地方新闻了。他很快就会好起来的。

他必须好起来。

今天是星期天，住在罗丁里奇路27号的那对夫妇一周只在今天外出。过去三个星期天晚上，他一直跟在他们后面盯梢。他们会开着宝马到码头村的会合赌场，直到午夜之后才回家。这是他们的生活规律。

他得知那处僻静的房产主人是布赖顿一个古董珠宝奸商。房子里面肯定藏有各种宝物。如果他们早早离开的话，他就有足够时间找到。

他本来计划今晚去那里，看看他们是否还出去。他必须打起精神。他端起玻璃杯，艰难地把剩下的可乐喝掉。

他又躺下昏昏睡去，做了个奇怪的梦。梦中很多蛇吐着芯子发出嗞嗞声，在地板上游来游去。

下午4点03分，他又醒了，浑身被汗水湿透，鼻子又开始流血。不管怎样，他必须要起来了。他不能让安吉回家后带他去看急诊医生。

起来吧!

他挣扎着从床上坐起来，把脚放在地毯上，站起来，但是立刻扑通一下倒在床上。

该死。

他再次站了起来，肚子上下起伏，跑进卫生间，坐在马桶上。他想起一个狱友曾经对他说过的话:“如果自以为生活很不顺，那就一泻千里地腹泻一次试试。”

他站起身来往下一看，不禁打了个冷战。

马桶里全是血。

他放水冲干净马桶，走进淋浴间，惊恐万分。到底是怎么回事？这是病毒感染还是被毒蛇咬后的反应？什么时候才好呢？热乎乎的水流到身上，让他感觉好受了一些。

他擦干身体，发现两天前剃须刀割破的地方又有鲜血流出来。他用止血笔涂了伤口，又贴上创可贴，在腋窝喷上体香剂，一只手抚弄了一下潮湿的短发。

他又感觉到恢复正常了，于是穿上黑衣服和运动鞋，走下楼去。厨房桌子上放着安吉为他倒好的两大杯可口可乐。他坐下来，端起一杯慢慢喝，心里想着马桶里的血。肯定是肛门里有根血管爆裂了，他想。

这个解释让他放下心来。他喝干了一杯，又按照安吉的指示喝第二杯。喝了几口，他感到肚子饿了。他摇摇晃晃走到冰箱前，打开冰箱门。但是里面的所有东西——干酪、生菜、西红柿、火腿、鸡蛋、香肠、培根，还有一盒从超市买的肉炒茄子，都让他感到恶心。

他关上冰箱门，心想：也许抽根大麻会好点吧。要命还是治病呢？

他站在椅子上，伸手去够架子上写着“面包”的马口铁罐头盒，安吉把她的存货藏在那里。他把它拿下来，放在桌子上，从里面取出一包卷烟纸、装满大麻的塑料袋和一小块硬纸板，卷了粗粗的一根。

知道她会不高兴，他把东西放进罐头盒里，重新放回架子上，然后出去进了小花园去抽。

哎呀！

哇，哇哦！真够劲儿。哇喔喔！

安吉到家时刚过6点30分，扬声器里传出老鹰乐队的《宁静感受》，他站在客厅电视机前，双手紧握拳头，正伴随着歌曲的节奏跳舞。

“你好多了！”她开心地跟他打招呼。

“太神奇了！”他说，还在手舞足蹈，“神奇的可口可乐！”他一把搂过她，用鼻子蹭她的脖子，“你知道吗，你是个天才！魔术师！你愿意嫁给我吗？”

“你已经问过我了，我都答应了。你忘了吗？”

“只是再确认一下！”他说。

“确认？”

“万一你晚上离开我呢。”

“无论疾病和健康，”她说，“结婚誓言忘了吗？有一天我也会生病的。那你会离开我吗？”

“绝不会！”

“你什么时候上班？”

他看了眼手表，“7点30分。还有一小时。”

“你吃东西了吗？”

“没，现在很饿。”

“就吃那盒肉炒茄子，好吗？”

“我快饿死了，能把盒子也吃掉！”

“那个我得留着，万一你还要抽大麻呢。”她讥讽地说。

这时他才意识到，尽管他把一切都小心放回马口铁罐头盒中，并且跑到外面去抽，但还是把烟蒂留在厨房桌子上的烟灰缸里了。

第42章　3月1日，星期日

在打电话之前，图斯先花了一小时练习英式口音。在听他解释了自己的难处之后，简化出租车公司接电话的女人表示非常乐意帮忙。

“喂，你好，我是格兰德酒店的总经理安德鲁·莫斯利。这里有一个稍微棘手的情况。上星期二晚，一对恋人来我们这儿用餐，他们两人——该怎么说呢——有私情。晚上刚过11点，你们派来两辆出租车，都是以卡迈克尔的名字预订的。一辆车拉了那位先生，另一辆车接了那位女士。恐怕那位女士遇到了点麻烦。她刚打电话过来说，在用餐时，她把丈夫送的非常昂贵的订婚戒指弄丢了。她猜可能是在卫生间洗手时，摘下来忘记拿走了。她的丈夫明天就出差回来，她很害怕。如果发现她没戴戒指，丈夫会发疯的。幸运的是，我们的一名清洁工在地上捡到了戒指，但苦于不知道失主是谁。直到她刚才打来电话，我们才知道是谁丢的。她急着要我们给她送回去，但是一慌张，竟然忘了留下地址和电话号码了。你能不能看看当时的订单，把她的地址告诉我，我好今天下午派人给她送去？”

第43章　3月1日，星期日

谢尔比系上安全带，把菲亚特熊猫从车道倒到大街上。通常，安吉会站在门口送他出门，但今天晚上她生他的气，他要跟她吻别时，她甚至把头扭到一边。

他费劲地操纵变速杆，吱嘎一声挂上挡，车像兔子一样向前一跳，接着便停了下来。他踩下离合器，转动钥匙，启动发动机。当他开始前进时，汽车又像兔子一样跳了起来，此时他听到一阵震耳欲聋的汽车喇叭声，一辆厢式货车呼啸而过，差点撞上迎面驶来的一辆汽车。

该死。他看了看后视镜，确定后面没有车了。他一加速，车猛地向前一动。他突然想起来，忘了放手刹，于是赶紧松开。车子开动了，经过一家名叫“威尔明顿巨人像”的酒吧，他的视线突然变得模糊了。黑暗中他向前探了探身子，透过挡风玻璃往外看，并打开雨刷。但玻璃很干净。前面有大灯照了过来。两个大灯突然变成了四个。他朝左边稍打方向盘，车子抖动着压过马路牙子，闯到人行道上。

妈的，妈的，妈的。他打方向盘把车开到大路上，差点撞到一棵树上。他出了一身汗。前方是一个迷你环岛，他突然记不清自己该去哪里了。

罗丁还是肯普敦？他在环岛口停下。右边并没有车辆驶来，但他停下，试图集中注意力。他观察再三，确保路上没车。身后又传来催命般的喇叭声。

他摇下车窗，伸出胳膊，向后面的车竖起中指。“去你妈的！”他骂道。

突然间一个身影朝他走来，是一个高大的男人。谢尔比迅速挂挡，向左拐进伦敦路，一个劲地加速。前面一片红色尾灯。一辆接一辆的车闪着耀眼的大灯朝他驶过来。每个大灯都那么刺眼，他觉得视网膜都快着火了，犹如透过望远镜直视太阳。“关掉大灯！”他喊道，“关掉大灯，混蛋！关掉大灯！”

前面的红灯越来越亮，越来越亮。妈的！他使劲踩刹车。菲亚特向前滑动，轮胎发出尖叫，最后在距离前方卡车后挡板几英寸的地方停下来。

他坐着一动不动，全身抖个不停，头晕目眩。大约一分钟之后，绿灯亮了，卡车又向前移动。他知道，现在这个样子不行，他该掉头回去，回到安吉身边。但他还是继续往前开，拼命集中注意力。“专心点！”他自言自语，声音听上去怪怪的，仿佛脑袋里面有回音。

他盯着卡车的尾灯，想象两车之间有一条长长的绳索，自己被卡车拖着向前走。他需要拉紧，不能放松。只要跟在卡车后面，他就是安全的。它刹车时他也刹车，它加速时他也加速。两车又经过很多绿色交通信号灯，在一个红灯前停下。又继续前行。保持绳子拉紧。

但卡车要右拐。

“再见。”谢尔比口齿不清地说。他要朝另外一个方向走。朝左，向东。

他皱起了眉头。

他又来到一个环岛口。正前方是布赖顿码头耀眼的灯光。该死。本来打算从之前的岔路拐到爱德华街上，却完全错过了，现在可走远了。

妈的，真倒霉。不过没关系，他可以走滨海大道。

他继续盯着码头的灯光和左边的布赖顿摩天轮。灯可真多呀，像无数把火炬直射他的眼睛。

身后传来喇叭声。他踩下离合器，挂挡，但是车没有动。后面又是一阵喇叭声，这次声音更大，时间更长。他重新转动钥匙，发动机仍没启动。

不，不要这样对我。不要他妈的这样对我。

身后大灯闪烁，照进车内的亮光让他睁不开眼。又一阵喇叭声。他又试了试，发动机突突地抖动，逆火，最后终于打着火了。

他挂上挡，车猛地向前冲出去，接着又停了下来。此时，他已经大汗淋漓，不知道身在何处，又为何在那里。

原来他挂了三挡，而不是一挡。身后的灯光又一次愤怒地闪烁起来。他再次发动汽车，先挂了一挡，向前冲去。迎面驶来一辆绕过环岛的出租车，司机也朝他闪着大灯，愤怒地摁喇叭。他猛地加速朝滨海大道驶去。

他加大一挡，把油门踩到底，看了看前后左右的灯光。

他被迷住了。前面是两个橙色的大圆球，如落日一般。

然后，就在前面，他看到一个女人推着一辆婴儿车，如剪影一般。

斑马线。

橙色的球体。

女人盯着他，一动不动地僵在那里。

他正在朝她逼近。

他用脚踩刹车。不过那不是刹车，而是油门。

他向左猛打方向盘。车子几乎在一瞬间停了下来，剧烈颠簸了一下，车身咣当作响，同时传来砰的一声巨响，像是枪声。

他闻到了一股火药味。

是有人朝他开枪了吗？

透过挡风玻璃，他看见变形的引擎盖被推了上来，除此之外，什么也看不见。难道女人和孩子被他撞死了吗？

他茫然地盯着前方，两耳轰鸣，随即失去知觉。在昏过去之前的一瞬间，他注意到方向盘上挂着一个东西，就像一只用过的巨大避孕套。

也许是条大章鱼。

他听到有人大叫。

接着，车上方传来砰的一声巨响，他的头朝方向盘撞去。

第44章　3月1日，星期日

图斯在罗丁路和罗丁新月街交叉口从出租车上下来时，风停了，雨也住了。他知道司机更会记住那些不给小费的顾客，因此付给司机10%的小费，然后走进黑暗中。他的衣服里面穿着莱卡，棒球帽下面戴了发网，尽量不留痕迹，降低被查到DNA的风险。

周围都是时髦独立的大房子，大多是模仿都铎王朝时期的，让他想起洛杉矶比弗利山庄的房子。他曾经在那里踩点杀过人，也是在那里遇见了那条他后来取名尤索林的狗。他想，比起韦斯顿路，乔迪·本特利住在这里的可能性更大。他右转进入罗丁新月街，逐栋查看房子号码，直至来到第191号。

他盯着这栋距离街道不远的房子，前面墙顶上安装了报警器盒子，楼上楼下各有一扇窗户内亮着灯。房子颇为奢华，建筑风格与邻里一致，配有连成一体的双车库。入口处有一个“正在施工”的标志，房子一侧竖着脚手架。在脚手架后面，二楼的一扇窗户用木板封得严严实实。

他站在那里一动不动，盯着房子看了几分钟，想确定里面有没有动静。右边路灯下，有灯光一闪一闪，还有反光夹克发出的亮光，原来是一个骑自行车的人过来了。他贴着右边的灌木丛，在柏油车道上试探性地走了几步。骑自行车的人过去了。几秒钟后，一辆车开过来。他屏住呼吸，准备随时走进灌木丛。但汽车并未停下，而是沿着上面的道路开走了。

他急忙沿车道走进门廊，按下前门门铃。传来一阵刺耳的铃声，之后是寂静。并没有疯狂的狗叫，这很好。他不喜欢把狗干掉；摊上了混蛋主人，又不是它们的错。过了一会儿，他又按门铃，接着又一次。

第四次按门铃，时间很长。

他推开信箱，往里瞅。这个地方挺有女人味。镶花地板，现代家具，墙上挂着现代艺术画。

里面没有人。

他早就猜出她很有可能一个人生活。现在出门了。赴约会，看电影，还是度周末去了？也许去了另外一处房子？

他用戴着手套的手从口袋里掏出几年前自制的工具。瑞士军刀的外壳，如果海关官员搜查他的随身行李，他们会以为这只是旅行装备，并无危险。除了在大刀片上安装了闭锁装置，其余的工具他都卸掉了，把它变成了一把弹簧刀，穿索针，可以锁定到位，长度恰好能通过人眼睛或耳朵刺穿大脑，上面的螺丝刀和剪刀也总能派上用场。

前门有三把重型锁，屋内是否有人，他必须在开锁的间隙确定这一点。他花了整整五分钟才把门打开。

他两指夹着穿索针，走进门厅，侧耳倾听有没有传来报警器的声响，随手关上门。接着他看了看门附近墙上的内置键盘。一个绿灯持续发光，但并没有设置报警。难道屋里有人？

他大声叫道："有人吗？"

没有回应。

房子空荡荡的，让人感觉很冷清。地板上散落着一些垃圾邮件，还有一枚"致房主"的棕色官方信封。此外就没有别的了。他打开手电筒，通过右边一扇门进入客厅。很整洁，两张白色现代沙发，墙上是曲面屏电视，一张上面放着玻璃烟灰缸的茶几，一个带空炉栅的大壁炉。壁炉架上有两张镶在相框里的照片：一张照片上是一只灰白色的猫，蜷在地板的地毯上；另一张照片上是一个穿牛仔裤和黑色高领衫的女人，脖子和身体上缠着一条巨大的蟒蛇，正朝镜头粲然笑着。

不必查看装在内侧口袋里的照片，他就知道这个女人就是他要找的目标。乔迪·本特利或朱迪丝·福肖。

他又走进豪华大厨房，中央操作台上面有记事本，最上面一张纸是空白的，前几页撕掉了。角落里有烤箱和电磁炉，看上去从未使用过，旁边架子上有一部插在底座上的无绳电话。

显示屏上没有来电信息。他拿起无绳电话，打开电话列表，发现是空的。也许和他一样，她只用手机，固定电话只在紧急情况下使用。

他注意到一个奇怪的方形不锈钢机器，看上去更像实验室而不是厨房设备。中间高高鼓起，上有多个管子接头，前方是一个观察孔，旁边有一排仪表和开关。上面写有"冻干机”字样，型号是LABGO MN4。原来是一台冷冻干燥机。她为什么用这个？他很是纳闷。

操作台上有一盒猫粮。她养猫。那猫呢？在屋里还是出去了——还是不在这里？难道她走时也把猫带着吗？还是把它寄养在宠物店里了？

他走到冰箱前。这是一台美国产的带冷冻室的大冰箱。他打开冰箱门，很想知道里面放的东西保质期有多长。有一包烟熏三文鱼、鸡蛋、黄油、一盒打开过的豆奶、半瓶脱脂牛奶——根据上面的日期戳，再有四天就要过期了。还有一些苹果、蓝莓和葡萄。

他打开下面的冷冻室，厌恶地往后退了一步。里面全是一包包死老鼠。他讨厌啮齿类动物，都是祸害。要这些东西做什么——给猫当零食吗？冷冻干燥机就是干这个的吗？他关上冰箱门，转身离开，打开一扇内门，进入一个大车库，里面有一辆深蓝色的奔驰SL500敞篷车，闪亮如新。他在车库里仔细查看了一圈，然后回到屋内，上楼继续搜寻。

楼上有五个房间，他一一进去查看。一间大卧室，很是奢华，但像酒店房间一样毫无生气。三间客房更像酒店房间。最后是一间小书房，里面有一张书桌、几个书架、一台路由器和电脑接线，但并没有电脑。

有一点让他颇为不解：房子里几乎没有照片——只有客厅里的那两张。

他查看了所有桌子抽屉。在一个抽屉里，他找到两串钥匙，上面都有黄色标签，写着“前门”。他把一串钥匙装进口袋。接下来他查看了书架。有些公司销售假书，里面都是空的，你可以把珠宝和钥匙藏在里面。但这儿的书全是真的。

他回到楼梯平台，用手电筒上下照，看见平台尽头靠墙的位置，底下有一些抓痕。

他好奇地走过去，跪了下来。在军队时，身为一名狙击手受到的训练练就了他的火眼金睛，让他不管身处何种环境，都能发现异常情况。

不知是什么东西一直在油漆表面上抓，但高度仅有2英尺。他想起了厨房操作台上的猫粮。难道是猫一直在抓？那又因为什么呢？难道那边的洞里有老鼠？他用手电筒往上照。他会解读地面的痕迹，不管是动物的还是人的，新鲜的还是旧的。一些划痕是最近才有的，有些是很久以前留下的。难道洞里有一窝老鼠，或者老鼠在繁殖？他敲了敲墙，里面是空的。

他想到了房子的布局。外面有脚手架，窗子用木板封住，但他在所有房间都没看到任何一扇窗户被封。

他下楼走到外面，抬头看着脚手架。他意识到，封住的窗户在墙的另一边。墙背后是什么呢？

那只猫那么着急，是想干什么呢？

第45章　3月1日，星期日

警灯闪烁，警笛响起，巡警珍妮·邓恩和克雷格·约翰逊在接到紧急呼叫后立即出警。他们看见，就在灯火通明的布赖顿码头前的环岛口，有几辆车停在那里，周围站着一群人，其中有几个幸灾乐祸地忙着用手机拍照，如今的事故现场总能见到这种人。

驶近时他们放慢车速，看到斑马线不远处，一辆菲亚特小车撞上一根灯柱，车尾对着路面。灯柱的上半部分已经折断，倒下来把车顶压塌了。

不等巡逻车完全停下，他们就解开了安全带。珍妮·邓恩拉上手刹，约翰逊打开双闪，然后两人跳下车，向前跑去。他们针对此类事故接受的培训此时派上用场了。看上去像是一起单车事故。现在是星期天晚上，又发生在布赖顿中心区域——可能是醉酒驾车。享受周末最后几小时的旁观人群，显然也喝了酒。他们站在马路上，也很危险。一个穿牛仔裤和夹克的男子正在疯狂地拽被挤扁了的车门。

需要尽快确定车内人员状况，维持周边秩序，拨打救护电话——如果还没有人打过的话——此外，从受损车辆的外观看来，还需要打电话给消防救援局，让他们带切割机赶过来。

围观的市民越聚越多，两位巡警急切地推开人群走上前。

“我目睹了事故发生的整个过程！”一个男人对他们喊道。

“那个混蛋差点把我和孩子撞死！”一个推婴儿车的女人喊道。

他们跑到车前。是一辆老旧的菲亚特熊猫，引擎盖呈V字形嵌进灯柱里，灯柱上半部分折断，砸烂了车顶。一个人坐在驾驶座上，已经失去意识，头部以不自然的角度被塌下来的车顶压在方向盘上。邓恩打着手电筒朝里照，看见软塌塌的白色安全气囊，立时感觉一阵寒意袭来。

“哎呀，该死！”她用一口浓重的北爱尔兰口音说。

约翰逊跑回车里，拿了一卷警戒线。邓恩用无线电呼叫医疗救护中心和消防救援局——她被告知，急救人员已经在赶来的路上。

第46章　3月1日，星期日

“别忘了，”那天下午早些时候，约翰尼·斯佩尔特向莱特斯特电视台的台长说，“飞行员总是直升机上最帅的人！”过去一周，台长一直陪同他们拍摄一部关于肯特、萨里和苏塞克斯空中救护服务的纪录片。

在雷德希尔机场飞机库后面的休息室里，值班人员在呼救间隙休息，一身绿装的飞行员和身穿红色连体裤的医务人员正坐在桌子周围，拿斯佩尔特的话打趣。

“最帅？”迪伊·斯普林格说，“做你的美梦吧！”她个子不高，姜黄色头发，来自澳大利亚，来英国接受培训，准备回去做一名飞行医生。

“这么说的话，”德克兰·麦克阿瑟说，“我猜咱俩得换换角色了，约翰尼！”他是一位身材高大的年轻医生，留着光头，面带微笑。

“哈哈哈！”约翰尼咬了一口三明治。刚刚度过漫长的一天，他们都精疲力竭。空中救护平均每24小时被呼叫五次。

但是今天，除了接受纪录片拍摄人员的访谈之外，他们还实施了五次救护，最后去的是伊斯特本，抢救一个撞上货车、头部严重受伤的摩托车手。他们用直升机将他送往图庭的圣乔治医院，接受最好的专家小组的治疗，刚刚返回不久。再过半个小时，他们就要下班了。他们已经疲惫不堪，希望别再有急救电话了。

头部严重受伤后完全康复的最佳时机是在四小时内接受治疗。如果从陆地救助那名摩托车手，等救护车赶到并送往医院就需要花四个多小时，甚至更长时间。而直升机机组人员在90分钟内就把他送上了手术台。

“德克兰，”曾当过空军飞行员的约翰尼·斯佩尔特开玩笑道，“你想来驾驶直升机？那请便。只是你驾驶的时候我可不敢坐在上面。”

“胆小鬼！”

“约翰尼，你就接受一次危险刺激的飞行吧。”迪伊·斯普林格说。

“危险刺激？”约翰尼反击道，“我可是在阿富汗执行过飞行任务！”

“致以敬意！”麦克阿瑟举起了手。

“是的，我也给你敬意！”迪伊说，“但你在战区生活过，不觉得这个工作有点太平淡吗？”

“你知道我喜欢这份工作的哪一点吗？”约翰尼反问。

“不知道，我们洗耳恭听。”德克兰说。

“直升机降落时，并没有人朝你开枪，这种感觉太好了。”

突然，房间里的紫色电话响了起来。

“可恶！”德克兰看了眼手表，走过去接电话，“再过几分钟我们就下班了！回回如此！”

“这个态度可不好啊！”约翰尼责备道。

第47章　3月1日，星期日

图斯站在脚手架上，听到直升机轰鸣着飞了过来。刚刚，他听见警笛响起，赶紧躲进花园，手里还拿着从棚屋里找到的凿子和锤子，但是警笛声在远处消失了。

是急救车去处理事故吧——或者是出了车祸。他开始撬窗户上的木板。窗户封得可真严实，等他撬下足够多木板，能够看清屋内状况，已经过了足足10分钟。

他不喜欢看见的景象。

这是一间设备齐全的爬行动物室，里面有一排排玻璃生态养殖箱、灯、水泵和自动定时喂食器。原来冰箱里的死老鼠就是因为这个呀。

他看见里面有蛇，包括一条巨蟒，还有一些更小的蛇、蜘蛛和青蛙。几个玻璃缸里都是米色的蝎子，长着细小的爪子，看上去很恶心。在伊拉克执行任务时，他曾经听过关于如何识别这些有毒小动物的讲座。爪子越小越致命。紧贴一面墙排列的玻璃缸里有一些蝎子，爪子小得几乎看不见。

乔迪·本特利对宠物的兴趣很怪呀，他想。绝不是他喜欢的东西。妈的，所有这些玩意儿他都讨厌。很少有什么东西让他害怕，但爬行动物除外。

猫没能抓破墙进来真是很幸运。难道它不知道“好奇杀死猫”这句谚语吗？

他看见一扇玻璃门，后面似乎有一堵结实的墙，这让他很是好奇。她这个房间怎么没有明显的门呢？

直升机越来越近了，前灯甚至射到了这边。一时之间，他担心那是不是在找他的警用直升机，于是将身体紧紧贴在墙壁上。

第48章　3月1日，星期日

双喷气发动机、黑白机身的MD902探索者号直升机以每小时155英里的速度，沿A23号公路向南飞行。夜空晴朗，正前方就是布赖顿明亮的地平线。飞行员约翰尼·斯佩尔特看了看熟悉的夜景地标，西边的肖勒姆发电站，还有他仍然喜欢称呼的皇家码头，东边的布赖顿摩天轮。长长的一串路灯照耀下，整个海岸线一览无余。远处，则是漆黑一片的英吉利海峡。

他就住在布赖顿，对整个城市的布局了如指掌。摩天轮前方不远处，是急救车辆发出的闪光灯。通过无线电与地面巡警取得联系后，他将直升机下降到距离地面500英尺的半空中，悬停在那里。

可以看到，下面有一辆汽车嵌在灯柱中，一半灯柱砸在车顶上，事故现场围上了警戒线。警戒线内有一辆救护车、一辆消防车，还有几辆警车。

“警车呼叫，警车呼叫。”耳机里传来巡警的声音。

“收到呼叫。”斯佩尔特回应道。

“请到东布赖顿公园着陆，那里停了一辆警车，会将你们送往事故现场。”

斯佩尔特看到下方左边就是公园，非常宽敞。他戴上夜视镜，低头观察。除了远处有一个人正在用投球器训练狗，以及等候的警车闪烁的蓝光外，该区域空旷无人。对他们来说，空间足够大了。他摘下夜视镜，打开直升机探照灯，马上看到了公园的草坪。

两分钟后，直升机着陆了。旋翼仍在转动，迪伊·斯普林格和德克兰·麦克阿瑟解开安全带，摘下耳机挂好。接着，他们抓起医疗箱，跳到草坪上，爬进等在那里的警车后座，被送往半英里之外的事故现场。

他们在警戒线附近遇到一名急救护理人员，对方迅速向他们介绍情况。

“他的头和腿卡住了，消防队员正在施救。他的头部和脊柱似乎受伤严重，此外体内好像有大出血。”

护理人员掀起蓝白相间的警戒线，他们从下面钻过去，跑到车边，戴上防护手套。匆忙之间他们瞥见近旁有几名警察。汽车门已被割开，躺在路上，两名消防队员正蹲着，用液压切割机切割车顶前部。车里面有一个瘦小的男人，一身黑色，包括便帽和皮手套，脖子扭曲着。迪伊·斯普林格用手电筒照过去。那人几乎没有了意识，脸呈严重创伤者常见的苍白色，鲜血正从眼睛、鼻子和嘴巴流出来。他呼吸急促，很明显，正承受阵阵剧痛。

“玩完。”她低声说。

德克兰跪下，对受困的男人说道："你好，能听见我说话吗？"

"嘞——"男人回答道。

"我是医生。你叫什么名字？"

"嘞嘶——"

"你能动动胳膊吗？"

男人半握拳头，把胳膊抬起一点。

远处响起警笛声，离他们越来越近。"我们会在几分钟之内把你救出来，送你去医院。"德克兰安慰男人。

面对重伤者，通常的做法是给他们注射氯胺酮麻醉剂，以限制毛细血管扩张，减少出血。显然，男人体内正在大出血。

德克兰摘下男人左手手套，震惊地看到从指甲下面流出来的血。他给男人搭脉，发现脉搏跳动剧烈，这很危险。他看着表，给脉搏计数。

180次/分钟，快到足以令心脏病人毙命或中风。他看了看男人正在流血的眼睛，瞳孔已经异常放大。

"你吸食毒品了吗？"他轻声问道。

"嘞嘶——嘞嘶——"突然，他猛地一阵咳嗽，一大口鲜血喷了出来，飞溅在面前的安全气囊上。

这个男人肯定吸食过毒品——但到底是什么呢？德克兰以前也护理过情况不妙的吸毒病人，那些夜店常客，从街头毒贩手里买来毒品放进鸡尾酒狂饮，但还从未见过这样的症状。

"你能告诉我你今晚吸食什么了吗？"他坚定而冷静地问道。

“Shnufog。”男人喃喃说道，声音几乎被液压切割机的噪声淹没。

“你能再说一遍吗？”

“青蛙。”

“青蛙？”跪在他身边的迪伊轻声问，“你看见一只青蛙了吗？”

他的眼里布满血丝，鲜血像眼泪一样从眼皮底下流出来。“青蛙。蛇。”

“你看到青蛙和蛇？你今晚吸食毒品了吗？”

男人的眼睛正在合上。德克兰又搭了下脉搏，现在稍慢下来了。他从未遇到过这种情况，不知道是凶是吉。他向同事要来注射器和氯胺酮。

“Shankle，”男人突然说道，“Shankle。”

“要挺住！”迪伊说，“请保持清醒，尽量把记得的事告诉我们。你吸食过什么毒品？”

“我觉得他说的是‘脚踝’，”德克兰看着男人的脸，“是吗？你说的是你的脚踝吗？”

男人合上了眼睛，不再回应。

德克兰打着手电筒，撩起男人的裤腿，褪下袜子。只见右脚踝肿胀，有瘀伤，还有两个小小的针刺痕迹。

“你给自己注射过？”他问，但对方没有回答。

他再次搭脉，发现脉搏正以惊人的速度减慢。迪伊敲敲他的肩膀，示意他出来。

见他后退几步，迪伊·斯普林格忙说：“听着，我觉得他中毒了，要么是吸食了毒品，要么是吃了什么东西。我听说吃了没有加工好的河豚，就是这种症状。”

“你看他的脚踝。我认为他注射了什么东西，或者被非常小的动物咬了——不知道该怎么给他用药。”德克兰说。往常不管病人状况如何，他都能冷静处理，但此刻他也慌了。他还在想，这个人会不会感染了某种可能具有传染性的热带疾病？如果那样，他们绝不能把伤者带上直升机，那容易造成感染。

迪伊靠向受伤男子，“先生，我们会帮助你好起来。但是需要你告诉我们，到底发生了什么。你今晚吃过什么东西吗？吸食过毒品吗？被什么东西咬了吗？最近出国了吗？”

没有回应。

她后退一步对德克兰说：“我觉得需要把他送往伦敦盖伊医院的毒理科。”

德克兰再次测试了男人的脉搏，已经下降到35次/分钟。几分钟之内，就从180降到35。需要飞行一小时才能到达盖伊医院。把他送到那里，将是晚上10点左右了。到达之前他们会把病人的症状通过无线电告知医院，让医院有时间召集专家组随时待命。但是，如果伤者患的是具有传染性的热带疾病，还能冒险这样做吗？

他决定，他们必须放手一搏。他们总是放手一搏。而且，他们总能成功。这有时让他们自己也不敢相信。

那是最幸福甜蜜的时刻，也是他们从事这个行业的原因。

第49章　3月1日，星期日

经过20分钟的仔细查找，图斯终于找到了。遥控器藏在备用房间的衣柜里，就在一排套着防尘袋的衣服上方的架子后面。他出来站在楼梯平台上，按动遥控器，墙壁开始平稳地朝一边移动，一扇玻璃门慢慢露了出来，就是他通过窗户看到的那扇门。

他站在那里，等到门完全打开了，才走上前。透过玻璃，他能看到爬行动物容器，这让他感到恶心。他等了一会儿，以防里面有什么动物跑出来，然后才进去。迎面扑来一股酸臭味，他马上皱紧鼻子。

他打开手电筒，警惕地竖起耳朵仔细倾听，提防那女人突然回来；眼睛一刻不停地在地板和天花板之间扫视，提防有什么动物突然蹿出来。

地板正中间有一个大型加湿器，不断发出嗡嗡声。屋内潮湿而温暖，犹如身处热带。地板上有一些破碎的玻璃，架子上有几个大小不同的挂钩，一个挂钩上挂着一副结实耐用的长袖手套。除了这块小区域和窗口区域，房间其余地方都堆满了玻璃养殖箱，四面墙壁一直到屋顶都有。每个箱子都安装了照明和供水系统，里面的动物大部分一动不动。

在军队时，身处沙漠和丛林环境中，图斯学会了如何保护自己不被任何有毒动物叮咬，因此他对危险的爬行动物和蜘蛛有相当的了解。

一个容器里有碎石、沙子和植物，里面是一只浑身闪亮的黑蜘蛛，约3英寸宽，背部有一个皮革样的黑囊，形状像橄榄球。他认出来，那是漏斗网蜘蛛，能够在15分钟内使人丧命。在另一个容器的微型热带森林里，他看到一只长着丑陋黑甲壳的大蝎子。如果不迅速使用解毒剂，即便一个身体结实的成年人被它蜇后也将丧命。另一部分玻璃箱四面雾气笼罩，里面有几只黑眼睛的赭色小青蛙。他知道，那是金镖蛙，是世界上最致命的动物之一。

青蛙旁边的一堆玻璃箱里装着小蛇，是锯鳞蝰蛇。最大的玻璃箱放在最远处靠墙的地方，足有6平方英尺，里面是热带植物，一条巨大的蟒蛇正在睡觉，腹部中间鼓鼓囊囊的。

吃了冰箱里的老鼠吗？

还有一个容器里装满了棕色蟑螂，每个足有2英寸长，全都在爬上爬下，真是恶心死了。

很少有什么东西能让他打哆嗦，而待在这个房间里他竟然无法控制身体的颤抖。他的脑海里充满了各种疑问。为什么窗户被密封上了？为了防止光线照进来，还是防止别人发现？

为什么要保密呢？

一个人只会对想隐藏的东西保密。乔迪·本特利想隐藏什么呢？这些动物？还是别的东西？

他离开房间，关上门，把遥控器放回原处。接下来的三个小时，他逐个房间搜查，很小心地确保不留痕迹，但一无所获。

他返回门厅，站在那里思考。优盘，也许还有现金，是否藏在一个玻璃容器中，由有毒的动物把守？他可不打算贸然把手伸到里面，不管戴不戴手套。他要等乔迪·本特利回家，让她替他这么做，而且不戴手套。

或者现金和优盘根本就不在这里？也许她把它们藏在某处的保险箱里了。

他看了眼手表，0点10分。星期天晚上外出，也该回来了，尤其是对一个悲伤的寡妇来说。

她在哪里？

他妈的那些东西在哪里？

假如是他的话，又会把那些东西藏在哪里呢？

房子这么大，可能性太多了，爬行动物室只是其中之一。可能藏在屋顶，或者埋在花园里。找上一周，可能也一无所获。他需要找到乔迪。找到她，把她关在房间里，不用10分钟，她就会告诉他。她会求着告诉他的。

过去，不管他想让谁张嘴说话，从没有一个人能做到保持沉默。

他回到厨房，又去看中央操作台上的记事本。他仔细端详，发现上面有轻微的压痕。

他走过去打开冰箱，在盛放蔬菜的抽屉里找到了他想找的东西：装在网兜里的柠檬。

他拿出一个，将其切成两半，开始使劲挤压，让柠檬汁滴在记事本首页的凹痕上。

等全部浸湿后他才停下来，并把两半柠檬放进自己的口袋，以免留下手套上的纤维。他走到烤箱前，定到170摄氏度，把那张纸放进去。

每隔几分钟，他就打开烤箱门往里看。最后，他微笑着把那张纸取出来，盯着纸上出现的清晰的棕色文字，就像变魔法一样。这是他小时候学到的一个小魔术。

金色年华号游轮。阿联酋航空公司442航班，迪拜。伦敦希思罗机场，11点35分。护照！

难道悲伤的寡妇环球旅行去了？偷来的20万假币花掉了多少？帮她忘却悲伤了吗？

她可真会享受。

她要出去多久呢？他不清楚那些爬行动物在无人照管下能存活多长时间，即便有定时喂食器。一周？不会更长了。要么她请人过来照顾它们，几乎可以肯定，这个人能给他提供有用信息；要么她计划在一周内返回，至多两周。

等他回到酒店房间，他会在电脑上查一下金色年华号游轮的行程表，确定它停靠的港口。他决定，明天再回来和建筑工人聊聊，看看从他们身上能有什么发现。他盼望她能早点回来，从她脊背上割下一块好肉带回家给尤索林。因为那条狗总是耐心等他，他喜欢把受害人身上的一块肉带回家，作为对它的奖励。而且，她的厨房设备齐全，这次他带回去的可能是真正的美味。冻干的美味。

第50章 3月2日，星期一

图斯回到酒店房间时，已是凌晨1点多了。他现在很累，火气越来越旺。他很生气，因为下雨，因为天冷，因为根本没找到想要找的东西，还因为把窗户上的木板重新钉回去时手指扎了一根刺。

他从客房服务部点了牛排、炸薯条、咖啡和一瓶威士忌，站在窗前，望着下面布赖顿海滨的灯光和远处英吉利海峡黢黑一片的海水。

在等餐的同时，他盘算着再去乔迪·本特利的房子，仔细搜查每一个角落。优盘可能藏在任何一个地方。也许那个贱货随身带着，当然有这个可能。以前他搜过的住所和办公室不计其数，他知道人们喜欢把东西藏在哪里，比如假书，浴室橱柜，袜子抽屉，厨房橱柜顶上，空的容器中，地板下面。他们自以为很聪明，但大多数情况下，藏东西时总会留下痕迹。

你会看到地板上有轻微凹痕——那是插入螺丝刀的地方，

成排的书不完全平齐，抽屉里的衣服叠放得过于整齐。

但是今晚，他却一无所获。

客房服务人员送来托盘离开后，图斯在门上挂上“请勿打扰”的牌子，然后站在桌子上，用胶带把烟雾报警器缠好。

他在桌旁坐下，倒了一大杯威士忌，点燃一支好彩香烟，打开笔记本电脑，上谷歌上搜索“金色年华号游轮”。

片刻之后，屏幕上出现了一张白色豪华游轮的图片。

他又输入“3月行程”。

这艘游轮昨日从迪拜出发，三天后将抵达印度孟买。游轮行程持续几个月，一直前往开普敦，然后去非洲西海岸，再穿过阿森松岛抵达里约热内卢，是环游世界的海上之旅。

但乔迪·本特利不可能全程都在上面。

他看着各段不同的航程和所用时间。如果她从孟买下船，那么四天内就能回到家。如果从果阿下船，那么至少需要六天。看来，他在这个寒冷潮湿的鬼地方至少还要待四天。再去她家里搜寻四天，但愿有所收获。

房间内弥漫着食物的味道，他盯着面前的餐饮，真希望此时已经完成任务回到美国，在阳光下和尤索林坐在船头垂钓。

他把玻璃杯里的酒一饮而尽，再重新倒满，又点上一支好彩香烟。一张警告标识上写着“房间内吸烟罚款250英镑”。

他大口吸着烟，脑子里构思出了一个计划。

他又扭头看着笔记本电脑。

第51章　3月2日，星期一

当天午餐时间，在私密的北极星酒吧，在金色年华号游轮船长主持下，罗利和乔迪举行了婚礼仪式。一对美国老年夫妇，厄芙和米茨·克拉维茨，作为见证人出席了婚礼。这对夫妇昨晚与他们在一张餐桌上共餐过。

罗利把从船上珠宝商店买来的铂金婚戒戴到乔迪的手指上，乔迪也给他戴上了婚戒。整个婚礼过程中，他看上去都情意绵绵。

太好了。

接下来的几天他称之为他们的“蜜月”，她觉得更是对她佯装出的爱慕和情欲的耐力考验。对外人来说，他们是沉醉在爱河中的新婚夫妇。她注意到，船上大多数游客是老年夫妇和老年寡妇。自从登上游轮，就不断有人朝她投来目光，对她和新婚丈夫之间过于悬殊的年龄差距，有的表示不屑，有的流露出艳羡。

厄芙悄悄问过罗利，是否担心两人年龄差距过大，罗利引用女演员琼·柯林斯的话回答："生死由命，年龄站一边。"

但是这并未给她带来困扰。他们马上就要停靠行程中的第一个港口——印度孟买了，对此她十分兴奋，并将全部注意力放在上面。

特别是游轮日报上列出的一个可供选择的岸上游览项目：

孟买鳄鱼养殖场

穿过灌木丛来到鳄鱼沼泽地。

在它们的自然生长环境中观赏这些史前爬行动物。

不要担心，我们每天都喂鸡给它们——而不是游客！

这是船上提供的四个岸上游览项目之一。罗利热衷的一个项目是参观展示当地艺术家作品的画廊，之后参观工艺品市场。但是新婚妻子迷恋爬行动物，于是他遵从了她的意愿，两人到事务长办公室登记参加鳄鱼养殖场之旅。

她给了他大大的一个吻，接着又一个。她告诉他，他是世界上最好的人。

他回应说，他还是不敢相信自己有如此好运。她这样一个魅力四射、聪明伶俐、温柔体贴的优雅女人，况且这么年轻，竟然会爱上他这样一个糟老头子。

她回应说，从少女时代起，她就一直喜欢年长男人的睿智，他们让她有安全感，她发现他们——尤其是罗利——非常性感。

谈话中她并未说出实情，性感的不是他，而是经过网上坚持不懈的搜索，她所了解到的他拥有的个人财富。据一家网站显示，他已经以1 000多万英镑的价格，卖掉了科克街上具有良好商誉的画廊。他私人收藏的艺术品，一部分放在位于骑士桥的联排别墅，一部分放在位于布赖顿的海滨豪宅，总估价超过8 000万英镑。

单单为了那些价值不菲的艺术品，她也已经做好忍受一切的准备。但是好在他患有严重的糖尿病，性欲比较低。这次航程，到目前为止，她只不过才忍着与他有了一次性爱。

她早就计划好了。印度是许多有毒动物的家园。

尤其是有一种特别适合利用。

第52章　3月2日，星期一

万事皆有阴阳平衡。每当生活一帆风顺，罗伊·格雷斯就开始担心，脑海中闪现出安东·圣马丁的话："如果从未经历过冬日的严寒，我们就不会珍惜灿烂夏日的温暖。"

清晨5点刚过，一身运动装的他就已经走出家门，呼吸着新鲜寒冷的乡村空气。

小狗汉弗莱开心地叫着跳起来，想把主人高高举在它头顶的红色网球抢走。

"等一下，小子，好吗?"

汉弗莱叫了一声表示回应。

"嘘！不要吵醒诺亚，否则他再也不睡了，女主人会生我的气！他们过会儿还要带你去散步，知道吗?"

经过草坪上的鸡棚时，他看见五只母鸡挤在棚顶上，似乎每天晚上它们都待在那里。

"你们为什么不到暖和的棚内睡觉呢?"他责备道，心里盘算着过会回来时能捡多少鸡蛋。

他是多么热爱乡间生活啊！过去几个月他一直想一个问题：为什么不早点搬来乡下呢。他们在圣诞节前不久买下了这处乡间别墅，因为腿伤，1月份病假期间他几乎都待在这里，帮克莉奥收拾房子。上周她开始上班，现在他们请了一个兼职保姆帮忙照看诺亚。保姆叫凯特琳·德费利斯，一个品貌兼优、年轻能干的加利福尼亚人。

多了一个保姆，格雷斯有点不习惯。他不断提醒自己，不能再光着膀子或只穿内裤在家里四处走动了。而对克莉奥来说，能再次回去上班，回到殡仪馆工作，她真的很高兴。

格雷斯把网球扔了出去，看着汉弗莱在荒地上撒了欢地跑，心想：能够带狗出门，不必带塑料袋跟在它后面收拾粪便，真是太幸福了。

他小跑了几步，试试右腿的情况。他几次停下，从汉弗莱嘴里取出球，再次扔出去，扔到远处篱笆墙台阶处。狗从底下钻了过去，他跨过篱笆，继续到另一片荒野中大步行走。达到理疗师设定的10分钟限度后，他便乖乖放慢脚步，以正常步速行走起来。

天越来越亮了，他扭头看看自家的房子，一处坐落在山脊中间的长方形别墅，沿坑坑洼洼的半英里车辙道才能开上一条乡间小路，距亨菲尔德村也有10分钟的车程。

从很多方面来说，这座房子并不理想。窗户很小，而且每扇窗户的形状和大小都不同，就好像设计师是一个玩积木的婴儿。每年这个时候，房子周围都爬满了常春藤，还有纤细的紫藤。但他很喜欢，克莉奥也喜欢。这是他们第一个真正意义上的家。他觉得，这里远离城市，很安全，对他们的儿子——以及将来的孩子来说，简直就是天堂。克莉奥说过，她很想再要两个孩子，希望至少有一个是女孩。他不在乎到底有一个，两个，还是三个孩子。他对目前的生活很满意。

但随之而来的是一种预感，他觉得幸福不会持久。前方乌云密布。其一源于他的上司也是他的宿敌——助理警察局长兼重案组负责人卡西安·皮威。在家养伤的几个月里，格雷斯有机会重新思考他的价值观。他不会屈服于来自皮威的压力。他尽职尽责做好自己的分内工作——过去也一直如此。

爱德华·克里斯普医生是其二。这个连环杀手本来已经被牢牢控制住，结果又逃脱了，想起此事，他就寝食难安。但至少克里斯普在法国被捕了，将被引渡回英国接受审判。这倒提醒了格雷斯，需要联系里昂警方，问问他们最新进展。

有了那么一大堆确凿的证据，这名恶贯满盈的医生必将在监狱里度过余生，再无被释放出狱的可能，即便如今的法律制度宽松到荒唐的程度。

但最让他不安的是他失踪的前妻桑迪。1月初，应一位德国警察朋友马塞尔·库伦的要求，他飞往慕尼黑。库伦相信，一名被出租车撞倒，躺在医院病房陷入昏迷的女子很可能就是桑迪。此后这件事便成了埋在他心底的秘密。

在施瓦宾医院的病房里，低头看着那名女子插满管子、遍体鳞伤的身体，以及伤痕累累、缠满绷带的脸，他很难确定。不过，在内心深处，他相信此人就是桑迪。但最主要的问题还是她10岁的儿子。他不知道孩子的父亲是谁，有没有可能自己就是孩子的父亲，并且要对这个男孩负责。他不想去考虑这些。

10年前桑迪选择离他而去，音信全无。多年后，他得知她成了一个瘾君子，虽然最后似乎成功戒毒。太多不堪回首的往事，太多沉重的精神负担。

因此他否认是她，离开了医院。

慕尼黑之行几天后，马塞尔·库伦打来电话，问他能否寄一件桑迪的物品过去——假如他还留着什么的话——这样他们可以提取DNA，以便百分之百确定那个女子不是桑迪。

这让格雷斯进退两难。他答应看看能不能找到什么，但对库伦撒了一个小谎，说应该没有她的任何东西了。事实真相是，他还留了一些两人共同生活时的物品。他知道这件事永远不会了断，除非他知道真相。于是一周后，他寄给库伦一把桑迪用过的旧梳子。但他已经知道结果会是什么。此外，他必须要把这件事告诉克莉奥。

现在他惴惴不安地等着库伦的电话，那将会大大改变他的生活。

下周六晚上，他和克莉奥有个约会，要去西霍斯利村的猫餐厅共进晚餐。他们预订了浪漫的豪华套房，安排好晚上让保姆住在家里照顾诺亚。两人非常期待能抛开一切烦恼，共度良宵。

他看了眼手表。6点了，他要和一名新任高级调查官进行任务交接。平均而言，苏塞克斯和萨里每年发生凶杀案24起。迄今为止，苏塞克斯今年的案发数量少于平均值。

他弯腰把网球从汉弗莱的嘴里拽出来，此时手机响了。

他接起电话，“罗伊·格雷斯。”听到安迪·阿纳金有些神经质的声音，他立即感到无比沮丧。阿纳金是一名督察。

同事们称之为“大惊阿纳金”，在警局中间还有“倒霉事吸铁石”之称。只要轮到他值班，肯定有事发生。他神经兮兮的，说话时喜欢用断断续续的短句。

“哦，长官，早上好。只是想提醒你一下，长官。以防万一。你知道？”

“提醒什么？万一什么？”格雷斯反问。

“哦，情况是这样，布赖顿一个警方重要目标昨晚死了，十分可疑。”

“你说话就像是猜谜语，安迪。谁死了？”

“你没听说？谢尔比·斯托纳。”

“谢尔比·斯托纳？”格雷斯说，“那个人渣吗？”

“是的，就是那个家伙。华纳督察被叫去看了看情况，他让我通知你。”

和任何城市一样，布赖顿也有一大批惯犯，为所有警察熟知。谢尔比·斯托纳的大名可谓无人不知，无人不晓。格雷斯首次跟他过招还是早年当巡警时。当时，斯托纳经常偷开他人车兜风，还干些小偷小摸的勾当。后来他又升级入室盗窃——而且手段很是垃圾。过去20年，斯托纳在监狱里面待的时间比在外面的时间还长。格雷斯最憎恨入室盗窃了。他认为，家是人们的庇护所，侵犯他人的家无疑是性质最恶劣的罪行。

格雷斯知道，斯托纳目前是布赖顿警方的一个主要目标，警方还相信他与一个盗取豪华汽车的团伙有关联。

“你在这个时候打电话，就是为了告诉我这个吗？谢尔比·斯托纳死了？”他又讽刺地补充道，“难道我们还得凑份子给他买个花圈？”

“我是要跟你说说他的死因，罗伊。”

谁在乎啊？那个人渣！他很想这样回答。但他深吸了一口气，“告诉我吧。”

第53章　3月2日，星期一

罗利去和他们婚礼的见证人夫妇打桥牌去了。他们的蜜月才刚刚开始，就这样度过，是有点奇怪啊，她想。他曾提出要取消，但她坚持不让，说那对夫妇那么好，可不能扫了人家打牌的兴致。

他答应6点之前回来和她喝香槟，然后两人去吃浪漫的婚礼晚餐。她告诉他不要急，玩个尽兴。

而她，还有重要事情要做。

她的运气真的不错。自从多年以前整容换新颜以来，好运便一直伴她左右。似乎她只要想幸运，就会很幸运。克莱因只是一个例外。现在运气又回来了。甚至在登上游轮之前，她就一直策划罗利的死亡。发现船长有资格主持婚礼，并能得到英国法律承认后，她计划引诱罗利与她结婚，而计划进展很是顺利。没有人会怀疑一个新婚只有几天的新娘会杀死丈夫。而且地点也很完美，简直是拱手相送，除了鳄鱼，还有很多危险动物。

她已经36岁了，身体衰老得越来越快。她要实现梦想，拥有好友埃米拉那样的生活方式，但没有多少时间了。她想拥有足够多的钱，在科莫湖畔买一幢别墅，得到想要的所有奢侈品，拥有一个她真正爱的男人，并且抚养几个孩子。现在她面临一个大好机会，完美结合了各种因素，可能需要好多年才遇到一次。她必须好好把握。

及时行乐，抓住今天!

游轮在汹涌的海浪中颠簸了一下。船长在每天上午9点的例行讲话中提醒大家，接下来几小时风浪较大，上下楼梯时务必抓好扶手。她摇摇晃晃地走到门口，打开门，向走廊上张望。罗利很是健忘，他有一个习惯，总是在离开客舱几分钟后又返回，取眼镜、手机、钱包或者胰岛素笔。但是，她只看见一个穿制服的服务生端着托盘到另一个客舱送饮料。

她关上门，又拉上门闩。接着，她走到冰箱前，她的冷冻袋和他的胰岛素笔都在里面。她对罗利说袋子里是滴眼液，事实上还有一个装着琥珀色晶体的小瓶。她把小瓶和他的一支灰色24小时甘精胰岛素注射笔拿出来，放在梳妆台上。

接下来，她从手提包的分隔袋里取出皮下注射器、一小瓶无菌水和一副外科医用手套，这些东西都是她出门必带的物品。因为永远不知道机会在何时出现，她喜欢随时做好准备。鉴于罗利的健康状况，她希望早点下手——晚一点可能就太迟了。令人高兴的是，事态的进展比她预期的快多了。运气好的话，这会弥补她在沃尔特·克莱因身上浪费的几个月的宝贵时间。

为了保险起见，她戴上手套，先用无菌水让小瓶里的冻干晶状体水化。她对罗利如何服用胰岛素早有研究，那就是将全新的针头拧入一次性胰岛素笔的底座。趁着晶体溶解的工夫，她拿起注射器，把针管压在胰岛素笔的底部，将其牢牢推了进去。她紧张地朝房门瞥了一眼，慢慢拔出针管，将透明胰岛素全部从笔内抽空。她走到洗脸盆前，按住针管，将胰岛素喷到排水口，立刻闻到一股胰岛素特有的来苏水味。

她意识到自己的手在颤抖。她再次看看门。不要回来啊，千万不要这时候回来。

就在这时，传来敲门声。

坏了！

她慌乱地低下头，想把东西藏起来，“谁?”

“美味小食来了！”门外的人用哼唱的声音说。服务生每天下午送来鱼子酱、烟熏三文鱼、虾，还有一杯香槟，是罗利专门为他俩订的。

她立刻放下心来，“麻烦过会儿再送来好吗？再过半小时?”

“没问题！对不起，打扰你了！”

她颤抖着继续回到手头的任务上。她拿起小瓶和注射器，小心翼翼地将化成水的毒液抽干，仔细看着，希望自己没有判断错误。她笑了。完美！胰岛素笔的透明小管满了，淡淡的黄色几乎看不出来。

她用指甲剪在这支胰岛素笔上小心划了三道作为标记，这样自己就能认出来，然后把它与滴眼液放回透明的冷冻袋，再把冷冻袋放回冰箱。她拿起注射器和小空瓶，来到客舱的阳台上。傍晚温暖的阳光照了进来，她倚在栏杆上，仔细观察周围是否有人会注意到她，但一个人也没有。接着，她把注射器和小瓶扔进了深不见底的蔚蓝色大海。

回到船舱，她仔细检查了一遍，确保不留下任何蛛丝马迹。之后，她冲了个澡，洗了头发，化了妆，喷了香水，穿上为这次旅行特意买来的黑色蕾丝内衣和吊带背心。她拿起没读完的小说，躺回床上，静待丈夫几小时后归来。

第54章　3月2日，星期一

假如再过30分钟，谢尔比·斯托纳的案子就会由萨里和苏塞克斯重案组其他人负责。但是经过这么长时间，首先是身体康复，其次是风平浪静，罗伊·格雷斯突然来了干劲。这很可能是今年他负责期间的首起命案，尽管这是他和同事最看不上的案件调查——死者是一个尽人皆知的人渣。目前尚无明确证据表明这是一起凶杀案，但确定无疑的是，死者的死因十分可疑。

如果可以选择，他和其他所有警探一样，也希望去调查更具挑战的凶杀案。但他并不打算让这个机会擦肩而过。此外，死者是斯托纳这样的惯犯，可能很快就会结案。斯托纳貌似中了蛇毒而死，但事情是如何发生的？又是在哪里发生的呢？极有可能与他在布赖顿的犯罪有关——入室盗窃、贩卖毒品，还有最近的汽车盗窃案。但是，根据长期从警的经验，格雷斯知道，假如没有充分证据，对任何事都不要过早判断。

“不随便假设，不轻信他人，凡事明察秋毫。”全国上下每一名警探从业之初，就被反复灌输了这个准则。假如死因可疑，首先要从受害者的家庭查起。有八成受害者死在爱人或者熟人之手。他的首要任务是查明斯托纳的住所，以及他与何人一起生活。也许是他们杀害了他。或者，他有可能被一个竞争对手或某个犯罪同伙所害。

他立即结束了晨练，通知随时待命的调查小组，同时陆陆续续收到了一些信息。

凯特琳来家里照看诺亚，之后不久克莉奥也去上班了。殡仪馆的工作开始得很早，克莉奥和她的团队上午7点就要为需要尸检的尸体做准备。

该市殡仪馆平均每天要处理三具尸体。对克莉奥这个新妈妈来说，早点上班有一个好处，那就是大多数日子她下午4点之前就能下班回家。野蛮的开膛验尸之后，她的下一个任务，是在助理的协助下，让尸体更像样一点，以便他人前来识别身份。这意味着要把所有内脏器官归位，缝合身体后进行清洗，再整理发型和化妆。最后，还要在无教派教堂接待死者家属，对他们表示同情和尊重。

任何人一旦死亡，其尸体从法律上即归验尸官所有。如若是患病后自然死亡，且有医生签署的证明，尸体可直接送去火化。

大多数情况下，如果死因并无可疑之处，比如某人因疾病而死，且距离最后一次看医生超过28天，或死于意外事故，就由当地三名病理医师之一进行尸检。但是假如验尸官有理由认为某人死因可疑，他们便会请一位训练有素的内政部病理学家——英国一共有32名——前来处理。常规尸检全程不到一小时，而由内政部病理学家进行的尸检有时需要一整天，甚至更长时间。

与在家里不同，克莉奥工作任务严峻，格雷斯发现只要她上班，就很难见到她。为此他对她更加钦佩。以前她经常告诉他，能够帮助死者家属度过人生最艰难时期，是她最大的快乐。

过去职业生涯中他多次九死一生，何况所有警察都随时可能面临危险，因此他十分清楚，有一天他自己也极有可能躺在尸检台上。

对此克莉奥也心知肚明。尽管事实显而易见，他们却很少谈及。他对她的工作和态度极为尊敬。

他匆匆洗了澡，刮了胡子，下楼来到厨房，把粥放入微波炉，然后走到鱼缸前，给那条取名“马龙”的金鱼喂食，“早上好，老伙计，昨晚还愉快吧？最近忙什么？”

金鱼的反应和往常一样。它先是连续张嘴闭嘴，然后游到水面上，吞吃鱼食。想想也挺怪，格雷斯想，但这可能就是马龙一天的重头戏了。

他把粥端到餐桌上，坐下来，一边吃早饭，一边翻阅《苏塞克斯生活》杂志。过了一会儿，他的手机响了。

“罗伊·格雷斯。”他接起电话。

“早上好，罗伊。”

他立即听出是那位布赖顿-霍夫市女验尸官的声音。“早上好，”他说，“阿纳金督察告诉我你会打电话过来。”他们所有的谈话都直截了当。通常情况下，她不是个爱说客套话和闲聊的人。

“罗伊，我得到消息，布赖顿一个名叫谢尔比·斯托纳的居民，在布赖顿滨海大道发生交通事故后死亡。很多人非常关切他的死因。”

“是的，我对他的死亡也有疑问。”

“救护人员不相信他在事故中所受伤害足以致命，认为他可能之前已经中毒——被毒蛇咬伤，或者患了热带病。一名在非洲工作多年的护理人员说，斯托纳右脚踝上有一个扎孔痕迹，可能是蛇咬的。我们需要请一位该领域经验丰富的内政部病理学家，比如尼克·贝斯特博士。我已经联系过他，他今天晚些时候或者明天有空。他们要先进行毒理学检测，更多的信息还要再等等。我只是想事先通知你一下。”

“谢谢你，”格雷斯说，“我正是这么想的。”

“今天晚些时候我就要出发去度假了，”她说，“我这边目前人手不够，所以西苏塞克斯郡的验尸官彭妮·斯科菲尔德把她的一位警官，米歇尔·韦伯斯代尔，借调给我。她会和你保持联络。”

“我等她的电话。另外，我会联系伦敦动物园，请园方派一位毒蛇专家来，陪同搜查小组去斯托纳家，以保证大家安全。我刚刚确定他和女友安吉·本森一起生活，此人并没有犯罪记录。”

格雷斯结束了通话，继续喝已经变凉的粥。调查凶杀案时，他经常对受害者充满同情。但是对于谢尔比·斯托纳这样可恶的人渣来说，他很难表示同情，因为过去许多孤苦无依的老年人都深受其害。

由于法律制度的不完善，像斯托纳这样让好人生活蒙上阴影的家伙，经常几十年屡脱法网。同时他也知道，对方也是一个人，无论犯有怎样的前科，他也应该和对待其他人一样，对其进行同样深入的调查。毫无疑问，与大多数恶棍一样，斯托纳也会有一个悲惨的过往：生于破碎家庭，父母酗酒或虐待孩子，从未给孩子创造什么机会，更没有给孩子树立好榜样，设定道德界限。格雷斯现在知道斯托纳有一个女友，可能还有孩子，为了他们，他也应该尽最大努力。

第55章　3月2日，星期一

上午11点刚过，图斯回到酒店房间。此前他步行几英里又去了趟罗丁新月街，和两名波兰建筑工人谈了谈。他解释说，他是一名汽车保险公司的私家侦探，正在找房主乔迪·本特利，她是一起交通事故的目击证人。但从他们那里他并未得到多少有用信息。

他们是房主所属的伦敦物业管理公司的员工，目前正在安装新排水系统。上周发生了一起入室盗窃，这就是他们密封窗户的原因——小偷是从窗口爬进去的。封上那扇窗户他们似乎很高兴，因为他们都不喜欢那个房间里的爬行动物。他们见过那个女人——是她请他们密封了窗户，但是关于她的其他事情他们并不知情，也不知道她何时回来。

此时似乎只剩下一个办法，那就是守在房子周围，等她回来。不管花多长时间也没有关系。

在他还是狙击手时，他曾经连续三周埋伏在建筑物里，等待目标在瞄准镜的十字准星上出现。天气酷热，他又饿又渴，蝎子、蜘蛛和蛇等小动物是他唯一的访客。最后他终于扣动扳机，敌人的脑袋被炸开了花，鲜血四处喷溅。那一刻他感到自己的一切付出都是值得的。

坐在租来的车里等乔迪·本特利回家，不管需要等多久，相对来说，已经是奢侈的享受了。

第56章 3月3日，星期二

“你在读什么，我的小天使？”

在金色年华号游轮露天游泳池的甲板上，他们正躺在蓝色躺椅上享受日光浴，乔迪·卡迈克尔身旁的酒杯里是第三杯含羞草鸡尾酒。她向上推了推遮阳草帽，微笑着朝她新婚只有26小时的丈夫转过身去。他那晒得微微发红的圆滚滚大肚子上放了一本艺术杂志。

四周高大的窗户为他们挡住了风，远处是一个圆形按摩浴缸，更远处有一排轮椅、电动代步车和齐默式助行架。

“我刚刚读完了一本西蒙·托因的小说。现在读的是一本关于孟买的书，从船上的图书室借的。我真是太激动了——我还从没去过印度呢。”

“孟买是个疯狂的地方，”他说，“几年前我去看过一场板球比赛。板球是他们的全民运动——几乎是他们的宗教。你看过板球比赛吗？”

她摇摇头，“从来没有真正看懂过。你也打板球吗？”

“我年轻时擅长投旋转球。”他一只手从旁边的碗里抓了把坚果，一只手朝路过的服务生打了个响指，给自己要了杯红杜松子酒，为乔迪又要了杯含羞草鸡尾酒。看到他对年轻温柔的菲律宾服务生那么粗鲁，乔迪感到局促不安。

她继续阅读，专心研读关于鳄鱼养殖场的那四页。参观的游客必须要经过大片野地，太好了。正如她所愿。

野地。

正是她喜爱并了解的冷血动物的理想家园。

“实际上，”他说，“我们到那里时，孟买恰好有一场板球比赛——他们的体育场非常壮观，我想你见了肯定会大为赞叹。但是，当然了，如果你还是想去参观鳄鱼养殖场的话……”他的语气充满希望，她不想给他泼冷水。

“亲爱的，当然了，如果你真想去看球的话？”

“连想都不想，我的小天使，”他说，“如果我美丽的新娘执意要参观鳄鱼养殖场，我们就去那里。去他的吧，板球比赛我随时都可以看。”

“你真确定吗？”

他握住她的手。他的手掌汗津津的，让她很反感。“最重要的是跟你在一起。我一个人也不会专心看板球比赛的，脑子里想的都是跟你上床！”

“你这么淘气，我真爱你！”

“我也爱你。要不要回到船舱——你知道——先不晒日光浴了？”

“你不是刚点了饮料吗，亲爱的？”

“啊——是呀——说得没错。”

她把另一只手伸过去，顺着他印满美元图案的橙色游泳裤由上往下轻轻抚摸。“这个才好呢。”她说，感觉他的私处在她手中慢慢变硬。

他愉快地呼出一口气。

服务生端来了饮料，她急忙把手抽回去，继续看书，看鳄鱼养殖场的照片。

她想，有这么一个善解人意的好丈夫，她是多么幸运呀。

不过，如果计划进展顺利的话，这个好丈夫很快就会消失，真是令人悲伤呀。

她差点流下了鳄鱼泪。

第57章　3月3日，星期二

在从亚历山大警探那儿拿到的视频中，海登·凯利确定他认出了那位女士，她于2月20日进入希思罗机场三号到达大厅，然后朝出口走去。

但是，她最终去了哪里还是个谜。

上午近9点，罗伊·格雷斯开车来到布赖顿-霍夫市殡仪馆。他刚把车停下，格伦·布兰森也到了，将车并排停下。

“早上好。”自封为时尚大师的布兰森跟他打了声招呼，像往常一样上下打量了格雷斯一番，这让他很恼火。格雷斯一身深色西装，白衬衫，打一条纯色领带，穿一双擦得锃亮的黑皮鞋。“你搬到乡下去，我还以为你会穿一身粗花呢衣服，脚蹬长筒雨靴，嘴里嚼着一根稻草呢。”

“哈哈。西沃恩还好吗？”

“嗯，挺好的。我们周末带孩子去农场了，见到了跑来跑去的鸡、兔子和豚鼠。诺亚会爱上那儿的。你也可以去买鸡。”

格雷斯咧嘴笑了，“我通常都是从亨菲尔德的一家肉铺买。”

“真会开玩笑。听着，我们回去时沿着海岸走，孩子们在皮斯黑文一个地方吃的汉堡特别棒，名字叫‘大嘴巴’——你知道那个地方吗？”

格雷斯摇了摇头，“孩子们和西沃恩相处得还好吧？”

“是的，”布兰森笑了，但格雷斯从他的表情上觉察到了一丝无奈，“对他们来说很不容易，你知道。但是他们也喜欢西沃恩——她太宠他们了！他们有什么话也愿意跟她倾诉，这是好事，因为我有时不在家，孩子们全靠她一个人照顾。我们上班不分昼夜，至少她能理解这点，你知道，她自己的工作有时也那样。她和艾莉不同，她对我们的工作性质以及疯狂的加班能表示理解。她现在也发现当记者没有上学时想象中的那么容易。”

“她在哪上的学？”

“就在市内的布赖顿记者工作室。”

“那是个什么地方？”

“是专门培养记者的专业学院，跟《阿格斯报》有密切合作关系。”

格伦·布兰森婚姻破裂的部分原因是他工作时间太长，经常没时间陪伴家人。妻子艾莉另结新欢，那个家伙就代替他给他们的儿子塞米和女儿雷米当起了爸爸。艾莉去世之后，布兰森立即把孩子要了回来。现在他终于和一个能理解与支持他的人在一起了，格雷斯真替他高兴。

“西沃恩也想生孩子吗？”

布兰森点点头，又耸耸肩，“这可能是个问题。”

“是你不想要了吗?”

他再次耸耸肩，“干咱们这一行——你是知道的。我干夜总会保镖时，虽然大多数晚上不在家，但至少上班时间很有规律。那时候我能给孩子当个好爸爸。我刚当警察时也还可以，但自从来到重案组，一切就都变了——再也没有像样的家庭生活了。”

格雷斯一把搂住朋友厚实的肩膀，捏了捏，“的确如此。”

“是啊，我知道，而且会一直这样。”

“除非你申请调到其他部门，或者调回分局。”

布兰森摇了摇头，“不可能，我热爱这一行。你以前也对我说过，你从不想去干别的工作。我理解，我跟你一样。”

“要是回家晚了，一定记得给她补偿。主动去做晚饭，或者花点心思给她买份漂亮礼物。”

“这个建议不错。”

说话间，他们来到了殡仪馆前门。

他们的右边是一扇透明的大窗户，为主尸检室提供了光线。格雷斯按了门铃。

片刻之后，克莉奥打开了门。她一身绿色手术服，白色橡胶靴，戴着手套。“嘿，你们好——你们来得挺早，内政部病理学家还没到——正好，我需要你们帮我个忙。”她容光焕发，轻轻吻了一下布兰森的脸颊，接着吻了格雷斯的嘴唇，把他们带进了更衣室。

换上手术服，穿上橡胶靴后，他们随克莉奥来到宽敞的尸检室。这个地方整洁有序，除了一个钢制尸检台，其他上面都是空的，一尘不染。

他们聊了一会儿工作，突然听到门铃响了，克莉奥走过去开门。

“大家早上好!”

格雷斯和布兰森转过身，看到一名30多岁的男子，瘦高个，头发稀疏柔软，上身穿一件黑T恤，外面套一件夹克，下身蓝色牛仔裤，脚上一双黑白相间的运动鞋。他迈着轻快的步子走进房间，后面跟着验尸官米歇尔·韦伯斯代尔。她身材苗条，留一头漂亮金发，之前在边境机构任职，虽然长得酷似模特，但看上去个性很是坚强。格雷斯想，宽松肥大的绿色手术服一到了她身上，看起来倒像是出自设计大师之手。她身后是犯罪现场调查员克里斯·吉，年纪轻轻的他也全副武装，手拿一部相机。格雷斯总是觉得吉和克莉奥一样，看上去太温柔，不适合干这项工作，但是，吉对工作却是无所畏惧——除了孩子。所有紧急服务机构人员面对孩子时都会动容，无一例外。

格雷斯心想陌生人肯定是内政部病理学家尼克·贝斯特，便把手伸了过去，“我是警司格雷斯，这是我的同事，布兰森督察。”

贝斯特笑起来很温暖，但说话简短生硬，“很高兴认识你们。这么说，有人被怀疑中毒而死，是吗?”

“没错。”验尸官答道。

“我去拿工具包。”

“我带你去更衣室，”克莉奥朝他微笑道，“请走这边。”

病理学家突然看了克莉奥一眼，目光色眯眯的。格雷斯很不高兴。

克莉奥对这个家伙的微笑，他也不喜欢。

天啊，原来他嫉妒了！克莉奥马上就回来了，他立时感到一身轻松，真是有些荒唐可笑。以前他从未有过这种感觉。他不喜欢自己这样。

克莉奥带领一行人走向隔离室。

他们挤在门口，隔着玻璃往里看，里面只有一张桌子，上面有一具尸体。克莉奥示意大家都戴上面罩。

“一切就绪！”尼克·贝斯特也过来了。他手拿工具包，一身白色手术服，戴着口罩和面罩，仿佛准备好要进入核废料场，“我们进去看看今天的重头戏吧！”

他率先进入隔离室，其他人跟在后面。格雷斯最后进去，随手关上门。格伦·布兰森惊讶地退后一步，用低沉的声音叫道：“哦，天哪！”

第58章　3月3日，星期二

下午4点，罗利又离开船舱去打桥牌了，乔迪先等了几分钟，确保他不再回来取东西，然后开始换衣服。她穿上塑形胸罩、紧身上衣、短裙和高跟凉鞋，站在镜子前欣赏，用嘴唇不出声地对镜中的自己说：“你真是太性感了！”

她来到位于下层甲板的医务室，进屋之前先将手放在壁挂式消毒机上消毒。她向护士说明来访的原因，护士让她坐下填写表格。接着她进入诊疗室，里面有检查床、视力表、毛巾架和一张上有电脑显示器和键盘的办公桌。

戈登·赖尔森医生看上去年龄与罗利相仿，头发灰白，身穿白大褂，很是帅气迷人。他用欣赏的目光上下打量了她一番，这让她猜测，他也是个贪恋美色的家伙。于是她迎着他的目光，羞怯地挑逗他。她一直喜欢这样，喜欢通过男人的眼睛，知道自己是多么富有魅力。

“很高兴见到你，卡迈克尔太太，”他仿佛突然结束了游戏，迅速切换到专业模式，指着桌子前面的一把椅子，“请坐。我能帮你做点什么？”

她双腿交叉，然后又缓缓分开。他的眼睛一直紧盯着那双美腿。“医生，自从游轮离开迪拜，我就一直感到有点恶心，”她撒谎说，“不知你有什么建议？我见过有人戴晕船手环，我也打算买一个，但购买之前，我想先听听你的意见。”

“哦，亲爱的，”他说，“真可怜。很多人都晕船，恐怕需要好几天才能适应。你服用什么药物了吗？”

她摇摇头。

他盯着她刚刚在护士那儿填写的表格，仔细看了一会儿，“你没有怀孕吧？”

“天哪，希望不是！我丈夫做过输精管切除手术。”

“当然了，做了手术并不代表就万无一失。过去我见过一些病人，她们也是在自以为很安全的情况下怀了孕。”

“我没怀孕，相信我！”她换了话题，用轻松的语气说，“你这个工作肯定很棒。你是长期在游轮上工作吗？”

“不，我早就退休了，真的。我以前在牛津郡的奇平诺顿当全科医生。现在有时当代班医生，也让自己有点事做。每年我都干几回——每天工作几小时，作为回报，我和妻子可以享受免费坐游轮旅游。挺开心的。”

“真好！”

“嗯，你知道，跟开心的人一起工作总是很愉快。人们乘坐游轮就是为了开心的。你和丈夫玩得还开心吧？”

“非常开心。这么说你是全科医疗专家？”

“刚开始我是一名军队外科医生。我不敢自称全科专家，但船上大多数紧急情况我都能应付。”

“你也做手术吗？”

“如果需要的话，我可以做阑尾炎手术。但要是更严重的疾病，我们会把病人送上岸救治，或者把他们空运出去。”他笑了。

她也笑了。这就好。很好。

他拉开办公桌的抽屉，拿出一板吸塑装的药片，“这药对晕船有特效，你很快就可以更开心地游玩了！”

“谢谢。”她说。

他把药片递给她，并告诉她如何用药。

从这次简短的会面中，她已经得到了想知道的信息。

这位医生经验有限，只能处理常规小病。好极了。

她心里想的那种病，他大概从来没有处理过。

第59章　3月3日，星期二

在整个职业生涯中，罗伊·格雷斯一直因创新思维和高度组织化的头脑而出名。一想到这将是他在重案组1号室的最后一个案子，他就有些伤感。过去十多年来，由他负责或参与的几乎所有凶杀案调查都是在这里进行的。这儿空间宽敞开阔，有三个大工作台，能容纳三个重大犯罪调查组同时展开工作。现在，他把所有关于机构变革的问题抛到脑后，集中精力对付面前的任务。

“蜘蛛行动”是苏塞克斯警方电脑为这次任务随机生成的代号。自从对斯托纳的尸体进行尸检后，按照惯常做法，一名小组成员将一张模拟行动名称的卡通画贴在重案组1号室的门上。今天的卡通画是蜘蛛侠正在爬一座摩天大楼。

格雷斯已经组织好一个调查小组，成员都是他极为信任的成员，包括格伦·布兰森督察、诺曼·帕丁探长、盖伊·巴彻勒探长、塔尼娅·凯尔探长、埃玛-简·鲍特伍德探员、亚历克·戴维斯探员、杰克·亚历山大探员以及负责检索数据的安娜丽丝·维尼尔分析师。

现在全体成员都围着工作台而坐，墙上挂着四块白板。第一块白板上是斯托纳的尸检照片，有广角照片，也有特写镜头。第二块白板上是斯托纳的社会关系图，还有他的几张照片，正面和侧面标准监狱照各一张，另一张画面模糊但很亮的照片，看上去怪怪的，被放大到8英寸×10英寸。第三块白板上是一张网上下载的照片，上面是一条带有米色、棕色和黑色花纹的蛇。第四块白板上是一张布赖顿东部地图，面积约有1平方英里，上面用红色马克笔画了很多小圈。

格雷斯面前摆着由秘书莱斯莉·希尔德鲁打印的笔记、政策书和一杯微温的咖啡。他只能用一把刀子搅拌咖啡，因为和往常一样，厨房里的勺子都不见了踪影。他拿起笔记，说道："3月3日星期二下午6点30分，现召开针对谢尔比·詹姆斯·斯托纳离奇死亡调查又称'蜘蛛行动'的晚间简报会。"

他继续简要说明情况，特别指出直升机上急救护理人员的疑虑：斯托纳虽然在事故现场死亡，但他在事故中所受的伤害并未严重到致死的程度——尽管有可能导致高位截瘫。护理人员已安排将其血液样本送至盖伊医院，那里有一个专门救治热带病和中毒病人的科室。

结果表明，斯托纳体内毒素来自锯鳞蝰蛇和败血病并发症。最初误认为是针扎的痕迹现已确认是蛇咬。败血症极有可能是被蛇咬伤时，不干净的衣服纤维进入腿部，细菌侵入血液的缘故。

诺曼·帕丁举起手。

“什么问题，诺曼？”

“我读到过印度每年有几千人被蛇咬伤死亡，这种蛇的致死率尤其高。”他指着白板说。

格雷斯说：“谢谢你跟大家分享这条信息。”

“只能说明这种蛇是多么致命。”帕丁咕哝道。

“也许你还想知道斯托纳最近是否去过印度。”格雷斯说。

“这个人渣，”帕丁说，“我想他跟印度唯一的联系是吃印度菜外卖，而且连钱都不付。”

大家都笑了。

“的确，”格雷斯又低头看看笔记，“本次调查的首要目的，是要确定斯托纳如何并且在何处被这种蛇咬了。是事出偶然，还是被人所害？我们已经确定，他和女友安吉·本森同居的家里并没有养蛇。据她介绍，斯托纳在达维多尔工业区的苏塞克斯汽车配件仓库上晚班，负责送料。我们向他们求证过，对方答复说并没有此雇员的记录。斯托纳的手机和笔记本电脑已被送到高科技犯罪科进行快速分析，我们很快就会知道里面有什么内容。他的手机上有一张照片，极有可能对我们有很大帮助。”

格雷斯指了指贴着斯托纳照片及其社会关系图的白板，“就是那张奇怪的模糊照片。我马上就讲到它为什么与本调查有关。希望我们能从斯托纳的手机三角测量中获悉他最近的行动轨迹。很遗憾他的手机不是很先进，否则我们就能通过手机地图定位知道其确切地址。不要忘了，斯托纳是布赖顿警方打击盗窃豪华汽车行动的主要目标。我们需要确定其离奇死亡是否与之有关，他是否与团伙其他成员发生了争执，他们中有没有人养蛇。同时我们还需要以下信息。”

他喝了口咖啡，依次向小组成员分配行动任务，“我们需要查一下警局数据系统，了解所有与斯托纳有联系的人。他跟谁接头取得联系。他的车被警方拦下时同车的都有谁。他最近有无超速和违章停车罚款记录。我们需要调出他的汽车在车牌自动识别系统中的完整信息，看看他去世前一天都去了哪里。”

整个苏塞克斯郡和英国许多街道都安装了车牌自动识别系统摄像头。过去几年，英国许多地区的所有车辆，其每一分钟的动向都有可能被记录下来。

格雷斯继续说：“我们还搜查了他和女友安吉·本森的住所。”

“她听上去很热辣。”帕丁说。

“热辣？”格雷斯不解地问。

“本森牌炉灶呀！”帕丁为自己打趣的话得意地笑了。他左右看看，但大家只是默默盯着他，只有盖伊·巴彻勒的脸上露出一丝微笑。

“谢谢你，诺曼，”格雷斯说，“你的任务是弄到苏塞克斯、萨里、肯特和汉普郡所有买卖有毒爬行动物经销商的清单，此外还要查一下所有进行网上交易的源头。我听说在英国必须得到环境部门的许可，才能养这种有毒动物。看看斯托纳有没有养这些害人的动物。”

“除了他自己这个害人的东西之外？”帕丁忍不住又要贫嘴。

“还有，抓紧时间查一下市内有谁在养毒蛇，诺曼。如果有蛇跑了出来，我们需要迅速找到。”格雷斯又转向亚历山大，“杰克，你负责查一下上述几个郡饲养危险动物许可证的清单。还要看看附近是否有爬行动物协会或俱乐部，也许他们能提供有用信息。”

“好的，长官。”

他转向凯尔，“塔尼娅，你负责联系情报分析人员，查一下谢尔比·斯托纳过去几个月的动向，尤其是过去两周。”

“好的，长官。”

全体成员时不时用惊恐和好奇的目光瞥向第一块白板，上面是斯托纳的验尸照。中间的那张是斯托纳的脸部特写镜头，眼睛肿得可怕，周围是凝固的血块。另一张是手部特写照片，每个指甲下面都有凝固的血块。

格雷斯翻了下笔记，“你们谁要是对锯鳞蝰蛇毒理学感兴趣，我这儿有病理学家的报告。”

他先浏览了一下，然后慢慢读道：“全球范围内蛇毒带来的最常见影响是血液异常。蛇毒引致凝血功能受损症（VICC）最常见且最重要。其他血液异常包括抗凝血障碍和血栓性微血管病变。蛇毒引致凝血功能受损症是通过促凝血毒素激活凝血系统，导致凝血因子的消耗，引发凝血病。促凝血毒素类型在不同的蛇中也有差异，它可以激活凝血酶原、凝血因子X、凝血因子V，消耗纤维蛋白原。VICC的主要并发症是大出血，包括颅内出血，通常可致命。对于锯鳞蝰蛇来说，其凝血异常的持续时间可以从一周以上减少到24至48小时。”他有些词读得结结巴巴，这时抬起头来笑了笑，“大家还跟得上吗？”

盖伊·巴彻勒摇摇头，“你读第一句话时，我就跟不上了。”

帕丁又一次插嘴说：“如果我没理解错的话，中了这种蛇毒后，在某些情况下，斯托纳可能死得不严重——不过现在他死得非常严重？”

“说得没错，诺曼。”格雷斯回答，“复杂的医学术语我们就不多说了，总之，被锯鳞蝰蛇咬伤后，人就变成血友病患者而死亡。蛇的毒液会导致凝血系统高速运转，而凝血系统功能能保护我们在有伤口时不至于流血而死。一旦全身的凝血因子消耗完毕，身体便开始出血。如果刮胡子时不小心割伤，很可能就血流不止。”

“听上去就好像他被自己的同类咬了一样。”盖伊·巴彻勒说。

几个同事点了点头。

“但为什么蛇要跟谢尔比·斯托纳交朋友呢？”杰克·亚历山大问。

“好了！”格雷斯说，“够了！”接着他研究了一下政策书，“我的猜测如下。斯托纳貌似中蛇毒而死，似乎事出偶然，但也可能与他目前的犯罪活动有关。可能有人想摆脱他。这就是为什么要调查其死亡的原因，我们需要澄清一些事实。也有可能他想偷走这些动物——也许是为了自己，也许是受了某人的指使。我这样想是因为有这张照片。”

他站起身来，走到白板前，指着那张亮亮的模糊照片，“大家仔细看看，说一说你们从上面看到了什么。”

“挺丑的玩意儿。”帕丁说。

“还有别的吗，诺曼？”格雷斯问。

“是的，看上去像一张天花板的照片。天花板比斯托纳更清晰。”帕丁说。

“檐口相当华丽，像是维多利亚时代风格的房子。”巴彻勒说，“但是右边只露出顶部的窗户，是花饰铅条窗，看起来又像仿都铎王朝时期的建筑。这个我知道，因为我和莉娜以前住的就是这种风格的房子。”

“那些玻璃橱柜是什么？”戴维斯问，“看起来有点像从宜家买的。”

“我觉得是储物箱。”格伦·布兰森站起来，靠近细看，“或者是水族箱？”

“是生态养殖箱吧，格伦？”巴彻勒说，“我想这才是正确的术语。”

“是的，各位，这些是爬行动物的容器，为它们提供自然生长环境。”格雷斯说，“看上去有些养殖箱是独立式的，但其他的都是定做的。”

“啊，这么说斯托纳住在其中一个箱子里面，是吗？”帕丁又插嘴道，“倒是很适合他住呢。”

布兰森并不理会他，问道：“这张照片有什么意义？”

“看上去照片是无意间拍摄的。”格雷斯说，“之前和之后的好几天，手机上都没有其他照片。虽然很难看清斯托纳的表情，但他不是摆拍的，因为他并没有看镜头。日期很有趣——是在2月24日，即上周二晚上拍摄的。被锯鳞蝰蛇咬伤后死亡时间大约需要48小时到几天，而斯托纳发生车祸的时间是3月1日星期天晚上8点左右。”

格雷斯低头看看笔记，“以上信息是由高科技犯罪科获取的。他们还用三角测量法指出了大概位置——据推测，这张照片是在本市罗丁区的一座房子里拍摄的。值得注意的是，在过去两个月，该地区发生了多起入室盗窃案件，全部与斯托纳的作案手段吻合。”他站起身来，走到挂着布赖顿东部地图的白板前，用手指在那些红色圆圈上比画了一下。

“这么说，你认为他受人指使闯入他人家里去偷有毒爬行动物，结果出了差错，被蛇咬了，长官？”鲍特伍德问道。

“那是我目前的一个思路，埃玛-简。”格雷斯说，“是意外拍下的照片。还有，病理学家注意到他右胳膊上有个小切口。也许他跌倒了，那些动物跑了出来。我们需要再次紧急约见斯托纳的女友安吉·本森。我们还需要找出这些生态养殖箱来自哪里，由谁安装的。毕竟安装这个东西的房子不会很多。”他看着凯尔。

“塔尼娅，这个任务很艰巨，你能不能再找几个人——如果有必要的话，从约翰街借调一些过来——去建筑公司和木匠那里排查一下，看看谁在过去几年为罗丁区的房子安装过生态养殖箱？”

“好的，长官。”凯尔说。

格雷斯很喜欢凯尔。去年在贝拉·莫伊探长惨死之后，这个热情自信、干劲十足的红发姑娘就加入了他的小组，成为他们的一员。

“那天晚上该区有没有人因为发生入室盗窃而报警，长官？”戴维斯问道。

“没有，”格雷斯回答，“但这很可能是因为他们饲养这些动物是非法的。”

“或者他们也被爬行动物咬了，”帕丁说，“或者被毒死了？”

“怎么会有人把这种玩意儿当宠物？”埃玛-简问道，“这种人不也有点奇葩吗？”

“是啊，我可更愿意养那种柔软可爱的动物，”格雷斯说，“无法想象有谁会走进一家普通宠物店，买一条毒蛇出来。”

手机响了，他瞥了一眼来电显示，看见“国际来电”。恐怕与克里斯普医生有关，他竖起一根手指表示歉意，赶紧接起电话。

他立刻听出是那位德国警探的声音。“马塞尔！”他轻声说道，“我正在开会。有急事吗？要不过半个钟头我给你回电？”

库伦简明扼要地说明了来电的原因，声音听上去比平时更严肃低沉，严肃得有些奇怪。

格雷斯立刻僵住了。

第60章　3月3日，星期二

乔迪躺靠在客舱的床上，一边喝着香槟，一边盘算着罗利的事情。到目前为止，一切顺利。她对婚姻法的了解足以应付来自罗利家人的挑战，但她不清楚他的具体财产总额，以及他对遗产有何规划。她希望能拿走尚可过得去的一笔金额，至少几百万吧。但是，这还不足以在科莫湖畔购买5 000万英镑的别墅。

她是多么渴望能带父母到意大利去，让他们乘坐科莫湖上的游船，经过乔治·克鲁尼、理查德·布兰森等名流的别墅。接着他们会看见一座最令人惊叹的别墅，而她则让船长到码头靠岸。

她会看着父母脸上吃惊的表情。

她会说："欢迎来到我的度假小屋！"

而凯茜最后终于惊叹一声："哇喔！"

这些全都归功于一条蛇。

哦，或者当然了，归功于蛇身上的一部分。多么美丽的蛇呀。

她打开笔记本电脑，又开始写日记：

那么我们人类与蛇究竟有何不同呢？这里有一个有趣的数学难题：奶牛与蛇共享25%的基因，人类与奶牛有80%的共同基因，所以说，我们人类与蛇大约有20%的基因相同。

我认为这个百分比在一些人当中还要高。很多卑鄙的小人还不如爬行动物。

玩蛇人使用的乐器叫庞吉，是一种簧管连接在葫芦上制成的管乐器。玩蛇人把蛇牙拔掉，或摘除其毒液腺，有的还把蛇的嘴缝上。玩蛇人坐在蛇咬不到的地方，而事实上，玩蛇人和庞吉才是蛇最大的威胁。

这全是一个骗局。

你只需打开《圣经》，翻到《诗篇》第58篇，3至5节："恶人一出母胎就与神疏远，一离母腹便走错路，说谎话。他们的毒气好像蛇的毒气；他们好像塞耳的聋虺，不听行法术的声音，虽用极灵的咒语也是不听。"

我能告诉你蛇还不喜欢什么——这是我从已故丈夫、养蛇和毒蛇专家克里斯托弗·本特利那里学到的。那就是它们不喜欢被人提取毒液。

那种感觉真是太奇妙了！你用手指握住蛇头后部——对我来说，是一条锯鳞蝰蛇，将它按在坚硬的表面上。我可以告诉你，它真的不喜欢这样。但是，你把它的脖子顶部放在玻璃烧杯边缘，继续用力按压，它就会吐出毒液。这不是与蛇交朋友的好方法——但现实是，我们中任何一个人都不会跟这种动物交朋友，因为它仅把你视作一样东西——午餐！

杀或被杀。这是动物王国的故事，人类也一样。如果想成为一个幸存者，你必须像我一样走这条道路。有人说得好：“人生不是机遇……而是一种选择。”

我做出了我的选择，而一切结果还好。

关于蛇毒，乔迪还知道一件重要的事，那就是它被提取出来后不久便开始分解，失去效力。保持蛇毒效力的唯一方法是立即进行冷冻干燥。

冷冻干燥的毒液经过再次水化，几乎与新鲜毒液一样有效。

她已经在迷你冰箱里放了一些。

第61章　3月4日，星期三

拂晓时分，孟买湾呈现出乳白色的光景。乔迪靠在甲板上，打着哈欠。她早早就起来了。昨晚丈夫鼾声雷动，她几乎一夜未合眼。但她不想叫醒他。这倒不是因为她无私。嘿，就让他开开心心度过最后几天吧，她想。

她可不想做什么引起他怀疑的事。

她穿着长袖T恤、轻便牛仔裤和橡胶底帆布鞋，手端咖啡，呼吸着清晨温暖潮湿的空气。辉煌壮观的标志性建筑印度门离他们越来越近，还有那么多摩天大楼，还有中间看上去像船帆的大桥。小渔船上的男人们朝他们挥手。

她也挥起了手。

三小时后，小巴士拉着他们，在孟买拥堵的车流和不停的车喇叭声中时走时停。车里的冷气很足，她披上披肩，把头靠在罗利身上，睡着了。他正在拍照，看见什么都拍——主要是公共汽车、卡车、轻便摩托车和自行车。当她醒来时，小巴士仍然堵在拥挤的车流中慢慢蠕动，喇叭声依旧四起。他们周围是高大破旧、殖民地时期的白色建筑。

“这个城市令人惊异，不是吗，我的天使？”他问。

“是很惊人。”

她再次打起了瞌睡，最后终于觉得车速快了起来。等她再次醒来时，小巴士的车速又放缓了。透过窗户，她看到一块写着“桑贾伊·甘地国家公园”的标牌。

不一会儿，他们进入茂密的森林。

穿着时髦的岸上导游迪帕克大声说，如果幸运的话，他们会看到各种各样的鸟，包括蓝仙鹟和马拉啸鸫。他继续滔滔不绝地罗列能见到的其他鸟类，又补充道，如果足够幸运，他们还有可能见到老虎。

她一点都不在乎什么破鸟儿。这不是她想来这里的原因。

原因就在她裤子的右侧口袋里。

最后，巴士停了下来。导游告诉他们，可以将所有物品留在车内，很安全。乔迪戴上太阳镜和草帽，走下车。一大群人叫嚷着围了过来，许多是孩子，抱着塑料鳄鱼、孟买风景明信片、泰姬陵模型，以及其他旅游纪念品。

她并不理会他们，而是回身抓起罗利的手扶他走下车。中午烈日炎炎，她开始汗流浃背。罗利戴一顶白色软帽，穿亚麻衬衫、亮蓝色休闲裤和凉鞋，脖子上像狗仔队一样挂着相机。他眯着眼睛，在人群中间看上去就是一个彻头彻尾的普通游客——在让人打不起精神的热浪中，好像一离开游轮的庇护，他立即老了10岁。

检票口看上去像是小寺庙，前面排了长长的队伍。迪帕克引领众人来到一个独立入口处，把他们介绍给另一位印度导游。那人身穿白色宽松无领长袖衬衫，面带微笑，一只手拿着一沓门票，另一只手拿着一块桨状木板，上写“金色年华号游轮贵宾”，向他们大声打招呼。

“你们好，我是普拉卡什，是带领大家参观鳄鱼养殖场的导游。大家都不害怕鳄鱼吧？”

除了乔迪，来自金色年华号游轮的10名游客都是老年人。他们听了导游的话，勉强挤出笑容。

“大家不必担心。这些家伙虽然吃人，但我们每天喂很多只鸡，它们早就吃饱了。我在这里当了15年导游，还从没见到一个游客被鳄鱼吃掉。我向大家保证，如果你被吃掉，那么门票全额退款！嗯，这还算公平吧？”

“非常公平！”一位老太太喊道。

有几个老人紧张地大笑起来。

“好吧，那么现在大家跟着我走——排成鳄鱼队形，对！请大家都靠近！人多安全！”

老人们乖乖地排成鳄鱼队形出发了，乔迪停下来摆弄运动鞋鞋带。罗利耐心地等她，然后他们跟了上去。

“也许我们该走快点赶上他们，宝贝。”他有些不安地说。

“我讨厌跟大部队一起。”她说。

他们迈着稳定的步伐跟在后面，与前面的人始终保持30码远的距离。10分钟后，他们来到森林入口，一边是沼泽般宽阔的湖泊。几码远处，一条小鳄鱼正躺着晒太阳。湖面泛起涟漪，她看见里面有一双眼睛。

“它们真是吓人。”罗利说。

“我觉得它们很漂亮，亲爱的！在这条鳄鱼旁边给我拍张照片吧。”她停下脚步，往后退了几步，直到离晒太阳的鳄鱼只有几英寸远。

“宝贝，”他说，“我可不喜欢。你知道它们是如何杀死猎物的吗？它们将猎物拖到水里溺死，然后在水下储藏食物的地方保存，让肉变得又软又嫩，过几天再吃掉。”

“导游普拉卡什说过了，这些鳄鱼都是人工喂养的。”

他将信将疑，从脖子上取下相机，在她身上对准焦距，很快就拍了几张，“好了，我们继续赶路吧！”

团队其他成员几乎从视线中消失了。他们沿着一条狭窄泥泞的小路继续前进，左边是森林和阴暗的沼泽，右边是开阔的湖泊，里面的鳄鱼越来越多。

“你不觉得它们很神奇吗，亲爱的？”她边问边把手偷偷伸进裤子口袋。这个动作她已经练习多次，以确保万无一失。

“不，我可没觉得。我只觉得它们又丑陋又可怕，比人跑得还快。”

他们往前走了几步，左边的森林愈加茂密。突然，她绊了一跤跌倒了，脸朝下趴在灌木丛上，痛苦地叫了起来。“哎哟！”她喊道，“我把该死的膝盖磕破了。”

“乔迪！我可怜的天使！”他在她身边跪下，“来，把手伸给我。”

她向他伸出手。正当他开始拉她时，她用几年前在柔道课上学到的动作把他向前一拽，而他并未意识到这是故意的。就在他脸部着地时，她从口袋里掏出毒牙，朝他的右脚踝扎了一下，旋即又放回口袋。

“哎哟！可恶！”他大声喊道，“我被什么东西蜇了一下，或者被咬了！”

“什么，宝贝，怎么了？”

“我的脚踝！可恶！”

“哪只脚踝？”她扶他站起来，“哪只脚踝？”

“右边。”

她跪下来，拉起他的裤腿。上面有一个带血迹的小斑点。“我什么也没看见啊，宝贝。”她说。

“我感觉有东西！我绝对感觉到有什么东西。”

“在哪里？”她用手指掠过他的脚踝，把血迹擦掉，“这儿吗？”

“是。”

“我什么也没看见。”

“你们好！你们好！白帽先生和草帽夫人！一切都还好吗？”导游焦急地朝他们跑过来，边跑边喊道。

“很好！”她说。

“真的很好，”她丈夫证实道，“刚才我只是摔了一跤。”

“但这是不是一次愉快的旅行？”普拉卡什笑着问道。

“非常愉快。”乔迪说。

“我一直很乐意为你们服务。到这儿旅游最棒了！需要我帮忙吗？”

“我们没事，谢谢你，普拉卡什。”罗利说。

“你们开心，那我就开心！”

“我们很开心，”乔迪说，“不能更开心了。”

第62章　3月4日，星期三

星期三上午11点，图斯从网上订购的东西到达了他入住的酒店。送货的年轻人把大箱子送到他房间，他付了小费，随后把“请勿打扰”的牌子挂到门上。

都在里面，正如他要求的那样。他把每件东西都拿出来试了试，都很不错。他又出门买了一个背包，小心地把这些东西全部放了进去。等天完全黑下来，他计划今晚再到那座空房子里去。完成任务得需要一段时间，但不着急。有一晚上的时间呢。

之后，他安心了。

图斯不常微笑，但他现在笑了。

第63章　3月5日，星期四

“罗伊？罗伊？罗伊？”

“呃？”

“你还好吗？你怎么睡得这么不安稳。”

“几点了？”

“2点15分。你一直翻来覆去的，还大喊大叫。怎么了？你的腿又疼了吗？”

格雷斯在床上翻了个身，用鼻子蹭蹭克莉奥的脸，“对不起。”

“是做噩梦了吗？”

“是啊。对不起，吵醒你了。”

一时之间，他们静静地躺着。

“想告诉我是什么梦吗？”

他的确很想告诉她。他们一直承诺彼此之间敞开心扉，不留秘密。但他该如何告诉她呢？那是个禁忌话题。关于桑迪。

他们在一起后，克莉奥常常努力让他忘掉前妻，好好生活。她总是很善解人意，但心情不好时也曾告诉过他，说她有时觉得自己不仅和他结了婚，而且还有桑迪。

阴魂不散的桑迪。

早在1月份，罗伊就去看了躺在病床上的那个女人。桑迪。他自欺欺人地否认那是她，但他知道真相，并且一直对别人隐瞒。但真相迟早会大白，到时他该如何谈起这件事呢？又该怎样处理随之而来的后果？向克莉奥解释就得花好几个小时，甚至几天时间——如果她能接受现状的话——还有当局领导。

到目前为止，他得到的信息是，她曾经是吸食海洛因的瘾君子，后来戒毒了。她还有一个儿子。

他和桑迪曾多次尝试要孩子，但都没有成功。而现在这个女人有了一个孩子。

他的新生活也处在危急关头。种种迹象表明，施瓦宾医院病床上的那个女人就是桑迪。但她已经不再是他的桑迪。她决然离他而去，又伪造了失踪的假象。不管她当时脑子里想什么，之后10年他仿佛生活在地狱中；不管她现在如何不幸，他都不会破坏自己目前的新生活。

但是接到库伦的电话后，连续两个晚上，他都难以入眠。

格雷斯第一次见到库伦是在几年前，从那时起，库伦就帮他寻找桑迪。一次有人报案说见到一个女人，可能是桑迪，他赶往慕尼黑，结果证明是白费力气。

“罗伊，”库伦当时在电话中说，“一切都好吗？”很奇怪，他的声音听上去有些犹豫。

“很好。你呢？还和路易斯·汉密尔顿一样，把车开得那么疯狂吗？”

“哈哈！我又弄了一辆新车，尚酷风暴，速度很快！找个时间我拉你去兜兜风。”

格雷斯记得他第一次去德国时的情景。他自己喜欢开快车，但库伦在高速公路上以160英里的时速开车，还时不时扭头跟他说话，却让他委实有点紧张。“很期待呀！”他佯装轻松地说。

“嗯，1月份你来施瓦宾医院见一个女人，确定她是不是你前妻桑迪，还记得吗？”

“呃？她怎么样了？”

“情况不妙，罗伊。她的状况很不稳定。预后很糟。但还有件事，你需要知道。”

“说吧。”

“我把你寄来的梳子送到DNA实验室了。今早刚拿到结果。确定无疑，这个女人就是桑迪。”

第64章　3月6日，星期五

图斯看见一个60多岁的男人，裹得严严实实，每天都在同一时间出现，准的都可以根据他来调手表时间了。此时男人边看小说边沿大街朝他走来，书举得高高的，不得不使劲向上仰着头。

有时图斯步行来这里，再返回酒店，算是锻炼身体。步行也给他提供了更仔细观察的机会。值得注意的是，几处房屋的窗户上都贴了“邻里联防”的标志。要是连续几天开车，警惕的邻居很可能会上报，说一个人总是开着汽车来这儿。步行就不那么引人注意了。

他在乔迪的房子周围闲逛时，也注意到其他一些常见的路人。一个男人面带忧伤，推着坐轮椅的妻子，旁边是条肥胖的狗。开白色SUV、留着疯狂发型的女子，总是先把车倒回私家车道尽头，花一分多钟左右看看才把车开到空旷的街道上。送孩子上学的妈妈们。把马自达车停在房屋前，跑进去再跑出来的送报员。还有9点30分开红色货车送货的邮递员。

一周之内邮递员只给乔迪家送来了三件物品。天黑后图斯进屋查看，都是寄给“住户”的宣传广告。

从早上8点到傍晚6点左右天黑，他每天都密切监视着房子。一周以来天气都不错，不过今天早上下起了大雨。很好，这意味着出来走动的人更少了。现在雨停了，天空一片蔚蓝。他心想，她在金色年华号游轮上玩得还开心吗？也许花的是偷来的那20万美元假币吧？

上午10点，一辆脏兮兮的白色货车拐进罗丁新月街191号大门，沿陡峭的车道向前开去。

图斯沿街道继续散步。他来到191号入口处，朝里瞥了一眼，看到货车后门敞开着，一个40多岁的男人，穿着工作服和长筒胶靴，正忙着从车里往外拿园艺工具。货车侧面上写着“斯蒂芬园林维护服务”。

他悠闲地踱着步子走上车道，朝那个男人走去，用英国口音说道：“嘿，我们刚刚搬过来，想雇一个园丁。”他的大拇指朝肩头随便一指。

“我给你张名片吧，”男人说，“你有需要先跟办公室联系。稍等。”

图斯等着。园丁去驾驶室拿了一张上面印有绿色字体的名片回来，递给他。

“住在这座房子里的人，能做你的推荐人吧？”图斯问道。

“是个独居的女人，”男人说，“几乎从来不见她人影。”

“哦，她叫什么名字？”

园丁耸耸肩，“不知道。我为公司工作，他们给我地址，我就去干活。两年以来，我跟这位女士没说过几句话。”

“这房子是租的还是她自己的？”图斯问道。

“我也不知道，先生，对不起。”

图斯跟园丁说了声再见，朝海边走去，心里还在琢磨那个神秘的女人。她的房子里没什么照片。她与家政人员没有联系。她的固定电话上没有任何留言。她似乎不喜欢抛头露面，这倒正合他心意。

这可能意味着别人很长时间注意不到她。是他拿着优盘回家的时候了。无论她把它藏在何处，他一定会找到。她会亲口告诉他的。

他感到肚子有点饿了。因为不想引起别人注意，他又步行朝布赖顿市内走去，心想晚点再回来踩点。路上，他想起一个叫“格拉布斯”的汉堡店，里面的汉堡很是正宗，上次来时在那里吃过饭。他沿圣詹姆斯街走过去。

填饱肚子后，他朝海边走去，下了台阶来到马德拉大道，过了马路向西，左边就是沃尔克斯铁路的铁轨，远处是一片荒凉的卵石海滩。他边走边认真思考，但是每隔几分钟身旁就会驶过一辆自行车，叮叮的铃声将他的思绪打断。迎面刮来的西南劲风寒冷刺骨。

如果是他的话，会把优盘藏在哪里呢？他已经搜遍了屋内每个角落，此外还有阁楼和花园棚屋。待在布赖顿让他很不自在。虽然此次来这儿用的是别名，但他知道自己仍然是这个城市的通缉对象。去年从肖勒姆港逃脱后，他上网查看了当地新闻。警方已经发出声明，说他失踪了，可能溺水而亡。但是他在码头上与那个黑人警察扭打过，警方很可能已将他的DNA存档。还是越早离开这里越好。

现在他感到漫无目的，很是沮丧。还要等多久，那个贱货才回家？他想回到温暖的家，和尤索林一起待在船上。

他想念那条忠实的狗。

他还没有对哪个人有过这样的想念。

他经过码头前的一个个摊位——全市最棒奶昔哞哞，甜甜圈和吉事果，美味甜甜圈，法式薄饼，热狗小屋——以及入口处的钟楼，前面有一个金字塔标志，上写“布赖顿最美味炸鱼薯条”。他突然想起小时候放假时跟一个养母在大西洋城的情景。炎炎夏日，她在玩老虎机，而他则独自沿木板路漫无目的地闲逛，躲开推着小车的游客。

她一整天都在玩，身边放着一大堆硬币，一手拿盛啤酒的塑料杯，不是猛拽拉杆就是摁下按钮，嘴里一直叼着香烟，眼睛透过袅袅烟雾一眨不眨地看着飞旋的转盘。要是赢了，她就会赏给他一小把硬币，他立即拿到打靶场花掉。

他总是试图获得最高分，通常都能赢。要是没赢，他便火冒三丈，不止一次去砸玻璃，或者猛扭枪柄，把枪弄坏。

右边是水族馆，穿过繁忙的十字路口，是一座奶油色和红色相间的建筑，上写“哈利·拉姆斯登炸鱼薯条”。

前方交叉路口远处，是黄白相间的皇家阿尔比恩酒店。人行道上放着一堆啤酒桶。他继续往前走，经过一家咖啡馆和防波堤。那个贱货到底什么时候才结束游轮之旅？

他穿过自行车道，在斑马线前停下，等着绿灯亮起，心想接下来的时间该怎么打发。干等。他不介意等。让时间悄然溜走。也许他会到市里看场电影，或者在酒店房间看电视。

信号灯变绿。他正要过马路，突然有了一个念头。为什么不去码头看看呢？看看那儿有没有射击场。这样就有事可干了。

他转过身，忘了身后就是自行车道。他刚迈开步子，便听到叮的一声铃响，接着是咣当一声和一声大喊，然后是金属与橡胶摩擦发出的刺耳噪声。瞬间之后，一个人影扑到他身上。他立马感到自己被撞飞。人行道与他的脸越来越近。

他眼冒金星。

接着便是无声无息。

第65章　3月6日，星期五

正午过后，罗伊·格雷斯仍然因为桑迪的消息而心神不宁。此时他坐在卡西安·皮威的宽大办公室里，向上司汇报了法方对爱德华·克里斯普引渡请求的处理情况，以及“蜘蛛行动”，即对谢尔比·斯托纳离奇死亡调查的最新进展。

或者更准确地说，两个案子都没有什么进展。幸运的话，法国警方几天之内就会答复，对方让他放心。三天前他在重案组就“蜘蛛行动”召开了情况简报会并下达了任务，但几乎毫无进展。警方在斯托纳出狱以来的行踪方面发现了一点信息，但并不多。

车牌自动识别系统以及市内350个视频监控点皆显示，斯托纳最近多次去过该市偏僻的罗丁富人区，时间恰好与该地区多起入室盗窃报案相吻合。但是由于预算的限制，除非有人面临生命威胁，入室盗窃案早已不被当作紧急事项处理了，这让格雷斯十分愤怒。可以想象，在不久的将来，有人一觉醒来发现家里进了窃贼，拨打报警电话，结果被告知先发一封电子邮件。

他们已经多次审问了斯托纳的女友安吉·本森，但并未得到什么有用信息。斯托纳骗她说自己在仓库上班——这大概是他入室盗窃活动的幌子。斯托纳让她相信，他已经改邪归正，正努力攒钱购买布赖顿出租车车牌号。她不明白他怎么跟毒蛇扯上了关系。

杰克·亚历山大根据1976年颁布的《危险野生动物法》，查到了布赖顿–霍夫市内所有持许可证的饲养人员，人数不多，包括一名他们认识的督察，他养了一条宠物蟒蛇。这些人全都合法。

生态养殖箱的供应商也已经联系过，走访到的所有客户都没有养过什么致命动物。有一个爬行动物饲养者协会，但没人认识谢尔比·斯托纳。

根据情报，自从斯托纳最后出狱以来，他和犯罪同伙并没有什么新动向。除了那张模糊照片外，高科技犯罪科从他的即付即打手机和电脑上也未找到意外联系人，更没有其他重要信息。一个三流的毒品贩子和偷车贼倒是经常与他见面，此人名叫迪安·沃伦，好像还是盗窃豪华汽车团伙的成员。和沃伦一样，斯托纳通过一些三流犯罪同伙，与苏塞克斯郡的克劳利和黑斯廷斯两个城市的案子有牵连。目前这些人都受到了警方审讯，但到目前为止，还没有什么新发现。

令格雷斯惊讶的是，皮威并没因他未能迅速结案而生气，而是很实际地说："我认为，我们必须接受这一点：无论发生了什么，斯托纳都不值得我们投入更多人力和物力。是吧，罗伊？"

“就目前情况看，我同意你的观点，长官。”

皮威身穿带肩章的白衬衫，一头闪亮的金发，天使般的蓝眼睛，给了格雷斯一个居高临下的微笑，“我这儿有个好消息，相信你会喜欢。我刚从新任郡警察局长莱斯利·曼宁那里听说，贝拉·莫伊探长被追授女王英勇勋章。她和诺曼·帕丁是一对恋人，是吗？”

“不仅仅是恋人，长官。他们已经订婚，并且打算很快结婚。”

皮威点点头，“看来帕丁探长要陪同贝拉的母亲参加领奖仪式了。一位王室成员会在晚些时候前来颁发奖章。考虑到这是苏塞克斯郡的事，我和警察局长打算在当地举办一个小型颁奖仪式。”

“非常合适。”

皮威又点点头，“这个事情由我安排。回到正题。你继续调查斯托纳一案，但不要太拼命。我还是希望你把主要精力放在克里斯普身上。一旦他被引渡回国，光是起诉就需要很多准备工作，而且必须做到无懈可击。这将是我们参与的最高级别的审判，我们一定要确保万无一失。明白吗？”

“明白，长官。”

和每次谈话一样，格雷斯等着皮威最后的讽刺。因为怀疑格雷斯杀了桑迪，他曾秘密派人到格雷斯家搜查，在花园掘地三尺。

“真是太遗憾了，逮捕他的荣誉竟然归到法国警方头上，而不是我们，你不觉得吗，罗伊？”讽刺的话终于来了。

事实并非如此，他很想这样回答，也想辩解一番。但是，他不会从这场争论中获胜。事实上，是他负责的“干草车行动”小组成功锁定并找到苏塞克斯几十年来的第一个连环杀手。经过他和重案组成员的不懈努力，爱德华·克里斯普终于被堵在一个坍塌的地下隧道中，格雷斯和几位同事差点丧命，克里斯普看上去似乎也必死无疑。然而，不知怎的，最后连环杀手还是逃脱了。

最终对此负责的还是作为高级调查官的格雷斯。尽管克里斯普幸存下来的概率极小，但他还是活了下来。这就让皮威理直气壮地认为，是格雷斯搞砸了。克里斯普的逃脱也让格雷斯腿部多处中弹而住院，不过这个不重要。他是高级调查官，最后还得怪他。

“是的，”格雷斯说，“克里斯普太狡猾了。”

皮威用严厉的目光盯了格雷斯一会儿，“坦白地说，出现这样的失利，不管谁处在我这个位置，都不会继续让你办理这个案子了。我希望你能明白，尽管我们过去有分歧，但我不是喜欢报复的人。我理解，毕竟你身上有伤，情有可原。去年你为了救我还冒着生命危险，这我也没忘，所以这次我暂不追究你的责任。但是一旦克里斯普转交给我们后，一定要确保万无一失。成功起诉与否由你负责，明白了吗？”

格雷斯生硬地答道：“明白了，长官。”

“送你一句忠告，罗伊。从成功中学不到什么教训——我们只从错误中得到教训。好好记住这一点。”

“我会记住的。”

第66章　3月6日，星期五

“卡迈克尔先生，你现在感觉怎么样了？”赖尔森医生走进客舱问道。此时刚过下午6点，乔迪的丈夫过去两天一直卧病在床，不停地呕吐，只喝了些含糖饮料。他拒绝请医生，告诉乔迪，根据以往乘坐游轮的经验，如果医生认为你得了传染病，他们会把你和同伴困在客舱里好几天。但他最后还是让了步，让她去把医生叫来。

“很糟糕。”他说，用手帕捂住流血的鼻子。

“你妻子告诉我，前天晚餐你除了吃牡蛎，还喝了马提尼、香槟和白葡萄酒。”

乔迪握着丈夫的手说：“你的确很喜欢吃，对不对，亲爱的？”

他点点头。

“可能是吃坏肚子了。吃了牡蛎再喝酒可是很危险。你还能想起别的什么吗？”

“昨天，”他无精打采地说，“对不起——前天——在鳄鱼养殖场，在孟买，我被咬了。”

“咬了？”

“我被什么东西咬了。”

“咬在哪里？”

“在腿上——脚踝——右脚踝。”

“他在那里跌了一跤，觉得被什么东西咬了，”乔迪确认说，“我当时看了看，没看到什么东西。”

医生掀起床单，仔细查看了他的脚踝，皱起眉头，“有轻微的痕迹，但没肿胀，可能被什么昆虫咬了。如果是被有毒的东西，比如蛇或者蜘蛛咬了，皮肤肯定会肿胀。”

他给罗利量了体温，“嗯，体温很高。可能是吃了什么东西，感染了病毒，或者被昆虫咬了。”他看着乔迪，“你感觉还好吧？”

“很好。”她莞尔一笑。

医生问了罗利的病史，拿起地板上的医用袋，从里面取出注射器和一个小瓶，“我先给你打一针抗生素，几小时后我再过来看看。”他转向乔迪，“我想你今晚最好和丈夫待在一起，好好照料他。建议你今晚叫客房服务。”

“好的，”她说，“当然可以。我不会让他一个人待着。他流鼻血是怎么回事？”

“他的血压有点高，现在这个状况我也早有所料。可能是这个原因。”

“谢谢。”

“好，”医生说着，准备打针，“卡迈克尔先生，我相信你很快就会好起来。最好别吃东西，但一定要多喝水。”

“我不喜欢喝水，”罗利·卡迈克尔用可怜巴巴的眼神看着医生，“说起水，你知道W. C. 菲尔茨怎么说？”

“那位叫W. C. 菲尔茨的演员吗？”

他点点头，“千万别喝水，因为鱼在里面乱搞。”

医生笑了，“嗯，我想他说的有点道理！”

突然，卡迈克尔吐出一股胆汁和鲜血。

第67章　3月8日，星期日

14床是一个不省人事的美国人，星期五下午被送进皇家苏塞克斯郡医院重症监护室的。他的情况很糟糕。核磁共振检查显示，他的发际线处颅骨轻微骨折，脑部挫伤，两条肋骨断裂，右腿有严重瘀伤。在自行车道上竞逐的两名骑手也都进了医院，一个摔断了胳膊，肩膀脱臼，另一个磕破了膝盖。

从那名美国人的驾驶执照上得知，他叫约翰·丹尼尔斯，现住纽约市。从他的钱包里还发现一张布赖顿海滨酒店酒吧的收据。医院与酒店取得联系，但对方答复说，尽管有一大批来市里开会的美国人在那里入住，但并没有叫约翰·丹尼尔斯的客人。布赖顿警方已向纽约警察局发出请求，希望与该男子家属取得联系，但迄今为止还没有收到任何答复。

现在，今天下午，值班护士兴奋地打电话给专科住院医生，说病人有苏醒的迹象。

“欢迎回来，丹尼尔斯先生！”

图斯眨了眨眼，眼前出现一个男人模糊不清的身影。随着视力慢慢恢复，他看见面前是一个男子，30岁出头，短发，穿蓝色手术服，手拿写字夹板。他旁边站着一个同样穿着的阿拉伯女人，还有一个穿黑色长裤和白色短袖衬衫的男人，看起来很有权威的样子。

图斯面无表情地盯着他们。难道他是在伊拉克？“回来？”他问，“回来？”

“我是马丁医生，这是我们的顾问，神经外科医生巴克斯顿先生，也是我们的专科住院医生——这里是皇家苏塞克斯郡医院。”

“医院？”

图斯以为自己住进了伊拉克的医院。他中弹了？他只记得有个影子朝他逼近。“医院？”他再次面无表情地问，“马丁？靴子吗？”

穿白衬衫的男人微微一笑，“很好。”

图斯眯起眼睛盯着那人。这个家伙是中情局的吗？

“金刚狼，”图斯瞎扯说，“千里靴。”

穿白衬衫的男人又微微一笑，“很好！”

“丹尼尔斯先生，你现在感觉怎么样？”那个叫马丁的医生问道。

他受过训练，一旦被捕，务必保持沉默。所以，他只是盯着周围的蓝色帘子和显示他生命体征的监测仪，并未吭声。

这里好像是军事医院。他希望是家美国医院。

他闭上眼睛，又睡了过去。

几位医疗小组成员在他身边待了一小会儿，然后掀开帘子离开，走到他听不见的地方。

“他还会迷糊一段时间，”神经外科医生说，“他的脑部扫描并未显示有异常。这种事故都会伴随一系列损伤，还需要一段时间才能消退。过两天我再过来看看。如果他的情况有任何突变，请立即通知我。最致命的危险来自血管受损导致脑出血，不过目前还没发现这种状况。”

当他们离开时，图斯竭力想让脑子恢复清醒，感觉自己正试图伸手去抓一条不停摆动的鱼。

鱼溜走了。

一切又变成了空白。

第68章　3月9日，星期一

阴雨潮湿的周末更加剧了罗伊·格雷斯的抑郁和茫然。星期六，他努力摆脱一切愁绪，专心陪伴诺亚。八个月的儿子现在都会爬了。他还忙着把别墅备用房间里的壁纸揭下来，带领汉弗莱在乡间新家周围探索，此外还努力训练它——迄今为止还没成功——不去理会附近的羊群。他们想扩建厨房，为此还咨询了苏塞克斯橡树设计公司，如果能弄到建筑许可证，对方会报价。

星期六晚上，在把诺亚托付给凯特琳照看后，他和克莉奥到西霍斯利村的猫餐厅用餐。因为想放松，两人喝了太多酒，昨天早上回家时还宿醉严重，诺亚在尖声哭叫。昨天他们几乎花了一整天时间才完全恢复过来，而诺亚在电视机前自己玩，对此他内疚不已。

他的脑子里只有桑迪。她现在还躺在慕尼黑的医院里。生命正在一点点流逝吧？

不管是进坟墓还是火葬场焚化炉，在她永远离开之前，他必须再见她一面。

为了自己和克莉奥，他必须去做个了断。

周末时克莉奥一再问他怎么了，每次他都骗她说，他只是在担心克里斯普的案子。

但事实上，他并没怎么去想那个连环杀手。

桑迪。

他始终无法鼓起勇气去和克莉奥谈，只是不切实际地希望，这一切都会自行消失。

但是不会的。它永远不会消失，除非他们做个了断。只有一个办法。

他必须去慕尼黑再见她一面。

这让他十分害怕。

他记得这句话：真相让你自由。

真的吗?

如果恰恰相反呢?

他有个很糟糕的预感，非常糟糕。

晨跑后，他在冲澡时，感觉自己好像根本就没过周末。他知道他必须去做什么。

但他真的不知道该如何去做。

第69章　3月9日，星期一

一小时后，罗伊·格雷斯坐在办公室里，和往常一样先浏览过去几天发生的案子。有几起入室盗窃案，两起路虎揽胜车被盗案，还有一起少年失踪案。周五在码头附近发生了一起恶性自行车事故，一名美国游客和两名骑手都已经住院治疗。星期天凌晨5点有人报案，在市中心发生一起抢劫案，两名青年和一名女子从一名男子手中抢走了手机和钱包。

他刚开始读关于克里斯普的文件，只听手机发出叮的一声，来了一条短信。是妹妹发来的，问她何时可以来看望她"最喜欢的唯一的侄子"，并打算在哥嫂家待一段时间。

他回复了一张诺亚咯咯笑着、竖起大拇指好像表示赞同的照片，并把他和克莉奥都有空的几天日期发给她。

上午10点，他在办公室与负责财务调查的彼得·比林和凯莉·尼科尔斯召开会议。两人收集了与克里斯普家隔壁房产所有权有关的复杂文件，这个家伙的几起谋杀案似乎都是在那里进行的。

刚过11点，他又意外接到伦敦国际刑警汤姆·海恩斯打来的电话。

“长官，”他说，“我们已做出正式安排，由你们的两名警官前往里昂，与法国警方就爱德华·克里斯普引渡一事商谈具体细节。”

一结束通话，他立即通知助理警察局长卡西安·皮威，然后打电话给格伦·布兰森，让他到办公室来一趟。在等待的空隙，他背靠椅子，合上眼睛，又想起了一直困扰他的那件事。

“怎么，你这个年龄就受不了工作节奏了吗？”

格雷斯抬起头，看见人高马大的布兰森赫然站在面前，“你总是不敲门就进屋！”

“不想吵醒你。老人突然受到惊吓会要命的。”

“哈哈，”格雷斯上下打量了他一番，“你是找了个当灯塔的兼职工作吗？”

“你说什么？”

只见布兰森身穿巧克力亮色西装，系一条貌似发光的黄色领带。格雷斯指着领带说：“晚上停电时能派上用场。”

“你叫我来就是为了这个——对我的着装指手画脚吗？”和往常一样，布兰森拉过桌前的椅子，转了一圈，骑上去坐下，两只胳膊交叉搭在椅背上。

格雷斯说：“看上去你的里昂快乐之行就要实现了。”

“这么说我能吃上臭烘烘的内脏香肠了？还有青蛙腿和蜗牛？”

“如果法国警方很好客，带你们去里昂一家餐厅，拒绝倒很不礼貌。我可不想让你惹恼盟友！”

布兰森皱起眉头，“噫！”

“这次可别搞砸了，伙计！”

布兰森盯着他，“我也没打算搞砸，不是吗？”

“克里斯普是个大骗子，别听他的甜言蜜语。”

“我又不打算跟他上床。”

格雷斯咧嘴笑了，“你也不是他喜欢的类型，所以这个我倒不担心。为了确保你到那里不拈花惹草，我派诺曼·帕丁与你同行。”

“诺曼？这次他和我一起去吗？”

“我让你们两个同去。诺曼还没从贝拉去世的悲痛中走出来，让他放松一下有好处。好吧，你去找托尼·凯斯，让他安排一下行程。我听说可以乘坐欧洲之星列车前往里尔，再从那里坐火车去里昂。”

他的手机又响了，是马塞尔·库伦打来的。这是他今天上午一直在等的第二个电话。

他接了电话，让对方稍等，用手捂住听筒，对布兰森说：“好了？都明白了吗？”

布兰森心领神会，立刻走出房间，随手带上门。

“很抱歉打扰你，”库伦说，“但是桑迪的状况有所改善，我想你应该知道。也许你想过来一趟，跟她谈谈？”

格雷斯想了一会儿，“是的，是的，我也想。我——接下来几天有点困难，因为还有点事必须处理一下——但我会尽快去。”

“好，到时告诉我一声。最后的行程她也不急着走。”

格雷斯微微一笑，“我确定时间后马上打电话给你。”

“好的，”库伦顿了一下，“罗伊，我只是想说，我觉得你决定要来是件好事，很让人佩服。”

“希望如此，马塞尔。”

他挂上电话，又给格伦·布兰森打电话，“格伦，有件事我想听听你的意见，你能再过来一趟吗？”

格伦进屋，在他对面坐下。格雷斯把来自德国的消息告诉了他，“你觉得我应该怎么办？”

“糟糕，伙计！哦，真糟糕！”他沉默了几秒钟，“该死。克莉奥是怎么想的？”

“她还不知道。”

“什么？”布兰森思索了一会儿，“你心里一直知道，是吗？知道她一直还活着？”

“我是这样吗？”

布兰森站起来，探身给了他一个大大的拥抱，“是的，你知道是这样的。你必须告诉克莉奥。”

“可我该告诉她什么呢？”

布兰森坐回去，“告诉她真相怎么样？”

格雷斯盯着他说：“我害怕失去一切。”

“克莉奥是个聪明女人，相信桑迪还活着。听着，你知道她很爱你。但有时我在她眼中也看到害怕，害怕你们不能长久，害怕如果桑迪突然回到你身边，又会发生什么。”

“我已经多次告诉过她，不会有任何改变。我爱她，现在我已经意识到，我对她的爱胜过曾经对桑迪的爱。”

“她相信你吗？”

"我想是的。"

"那好，现在机会来了，你证明给她看。"

"你什么意思？"

布兰森举起双手，"听着，可恶，我又知道什么呢？我过去的婚姻也一团糟。我不是给你提建议的合适人选，但不管怎么说，还是提几点吧。"

格雷斯微笑道："什么建议？"

"你今天回家就告诉克莉奥，还得提出带她一起去德国见桑迪。"

电脑发出叮的一声，收到一封电子邮件，但他并未理睬，"你疯了吗？带克莉奥去见桑迪？"

"很多事情都这样，没有什么比我们想象的更可怕了。就像电影《惊魂记》中珍妮特·利在浴帘后面被人砍死的场景。希区柯克很聪明。你只看见匕首一下一下砍下去，只看见血，但是并没看到她赤身裸体被人砍成肉酱——这一切都发生在你的脑海里。"

格雷斯疑惑地看着他。

"自从克莉奥和你在一起，在她看来，你们一直是三个人——你，她，还有桑迪的幽灵。可能自从你们相爱后，每天晚上与你同枕而眠时，她都在想如果桑迪回来会怎么样。告诉她真相，带她去见桑迪。"

"万一适得其反怎么办？"

"只有一种情况才会适得其反。那就是如果你站在桑迪的病床前，意识到你现在跟错误的人一起生活。这种事会发生吗？"

“不，”格雷斯斩钉截铁地说，“绝对不可能。”

“所以你现在有一个绝佳的机会。如果你真爱克莉奥，我知道你是真爱她，这可能是你唯一的机会了。把你的恶魔杀死。”

“万一克莉奥——”

“相信我。她不会的。她不会拒绝的。”

布兰森再次离开，关上格雷斯办公室的门，留下他一个人心潮澎湃。他的手机又响了起来。

“罗伊·格雷斯。”他接起电话。

是验尸官米歇尔·韦伯斯代尔打来的。

“啊，是警司吗？”

“是的，米歇尔。他们告诉我你会打电话过来。”

“哦——啊——是的，长官——但实际上我打电话并不是关于谢尔比·斯托纳，是另外一件事。关于一名年长的布赖顿居民，罗利·伯内特·卡迈克尔先生。他在游轮上患病死亡，很是可疑。”

“哦？知道死因是什么吗？”

“是的，这就是为什么我认为你可能会感兴趣的原因。他上岸参观印度孟买附近一个自然保护区后患病。随船医生最初怀疑他在船上感染了病毒，或者食物中毒，但是卡迈克尔又有了其他症状，这让医生非常担心。他的腿被什么东西咬了，有针扎痕迹，虽然并没有通常那样局部肿胀。医生想知道病因是否与此有关。游轮停靠在果阿港后，他被紧急送往当地一家医院，但在途中死亡。尸检表明，他死于毒蛇咬伤，应该是锯鳞蝰蛇。他们正等待毒理学检查的最终确认。”

“锯鳞蝰蛇？”格雷斯问。

“是。”

“谢尔比·斯托纳也是死于这种毒蛇？”

“正是。”

格雷斯的大脑飞速运转。今天是3月9日，星期一。一周前，谢尔比·斯托纳也是被锯鳞蝰蛇咬伤而死。“这有点太巧了。一周之内有两名布赖顿居民死亡，死因相同，而且还相隔4 000英里——你不觉得吗？”

“你是警探，长官，”米歇尔·韦伯斯代尔打趣道，“你觉得呢？”

他想起了帕丁提供的信息，“我知道，仅仅在印度，每年就有几千人死于锯鳞蝰蛇。”

“苏塞克斯呢？”

“很少吧，我想。”格雷斯答道。

验尸官说：“我查过苏塞克斯死于毒蛇咬伤的记录，从未发生过一例。现在一周之内有两名苏塞克斯居民因此而死，希望如你所说，只是一个巧合。有不是巧合的可能吗？”

格雷斯犹豫了一下，担心陷入他经常警告他人不要随便假设的陷阱，“我想我们需要先深入了解一下情况。还需要进行二次尸检吗，米歇尔？”

“从国外运回的尸体依法首先要做防腐处理。”

格雷斯低声咒骂了一句。虽然防腐处理后的尸体仍能进行二次尸检，但是不太可能找到任何有价值的证据了。

“果阿的病理学家是否确定了死因？”

“是的，他确认死者死于毒蛇咬伤，几乎肯定来自一条锯鳞蝰蛇。”

“你对受害者有什么了解？”

“哦，到目前为止，游轮事务长提供了一些信息，但不多。罗利·卡迈克尔是一位退休的艺术品经销商。我到谷歌和维基百科上查了一下，他在艺术界是个名人。他一周前刚在游轮上结了婚，就在上周一，好像是跟一个年轻貌美的女人结的婚。真够惨的。她现在很难过，这可以理解。”

“这么说他们是在度蜜月？”

“好像是。她也是布赖顿人。”

“审问过她了吗？”

“她护送丈夫上岸，向果阿警方录了口供。他们马上会把扫描件发给我，我收到后立刻通过电子邮件转发给你。”

“卡迈克尔的尸体何时会被运回英国？”

“这事我正在跟果阿警方联系。接下来几天吧。相信那个寡妇也会一同返回。”

“你有她什么信息？”他问。

“目前只知道她填在表格上的内容。她叫乔迪·卡迈克尔，娘家姓丹福思，家庭地址是布赖顿的亚历山德拉别墅区。”

格雷斯整理了一下思绪，问韦伯斯代尔，是否可以把这对夫妇的照片、游轮行程，以及乘客和船员清单通过电子邮件发送给他。

除了尚不可知的个人噩梦，这个案子也开始让格雷斯感到不安，尽管他还不确定到底是什么。

第70章　3月9日，星期一

格雷斯打完电话后，坐在那里细细琢磨，暂时把桑迪的事抛到一边。两名布赖顿居民在一周之内死于毒蛇咬伤，而且是同一种蛇。不管看上去多么像是巧合，生性多疑的他都觉得事情不会这么简单。

他把心中的想法写在纸上，打电话让盖伊·巴彻勒到他办公室来一趟。

几分钟后，身材魁梧的巴彻勒带着一股烟味坐在他面前。他说："盖伊，最近几天我可能有事不在警局。我想让你暂时负责'蜘蛛行动'。"

"没问题。需要我干什么？"

"首先，彻查乔迪·卡迈克尔。查清她是谁，有何背景，越快越好。她以前姓丹福思，家住位于布赖顿七面钟区的亚历山德拉别墅区。"他低头看看笔记，"找人联系一下伦敦动物园的专家。我想知道更多关于毒蛇咬伤的信息。"

巴彻勒拿出记事本，一一记下。

“我想知道关于这种蛇的一切信息：它的生长环境，在哪些国家可以见到，毒性有多大，解毒剂是什么，能否当作宠物养。它长成什么样，个头有多大，如果饲养是否需要许可证，如何把它运进英国。假如英国真有人养这种蛇，需要什么样的环境。”

巴彻勒点了点头，快速记下。

格雷斯继续说：“被这种蛇咬的症状是什么，一旦被咬伤，最快应该在多长时间内进行医治，还有被它咬伤是否经常致命。”

“都记下来了，长官。”

“好。”

“放心交给我吧。”

“关于你的晋升有好消息，盖伊。你有希望留在重案组。接下来几天，我和格伦都不在，你就是代理督察。这对你也有好处。”

巴彻勒面露喜色，“谢谢，长官，我不会让你失望的。”

第71章　3月10日，星期二

丈夫在国外惨遭意外，悲伤的女人护送其尸体飞回家，这是一个月内第二次了。

当月第二次，她坐在英国航空公司头等舱里自我安慰，一边喝着香槟，一边在心里编造说辞，一遍遍演习。

面带微笑的空姐又为她倒满一杯酒，她伸手从小推车里抓了一把坚果。她吃着香甜的腰果，想到计划中要在科莫湖畔别墅写的书。多年以前她和家人一起去那儿度过假，现在别墅的价格更贵了。购买那样一幢高档别墅，大约需要5 000多万英镑。

“你怎样才能买得起那些房子？你能做的，乔迪，是嫁给一个亿万富翁。”

意思是说，你太丑了，小姑娘，这永远都不可能实现。

她会证明给他们看。

她在iPad上输入密码，开始写日记。

好吧，谁能告诉我，与伴侣、丈夫或其他人共度多久才算长久呢?

有句古话，现在说起来都是陈词滥调了:“把每一天过得像是生命中的最后一天，因为那一天总会到来。”

但老实说呢?

每个人对生活的期望都不同。

有人说钱买不到幸福。36年来，到目前为止，我来告诉你我学到的东西。首先，下面是我讨厌的事物清单：

1.马麦酱

2.眼神幽怨的干瘪瘦子

3.牧师

4.告诉你金钱买不到幸福的家伙

以下是我喜欢的事物列表：

1.我的猫

2.查看我的银行余额

3.高品质夏布利酒

4.洛克菲勒牡蛎

5.龙虾

6.周仰杰鞋子

7.奔驰跑车

以下是我想拥有的东西：

1.纽约一套公寓。科莫湖畔一幢别墅

2.私人飞机，这样我就再也不用他妈的在机场脱鞋了

3.足够多的钱，永远不必再工作

4.嫁给一个我真正爱的男人

5.生儿育女

这些要求不合理吗？我喜欢把自己看成一个趣味简单的女人。一切我只想拥有最好的。我非常清楚，终有一天我的生命会走到尽头。

当那一天来临时，我希望我的脸上带着灿烂笑容。绝不和太多人一样，死在医院走廊上，或者在养老院一天天枯萎。

这真的不合理吗？

人生就是一场游戏。

可悲的是我们大多数人从未意识到这一点。

我觉得自己很幸运，在尚且年轻，还有机会实现一切时，就明白了这一点。

在临终前为自己没有做过的事而感到懊悔，你能想象那是什么感觉吗？

谁要是对你说别的，别信。

伦敦希思罗机场的手续并不像乔迪以为的那样烦琐。她签下名字，将丈夫的尸体转交布赖顿-霍夫市验尸官，在飞机着陆一个半小时后，便坐上宝马朝苏塞克斯驶去。

她一直很幸运。所有船长都能举行合法婚礼，这简直是一个城市神话。为此，他们需要成为官方认可的婚礼司仪，但很少人能做到这一点。罗利·卡迈克尔乘坐的游轮所属航线中途停靠的城市都很浪漫，他们意识到乘客会有婚礼服务的需求，况且此服务利润丰厚，因此该航线所有船长都是法律认可的司仪，这正为她提供了便利。

任何人一旦结婚，其之前所立遗嘱即刻失效，想到这个，她脸上露出了越发灿烂的笑容。

唯一令她烦恼的是，罗利有四个孩子，他生前可能已经为他们制定了财产分配。但她和每个妻子一样都享有同等权利，毫无疑问，最终她也会有一大笔进账。虽然也许不是她渴望得到的金蛋，但也能为她日渐萎缩的积蓄提供重要补充。

黑色宝马从M25高速公路下来，沿M23向南朝布赖顿方向驶去。现在她清醒地意识到，她梦寐以求的真正大奖还在前面等着。她已经忙着打开笔记本电脑，在谷歌和注册的各大网站上仔细搜索她的白马王子。

他就在某个地方。她会找到他的。

会有人因为与她相遇而心生感激。一个足够有钱，能让她梦想成真的人。

第72章　3月10日，星期二

早上7点，英国航空公司飞往慕尼黑的航班上，罗伊·格雷斯系好安全带，克莉奥就坐在他旁边靠窗的位子上。每次坐飞机他都很焦虑，但现在他感觉比往常更紧张。他请了一天假——这倒没关系，他早就该休息了。

他伸出左手，抓住了克莉奥的手。他右边过道的座位到现在还空着。

把消息告诉克莉奥已是不易。她非常愤怒，因为他不信任她，还向她撒谎。她开始质疑这对他们的关系意味着什么——他以前还向她说过什么谎，以后还会再骗她吗？他们一遍遍地谈论，直到深夜。他承认自己错了，因为太害怕失去她。

他请她一起去见桑迪，这最终让他们达成和解。克莉奥能感觉出来，罗伊是真心希望两人能共同处理这个问题。

两人沉浸在各自的思绪中，整个飞行过程中并未怎么说话。

通常克莉奥不怎么化妆，罗伊喜欢她这一点，她也不需要。但今天她却在化妆上下了点工夫。不是在暗自与桑迪竞争吧，他心想，她倒不必感到恐惧。

当飞机在慕尼黑机场跑道降落时，他们紧紧握住对方的手。

“我很紧张。”她说。

“听着，我爱你。不管桑迪说什么，都不会对我们的关系有任何改变。我让你一起来，是为了让她看看我俩是一对。你是我妻子，克莉奥·格雷斯，任何事情都不会改变这一点。”

她浅浅一笑。

格雷斯试图把思绪转向工作，但无法做到。他一再想的是，他和克莉奥到施瓦宾医院见到桑迪时，究竟会发生什么。

再也不能假装不认识那个病人了。

他又会有何种感觉呢?

他再次试图去想克里斯普，想蛇毒的受害者，但不可能。现在他的脑海中只剩一件事。

桑迪。

不到一小时后，马塞尔·库伦的白色大众尚酷跑车拉着他们在高速公路上飞奔。克莉奥坐在后排座位上，下巴抵着膝盖。副驾上的罗伊尽量把座位前移，整个人距储物箱仅有几英寸。

库伦相貌帅气，一头黑色卷发，说话总是很幽默。在驶往慕尼黑的路上，大部分时间都是克莉奥在问库伦：他是怎么认识罗伊的，他为什么当警察，以及他的生活，妻子和孩子怎么样。

罗伊听着他们俩的对话，坐在那里默不作声，很感激克莉奥有如此奇妙的好奇心。与此同时，随着目的地越来越近，他的神经也越来越紧张。

他来这里是个天大的错误吗？

车子减速，停了下来。

慕尼黑施瓦宾医院到了。

他突然一阵恐慌，深吸了几口气。他是否在犯一生中最糟糕的错误？他该不该让库伦把车掉头，再开回机场？

但他还是机械地解开安全带，从车里爬出来，然后帮克莉奥向前调整后排座椅，拉着她的手慢慢下了车。

库伦说他在车里等他们。

几分钟后，罗伊和克莉奥在访客登记簿上签上名。一个铁灰色头发、精明干练的女人迎上前来，自我介绍说是病房主管，带他们上了电梯。

他再次紧张起来。克莉奥紧紧抓住他的手。

“亲爱的，你确定要进去吗？”他第N次问她。

“是的。”

电梯门打开时，他闻到了消毒水的味道。他们走进橙色走廊，担架车上一个满脸皱纹、脸色苍白如纸的男人被推着经过。走廊上有一台零食自动贩卖机，两边各有一排椅子，墙上几个相框里是医生和护士的工作照，下面有他们的姓名。

他的心怦怦直跳。又来了。一切恍如昨日。一个身穿蓝色手术服、黄色卡骆驰洞洞鞋的男人从他们身边匆匆经过，拐进一个有饮料自动售货机的角落。

天哪。

简直就是电影《土拨鼠日》中的一幕。

病房主管告诉他，桑迪过去几天意识不清，时而也会醒过来，偶尔头脑也很清醒。

他瞥了一眼克莉奥。她穿着保守，里面是一件黑色毛衣，外面套海军蓝大衣，蓝色牛仔裤，齐膝麂皮绒靴子，肩挎深蓝色玛百莉牌大手提包——这是去年圣诞节他不惜大价钱买来送给她的礼物。

桑迪。

她回头看着他，脸上的表情让他捉摸不透。

他们跟着病房主管穿过双扇门，来到重症监护室。空气中弥漫着消毒水的气味。他们经过一排排病床，每个病床上的病人周围都有一排监测器，两侧用淡绿色的帷幕隔开。转了一个弯，他们进入一个小隔间。

病床上躺着一个棕色短发的女人，身穿蓝白点病号服，身上插了很多输液管子，床边竖着像铁笼子一样的栅栏。

桑迪。

他再次看看克莉奥。她脸色苍白。

他走上前，"桑迪？"

没有反应。

"我是罗伊，"他说，现在觉得平静了些。他等了一会儿，还是没有反应。"你出了车祸，我很抱歉。"他越来越动情，声音也哽咽了，"我很抱歉。我——我不知道——我真的不知道该说什么。我又有了新的生活。我和妻子克莉奥一起来了。她想见见你。”

他转身把克莉奥紧紧抱在怀里。

在他身后，他们没有看到，桑迪的眼睛睁开了一小会儿，闪了一下，便迅速合上了。

他转回身，稳定了一下情绪，俯身摸了摸桑迪的额头，“我——我不敢相信是你。真的是你。经过了这么多年。”

克莉奥和罗伊紧紧握着手，伫立在病床前看着她。

桑迪只发出有节奏的呼吸声。

“桑迪？”他说，“你能听到我说话吗？我是罗伊。”

有一段时间她没有任何反应，但是突然间她睁开了眼睛，把他们吓了一跳。她先看看罗伊，然后紧紧盯着克莉奥。

“这么说你就是克莉奥？”她说，“他娶的女人是你？”

克莉奥尴尬地笑了笑，“是的。是，是我。”声音很是紧张。

桑迪眯起眼睛，目光充满敌意，“祝你好运。”她酸溜溜地说完，便合上了眼睛。

一名护士走了进来，说该给病人用药、换绷带了，让他们先出去几分钟。如果他们愿意的话，可以到病房外的走廊上喝点水或咖啡。

第73章　3月10日，星期二

站在自动售货机前，罗伊眯起眼睛看了看选项，按下按钮，要了一大杯浓缩咖啡。

“天哪，”克莉奥说，“她看上去很糟糕。她说‘祝你好运’是什么意思？”

“不知道——我不知道。”

“听着，”克莉奥看上去有点麻木，她啜了一口滚烫的茶，“还有很多问题需要你找到答案。我觉得你应该再回去，单独和她待一会儿。我就不再进去了。”

他犹豫了一下，点点头。

“我到楼下呼吸点新鲜空气，在前面等你。问清楚一些问题的答案，至少她欠你这些。”

他返回病房区，再次进入桑迪的病房，随手关上门。她似乎睡着了。他的心怦怦直跳，低头看着她一动不动的身体，她的眼睛仍然没有睁开。他在床尾坐下。

“嘿，桑迪，”他说，“我——我不敢相信真的是你。都这么多年了。快11年了。”

他眼睛一眨不眨地盯着这个他曾经深爱的女人。尽管她脸上满是疤痕和绷带，他还是能看出多年来岁月留下的苍老痕迹。她不再是抛弃他一走了之的桑迪。过去的各种记忆闪过脑海，他努力把它们与这个躺在病床上的女人联系起来。但她仍然很陌生。“到底发生了什么？告诉我。你为什么不跟我联系？”

她没有回应。

他抓住她的手，一时间出了神。生活可能会大不一样。万一她突然睁开眼睛，张开双臂搂住他，他该怎么办？“我有了一个儿子，”他说，“他叫诺亚，八个月大了。也许有一天，你好起来后，我们还能见面，成为朋友。希望如此。但在此之前，我需要很多问题的答案。你为什么离开我？你为什么不跟我联络？你知道我都经历了怎样的痛苦吗？难道你根本不在乎吗？我想我应该知道。”

她的脸上没有丝毫反应。

她的手摸上去很是陌生。“你总是要求我不断上进，希望我比父亲取得更高职位。嗯，我一直很幸运，现在是警司了。你有没有想过我会走到现在这个位置？”

他顿了顿，“我也没有想到。我现在是苏塞克斯郡重案组的头——尽管我们分局与萨里的合并了。现在很多权术也是我们11年前没有的。我热爱我的工作，但有时也很困惑。警务成了该死的政治正确。所有人都如履薄冰，就怕得罪别人。”他停了一下，低头看着她，“天哪，真希望我们可以好好谈谈，和对方说说过去10年发生的一切。”

他抬头看看那一排监测器和各种带刻度盘的仪器，完全看不懂，“我有无数问题想问你。再找一天？也许？”

他看了一眼手表，松开她的手，站起身来。她突然睁开眼睛，“要走了吗，罗伊？”

他感到喉咙被什么东西卡住了，又在床边坐下来。

“我很高兴你工作这么顺利，终于梦想成真。警司，我喜欢这个称号，听上去不错，挺适合你。”

他笑了笑，“谢谢。”

“你一直想要个儿子，现在也有了。诺亚这个名字不错。”

“是的，我和克莉奥都喜欢这个名字。这么说我刚才说的话你都听到了；现在轮到你谈谈你的生活了。我听到一些零星消息。”

她面带愧疚地笑了笑，“我想你听到的都是坏消息吧。吸毒，抑郁症，还有失败的感情生活。我也有些好消息——我经济独立，很有钱，还有一个10岁的儿子。”

“好，我想知道的是，你当初为什么离开我？发生了什么事，你去了哪里？我做错什么了吗？”

“说来话长，罗伊，但今天不说了。我会向你解释的，我保证。”

“好吧，说说你的儿子吧。他叫布鲁诺，是吗？”

她点点头。

“他的父亲是谁？”

“这个也下次告诉你，罗伊。”

“好吧，那我们就只谈谈未来。你恢复得怎么样了？出院后有什么打算？”

"恢复得不太好。不久前他们告诉我，我能活着就很幸运了——我被送进来时，他们根本没指望我能活下来。我的头部伤得很重，脊柱受损，我都不知道还能不能正常行走——腿没瘸，也不用拐棍。我的脾脏被切除，脸上的疤痕永远也去不掉了——谁还会要我？我担心布鲁诺。"

"他现在在哪儿？"

"现在全靠朋友照顾。单亲妈妈只身一人抚养孩子，即使有钱，也很不容易。"

"你跟父母谈过吗？"

"没有。"

"需要我给他们打电话吗？"

"不，等我——等我准备好了，我会和他们谈的。"

"还有其他什么人需要我联系的吗？"

"没有，当然没有了。你到底是怎么找到我的？我不希望你来这里，真的不想。我现在不需要，我受不了，罗伊。"

"你知道会有各种各样的法律后果。我必须向德国和苏塞克斯警方汇报。"

"你可是让人宣称我死了。"

"那你期望我怎么做？"他提高了嗓门。

她闭上眼睛，似乎又睡着了。突然，她说："这周我要去见会诊医生，他会谈到我今后的治疗和预后。我觉得恢复得不错，他们会让我出院。但我很担心，不知道自己该怎么应对今后的生活。我感到很孤独，罗伊，在这个世上孤零零的。现在你又让我面对这一切，我不能。"她开始哭泣。

他再次紧握她的手，"你会没事的。我会尽力帮你。我本来不想打扰你，但我必须知道真相——当初你把我的生活弄得天翻地覆，现在你又出现了。”他停了一会儿，“有件事可能会让你开心。还记得马龙吗？我在布赖顿勒韦尔游乐场标靶射击时赢的那条金鱼——我猜是11年前吧，我们把它放在一个塑料袋里带回家。你根据马龙·白兰度的名字，给它起名叫马龙，因为你觉得它是个喜怒无常的家伙。你说，游乐场的金鱼从来不会活很久，几个月就会死。嗯，你知道吗，它还活着！精神得很呢。多年来我给它买了好几个同伴，每次都被它吃掉了！我爱那条鱼，因为——可能听起来很蠢——因为它是我和你之间唯一的联系。每天醒来下楼时，我都希望它还活着，而不是发现它漂在水面上。每次看到它，我都会微笑。你可能觉得这很傻，是吗？”

“我想你现在该走了，罗伊，我并没让你来。我累了。”她说。

他松开她的手，“嗯，我还需要答案。我会再回来看你的。”

他转身走出病房，最后回头看了她一眼。

桑迪躺在病床上，泪流满面。

第74章　3月10日，星期二

下午4点刚过，飞机在希思罗机场降落，开始慢慢滑行。广播里传来乘务员的声音，乘客现在可以使用手机了。

罗伊·格雷斯早就迫不及待地打开了手机。一有信号，短信和语音信息的提示音便响个不停。

第一条短信来自财务调查员凯莉·尼科尔斯，说已找到一些资料，让他回电话。

他打了过去，电话转到语音信箱。他留了言。

下一条短信来自验尸官米歇尔·韦伯斯代尔，说乔迪当天早上7点15分左右离开了希思罗机场入境大厅。

接下来是格伦·布兰森发来的短信："已抵达里昂。告诉我你的消息？"

他打电话给他。响了两声，格伦就接了。

"怎么样，伙计？"布兰森问。

"没有得到多少答案，她看上去很糟糕。但她醒过来了，越来越有精神，所以我们很快还会去看她——希望能知道她当初究竟为什么离开。她有一个孩子。还有各种法律问题需要解决——天知道她怎么向大家解释，尤其是她父母。全是一团糟。”他看着克莉奥。他们从慕尼黑返程的整个飞行途中都在谈论桑迪。

“哎。”布兰森说。

“你怎么样，你那边有什么消息吗，伙计？”

“关于克里斯普，目前有重要进展。法国警方要撤销对他的指控。”

“你说什么？”

“看来他不是杀害那名性工作者的凶手。她的男朋友坦白交代了。据这儿的警察说，男朋友是她的皮条客，当时因吸食了可卡因而极度兴奋，见她坐克里斯普的车离开，就以为她把客人的钱据为己有了。显然他已经彻底坦白了。”

“这么说，克里斯普医生是无辜的了？”

“按照法国警方的话，是的。”

“好极了。我们现在可以引渡他回国了吧？”

“据我了解，他们很高兴能尽快摆脱掉他。引渡手续正在加快办理，今天晚些时候法国主审裁判官就会签署文件，授权释放他出狱并对其进行引渡。引渡小组正安排明天带他回英国。”

“那么你现在在哪里，有什么计划？”

“我们正在酒店办理入住手续。诺曼一直在和前台接待员聊得火热。我们要和引渡小组进行联络，明天上午去见克里斯普。”

“好。”

“法国警方见到我们似乎也没有欣喜若狂。还没有人邀请我们去吃晚餐呢。看来只有我和诺曼——还有那位接待员，如果他得逞的话。”

“很高兴他又和以前一样了。”

“是吗？托尼·凯斯那个小气鬼给我们俩订了一间双人房。我得和诺曼住在一起，晚上还得忍着听他打呼噜。但愿他和那个接待员没有实质性进展，我可不想听他一整晚忙活个天翻地覆。”

格雷斯咧嘴笑了，“同意你的说法！明天到了路上你再给我打电话。”

“有件事你没错，罗伊。”

“什么？”

“里昂——这城市真不错。”

罗伊·格雷斯驱车离开停车场时，感觉心力交瘁。

“谢谢你。”克莉奥说。

“谢什么？”

“谢谢你带我一起去。我知道这很难。”

“听着，对我们两个都不容易。我们可没料到生活中会发生这种事。”

她耸耸肩，“你在飞机上说的，那场谈话对你们俩来说肯定都很难。看见她真是很让你吃惊，不是吗？”

“的确。讽刺的是，我现在并不知道多少。这么长时间以来，我一直希望找到答案。现在终于找到她了，也和她谈了，但她并没说什么以前我不知道的内容，也没解释她当初为什么离开。”

“有一天她会告诉你的，罗伊。最重要的是你们终于取得了联系。她听上去压力很大。等以后有机会你再问。”

“但愿如此。我必须要知道事情原委。”

“至少她还活着，没有被人绑架或杀害。”

格雷斯看着卫星导航不说话了，然后看看路标。下起了雨。雨刷沙沙作响，天空黑暗阴沉。

“谢谢你能来，”他说，“你很勇敢。”

她摇摇头，“不，那不是勇敢。我也想知道。”

“知道什么？”

“关于你。我失去过一个爱人，输给了上帝。”

格雷斯点点头。他知道整个故事，她以前告诉过他。与她交往三年的律师理查德，后来加入了灵恩派教会。

“我需要知道我不会失去你，输给一个幽灵。”

他阴郁地说：“桑迪让我过了10年生不如死的日子。我以为再也不会幸福了。而你让我比以前任何时候都快乐，你知道，我无比爱你。没有什么可以改变这一点。”

她靠过来，吻了他，“我相信你。”

他瞥了她一眼，“多年来，我一直想如果她突然出现在家门口，我会是什么感觉。我猜，我会重新接纳她。但是现在不会了，再也不会了。”他吸吸鼻子，眨眨眼睛将泪珠挤落，“你不会失去我的。不会输给一个幽灵，也不会输给任何东西。”

他盯着前面的道路专心开车，从眼角瞅见克莉奥正盯着他看。他从内心深处感受到了她的浓浓爱意。未来在何方，现在他能十分确定。

即便桑迪完全康复，也不会有任何改变。

第75章　3月10日，星期二

乔迪回到家后便一直忙个不停。她最牵挂的是爬行动物室的动物，要查看自动供水系统和食物，清理生态养殖箱，还要检查它们的排泄物。

她特别查看了那条长达9英尺的蟒蛇。到目前为止，什么也没有。可能还得再过几天吧。

接着她把精力放到处理亡夫的手续上。除了重要信息，比如他的房屋地址，以及如何进去，她对他了解甚少。她去了他的海滨别墅，除了在书房发现少量银行资料，几乎没有找到任何文件。但她找到了他的通讯录，并带走。她还对他的古董和画进行了彻底清点，拍了一些照片，看看能否在网上查到它们的价值。回到家后，她到房屋中介平台查了下他房产的当前价值。

还在印度时，她就把罗利不幸去世的消息通知了他的大女儿，并解释说，两人几天前刚刚结婚，希望她能把消息转告其他家人。大女儿听了十分震惊和伤心。

她在通讯录上找到了罗利家庭律师的名字，并打电话给他。他告诉她，他已经得到消息，《每日电讯报》还要求他写个讣告。律师听上去很是伤心，好像他失去的不仅仅是一位客户，还是一个挚爱的好友。他告诉乔迪，他们应该安排见个面，并问她是否可以寄一份死亡证明给他。他补充说，他们的婚姻会让之前的遗嘱失效，而事实上，她的丈夫死亡前并未留下遗嘱。他解释这对她意味着什么，并告诉她，一旦有更多消息会跟她联系。最后，他告诉乔迪，虽然罗利·卡迈克尔很有钱，但为了减少继承税和遗产税，10年前他就把大部分财产转移到子女和孙辈们名下了。

她仍然相信她会从罗利那儿继承到一大笔钱，但是不太可能多到实现她梦想的地步。正在她考虑此事时，一位自称验尸官，名叫米歇尔·韦伯斯代尔的女士，根据她留给果阿警方的手机号码，给她打来电话，咨询了她一系列问题。

到目前为止，她觉得自己作为突然失去新婚丈夫的妻子，表现得无懈可击。记忆中她流的眼泪从未比过去24小时里流得多。

她联系好了丧葬承办公司，今天晚些时候还要跟对方见面，讨论罗利葬礼的一些细节。他的大女儿是一个冷冰冰的傲慢女人，说父亲害怕火葬，希望死后能土葬。乔迪决定对此不予理睬。在此问题上她读过很多资料，知道埋葬的尸体有时几年后还会被挖掘出来。火化是更安全的选择。所以，她并未提前通知任何家人，而是直接告诉丧葬承办人，说丈夫明确要求死后要火化。

让他最后的愿望见鬼去吧。她手头还有那么多事情等着她去做，那么多利益等着她去争夺呢。嘿，死人又不会抱怨，不是吗？

第76章　3月10日，星期二

格雷斯把克莉奥送回家，和诺亚玩了一会儿，之后就开车去了布赖顿。他很高兴能独自一人坐在车里，思考一下过去24小时发生的事情。

桑迪看上去是那么脆弱。他们在一起时，她一直很乐观坚强。她选择弃他而去。现在他的生活终于回到正轨，职业生涯也处于关键时期，上司随时会抓住他的把柄。为了克莉奥、诺亚和自己，他也该忘记过去，专注于现在和未来。

但他决心要从桑迪那里得到所有问题的答案。

10分钟后，他把车停在苏塞克斯警局的停车场，匆忙进了办公大楼，正好能赶上下午6点30分举行的“蜘蛛行动”简报会。他冲进办公室，拿起莱斯莉为他准备的政策书和笔记，还有一份《阿格斯报》。报纸第五版的一张照片旁贴了一张便利贴，照片上是一个穿晚礼服的女人和一个穿无尾礼服的男人。

然后他沿着走廊前往重案组会议室，这时手机响了起来，他边走边接起电话。是凯莉·尼科尔斯打来的，电话中她充满歉意。

“对不起，长官，一整天我都在法庭。你让我调查乔迪·本特利，还有她其他别名的信息。”

“是的，凯莉。你查到什么了吗？”他拿出笔，把笔记本按在墙上。

“嗯，花了一些时间，也费了一番周折。我和比林想确定后再告诉你，现在好了。我们查到三张信用卡，分别在乔迪·本特利、珍玛·史密斯和朱迪丝·福肖的名下。我们已经弄到这些信用卡原始申请表的副本，发现有很多相似之处，正在进一步调查。目前这三个名字的信用卡都在使用中，每月都是通过直接付款一次性还清。”

“干得漂亮，凯莉。”格雷斯说。

“谢谢你，长官。还有呢。现在信用卡公司都使用复杂高深的软件，不仅能筛选出相似的原始申请表，而且能把后续的消费模式筛选出来。”

“关于消费模式，有没有发现她一再从同一家商店购物，凯莉？”他问。

“是的，长官，我们发现她最近在法国、纽约，以及布赖顿附近都消费过。在同一家商店购买相同商品，同一品牌的洗发护发和美容产品，还有卫生棉条。同一个牌子的葡萄酒和食品。还有猫粮。更奇怪的是，她还从一家爬行动物食品专业供应商那里多次采购过。”

“爬行动物？”他一阵激动，“你能尽快发电子邮件告诉我具体细节吗？”

“马上就发，长官。还有一点非常有意思，她的信用卡经常在布赖顿码头的阿斯达超市使用。其中一张信用卡在法国购买过棺材，也买过好多横跨大西洋和美国国内机票。”

“我的天啊！”格雷斯说，“真是太有意思了。干得漂亮！”

“谢谢你，长官。”

“这个女人在申请表上留的地址是什么？”

“嗯，”她说，听上去没有一丝把握，“线索在这儿中断了。寄给每张申请表地址的邮件貌似都被转发到了邮箱公司的邮政邮箱。直接支付给信用卡公司的钱也来自一家拥有提名董事的公司，位于塞舌尔马埃岛的维多利亚港。”

“塞舌尔那边愿意合作吗，凯莉？”

“不幸的是，她可真会选，长官。现在所有财务线索都在塞舌尔中断了。这是一个臭名昭著的秘密国家，要求获取任何信息都必须经过国家犯罪调查局——可能需要很长时间。”

“好。还有别的信息能让我们找到她吗？”

“还没有，长官。”

他再次谢过她，刚准备挂断电话，凯莉又说：“还有一件事，长官。还有一个稍微牵强的联系，但我有种感觉，可能很重要。这三张信用卡还和另外一张卡有联系，这张卡登记在乔迪·丹福思名下，在布赖顿地区使用。”

“乔迪·丹福思？天哪！你能拼一下吗？”

她回答：“D–A–N–F–O–R–T–H。”

他仔细一想：乔迪·丹福思，这不正是米歇尔·韦伯斯代尔给他说过的布赖顿遗孀的名字吗，她的丈夫在旅游途中被蛇咬死。

“好吧，凯莉，现在你先去查找关于乔迪·丹福斯的所有信息，尽快向我汇报！”

挂上电话后，他立即拨打验尸官的手机号。

“米歇尔，”电话接通后他说，“我是罗伊·格雷斯。听着，罗利·卡迈克尔的尸体怎样了？”

“放在布赖顿-霍夫市殡仪馆，等着那边的验尸官同意后才能举行葬礼。”

“我现在有了一些重要线索。你能要求验尸官先不要同意，等我这边的消息好吗？”

“当然了，我会通知她的。”

“多谢。这可能真的很重要。”

第77章　3月10日，星期二

格雷斯结束了与米歇尔·韦伯斯代尔的通话，感到口干舌燥，犹豫着要不要抓紧时间先弄杯咖啡喝。但他已经迟到了，所以还是匆匆赶路吧。进入会议室，他看到白板已经摆好，所有重案组成员，除格伦·布兰森和诺曼·帕丁外，都已经在椭圆形桌子周围就座。

一张白板上是莱斯莉在《阿格斯报》标记出来的放大的照片。一个年迈的男子，体形稍胖，但气宇轩昂，穿白色无尾礼服，打黑色领结；女人穿一件长长的晚礼服，一头卷发，长着迷人的蓝眼睛，手指上戴一枚闪闪发光的硕大婚戒。他一眼就认出，照片上的女人正是拉尼根发来的监控视频上的那名女子。

他们并排站立，男人用胳膊亲切搂着新娘的肩膀，但格雷斯从女人的肢体语言中看出了端倪。她刻意与他保持距离，两人之间的空隙太大。男人的脸上露出骄傲幸福的微笑，但女人的笑容更像是为了拍照——她的眼睛绝对没有笑。

格雷斯在他的位置落座，把报纸、政策书和简报记录摆在面前，向重案组成员简要介绍了布赖顿居民罗利·伯内特·卡迈克尔死亡一案目前已经获知的信息。

接下来他又通报了刚从凯莉·尼科尔斯那里得到的消息："码头附近的阿斯达超市意义重大。据我所知，这是本市距罗丁区最近的超市。谢尔比·斯托纳无意中拍下的那张模糊照片，根据地图定位就是这个地方。尸检结果证实，斯托纳被锯鳞蝰蛇咬伤，中毒而死。乔迪的新婚丈夫也刚刚死于锯鳞蝰蛇毒。她一直从一家爬行动物食品供应商处购买产品。自从60年前有记录以来，并没有布赖顿居民被蛇咬伤死亡的报告，因此我认为这个很重要。还有一个问题没有答案，那就是谢尔比·斯托纳是如何被蛇咬伤的。难道他是在入室盗窃的房屋中拍下的照片？他是不是闯进了乔迪的家里——就在城市的某个地方——在此过程中被蛇咬了？"

他看了一会儿笔记，"这是一个重要突破口，但我们还不能妄下定论。新婚的卡迈克尔夫妇去了印度，听说那个地方这种蛇很常见，每年致数千人死于非命。"

凯尔举起手，"我有一些线索，可能很重要。两小时前，我接到一位先生的来电，他叫哈维·德克斯特，住在伊斯特本，是一名退休放射科医生。他说他看了报纸——就是你面前的那份——认出了照片上的女人，"她指了指白板，"他相信，一个月前在法国库尔舍维勒滑雪胜地的一辆缆车上，他就坐在那位女士对面——当时他的滑雪头盔上还戴着运动摄像机。"

"活得真滋润呀，"盖伊·巴彻勒说，"上个月去滑雪，下个月乘游轮。”

格雷斯没有理会他，“他是什么意思呢，塔尼娅？”

“嗯，他说他从事的职业让他对分析照片很在行。他说，即便当时她和同行的男人都戴着滑雪头盔，他也坚信她就是《阿格斯报》照片上的女人。但是，他的运动摄像机拍下的男人并不是罗利·卡迈克尔，而是沃尔特·克莱因，就是那个在库尔舍维勒坠崖死亡、遭人唾弃的美国金融家。”

格雷斯说：“这么说，我们现在有了目击证人，能证明与克莱因滑雪的女人就是乔迪·卡迈克尔。”

“往好处想，沃尔特·克莱因倒比陷入她魔爪的家伙幸运多了。”盖伊·巴彻勒说，“他才撑了四天！”

这句话引来一阵哄笑。

“一个月内就先后死了两个爱人？”格雷斯问。

“用作家奥斯卡·王尔德的话说，”乔恩·埃克斯顿探长说，“失去一个可以看作是一种不幸，一下子弄丢俩，简直就是太粗心大意了！”

“我想王尔德指的是丈夫，乔恩。”塔尼娅·凯尔说。

格雷斯想起他和桑迪去皇家剧院看过一出奥斯卡·王尔德的戏剧。“实际上，乔恩和塔尼娅，我觉得这句台词说的是父母。但你俩的意思我明白。”他转向塔尼娅·凯尔，“这个哈维·德克斯特很有把握吗？”

“绝对有把握。”

“他录的视频还在吗？”

“是的，长官。”

“我们需要跟他面谈，并且要一份视频。”

“开完简报会，我就去他家，长官。”

“好，”他又转向巴彻勒，“我安排给你的任务有什么进展吗，盖伊？”

“恐怕不太多，头儿。我调查过了，在当地还没发现一个持证养锯鳞蝰蛇的人。但这恐怕并不重要。我也和国内权威毒蛇专家、爬行动物学者马克·奥谢谈过，他是西米德兰野生动物园爬行动物馆的馆长。他告诉我，虽然饲养毒蛇在英国有严格的规定，但根据《危险野生动物法》，任何人都可以在德国哈姆和荷兰休顿举行的有毒爬行动物展上买到毒蛇，不需要许可证，也不会受到盘问。一条锯鳞蝰蛇花费150欧元，把它们放在大一点的塑料盒子中就能带走。你也可以把它们放在包里，大摇大摆地通过英国入境关卡的检查，不过应该在48小时内进行注册。”

“真的吗？只是应该注册？”

“几乎没人注册。”

“真是太难以置信了！”格雷斯说，“如果没有厚厚一叠兽医证明书，一只人畜无害的狮子狗都不能带入境内。毒蛇能在几个小时内让人毙命，竟然想带多少就能带多少进来？”

巴彻勒举起双臂表示很无奈，“是的。除非某种动物在《濒危物种国际贸易公约》禁止交易之列，否则任何人将它带入境内，都不违法。眼镜蛇、黑曼巴蛇、地下蜘蛛、蝎子等等，都可以带。”

“很好，”罗伊·格雷斯严肃地说，“这么说，我们根本不知道究竟有多少市民在家里养有毒的爬行动物？”

“是的，”巴彻勒说，“我找到以毒蛙当宠物的伦敦警察局警官安迪·吉布斯，他很愿意帮忙。他说，大多数养毒蛇的人都把蛇放在牢固的生态养殖箱内——就是那种带加热器和植物，模拟蛇自然生长环境的玻璃箱。但是他也说，一些不要命的疯子把蛇放在纸板箱里养，用橡皮筋扎好，随便放在床底下。”

“为什么有人愿意养有毒的爬行动物呢？”埃玛-简问道。

“原因有很多，”塔尼娅·凯尔回答，“我看过文章，有些人就是对这种动物着迷，觉得很刺激，就像有人喜欢枪支，从收集各种武器中寻找刺激一样。”

“或者喜欢用它们干掉爱人？”亚历克·戴维斯追问。

巴彻勒继续说道：“我查了下乔迪·本特利的邮寄地址，是一家名为‘布赖顿留局待取’的专业公司，同时也是一家网咖，位于韦斯顿路23A号，不过那儿的人都没见过她。但有件事可能很重要。那儿的经理告诉我，3月1日，星期天上午11点左右，有个怪怪的家伙到那里打听乔迪。是个挺不好惹的美国人，对她很没礼貌，然后就走了。”

“她给你说他长什么样了吗？”格雷斯问。

“不是很多。说他个头很矮，穿一件厚夹克棉衣，戴棒球帽和飞行员太阳镜。”

“可能是来查沃尔特·克莱因的，”格雷斯说，“来自美国官方或非官方的调查员。但如果是官方派来的，他们应该会事先通知我们去协助调查。你有监控视频吗？”

“我已经向他们要了，但不知有没有拍到。”

“还有别的吗，盖伊？”

“是的，头儿。根据验尸官留下的线索，我们去查了乔迪·卡迈克尔留给果阿警方的地址，就在七面钟区附近的亚历山德拉别墅区。里面没有人，我们的调查小组人员问了周围的邻居，他们都说已经好几个月不见人了。他们相信房主是个单身女人，在国外居住。”

“有人描述她的长相了吗？”

“是的，听起来很像我们亲爱的乔迪。”

“有点意思。”格雷斯说。

巴彻勒笑了，“你们可能很想知道——我在网上读到过——有的毒蛇咬伤人后，对幸存者来说还有一个副作用，让人很不愉快。”

“是什么？”格雷斯问。

“它让男性受害者的阴茎变小。”

“可千万别让蛇靠近诺曼·帕丁！”乔恩·埃克斯顿从笔记本电脑前抬起头，“据说他那个家伙本来就不大。”

“多谢你了，乔恩！”格雷斯说，“你这信息量也太大了。”

格雷斯在政策书上做了些笔记，抬头看了看白板上那张谢尔比·斯托纳手机里的照片，“我们急需弄清照片是在哪座房子拍摄的。盖伊，你认为窗户的风格是仿都铎王朝时期的，不幸的是，这是市内最常见的建筑风格之一，但亚历山德拉别墅区的风格绝对不是这样。我安排你去找一位建筑师，跟他一起去存有市内所有房屋建筑记录的档案馆，看看能不能根据那里的平面设计图找到房子。建筑师也许能根据照片估计出房子大体尺寸，也许能找到与设计图匹配的房子。我知道这个任务很艰巨，但我们务必要找到。”

“明白，头儿。”

格雷斯转向埃玛–简·鲍特伍德，“埃玛–简，等杰克把3月1日星期天上午11点左右所有监控视频要来后，你再负责审查一遍。”

“好的，长官。”

“我想所有的蛇不会都吃同样的食物吧。塔尼娅，你和盖伊负责查查锯鳞蝰蛇吃什么食物，以及那家爬行动物食品公司卖什么货。”格雷斯转向亚历克·戴维斯和杰克·亚历山大，“你们两个组织人员，挨家挨户把整个罗丁区走访一遍，”他指着罗利·卡迈克尔和乔迪·本特利在游轮上的照片，“看看有没有人认识她，或者知道有哪个邻居养爬行动物。不管她多么不想让别人注意到她，在城市生活，肯定有人见过她。水管工，电工，或者去过她家的建筑工人。她也交家庭税吧，找一下选民登记册，查查那几个名字。还有驾驶执照记录，她总收到过违停罚单吧。”

他低头看看笔记，“接下来的任务是为这位神秘女士建一张家谱。乔迪·丹福斯，乔迪·本特利，乔迪·卡迈克尔，还有珍玛·史密斯和朱迪丝·福肖。她对有毒爬行动物了如指掌。除了亚历山德拉别墅之外，她很可能在市内罗丁区还有一套房子。杰克和亚历克，你俩负责找她。看看布赖顿的房子有什么线索，是否与罗丁区的房子有关联。”

他停顿了一下，“我们看看能否通过手机跟踪她的动向——希望她没换号码。也许可以让米歇尔·韦伯斯代尔引蛇出洞——能不能安排跟乔迪见面，这样可能会更快找到她。同时我们必须找到这个女人的狩猎场，一个地方就是网络交友网站——尤其注意那些寻找有钱伴侣的。我听说在很多网站上，有钱人都成了目标。我们还需要查查她之前征服的男人是从哪里认识的。”

他转向塔尼娅·凯尔，“只要发现布赖顿地区有供应锯鳞蝰蛇美味佳肴的店，马上把地址告诉我。也许你还能找到今晚吃的东西呢。”

“多谢了，晚饭我还是去维特罗斯超市买吧。”

简报会结束后，心力交瘁的罗伊·格雷斯回到办公室。他关上门，坐在椅子上，黑暗中透过窗户看着外面阿斯达超市停车场和远处城市的灯光。寒冷的空气从窗户钻进来吹到他脸上。犯罪史上时不时会出现这类“黑寡妇”女性罪犯。他在职业生涯早期也处理过一起类似案件，那个女人故意将未婚夫困在棺材里活活闷死。

难道现在又遇上一个？

手机响了，又是凯莉·尼科尔斯打来的。“长官，”她说，“发现一些新线索，可能很重要。”

格雷斯听完后说：“天啊，凯莉！干得漂亮！”

第78章　3月11日，星期三

不管有何公务在身，很少有警务人员喜欢到监狱去。他们总是暗暗担心，万一监狱内发生暴乱，如果不走运的话，他们就是最大的仇恨对象和首要目标，风险甚至比强奸犯和狱警都高出一截。

坐在法国警车后座的格伦·布兰森和诺曼·帕丁心里正是这么想的。这是一个潮湿寒冷的早晨，刚过7点，他们乘车穿过高高的大门，来到距离城市几公里远、周围布满铁丝网的圣昆廷法拉维耶监狱。对这两个英国人来说，这座现代建筑看起来更像工厂，而不是监狱。来酒店接他们的司机很是友好，试图用蹩脚的英语跟他们交谈，而他们则用更蹩脚的法语做出回应。但是他们都没有兴致跟司机闲聊，两人还在为昨天晚上的作为难受不已。

他们知道，今天早上必须早起，所以明智点的话，昨晚理应早点上床休息。但是，他们听从了法国东道主的建议，来到酒店附近的一家餐馆，先是几瓶啤酒下肚，接着又喝了一瓶红酒，之后便打开了话匣子：帕丁倾诉失去未婚妻之痛，布兰森也回忆起自己失败的婚姻以及后来妻子艾莉的死亡。于是他们又来了一瓶。帕丁还对布兰森倒苦水，最近刚被医生诊断患了前列腺癌，对做手术很是担心。他们又喝了一肚子法国白兰地，返回酒店时，早就过了午夜时分。

昨晚布兰森至少吃得还算可以：鱼汤、牛排和薯条。帕丁先是点了一份蒜香黄油焗蜗牛，后又点了一份看上去和英国香肠很像的菜。当菜端上来时，盘子里升起的恶臭味差点把他熏吐。但是因为饿了，再加上酒精的麻木，他老老实实地吃了下去。现在这些食物的味道全又回来了，他感觉胃就像烘干机一样不停地翻滚。

他们费了好大劲才从司机嘴里弄明白，整个计划是要他们亲眼看着英国引渡小组三名官员将爱德华·克里斯普从监狱医院的牢房里带出来。克里斯普在滑雪事故中摔断了胳膊，因此还需监狱医生陪同。医生把克里斯普送上在前面等候的囚车，然后车子开往附近的里昂圣埃克苏佩里机场，在那里他们将乘坐上午10点英国航空公司的航班押送克里斯普回英国。

两人都嚼着口香糖，以掩盖嘴里的酒气，跟在引渡小组成员和一名穿黑色制服和结实靴子、拿着一串钥匙的狱警后面，穿过一道道双扇门，来到监狱里面。身后的门又一一锁上。

格伦·布兰森去过的监狱不多，主要是布赖顿附近路易斯市那个维多利亚时代留下来的阴森森的监狱。这座监狱尽管更加现代化，但同样的栅栏、格栅和光秃秃的墙壁，让人也有一种幽闭恐怖感，此外也弥漫着一股轻微的恶臭味。走廊两边是一排排牢房，帕丁走在后面，小声咕哝着说急着想上厕所。

他们在一间牢房门外停下。狱警打开监视窗，往里瞅了瞅，示意布兰森和帕丁也过来看看。

格伦·布兰森看见里面一个男人头上蒙着一条毯子，脸对着墙，正在睡觉。尽管头还嗡嗡作响，他仍感到一阵兴奋。

走廊尽头又走过来两名狱警。陪他们进来的狱警转向这两名警官，说道："准备就绪！"

他打开门，走了进去，两名狱警和医生跟在后面，来到床边。

"我得上个厕所，"帕丁低声对布兰森说，"该死的肚子好像着了火。"

"等出来的路上再去吧，诺曼。"

这时他们听见牢房里传来一声大喊："不！不！不可能！"

布兰森走进来，第一个狱警已经掀开了囚犯的毯子。他僵在那里盯着，简直不敢相信自己的眼睛。"妈的，"他说，"妈的，妈的，妈的！"

第79章　3月11日，星期三

罗伊·格雷斯没有睡好觉。他的脑子还想着工作，此外，虽然他和克莉奥努力去哄，但诺亚因为正在长牙而不停地哭闹。

每当诺亚安静地睡去，格雷斯也会躺到床上，闭上眼睛，听着儿子发出的均匀呼吸声。还是一名制服警察时，他碰到过几起婴儿猝死案，可怕的回忆至今挥之不去。虽然他知道诺亚现在能在床上翻身了，窒息的危险小了些，但是风险仍在。

他躺在那里睡不着，脑子里像新闻画面一样依次出现一连串名字：乔迪·丹福斯，乔迪·本特利，乔迪·卡迈克尔，珍玛·史密斯，朱迪丝·福肖。现在，根据最近与凯莉·尼科尔斯通的电话，他又加上一个名字：凯茜·丹福斯。这是乔迪的姐姐。乔迪一家人一次外出度假时，乔迪和姐姐一起去散步，结果姐姐从悬崖上坠落摔死。

她的姐姐坠崖而死。她的未婚夫也从峭壁上摔下死亡。她的第一任丈夫被蛇咬伤而死。她的第二任丈夫也中蛇毒而死。她有一连串名字，有些是真的，有些是假的。

他用谷歌搜了克里斯托弗·本特利的名字，得知他是一位杰出的爬行动物学家，写过几部关于有毒动物的书。网上提及了他的妻子乔迪，但没有照片。本特利还建了一个不错的网站，基本上是个与其他爬行动物学者共享信息的论坛，几年来除了几条表示哀悼的信息，并没有新帖子。

他搜索到了各大媒体为本特利写的讣告，如《泰晤士报》《每日电讯报》《卫报》《独立报》，还从《旁观者》杂志上读到一篇语气幽默、略带嘲讽的文章。作者说一个在自然栖息地见识过世界上最危险的毒蛇、蝎子和蜘蛛的人，竟然在自己家中被蛇咬死了。文章继续提醒人们谨防“专家”的危险，并引用已故著名演员彼得·乌斯蒂诺夫的话说，如果地球马上要爆炸，人们最后听到的，会是一个专家解释这为什么不可能发生。

尽管对她的第一任丈夫有大量报道，格雷斯并没找到任何关于乔迪·本特利早期生活的介绍。但在过去几周，围绕着沃尔特·克莱因的惨死和与其有关的金融诈骗，对她的评论倒是不少。

夜晚漫长而又太短暂，他渐渐在脑海中勾勒出一系列行动计划。

最后，他沉沉地睡了过去。几分钟后，闹钟在他耳边嗡嗡作响。凌晨5点。他按上闹铃按钮，马上醒了过来。必须醒了，不能再睡了。奇怪的是，他感到浑身又充满了干劲。

黑暗中他翻了个身，亲了下克莉奥的脸颊。她没有反应。

为了不吵醒她，他轻手轻脚从床上慢慢爬起来。外面冷飕飕的，他把床头柜上的一杯水咕咚喝下，然后进了浴室，关上门，打开灯，睡眼惺忪地看着镜子。怎么看上去蓬头垢面的，他想，一团糟。但他感觉很棒。

他构思的宏伟蓝图是一场赌局，可能会遭到上司卡西安·皮威的拒绝，但他还是很兴奋。他把牙膏挤在电动牙刷上，用两分钟时间草草刷完牙，对自己要做的事情越发有把握了。

他穿着睡衣和拖鞋来到诺亚的房间，见儿子睡得很香后悄悄下了楼。汉弗莱立刻跑到他身边。

格雷斯跪下来抚摸它，“我会带你出去，但恐怕今天不能跑步了。明天再补偿你，好吗？”

他打开后门，打着手电筒走到外面。湿草的清香和荒野的空旷让他感觉特别宁静。他喜欢这里，犹如天堂。月亮低低地挂在空中，他感觉自己很渺小，就像宇宙中的一粒微尘。在时间的长河中，人的一生只不过是短暂的一瞬。

汉弗莱蹲下来拉屎，然后开心地朝他跑过来。

“真乖！”他跪下拍拍它，来到鸡舍旁，借着手电筒的光束，看到五只母鸡蹲在棚顶上，还没准备好开始新的一天。

他回到屋内，用微波炉热了一碗粥，从冰箱里拿出六颗葡萄。克莉奥从哪儿读到过，每天吃六颗葡萄，有延缓衰老和抵抗疾病之功效。他喜欢她对健康问题的认真钻研劲儿。

接着他打了几个电话。他按捺住心底的兴奋，为天色尚早表示歉意。这是一场赌博，一场风险巨大的赌博，但他确信尝试一下准没错。

他打完电话，用过早餐，匆匆上楼。克莉奥正坐在床上，在苹果手机上查看信息。

“今天上班的任务很重吗？”他问。

“有五具尸体等着解剖。”她说，“你呢？”

他把计划告诉了她。

“我喜欢！”她说，“但你真要这么做吗？”

他耸耸肩，“我要尝试一下！”

他冲了澡，刮了胡子，很快穿好衣服，6点左右出了家门。6点20分他把车停在苏塞克斯警局的停车场，此时手机响了。

是格伦·布兰森打来的。格雷斯快速估算了一下——法国比英国时间早一个小时。

“早上好！”他用法语说，“还顺利吗？”

“妈的！”布兰森用法语冷冷地回答，“我想法语就是这么说。”

“说来听听。”

格雷斯听了一会儿，惊得几乎说不出话来，“不见了？逃跑了？”

“好像他用的就是美国连环杀手泰德·邦迪的鬼把戏，假装胳膊摔断了。他把一名狱警骗到监狱医院的牢房里，让其帮忙脱下T恤准备睡觉，结果把狱警制服，打晕后捆起来，堵住嘴巴，扔到床上，面对着墙，头上蒙了一条毯子。裂为两半的石膏也被他丢在床上。”

“入狱时，就没人检查一下他该死的胳膊吗？”

“显然没有。他被直接送到了监狱医院。”

“即便这样，他又是怎么逃走的——那里肯定也是把守森严吧？”

“现在还没人知道。也许是从下水道或排水沟逃走的。”

“妈的！”格雷斯骂道，“妈的！”他又骂了一遍，“这似乎是他的一贯手法。这个狡猾的混蛋——我听说通缉犯过机场时使用道具将注意力从他们的脸上引走。他肯定是这么干的。但法国当局怎么能让这种事发生呢？两次都让他逃脱了，现在他肯定在嘲笑我们呢。”天哪，即便这次不是他的错，他该怎么去跟皮威解释呢？

“希望他掉进粪坑里了。”布兰森愤然说道。

第80章　3月11日，星期三

起床时还兴奋不已的格雷斯，现在则像泄了气的皮球一样。爱德华·克里斯普，他一直满怀期待，等着格伦和诺曼押送回国的大战利品，又不见了人影。现在他们正两手空空地飞回国。上司那里会有何反应，他越来越担心。

他给驻伦敦的国际刑警组织案件负责人打手机，转到语音信箱。他留下信息，通告了里昂的坏消息，并让对方及时回电话。

五分钟后，他手拿一杯咖啡，不安地在办公桌前坐下，陷入深深沉思。他又打了卡西安·皮威的手机，还是转到了语音信箱。该死，难道今天早上就没人接手机吗？他留了言。

他打开电脑，粗略看了看昨晚辖区发生的案子，但对他来说都不重要，只是通常的打劫、斗殴、汽车失窃、入室抢劫和交通事故。

接着他查看了电子邮件，发现有一封是纽约警察局的好友帕特·拉尼根发来的：打电话给我，朋友，有件事可能对你很重要。

邮件是美国东部时间昨晚10点发送的。

格雷斯在心里快速算了一下。纽约比英国晚五小时，现在这儿是早上6点30分，那么纽约就是凌晨1点30分。等几个小时再给他打吧。他转而给一个自己非常敬重的人打电话。

电话那头传来雷·帕卡姆热情的声音，帕卡姆最近由于身体原因刚刚从高科技犯罪科退休。

“雷，我是罗伊·格雷斯。很抱歉这么早给你打电话，但有件事想麻烦你。现在说话方便吗？”

“罗伊！很高兴你打来电话。说实话，我早就起床了，正闲着难受。我能帮你什么忙？”

格雷斯告诉了帕卡姆。打完电话后，他坐下来静静思考，对自己的计划充满信心。克里斯普于法国时间昨晚9点和英国时间今天早上7点之间越狱。在被关押时，他的所有个人物品应该都被没收了，也就是说他身上只有狱警的制服和枪。够他劫一辆汽车，离开法国了。现在他也许已经逃到了瑞士、意大利、德国或者奥地利，格雷斯看着墙上的欧洲地图，心想。

天哪，他们碰上了邪恶的混蛋。他究竟是怎么做到的？他究竟是怎么再次逃脱的？毫无疑问，和他12月份从布赖顿地下藏身处逃脱时一样，用了同样狡猾的伎俩。现在他正在全世界玩捉迷藏游戏。格雷斯知道，不管克里斯普的罪行多么令人发指，苏塞克斯警局没有足够的人力和物力去进行跨国追捕，这一点是肯定的。他们必须寻求欧洲刑警组织和国际刑警组织的援助。

现在他必须专注于“蜘蛛行动”。如果市内真的有一个

“黑寡妇”在活动，而证据也指明如此，他必须在下一个受害者死亡之前阻止她。但他昨晚拟订的计划似乎存在很多问题。如果处在不同的年代，他完全可以毫无顾忌地着手去干。而现在，他不得不先得到上级批准，还得跳过一大堆潜在的敌对环节。

这可能会造成致命的后果。

他需要尽可能夯实各方面的证据。整个晚上他一直在想的问题是，他如何做到这点。

他在谷歌上搜索了“锯鳞蝰蛇”，然后身体靠前，滚动鼠标，紧紧盯着屏幕，浏览与这种蛇相关的大量信息和链接。他在寻找一个非常具体的信息，可能让乔迪马失前蹄的信息。这只是一种直觉，成功的可能性不大，但绝对值得他花几分钟时间查找。

终于看到要找的网页，他一阵兴奋，不禁挥起拳头，“太棒了!”他又仔细阅读了一遍，然后打电话给盖伊·巴彻勒，“盖伊，来自伦敦动物园的那位有毒爬行动物专家，就是陪同搜查谢尔比·斯托纳家的那位，是里尔登博士吧?”

“是的，头儿，他说如果我们还需要毒蛇咬伤方面的意见，应该联系利物浦热带医学院，那里有世界知名专家。”

“利物浦，该死，那也太远了。你能尽快联系他们，看看他们今天能派个人过来一趟吗?”

他刚结束通话，手机又响了。是助理警察局长皮威。格雷斯深吸了一口气。

皮威并没有如他想象的那么生气，但他猜到了为什么。虽然这并不是他的错，但是皮威可以把这事留着当把柄，以后拿它说事，对付他。

“真是乱成一团糟啊，罗伊。”皮威在电话那头抱怨道。

“克里斯普吗？是的，长官，我同意你的看法。但不是‘蜘蛛行动’。我有一个策略——我想找你谈谈。今天有空吗？”

“我现在就有空，”皮威答道，“一个小时。”

第81章　3月11日，星期三

上午7点不到，苏塞克斯警局总部大楼前的保安招手让罗伊·格雷斯进去。重案组不久也将搬到这里来。

他把没有警车标志的蒙迪欧开到陡峭的山坡上，经过右边的停车场，来到道路警务大队和呼叫中心，到访客停车场入口处停下。他拿出通行证放到电子阅读器上，栏杆抬了起来。

停车场几乎空荡荡的，他停好车后，来到大楼接待处，与认识多年的值班接待员寒暄了几句。

他给盖伊·巴彻勒发了条短信，告诉他上午的简报会推迟到9点举行，接着从后门进了安妮女王大厦，苏塞克斯警局高层人员就在这里办公。他先打了个电话给老朋友史蒂夫·柯里，然后把手机调成静音，上楼来到卡西安·皮威庄严的办公室。从里面能看到楼下修剪得整整齐齐的草坪，还有远处路易斯市一片现代居民小区。

助理警察局长身穿一尘不染的制服，从宽大的办公桌后站起身来，伸出细嫩的手表示欢迎。

“很高兴见到你，罗伊。”他说，朝桌前的一把皮椅指了指。

“喝茶还是咖啡？”见罗伊坐下，皮威问。

“黑咖啡吧，长官，谢谢。”

“昨晚没睡好？”

“没有，长官，”他很清楚，皮威总是话中有话，“其实昨晚睡得很早，但是孩子小，睡个好觉挺不容易。”

“是，那当然。”皮威打电话让人端杯咖啡过来，接着看着桌子对面的罗伊，“诺亚还好吗？”

“越来越闹腾，不管白天还是黑夜。”

皮威给了他一个微笑，好像要让他领情，“听说你去慕尼黑待了几天？”

“不，长官，只去了一天。过了10年，桑迪又露面了。她在那里出了交通事故，被一辆出租车撞了。”

皮威避开他的目光，“她还活着？”

“伤得很严重。”

他真想质问皮威，她并没有被我埋在后花园里，不是吗？也许就是因为这个，助理警察局长才不敢直视他的眼睛。

“哦？我很抱歉。罗伊，你呢？”

“长官，我已经开始新生活了。但我不得不去看她。”

“当然了。”

“还有很多法律上的问题要解决，但那是以后的事了。”

他们尴尬地沉默了一会儿，最后还是皮威先开了口，“好吧，罗伊，你说你有了一个策略？”

助理送来咖啡，还有一盘酥饼。

“是的。”他喝了一口滚烫的咖啡，待助理离开房间，关上房门后，把自己的想法告诉了助理警察局长。

他说完后，卡西安·皮威一声不吭地盯着他，脸上的表情让人捉摸不透，最后才说道：“这太疯狂了，罗伊。”

“是有风险，长官，这一点我同意。”

“你有没有考虑过，这可能会给我们带来很多不利影响？”

“是的，我想过。但在我看来，我们要对付的是一个毫无人性的恶魔，和爱德华·克里斯普一样邪恶透顶。目前来看，可能有三个男人死在她手里，而我们不知道，在本特利之前还有没有其他人惨遭她的黑手。现在我们正在国内外展开搜查，也许这个办法能引蛇出洞。”

“或者还会让我们的一名警官丧命？”

“长官，如果正确评估风险的话，就不会发生。”

“你的意思是说克里斯普在里昂监狱也进行过风险评估吗？”

“那不在我们的管辖范围之内。”

“对你的事业来说是万幸，罗伊，但你现在的提议就不同了。甚至在你开始之前，首先需要皇家检察署的同意。你的假设很不可靠，你对它寄予了过高厚望，你不觉得吗？”

“不可靠？嫌疑人使用多重身份，专门针对有钱的老年男子下手。我们现在知道已经有三人被她害死，可能还有更多。她的第一任丈夫被一条毒蛇咬伤后死亡——我承认，他是与这些动物打交道的专家，因此被咬死的风险高于他人。最近她的未婚夫在法国滑雪时又坠崖摔死了。”

“是的，罗伊，”皮威打断了他，“沃尔特·克莱因，他知道自己完蛋了，所有证据都表明他是自杀。”

“恕我冒昧，长官，但并没有什么实证。”

“这一点我们暂且不论，但是你却试图把布赖顿一个小蟊贼之死跟她第二任丈夫在印度死亡联系起来？”

“我们知道的是第二任丈夫，这个我正在展开进一步调查，长官。我已经向警务人员授权官尼克·斯隆警司作了介绍，制订了计划，他将负责监管本次行动计划。我也与皇家检察署的韦恩·贡布尔取得了联系。我们都一致同意，这是目前能阻止这个女人对另一名受害者下黑手的唯一选择。我会起草文件让你签字，因为需要你的书面授权。”

“好吧，罗伊，但是这次要是搞砸了，我会让你今后到大街上当一辈子交警。明白我的意思吗？”

格雷斯在心里嘀咕道：“明白个屁。”

第82章　3月11日，星期三

回到车上，罗伊·格雷斯取消手机静音，播放盖伊·巴彻勒留的一条语音留言。留言说，很幸运，利物浦热带医学院的一位专家正在伦敦参加会议，很可能中午之前就能赶过来。

他打电话给盖伊，告诉他简报会推迟到下午2点举行，又打电话给韦恩·贡布尔，在语音信箱留言，告知自己与皮威的谈话情况，接着返回苏塞克斯警局。他想一个人静静地待一会儿，回顾一下，看看有无疏漏，并写一写政策书。

他来到小厨房，冲了杯咖啡，进入办公室。不一会儿，帕特·拉尼根打来电话。格雷斯看了眼手表，上午9点25分，此时纽约是凌晨4点25分。过去几周，他一直与这位纽约警探保持联系。

“嘿，朋友，还好吗？”拉尼根问候道。

“嗯，还好。我还打算过会儿给你打电话呢。你起得真早！”

“一直这样！听着，有个消息你可能会感兴趣。还记得你以前说过一个叫图斯的家伙去过你们城市吗？”

“记得很清楚，”格雷斯把手机开了免提，连同咖啡杯放在桌上，脱下外套，“我们以为他死了，但是，这不，我们还以为克里斯普也死了呢。”格雷斯想起，图斯是个职业杀手，格伦·布兰森与他在码头交手打了一场，以为他在肖勒姆港口淹死了，谁知他从苏塞克斯警方眼皮底下逃掉了。

“是的，这些你告诉过我，”拉尼根说，“我们从卧底行动中得到一些情报。我们刚刚查到一个叫约翰·丹尼尔斯的家伙，这是他用的别名。似乎他还活着，可能去了你们那里。与我们的朋友乔迪有关。”

“图斯没死，他又回到布赖顿，而且与乔迪有关？天哪，这真是爆炸性消息！突然一切变得非常有趣了。还有别的吗？快告诉我！”

“我们相信他化名迈克·欣顿，去了英国，要到乔迪那里取回优盘。”

格雷斯想起巴彻勒周二向他汇报布赖顿韦斯顿路23A号邮政局和网咖的事：

3月1日，星期天上午11点左右，有个怪怪的家伙到那里打听乔迪。是个挺不好惹的美国人，对她很没礼貌，然后就走了。

“还有什么消息吗，帕特？”

“前一周末欣顿乘坐飞机去了英国。目前我还没有更多消息，但是我能查到航班号。”

“马上，帕特。谢谢！”

“别客气，朋友。你和你的新娘子不久会来纽约吗？我和弗朗辛到时候请你们吃饭。”

“克莉奥很想圣诞节时去纽约。”

“也是我一年中最喜欢纽约的时候！来吧，我和弗朗辛请你们一起去无线电城音乐厅看圣诞表演，再去世界上最棒的意大利餐厅吃饭。”

“如果我们去的话，就这么定了！”

格雷斯挂上电话，坐在那里思考了一会儿。图斯。这么说，他没死？又用迈克·欣顿的化名回到了布赖顿？

图斯涉嫌报复杀人，在一起道路交通事故中杀死了一名货车司机和一名面包车司机，还差点杀死了一个孩子。熟悉附近水域、潮汐和水流的潜水员在肖勒姆港展开搜查，却一无所获。当时得出的结论是，图斯有可能活了下来，不过可能性不大。现在他又回来了？

格雷斯打电话给盖伊·巴彻勒，要他赶紧过来一趟。

五分钟后，巴彻勒在格雷斯办公桌前的椅子上坐下，“什么事，头儿？”

“盖伊，现在最重要的事是调动所有警力，到布赖顿-霍夫市和周边地区的酒店或旅社，去查查有没有一个化名为约翰·丹尼尔斯或迈克·欣顿的美国公民登记入住。先从市里查，然后向外扩大范围，一直到盖特威克机场。也查查所有的出租车公司。”

“知道他的长相吗？”

格雷斯点点头，“韦斯顿路23A号网咖里的女人提到过，此人一口美国口音，个头矮小，一副不太好惹的样子。杰克还弄到了他的监控视频，但是很不清楚。我们认为，此人就是‘小提琴行动’中的职业杀手图斯，可能随身携带了武器。发现任何情况，立即打电话给我，我们将决定采取何种行动。我得到情报，说他能引领我们找到要找的那个女人——我希望能在他之前先找到她，因为我想活捉她归案。我也不想让你丧命。”

“我还记得他，头儿，我会亲自去查。”

格雷斯摇摇头，“可不要低估他，盖伊。他很狡猾，也非常危险，绝非等闲之辈。我是认真的。找到他，但离他远点。我可不想去莉娜那儿，告诉她你英勇牺牲的消息，记住了吗？”

“我明白。”

第83章　3月11日，星期三

刚过中午，克莉奥开门让格雷斯进来时，来自利物浦的詹姆斯·韦斯特医生早已坐在布赖顿-霍夫市殡仪馆的接待室里，穿好了手术服，正在喝茶。

他近50岁，又高又瘦，憔悴粗糙的脸，姜黄色卷发，胡子拉碴，就像在丛林待了好几周。见到格雷斯，他伸出瘦骨嶙峋的手，用力握了握。

格雷斯说："抱歉，让你久等了。"

"别客气，是我来得早了点。"他的声音听上去有点南非口音，"能见到大名鼎鼎的格雷斯警探是我的荣幸。"

"大名鼎鼎？"格雷斯笑了起来，"这个我怎么不知道！"

"我在谷歌上搜过。过去10多年，你们郡的大部分重大案件似乎都是你侦破的呢。"

"过奖过奖。看看我们能不能侦破这个案子。"

"喝茶还是咖啡，警司大人？"穿着手术服的克莉奥开玩笑地问道。

“不用了，谢谢。我去穿手术服吧。”

克莉奥领他进了更衣室，用胳膊搂住他脖子吻了一下，然后指着一套手术服和一双白色橡胶靴，“我先去把卡迈克尔先生推出来——今天上午我们太忙了。”

“罗利·卡迈克尔不忙吧？他很冷静，对吧？”

“又耍贫嘴！”她用手指戳了他一下，出去了。

几分钟后，罗伊带领韦斯特医生进了由宽阔的拱门隔开的两间验尸室。右边是主房间，台子上有三具裸尸，两名老年男子和一名老年妇女。全市最年轻的病理学家马克·霍华德正弯腰提取他们的胃液样本，旁边站着克莉奥的高级助理达伦·华莱士及其同事朱莉·巴特利特。三人看见罗伊，都跟他打了声招呼。

左边房间里，克莉奥打开一排冰柜的一扇门，拉出一个滑动托盘，上面躺着一具裹着白色塑料布的尸体。“需要放到尸检台上吗？”她问。

他摇摇头，“托盘上就行，谢谢。”

她揭掉罗利·卡迈克尔身上的塑料布。作为常规预防措施，格雷斯和教授都把口罩拉上去遮住口鼻。

“尸体已经做了防腐处理，这个你知道吧？”克莉奥问。

“知道，”格雷斯答道，“很不幸。”

防腐程序是用防腐剂和染料代替体内所有血液，减缓尸体腐烂过程，也让尸体看上去更鲜活。

格雷斯已经看过果阿警方发来的详细毒理学报告，毫无疑问，死者死于锯鳞蝰蛇毒液。先前在网上搜索让他发现几个重大问题，会大大协助案件调查，不过这还得取决于韦斯特医生怎么说。

他们俩都低头看着那具老年男子的尸体。防腐剂已经发挥了作用，松软的肌肤不再是一个刚去世的人通常呈现的惨白色，而是粉红色，看上去更像是人睡着了。

“嗯，好了吗？”韦斯特把头转向格雷斯，“你想问我对蛇咬伤的看法？”

克莉奥指了指男尸的右脚踝，上面有一个彩色铅笔画的蓝色小椭圆，里面有一个针扎大小的点，几乎看不见。

韦斯特就像电影《夺宝奇兵》中走出来的人物一样，不知从哪里取出一枚折叠放大镜，静静观察了一会儿那个小点，说了一声“嗯”，接着又说“嗯，有意思”，听上去心存疑虑。

“是被蛇咬的吗？”格雷斯问。

专家又说了一个“嗯”，陷入沉思，“你知道，警探，这个问题你问对了。是的，这是被蛇咬伤的，只被一颗蛇牙咬了，虽然不常见，但确实有这种情况发生。”他把放大镜靠近那个小点，继续仔细端详，“可是我不明白，上面竟然没有任何瘀斑。”

“什么意思？”

“嗯，用外行人的话来说，就是局部组织变色。你那份毒理学报告确定死者身上有锯鳞蝰蛇毒液中毒的所有症状。但尸检时，我会期望看到蛇牙咬伤周围的皮肤有炎症、肿胀和瘀斑痕迹。这的确是被蛇咬伤的，但并没有我期望看到的瘀斑，”他转过头看着格雷斯，“说真的，在我看来，我很怀疑毒液是通过这个咬痕进入体内的。这个不幸的家伙究竟是在哪儿被咬的？”

“这是我想问你的第二个问题，”罗伊·格雷斯说，“是在孟买郊外包里瓦利东部鳄鱼公园的沼泽地区被咬的。”

“你确定吗？”

“确定。”

韦斯特摇了摇头，胡子像水下海葵的卷须一样跟着晃来晃去。“不可能，”他说，“我去过那里，对那个地方很熟悉。锯鳞蝰蛇生活在空旷干燥的沙漠和岩石地带，具体来说，就是岩石下面，还有长刺植物的底部。这种蛇不会靠近沼泽地。”

“你确定吗？”

“格雷斯警探，这种动物我都研究了大半辈子了。我可以到法庭上宣誓，在孟买的鳄鱼公园不会找到一条锯鳞蝰蛇。”

“谢谢你。”

“还有什么想知道的吗？”

格雷斯微笑道：“现在没有了，足够了。”

“那么我回伦敦了，我还得尽快赶回去。”詹姆斯·韦斯特说。

“好的，我送你去车站。”

第84章　3月11日，星期三

反应是动物王国生存的关键。必须立即做出决定，是朋友、敌人，还是食物。每种生物都是通过自然选择进化生存所需的感官。和大多数蛇一样，锯鳞蝰蛇的视力不佳，听力也很糟糕。与所有蛇一样，它也长着分叉的舌头，这是其化学感受器，负责感知潮湿表面上细微的气味，把它们送入口中上颚，也是负责嗅觉的犁鼻器。这是嗅觉和味觉的结合；实际上，这也是此类爬行动物的生存法宝。锯鳞蝰蛇越焦虑，其舌头移动越快，不断盘绕身体，鳞片相互摩擦发出拉锯声，以示防御。它只能模糊地看见运动的物体，无法辨别形状，不像鹰和隼等猛禽一样，视力是人眼的八倍。金鹰能看见1英里之外的兔子，游隼则能以每小时200英里的速度潜到水下捕捉猎物。

坏蛋也依赖高度发达的感官来生存，正如最优秀的警察有识别坏蛋的第六感。

大街上，歹徒最容易看见的就是警车，就像有股磁力把他们的眼睛吸引到上面，然后是车里的警察。厉害的犯罪分子从大老远就能识别出一辆没有标志的警车，和识别一辆周身贴满醒目的巴腾堡格纹、装蓝灯的警车一样容易。里面的警察坐姿不一样，环顾四周的方式也很独特。

罗伊·格雷斯对18年前的一件事记忆犹新。那时他还是一名年轻的警员，刚调到刑事调查部不久。那是8月一个晴朗的日子，他们正穿过草木繁茂的苏塞克斯乡村，赶往凶杀现场，开车的是一位经验丰富的督察。他问督察是否有独特的角度看待世界。

督察回答："罗伊，你是透过挡风玻璃欣赏美丽的夏日，我只看见一个站错了地方的家伙。"

格雷斯把这句话永远记在了心里。把韦斯特医生送到布赖顿车站后，他开车离开，在新英格兰路交叉路口停下，等绿灯亮起。一辆简化出租车公司的出租车从他面前驶过，朝山上开去。仿佛有一块磁铁，他的双眼被车内的乘客吸引住了。那人头戴棒球帽，无精打采地坐在后座上。

只不过一瞬间的工夫。

然后，一辆铰接式卡车在他面前停下，横跨路口，挡住了他的视线，他没能看清出租车牌照。

可恶！可恶！可恶！

他对见过的面孔几乎过目不忘，很确信看到的出租车后座上的男子正是美国杀手图斯。

他揭开仪表板上遮住灯光和警笛按钮的塑料罩，打开表示追击的蓝灯，但并没开警笛，因为他可不想引起猎物的警觉。卡车仍然堵在前面，彻底挡住了他的路。

"把该死的路让开！"格雷斯沮丧地大叫，但卡车仍然纹丝不动。

他的大脑飞快运转。这座城市的每一条道路他都熟悉。上山的出租车不是直行，就是在前面几百码的地方朝右拐。山顶上是七面钟环岛，有六条路可供选择，此外前方还有一个左转车道。

卡车也朝小山方向开动，紧随其后的一辆厢式货车停下来让他先过。格雷斯驶出车道想赶超卡车，但是对面车道上驶来一辆巴士，他又开回来等巴士过去。卡车指示灯显示要靠边停车，他飞快开了过去，但是前面的路被另一辆停在高架桥下等待右转的卡车挡住了。

他用无线电紧急联系指挥调度中心，告知值班警察其发现的情况，接着请求附近执勤警员留意一辆简化出租车公司的斯柯达车，车辆开往新英格兰路，后座有一名戴棒球帽的乘客。他命令，发现此车后不必让它停下，立即跟踪，并马上通知他。他还要求同事联系简化出租车公司，看看能否给司机发一条措辞谨慎的信息。绿灯一亮，卡车就开动右转了，一列巴士从山上下来，完全挡住了对面的车道。

他跟着卡车，然后急打方向超车，心想他会设法用这种方式赶到出租车前面，在七面钟环岛将它截住。他的车呼啸着超过卡车，来到山顶，在堤坝路路口红灯时左转，然后逆行，不停鸣笛按喇叭，一路强行迎着车流来到环岛口。

但并没有出租车的影子。

这么多条该死的路，谁知道它走的是哪一条。

他绕环岛整整转了一圈，苦苦思索。出租车朝新英格兰路方向驶去，那是一条进城路线。难道它要去海边？或者市中心？这是可能性最大的两个选择了。

他离开环岛，左转进入蒙彼利埃路，再次大着胆子加大马力，在迎面而来的车流中间穿梭，转弯时左右观望。终于，他看见一辆涂有简化出租车标志的斯柯达正朝西驶去。他加速超了上去，挡在它前面，打开表示“停车”的闪烁红灯，并来了一个急刹车。通过后视镜，他看见出租车在车身后停了下来。他正在思忖着下一步该怎么办时，车后门打开了，一名年轻女子走了出来，伸手从车内抱出一个孩子。

妈的!

格雷斯拿着证件下了车，走到出租车前，向女子和司机举起一只手表示歉意。司机摇下车窗，紧张地向外张望。

“没事了,”格雷斯说,“可以走了。”

他回到车内，心里纳闷，难道他看见的人真是图斯？还是他的幻觉？

20分钟后，他返回苏塞克斯警局，这时指挥调度中心的警员打电话过来，说并没有发现出租车。格雷斯道过谢，从前门步入大楼。在上楼到重案组的路上，他又想起在出租车后座看到的一切。难道是他的想象？他认为不是。罪犯看警察的眼光跟一般人不一样，但也许那人只是一个看了他一眼的普通坏蛋。也许是他想象力太丰富了。

回到办公室，他打电话给皮威，把他和韦斯特在殡仪馆的会面，以及专家的意见作了汇报。说完后，他问:“还需要什么吗，长官?”

“没,”皮威不情愿地说,“没有了。”

格雷斯刚结束通话，手机立刻响了起来。是盖伊·巴彻勒打来的，他听上去很兴奋。

第85章　3月11日，星期三

“头儿，有重要消息！”巴彻勒说，“我们可能已经找到了图斯。”

“是吗？”

“上星期五接到报案，两个骑自行车的人在布赖顿码头撞倒了一名男子。该男子失去知觉，被送往皇家苏塞克斯郡医院。他美国驾照上的名字叫约翰·丹尼尔斯，家庭住址在纽约。从他钱包里还发现了一张海滨酒店酒吧的收据。”

“老天！”

“我派两名警官去了医院，但他已经走了，似乎是私自出院，就在今天上午。但医院说他双腿有严重瘀伤，走路一瘸一拐，会有人注意到他。”

“这次是真受了伤，还是像克里斯普一样在假装，盖伊？”

“这个我还没查，头儿，但我觉得如果不是真的，医院就不会那样说。”

“好，你知道我喜欢假设。”格雷斯说。

“我会派人再去查查。”

“好。你跟酒店联系过了吗？”

“是的，那边并没有叫丹尼尔斯的客人登记入住，也没有叫欣顿的。”

“很奇怪，我好像看到图斯乘坐简化出租车公司的车朝新英格兰路开去了，就在20分钟前。”格雷斯说。

“不管他去了哪里，从苏塞克斯郡医院到那儿走这个路线也够奇怪的。”巴彻勒说。

“我可能看错了。你能跟出租车公司取得联系，问问他们今天上午从医院拉客人的详细情况吗？现在出租车上都安装了监控。顺便问问我们之前咨询出租车公司的事有没有新情况。”

“马上就去，长官。”

“好的，干得漂亮，盖伊。你派几个人到市内各家酒店查一下丹尼尔斯、欣顿或任何单独住宿的美国男性——但现在还不能打草惊蛇。”

结束通话后，格雷斯打电话给拉尼根，在语音信箱留言：“帕特，我是布赖顿的罗伊。你说过，约翰·丹尼尔斯、迈克·欣顿都是图斯的别名，你能告诉我还有其他的吗？我现在急需知道。”

格雷斯挂上电话，坐下来思考。住院的是图斯吗？坐在出租车后座的也是他吗？如果他刚离开皇家苏塞克斯郡医院，那他到城北去做什么？新英格兰路是很多人从伦敦路向南进城去海滩，或到城市西区走的路。图斯要往南，为什么先朝北走呢？走那条路说不通，除非他想摆脱跟踪。

第86章　3月11日，星期三

乔迪·卡迈克尔在细雨中去布赖顿码头的阿斯达超市购物回来，先把车开到自家车道上，按动遥控按钮，打开车库门，把蓝色奔驰敞篷车倒进车库，再次按遥控器关上车库门，然后下了车。她从后备箱里取出购物袋，通过内门进了家。

她刚把购物袋放到厨房桌上，手机响了，来电显示是丧葬承办公司打来的。

她犹豫了一会儿，换上一副悲伤的嗓音，接了电话，“喂?”

“卡迈克尔夫人，我是加拉格尔，你还好吗?”丧葬承办公司的老板说。

“哦，还行吧。”

“好，”他说，“很高兴听你这么说。我有个消息，恐怕你听了会心情不好——验尸官到目前还不同意火化尸体。我还接到卡迈克尔的儿子打来的电话，说希望再请一位病理学家进行二次尸检。”

“真该死!”她愤怒地说，“我亲爱的丈夫在我们刚开始度蜜月时就去世了。难道他觉得我受的还不够吗？尸体都做了防腐处理——他以为再次尸检能有什么结果吗？我是他的妻子！难道我的意愿不重要吗？”

“嗯，还有一个麻烦，”他继续说，“警察还通知我们，说还需进一步调查，所以恐怕我们也无能为力。”

“我可怜的罗利躺在太平间的冰柜里遭受屈辱，大家却为他的尸体争吵不休，你是这个意思吗，加拉格尔先生？”

“不，不，卡迈克尔夫人。他们只是要百分之百地确定你丈夫惨死的原因。”

“他是被他妈的毒蛇咬死的，不是吗？锯鳞蝰蛇。果阿的验尸官都已经证实了。他妈的还需要确定什么呢？”

“我相信一切都会尽快解决的，”他安慰道，“我们会全力处理，尽快把你丈夫的尸体要过来。”

挂上电话后，乔迪坐在那里，琢磨着加拉格尔说的“调查”是什么意思。警方在四处打探什么呢？她沏了杯咖啡，打开电脑。有一件事越来越肯定，她会跟罗利的家人闹得很不愉快。到最后她会继承一些财产。但从目前情况看，罗利的家人是要走法律程序，看来还有很长的路要走。肯定是弄不到她期望的大笔财产了，甚至可以说是遥不可及。

她开始浏览以前在有钱人交友网站上发布的广告回复，同时暗下决心，以后可得更仔细地把关了。

www.sugardaddies.com

www.seekingmillionaire.com

www.millionairematch.com

www.daterichmen.com

还有更多此类网站。但对所有说等候她的回复，她一律不予理睬。根据过去和几十个人约会的经验，她早就学会如何分辨那些只想约炮的家伙。她可不只想找个有钱人。她要找的是超级有钱的人。她能在网上找到这样的有钱人吗？还是去有钱人的活动场所？

她想起了美丽的埃米拉曾对她说的话："别担心，有一天你会找到意中人的。每个人都会找到的。"这话让她颇感安慰。

也许她最近太心急了。还是静待时机为好。

她爬上楼，按下遥控器打开滑动墙，先透过玻璃门往爬行动物室仔细瞅了瞅，和往常一样先确定没有动物跑出来。她走进去，来到装着蟒蛇的生态养殖箱。她给这条9英尺长的蟒蛇起名赛拉斯。

看见它正安详地躺在钢化玻璃容器的底部，她的脸上露出了笑容。

第87章　3月11日，星期三

图斯拄着从医院走廊上偷来的一根拐杖，抱着买来的一大袋东西和一个小手提袋，一瘸一拐地穿过酒店门厅，走到电梯前。出电梯到他位于四层的房间通常只需花几秒钟，现在却花了他足足一分钟。每一步都不舒服，但对任何其他人来说就是极其痛苦了。图斯天赋异禀，他对疼痛的容忍度远远高于大多数人。

安全返回房间后，他先仔细环顾四周，接着在桌子前坐下，打开笔记本电脑。屋内一切似乎都原封未动，但他也不能太掉以轻心。

他一直坚持一个原则，就是从不在一个地方待太久。今天上午他不得不离开医院，因为酒店的钱只付到今天。但这还不是唯一的理由。他已经在这儿住了10天，太久了，不能再冒险了。上午他趁医院工作人员人手不够时，悄悄溜了出来。

但坐出租车时，那个警察认出他来了吗？

他不确定，但绝不能去冒不会被认出的风险。

他在乔迪的住处偷偷安装了16个摄像头，亚历山德拉别墅就有4个。现在他开始看拍下了什么，先从爬行动物室开始。直觉果然没错。

没过多久，他就看见她戴上橡胶手套——时间显示是在两小时前。只见她揭开装有一条巨蟒的生态养殖箱盖子，从里面拿出一个貌似白泥香肠样的东西。她把它放在桌子上，用手掰开，从里面取出一只优盘。

“聪明！”他大声说，“你真是太聪明了！”

他看着她把优盘放回生态养殖箱，放到树叶中间看不见的地方，然后把“香肠”——蟒蛇的粪便——扔进垃圾桶。

“太聪明了！”他想，“你真是很聪明，而且还这么性感，干你肯定也很爽。不过我不会知道那是什么滋味了，真是太遗憾了。”

他打开购物袋。

第88章　3月11日，星期三

“老鼠、蜥蜴、青蛙、蝎子和昆虫。”塔尼娅·凯尔追上罗伊·格雷斯，沿着走廊前往会议室进行下午2点的简报会。

“你早餐就吃这个呀，塔尼娅？”他打趣道，“难怪你看上去这么健康！”

“不，”她咧嘴笑了，“这是贾森每天给我准备的晚餐。”

他举起手指放到嘴唇上，“嘘，别跟大家分享你的秘密，否则每个人都想要！”

“那还得看怎么个吃法。”

“你的是什么？”

“生吃，最好是活的，”她说，“你让我去查锯鳞蝰蛇喜欢的小吃。”

“那是它吃的吗？”

“是的！”

“这么说，幸亏我不是一条锯鳞蝰蛇。”

“贾森也很高兴，说幸亏我不是一只黑寡妇蜘蛛。这种蜘蛛在交配之后就把丈夫吃掉。”

“我要是一只雄性黑寡妇蜘蛛的话，如果妻子说她闹头痛，我会高兴坏的！”格雷斯说着，两人进了会议室，里面已经坐满了人。

“嗯，如果你想换换口味，我找到了好几家供应这些动物的公司，可以用信用卡支付。”

“还能给我的乐购会员卡积分啊？”

“不幸的是，也不会积很多。我在苏塞克斯一家大型宠物商店咨询过，锯鳞蝰蛇最喜欢的食物是蟑螂。你只要买一盒就够用了，之后可以自己养殖。只要准备好垫草和培养基，保证充足的水，再提供温暖的生长环境，真的不需要别的东西。”

“下次我要是想给克莉奥买条锯鳞蝰蛇当作圣诞礼物，我会记着这个。”格雷斯说。

众人落座后，他汇报了爱德华·克里斯普一案的最新进展，告诉他们布兰森和帕丁正乘飞机在回国途中，又分享了他昨天晚上和凯莉·尼科尔斯的谈话，今天上午和皮威的会面，以及随后在殡仪馆与韦斯特医生的会面情况。

“我跟助理警察局长谈了‘蜘蛛行动’的最新进展，也提到我们相信市内可能有一个黑寡妇在行动，她以有钱的老年男子为目标，与之结婚后再将其杀害。韦斯特医生也认为，罗利·卡迈克尔中锯鳞蝰蛇毒液而死十分可疑，因为他似乎是在鳄鱼养殖场被咬，但这并不是这种动物的自然栖息地，而且咬伤皮肤周围并没有瘀斑——也就是皮肤变色。”

“头儿，你说十分可疑，”乔恩·埃克斯顿问，“你，或者韦斯特医生，到底是什么意思？”

“在韦斯特医生看来，”格雷斯答道，“毒液可能不是被蛇咬，而是通过其他方式进入罗利·卡迈克尔体内。”

“其他方式？”

“韦斯特说，只有另外一种方式能致命，那就是通过注射。卡迈克尔是糖尿病患者，对胰岛素很有依赖性，每天注射四次。他亲爱的新娘会不会用蛇毒替换了他的胰岛素呢？考虑到她过去非常有趣的身份，我们不能排除这个可能。乔迪·本特利拥有众多身份，她差点就成了乔迪·克莱因，但她的未婚夫在法国库尔舍维勒滑雪胜地坠崖而死。之后她跟罗利·卡迈克尔结婚，婚后几天丈夫就死亡。有趣的是，乔迪·本特利的第一任丈夫克里斯托弗多年前也是因为锯鳞蝰蛇咬伤而死的。”他停下来，喝了一口咖啡。

“她似乎很擅长编造虚假身份。我告知助理警察局长皮威，虽然我们目前调动大量资源查找她，但还是不知道这个异常聪明又十分危险的女人的下落。我们只知道她使用一个邮件待取的地址，已经要求那里的人在她下次露面时通知我们，但他们不愿意合作，这并不奇怪。而且我们也无法在那儿安装监控，看看她是否出现。我们能做的是密切注意那个地址外面街道上的监控摄像头，但这项任务艰巨。我们也没有收到她的来电，所以米歇尔·韦伯斯代尔没能与她会面。

“目前我们有两个问题。第一是要赶在她物色到下一任丈夫——很可能也是受害者——之前逮住这个女人。第二是迄今为止所有对她的不利证据在很大程度上都是间接证据，我们逮捕她还需要更加可靠的证据。”

简报会结束后，他让塔尼娅·凯尔和刚从里昂返回的格伦·布兰森到他办公室来一趟。

几分钟后，三人围坐在办公桌旁，罗伊说：“如果猜测没错的话，乔迪·卡迈克尔专门针对有钱的老年男子下手，我提议我们不妨安排符合此模式的一个人，为其精心设计一个背景。一个不为人知的退休大富豪，丧妻多年，患有不治之症，返回布赖顿安度晚年。我们可以利用社交媒体散布虚假背景，说他是个有钱的慈善家。我正在考虑和当地报纸合作，特别是《阿格斯报》，还有《布赖顿–霍夫独立报》《苏塞克斯中部时报》《苏塞克斯快报》，让它们刊登特写文章。我们也考虑让苏塞克斯电台、阿尔比恩罗尔电台、莱特斯特电视台采访他，谈谈他曾经多么渴望参加家乡足球队比赛；他选择回到布赖顿度过余生，又为这座城市增添了多少荣光，等等。”

“长官，可是有个问题，”塔尼娅说，“任何人在社交媒体上都查不到他的历史记录呀。”

格雷斯点了点头，“你说得对，塔尼娅。这个问题我与伦敦警察局金融犯罪科的总警司和苏格兰场反欺诈局的局长都讨论过。”他笑了笑，“他们先人一步，早就预料到了这些问题。几乎从所谓的‘社交媒体’出现开始，他们就有所准备。首先在MySpace、Facebook、Twitter以及Instagram、Pinterest、Snapchat等上面传播并创建假身份，然后给身份起个名字就行了。就是一个丧妻隐居的大富豪，决定身后把大部分财产捐给慈善机构。”

“我的天，太聪明了！”格伦说。

“我觉得也是，”罗伊·格雷斯说，“大多数警察都在不停地抓坏蛋。很高兴我们还有一批富有远见的同行，时不时让我们赶在前面，想想真好。伦敦警察局金融犯罪科已经派了一名警探，今天就过来给我们提建议。”

“长官，你有没有想好让谁去当卧底？”塔尼娅问。

“还没有，”他回答，“萨里和苏塞克斯重案组会跟秘密警务处联系，以确定该领域内训练有素的合适人选。事实上，有史以来这个问题管理得当，并没有人知道这些人的真面目。通常的程序是启用非本地区的警探，但有时也不一定。”

“相关警员有什么风险吗？”塔尼娅·凯尔问。

“这个问题我们在进行全面风险评估时必须考虑到，”格雷斯说，“不过我们当警察的每一天都在承担风险，不是吗？我们努力让城市更安全。为了实现这个目标，我们全体警务人员在某个时刻都会冒险。我从没见过一个优秀的警察，没有在某个时间遭遇过生命危险。假如哪一天我们不愿意这么做了，那也该辞职改行了。”

凯尔和布兰森不约而同地点了点头。

第89章　3月11日，星期三

会议结束后，罗伊·格雷斯打电话给秘密警务处的联络官玛吉·布里奇曼。

他把具体要求告诉了她。他急需一名男警官来扮演一个60多岁、身患绝症、熟悉当地情况的富翁。

布里奇曼不慌不忙，好像一整天都在处理此类要求，说她会查一下，过后打电话回复他。

几分钟后，帕特·拉尼根从纽约打来电话。

“嘿，朋友！我又查到了图斯的一些别名。试试詹姆斯·比姆和乔治·迪克尔。”

“这些难道不是美国威士忌酒厂的名字吗？”格雷斯问。

“你说对了。图斯还真有幽默感，让我们都很吃惊。”

假名字这么多，格雷斯思忖着是否该把“蜘蛛行动”改为“别名行动”。一结束通话，他就把该信息通知了重案组成员。

10分钟后，一位名叫康斯特布尔·巴兰坦的警员从海滨酒店前台打来电话，说查到407房间的客人名叫乔治·迪克尔。

格雷斯有时会让兴奋冲昏头脑。格伦·布兰森被人开枪击中就是因为这个。如果子弹再向右偏上1英寸，布兰森要么被打死，要么腰部以下瘫痪。然而此时，他还是激动不已，肾上腺素在体内涌动。图斯将是一个大奖品——超级巨大的奖品，他必须确保不再让这个家伙溜掉了。

他先告诉巴兰坦，让前台确定迪克尔先生是否还在房间，建议用客房部的名义打个电话，问问客人对房间整理的满意度。然后他打电话给指挥调度中心，很高兴听到电话那头传来他最信任的银牌指挥官唐·马克的声音。

10分钟内，马克就安排了一个特警小组、两名警犬员，以及武装反应部队的成员前往海滨酒店。作为预防措施，马克还让警用直升机待命——希望直升机没被其他警察或医疗急救征用，因为苏塞克斯警方早已不再拥有专属直升机。

身为重案组的头儿，格雷斯在行动时并不经常亲自到场，但这次不一样。这次关乎个人恩怨。上次他率领大队人马追捕这个坏蛋，在与格伦·布兰森进行激烈打斗后，图斯仓皇之间在肖勒姆港口跳进海里，不见了踪影。如果这次真的是他，他还活着，格雷斯想亲自逮捕他，虽然他知道武装反应部队的警官必须先抓捕到他。

很长时间以来，他第一次从门后挂钩上扯下防弹背心，穿在身上，然后匆匆下楼。

第90章　3月11日，星期三

罗伊·格雷斯开着没有标记的福特蒙迪欧，一路闪着蓝灯，飞快地向海滨驶去，同时跟指挥调度中心进行对话。让他郁闷的是，因为道路施工，前方交通拥堵。

他终于停好车，走向酒店侧门。正在等他的盖伊·巴彻勒也在外套下面穿好防弹背心，此外还有当值督察罗伊·阿普斯，以及武装反应部队的队长。队长快速概述了他和唐·马克达成一致的计划。

“图斯在407房间。我们已经准备就绪，长官。”巴彻勒说。

“确定他在里面吗？”

“门上挂着‘请勿打扰’的牌子，电视开着，声音很大，可能因为这个他没听到客房部的电话。他明天才退房，所以现在应该在房间。”

“好，很好。”

“我们在他的房间门口、电梯口和楼梯口都部署了队员，长官，”武装反应部队队长说，“六楼还有更多队员待命。他们都已准备就绪。”

这让格雷斯感觉好多了。他最大的噩梦是有警员再中弹受伤。武装反应部队明白他们在做什么，也熟知风险。

“好的。”格雷斯说。

指挥调度中心来电告诉他，马克对一切都已准备就绪很是满意。

“他们抓到那个混蛋时，我想在场，盖伊。”格雷斯说。

“小心点，头儿。”盖伊提醒他。

“我会的。楼梯在哪边？”

巴彻勒指了指。

肾上腺素飙升的格雷斯冲上楼梯，每上一层心跳便加快一分。到达四楼时两名全副武装的队员警惕地转过身来，看见是他，朝他笑了笑。

“一切还好吗？”他气喘吁吁地问。

“一切都好，长官。”一名队员说。

他进了走廊，看见武装反应部队已做好进入房间的准备。两名队员手持半自动步枪，两名队员拿着手枪。此外，一名身材结实的女队员手握重重的红色大锤。很快，队员们全都冲进走廊，在门外停下。格雷斯站在他们身后，看不见被挡的房间号码。

他们停顿了一下，两名持步枪的队员把枪口对准房门，持手枪的两名队员分立两旁。接着女队长发出了信号。格雷斯已经与银牌指挥官和武器指挥官达成一致意见，一旦武装反应部队进入房间控制住目标，就让他进去实施逮捕。

一名队员用一把电子密码钥匙往门锁上一放，只听门锁发出咔嗒一声响，绿灯亮起。手持大锤的女队员一脚把门踹开，众人一起大喊："警察！警察！警察！"

手持半自动步枪的两名队员冲了进去，大喊道："不许动！警察！"

房间里没有人。

电视开着，正在播放节目。床铺整齐，房间一尘不染。

其他队员也冲了进去，只有罗伊·格雷斯留在外面。队员们把浴室、卫生间和橱柜的每扇门都打开。

但房间里空无一人。保洁人员已把房间清理得干干净净，好像准备好迎接新的客人入住。

格雷斯这时才进入房间。

"妈的！"他环顾四周，"妈的！妈的！妈的！妈的！"房间里好像一整天都没有人来过。

"我们没走错房间吧？"他问同样沮丧的队长。

"乔治·迪克尔，407房间，没错，长官。"

格雷斯用无线电把情况告诉了盖伊·巴彻勒。

巴彻勒说："那是他的房间，头儿。他是上上周星期六入住的。"

"妈的，他到底在哪儿呢？"

第91章　3月11日，星期三

皇家阿尔比恩酒店五层的海景房里，躲在窗帘后面的图斯望着下面海滨的骚动，西边不远处的海滨酒店更是乱作一团，他的脸上露出了微笑。

那个白痴警司罗伊·格雷斯和一群笨蛋手下们，真以为他那么容易就被抓到吗？

他会让他们大吃一惊。他来这里肩负重任。他们可以去查市内每家酒店的每个房间，但是不会找到他，因为追不上他的速度。

他预付了一周的房费。但是10分钟后，他拿着购物袋神不知鬼不觉地溜出了酒店，朝罗素广场停车场走去，他租来的福特车停放在那里。

第92章　3月11日，星期三

下午5点后不久，罗伊·格雷斯返回苏塞克斯警局大楼，心情沮丧到了极点。图斯究竟躲在城市的哪个角落？用的是什么别名？

他直奔重案组1号室，很高兴看到格伦也在那里，因为他很想知道里昂那边的最新情况。格伦对诺曼·帕丁没有到场表示歉意——他预约了去看医生——接着向格雷斯简要汇报了克里斯普从里昂监狱越狱逃跑的情况。监狱医院的保安人员严重不足，但没人能解释得了这个家伙是如何逃脱的。

尽管对连环杀手嫌疑犯再次逃脱法网感到失望，格雷斯还是松了一口气，至少这次不是他或他手下的责任。他通知组员，下次简报会将于明天上午8点30分举行，然后朝办公室走去。他很需要一个人静静，好好想一想。但是刚进办公室，他的手机就响了起来。

是秘密警务处的玛吉·布里奇曼打来的，她听上去很是兴奋。“罗伊，”她说，“我想我已经为你们的行动计划找到完美的卧底人员了。卧底2431。你明天上午可以给我打电话吗?”

“太好了，谢谢。明天上午没问题!”他又问道，“你有他的名字吗?”

“J.保罗·科内尔。”她告诉了他一些细节。

他一边继续跟她通话，一边在谷歌上搜索这个名字。页面上出现了一长串科内尔。LinkedIn上还发现一个保罗·J.科内尔。一个律师。一个开驾校的。一个开发了“知识管理促进发展”网页的人，也不知那是什么意思。一个从事葡萄酒业务的商人。还有一个曾在布赖顿大学就读过。

他想，这个名字选得不错，因为各行各业的人都有叫这个名字的。他又在谷歌上搜索J.保罗·科内尔的图片。页面上出现了十几张不同的面孔，包括一个黑人电吉他手，还有其他几个年龄和长相不一的人物。

他缩小了搜索范围，输入“百万富翁慈善家J.保罗·科内尔”。

页面上出现了100多张不同身份的面孔，各个种族和年龄段的都有，一个约翰·保罗·盖蒂，一个身材臃肿的小约翰·保罗·盖蒂，还有一些卡通画。

他又试了下“J.保罗·科内尔，布赖顿”。

出现了一长串与布赖顿大学相关的网址。

他滑到第三页，确定找到了想找的人。那是一张模糊的照片，照片上的男人体格健壮，戴着墨镜，好像故意把自己隐藏在黑暗中，而且照片像是在他不经意间抓拍的。下面的说明文字是:“生于布赖顿、多年隐居的科技亿万富翁J.保罗·科内尔罕见的一次公开露面。”

接下来是六年前的一个链接：“通过收购加州硅谷新兴公司发家致富的英国科技巨头，将目标瞄准美国棒球队。”

还有一个：“隐居海外的英国互联网亿万富翁J.保罗·科内尔出价掌控旧金山巨人棒球队，拥有球队25%产权的查尔斯·约翰逊和首席执行官拉里·贝尔成功拒绝。”

接着是五年前的相关链接：“定居美国的亿万富翁、棒球迷、英国隐士J.保罗·科内尔在对旧金山巨人队控股权失利后，又把目光投向波士顿红袜队。”

格雷斯笑了。太了不起了！他也会相信J.保罗·科内尔是个真实存在的人物。嘿，他甚至还想劝这位大佬去赞助橄榄球队呢！

他查收电子邮件，大体浏览了一下，点开一封陌生邮件，是伦敦警察局金融犯罪科的凯特·泰特发来的，关于卧底行动。

泰特说她明天10点左右会跟他见面。

格雷斯看了眼手表，现在是下午5点30分。之前他告诉克莉奥，今晚尽可能早点回家。她给他发来一张他们从亚马逊订购的充气宝宝游乐圈的照片，诺亚好像很喜欢呢！他真的很期待赶快回家看看。

手机又响了。是卡西安·皮威的回电。半小时前格雷斯打电话过去，向他汇报了最新进展。

“也许你应该重新去培训当魔术师，罗伊，”皮威说，“我认识一位非常优秀的魔术师，叫马特·温赖特。他是一名消防救援人员，业余时间才做魔术师。你应该跟他谈谈。”

“你说什么，长官？”

“这些人全都不见了踪影，罗伊，”皮威挖苦道，听上去比以前更烦躁，“乔迪·本特利，克里斯普医生，现在又来了个图斯先生。也许你需要魔术师的帮助才能把他们找回来吧？”

“的确有这种感觉，长官。”格雷斯强忍着怒火回答。

“我必须警告你，我们的新任郡警察局长不太满意。你失踪的妻子桑迪有了最新情况，或许是这个让你分心了？你要不要先请假处理一下？”

格雷斯整理了一下思绪，回答说：“长官，恕我直言，如果不是我和纽约警察局拉尼根警探的私人关系，我们甚至连图斯来这里都不知道。克里斯普逃跑时并不在我们的管辖范围内。而我相信，乔迪·本特利很快就会落入法网。”

“很高兴你如此理智，竟然幻想这个，罗伊。但我不为我们的市民高兴。服务和保护他们是我们的职责，而此刻你并没有履行好职责。”

他刚要张嘴回答，只听嘟的一声，助理警察局长挂了电话。

罗伊坐在那里，既委屈又生气，大喊道：“你这个混蛋！”

他离开办公室，来到重案组1号室，看着白板，下午2点简报会结束后白板就从会议室拿过来了。他盯着克里斯托弗·本特利、沃尔特·克莱因和罗利·卡迈克尔的照片。

三个死去的情人。

他们知道至少有三个。

她会引诱第四个上钩吗？

他能赶在图斯之前找到她吗?

他到底哪个地方疏忽了?他没有告诉皮威,卧底行动还要面对来自图斯的危险。他是否该因为风险太大撤销此次行动?

每次发生此类事情,他就倍感孤独。所有对重大犯罪展开的调查都是团队合作,但最终责任落在团队负责人一人头上。高级调查官做出的决定生死攸关。和以前很多次一样,最后责任会落在他身上。那个危险的臭女人无疑还在不停地策划。此外,如果帕特·拉尼根说得没错,图斯也是如此。如果放任图斯行动,将她干掉,事情就简单了,但他不允许自己这样想。工作中需要将道德评判放到一边。执法是他的职责。不管职业杀手在布赖顿的目标是个道德多么败坏的人,他也不能让其得逞。

收件箱显示又来了一封新邮件,善意提醒全体警务人员,无论是上下班,还是履行公民责任,务必注意每天面临的潜在危险。是郡警察局长的参谋发来的。

> 罗伊,3月19日,下周四,下午3点30分,我们将在苏塞克斯警局总部大楼举行一个小型仪式,追授贝拉·莫伊探长女王英勇勋章。我们希望你和重案组成员陪同诺曼·帕丁一起前来参加。我们已经派人去接贝拉的母亲到总部来。

他查看了一下工作日志,知道莱斯莉在"蜘蛛行动"很关键的前几周为他清理得差不多了。他回信,说很荣幸能出席追授仪式,并复制给莱斯莉,以便让她把这条输入到工作日志上。

下午刚过6点，他回到家，汉弗莱嘴里含着一只毛茸茸、吱吱叫的玩具老鼠跑过来迎接他。克莉奥在沙发上睡着了，周围摆满了开放大学课程作业，保姆正陪诺亚在地板上玩。马龙在新鱼缸里不停地游来游去。它在急切地寻找什么呢？格雷斯经常想，是逃生路线还是女朋友？

他带着狗出去散步，夜晚的寒风让他的头脑更清醒了。如果图斯真的在市内——他相信帕特·拉尼根的信息不会有错，况且他自己也可能亲眼看见了——那么这家伙到底在哪儿呢？如果找到他下落，他会引他们找到那个女人吗？

他回到家，屋里弥漫着热气腾腾的饭菜香味，闻上去就让人胃口大开。凯特琳晚上不用回去了，她做了意大利千层面。他倒了一杯红葡萄酒，在沙发上坐下，边吃边看电视。克莉奥还在旁边呼呼大睡。电视上正在播放一部侦探片，但他看不进去。每次看到这种片子，他总忍不住对着屏幕大喊，因为错误百出。这部片子更糟。一个男孩坠崖摔到海滩上，在尸体周围竖起一顶犯罪现场帐篷。几名犯罪现场调查员身穿防护服来了，这个倒是没错。接着，高级调查官穿着雨衣和粗革皮鞋走了出来。制作方难道连最基本的问题也不求证一下吗？如果不穿防护服，他永远不被允许进入犯罪现场，因为会对现场造成人为污染。

“什么？”格雷斯愤怒地嘘了一声，“你这头蠢猪！”

“呃？”克莉奥动了动。

格雷斯亲了她额头一下，“对不起，亲爱的。”

第93章　3月12日，星期四

格雷斯前往沃辛，去见卧底警官及其联络官。他们约好到远离警局的一家小咖啡馆见面。一个身材魁梧的男子坐在桌旁，留着平头，头发灰白，身穿昂贵西装，戴着墨镜，正专心看苹果手机。他旁边坐着一个身材苗条、留栗色短发的女人。桌子上摆着热气腾腾的茶壶和几个杯子。

“罗伊！很高兴见到你！我是伦敦金融犯罪科的凯特·泰特，本次卧底行动的联络官。”

他热情地跟她握手。

“这是卧底2431，”泰特说，“朱利叶斯·科内尔——保罗·科内尔这个名字更为人所知！”

“很高兴认识你！”格雷斯探身跟他握手。

“我也很高兴认识你，警司！”

这个男人操一口BBC播音员的口音，又带一点美式英语的腔调。对于一个在加利福尼亚州生活了40年的英国人来说，堪称完美。但还不够完美。格雷斯盯着他细细打量，简直不敢相信自己的眼睛。优雅的西装，定制的白衬衫，丝绸领带，锃亮的古驰牌黑皮鞋，整齐的平头，有型的短胡子。哦，是的，他看上去是没问题。毫无疑问，他会瞒过很多人。

但瞒不过格雷斯。

“恭喜你，科内尔先生。很高兴看到一名英国人在国外能如此成功！我在网上读过你取得的成就，非常钦佩。”

“多谢赞美，警司。我想是我运气好，一直有贵人相助吧。”

“听说你妻子过世了，很是遗憾。”

科内尔耸了耸肩，“杰姬和我在一起生活了32年，很是幸福。有多少夫妻能这样呢？”

“不是很多。”格雷斯摇摇头，咧嘴笑了。科内尔也笑了起来。两人都知道游戏结束了。

“老天！”格雷斯说，“你真不赖，诺曼！”

诺曼·帕丁摘掉墨镜，露出灿烂的笑容，“你真这样想？”

“我不知道你还是个训练有素的卧底警察。”

“好多年了，头儿。对其他警务人员保密，这也是我们的职责。我们有点像约翰·勒卡雷作品中的潜伏间谍一样，永远不知道什么时候被起用。说实话，我还以为自己老了，再无用武之地。这次机会来了，所以就主动提出来了！”

“诺曼是此次任务的不二人选，”泰特对罗伊说，接着补充道，“当然了，我们不允许任何一位卧底警官跟目标发生性关系，所以诺曼只能向她撒个小谎，说自己患有前列腺癌，失去了性能力。”

“帕丁对此有什么看法？”格雷斯转向泰特，“你问过吗？”

“先别急，听听诺曼怎么说。”泰特举起手。

“我没意见，”诺曼·帕丁让他放心，“我可以接受。实际上，这个还是我跟凯特提出来的。”

格雷斯说：“诺曼，我不知道你了解多少情况，但有几件事需要先警告你。第一，乔迪·卡迈克尔极其狡猾阴险，如果迄今为止我们所获信息准确无误的话，至少有三人死在她手里。第二，我得到确切证据，纽约的俄罗斯黑手党可能雇了杀手来要她的命，就是以前跟我们打过交道的图斯；目前他使用多个化名到处流窜，包括约翰·丹尼尔斯和迈克·欣顿这两个名字。你知道，此人非常聪明和危险。此次卧底你冒着极大的生命危险。”

帕丁抬头直视着他的眼睛：“罗伊，你要明白，贝拉死的那一天，我的一部分生命也凋谢了。我又患了癌症。如果能在余生立点功劳，那我就可以含笑九泉了。”

格雷斯苦涩地笑了笑，“好吧，诺曼，但你千万要小心。我们会尽一切力量保证你的安全。”

“不必了，我会照顾好自己的。我命大着呢！”

“最好这样！你要战胜那个婊子，还有癌症！”

帕丁咧嘴一笑，“明白了，伙计！”

第94章　3月12日，星期四

罗伊·格雷斯在办公室坐下，内心很是纠结。是否让诺曼承受了太大风险？

但如果把他从行动计划中撤下来，毫无疑问，肯定会让另一名警官处于危险之中。如果措施得当，诺曼·帕丁会引他们找到那个女人。他们还可以暗中保护他。他需要保护。

格雷斯打电话给助理警察局长，汇报了行动最新情况，并谈了自己的担忧。

“罗伊，”皮威顿了顿后说，“你是本案的高级调查官，你必须做出决定，包括造成的损失。”

挂上电话后，格雷斯再次怒火中烧。如果行动顺利，一切都会是助理警察局长皮威的功劳。如果搞砸了，皮威会把全部责任推到他头上，并以此为借口将他免职。

他也清楚皮威此刻心里在想什么：上帝啊，请一定让罗伊·格雷斯搞砸吧。

现在首要问题是让诺曼·帕丁钓上乔迪。与当地媒体的接触也要十分小心。要是让人觉得J.保罗·科内尔是个虚构的人物，这个计划就完蛋了。

但是他自己也承认，诺曼这个老家伙，形象改造得也太成功了，甚至连牙齿都做了美白，活脱脱一个亿万富翁的形象。想到这里，他露出一丝苦笑。

她会上钩吗？这个他会跟监管此次行动的警务授权官尼克·斯隆警司详细讨论。

但更重要的是，他该如何保护帕丁？

第95章　3月12日，星期四

那个老太太看上去有点古怪，脸上化了厚厚的浓妆，穿长大衣，戴羊毛帽和老式眼镜，浑身上下透出一股波希米亚老艺术家的气息。她拄着银色拐杖，来到波特兰路一角的劳伦斯艺术用品店，一瘸一拐地走了进去。

她走到柜台前，礼貌地对店员说想买一大桶铝粉和一把热胶枪。她用美国运通卡付了款，持卡人的名字是西尔玛·达比。五分钟后，她拎着购物袋出来，朝等在外面的出租车走去。司机扶她进去，等她坐好后把拐杖和购物袋递给她。

按照指示，司机又拉着她来到附近一家水族馆商店。西尔玛再次要求司机在外面等着，自己进了商店。不一会儿她拎着两个购物袋出来了，里面装着四盒氧合片和一只冷冻小白鼠。

她爬上出租车，让司机去附近工业区的水暖用品商店，在那里买了一根长18英寸、两端是螺纹口的展性钢管。接着，她换了一辆出租车，让司机带她到伦敦路的一家电器店。

在那里她买了一个直径仅有半英寸的微型阿都伊诺继电器，一个水银倾斜开关，以及各式各样的优盘。店员奇怪地看了她一眼，好像在纳闷一个古怪老太太怎么还知道这些东西，更不用说怎么用了。

她带着买来的东西出门右转，沿伦敦路直行，在一家药店前停下，进去买了一个冷冰袋，然后又到一家五金店买了一小段高负荷绝缘电线、一卷绝缘带和一把钳子。她又叫了一辆出租车，让司机将她带到韦斯顿路的厨具店，最后买了一套小型电子厨房秤和一台研磨咖啡机。

最终，她让司机把她拉到布赖顿车站对面的朱瑞斯酒店。

她拄着拐杖穿过酒店大厅，坚定地朝电梯走去，心里期待着快点下手。她的购物之旅结束了，而且百分之百让她满意。没有任何问题。

她不允许出问题。

第96章　3月12日，星期四

中午12点30分，罗伊·格雷斯到阿斯达超市去买午餐和饮料。早上6点他只喝了几口粥，后来在咖啡馆吃了一块松饼，现在又饿了。

他扫了一眼超市的三明治架子，很想来个熏肉鸡蛋大餐。但负罪感让他控制住了自己。很多警察整天吃的都是垃圾食品，克莉奥一再向他警告其危害。他又看见了蛋糕和甜甜圈。以前他经常对她——还有桑迪——让他好好吃饭的恳求置若罔闻。但诺亚和克莉奥为他的生活赋予了全新的意义。他强烈感觉到，为了家人的缘故，他也要照顾好自己。最后他买了一块玉米金枪鱼三明治和一个苹果，还有两样解馋的东西：一瓶健怡可乐和一块奇巧巧克力。

他朝收银台走去，看到一排架子上的《阿格斯报》。报纸头版的大标题写着："布赖顿的宠儿说：我要叶落归根！"

太好了！消息已经开始传开了。他买了一份《阿格斯报》。

回到办公室，格雷斯展开报纸。头版新闻报道还附有一张身材魁梧、皮肤晒成古铜色的亿万富翁照片，即便他也几乎没有认出来那就是诺曼·帕丁。报道是一位他不认识的记者写的，文章说本市一个生于怀特豪克郊区的幸运儿，在加州硅谷发了大财。目前患前列腺癌晚期的他决定叶落归根，回到家乡度过人生最后几个月。

医生说剩下的时间不多了，所以J.保罗·科内尔并没有在市内买房，而是先入住一家酒店套房，酒店的名字并未公开，过几天再返回加利福尼亚州对那儿的生意做最后处理。因为没有子女，他打算把大部分遗产捐给当地慈善机构，城市也会铭记他。他说，如果身体健康允许，他希望回到布赖顿度过余生。

> 我问科内尔先生，听说他曾有意收购一支美国棒球队，结果未能如愿，是否确有此事。他回答说那曾经是他的一个梦想，但现在他和美国的亲密关系结束了。那他有没有把目光瞄准家乡呢？也许是布赖顿足球队？
>
> “嗯，你知道，”他拖着美音腔调回答，“我得了该死的癌症，但还没死呢。静观其变吧！”

格雷斯剥开三明治外包装，继续读下去。J.保罗·科内尔从多罗斯汀中学毕业后获得奖学金，到美国麻省理工学院就读。文章不仅详细记录了其求学生涯，还详述他一生遇见并资助过的有远见卓识的人物，包括思考机器公司创始人兼并行处理器先驱丹尼·希利斯的追随者、麻省理工学院媒体实验室负责人尼古拉斯·内格罗蓬特，以及苹果和微软公司的六名前雇员。

文章继续写道，由于明智的税收筹划，正如《星期日泰晤士报》富豪榜团队所发现的那样，科内尔的真实财富不可估量。许多金融分析师认为，他的财富数额与微软创始人之一保罗·艾伦的不相上下，高达174亿美元。

> 自从本周早些时候回到布赖顿以来，科内尔已经悄悄入住市内一家颇为豪华的酒店套房，他要我不透露酒店名字，这不难理解。
>
> 采访最后，我与这位令人愉快的绅士谈到了爱情。我问他生活中是否还能把时间和精力献给爱情。他微笑着答道："人生最后，还有什么比这更重要的呢？你知道吗，听上去很怪。虽然我知道余生时日不多了，但我还想再次寻找爱情——而且我会一直不停地找下去！"

格雷斯想，写得太棒了！对，对，就是这样！

第97章　3月12日，星期四

乔迪·卡迈克尔穿过维多利亚车站人来人往的大厅，走向站台，准备返回布赖顿。在与律师进行了一次非常不愉快的会面后，她的心情很是糟糕。她聘请了伦敦一家顶级律师事务所的律师，觉得从那里雇律师比从布赖顿当地更隐蔽。

她一边走，一边回想起事务所高级合伙人、婚姻法律师德兰迪亚·安·爱德华兹提出的建议。爱德华兹告诉乔迪，她说得没错，那艘游轮的船长是持证注册人员，他们的婚姻的确合法有效。但是律师事务所早已以空前的速度，答应为罗利·卡迈克尔的子女代理业务了。父亲草率成婚以及随后死亡让他们感到震惊，她得到证实，他们并不接受果阿验尸官的报告，尽管父亲的遗体已经做了防腐处理，他们仍要求进行第二次尸检。爱德华兹警告说，他们已经做好战斗到底的准备，而且有足够财力做到这一点。

这意味着她注定要为罗利的财产大闹一场。争执可能会拖上几年，甚至更长时间，她还得为之大大耗费一笔。当然了，她最后应该也能继承到一些财产——不过现在说这个还为时过早。

她从第一任丈夫克里斯托弗·本特利那里继承的遗产大都花在了罗丁区的房子上，而从那个罗马尼亚人手里弄到的20万美元横财能帮她扛一段时间，此外她还有一笔应急储蓄金，但是该死的沃尔特·克莱因让她从中花费了不少。在库尔舍维勒，因为沃尔特的信用卡和他送给她的银行卡在结账时被拒，她不得不动用自己的信用卡支付了所有费用；此外，她还为他买了一口昂贵的棺材，又赔掉了一大笔。

如果不能迅速找到新的资金来源，她可能需要卖掉房子。自从她买下罗丁区的那幢房子以来，房价一直飙升，但出售房子和节衣缩食将是最糟糕的情况。那就是承认失败，即使只是暂时的。她为自己设定的目标也将无法实现。

坐在标准座上——这是多年来她出行第一次没坐一等座——她感到有点恐慌，自己以后必须要节省着点了。她决定，到家后要做的第一件事就是查看收件箱，筛选交友网站上的所有回复，并与几个最有希望的人取得联系。

她往后瘫坐在座位上，顺手从一旁拿起一份别人扔掉的报纸。她喜欢看布赖顿和苏塞克斯的地方新闻——尤其是与她直接或间接相关的信息。

《阿格斯报》第七版的大字标题是：警方警告，布赖顿市汽车盗窃猖獗。

她扫了眼文章。一个团伙在布赖顿-霍夫市作案，闯入别人家里，并不偷拿东西，而是专门找豪华汽车钥匙，特别是路虎揽胜和超级跑车。

她想起自己家也曾有人进来过。小偷就是因为这个吗？冲着她的奔驰车？

她翻阅了几版，又看到一个小标题：苏塞克斯郡警方展开整治宿醉驾车行动，以减少道路死亡人数。

她快速浏览了一遍，文章说，警察在市内设了一系列抽查点，以逮住那些在次日早上宿醉驾车的人。翻阅了几版后，她合上报纸，突然，头版大标题吸引了她的注意："布赖顿的宠儿说：我要叶落归根！"

她看了那人的照片，读了文章，又看照片。其实她倒不在乎他的长相。她想，好吧，为了你那170多亿美元，我也甘心跟你上床。这不是问题。我绝对会成为你的人生挚爱，在你所剩无几的人生！

事实上，她觉得他长得很性感。而且，她还留意到，报上说科内尔将先在布赖顿待上几天，然后返回加利福尼亚处理生意。该死！看来她必须趁他在此地时尽早下手。她急切地读下去。

科内尔已经悄悄入住市内一家颇为豪华的酒店套房，他要我不透露酒店名字，这不难理解。

在这个城市，假如是我，会悄悄入住哪家酒店呢？她在心里寻思。杜文酒店？希尔顿酒店？格兰德酒店（The Grand）？还是一家小一点的精品酒店？

颇为"豪华的（grand）"酒店。

噢，这个女记者真够聪明！

第98章　3月12日，星期四

图斯脱下帽子和外套，还有非常不舒服的平底女鞋，这都是他从一家古着店买来的。他把早先在一家慈善商店买的拐杖靠墙放好，一瘸一拐地走进浴室，靠在盥洗台上，看着镜子里的自己。

镜中是一个化着浓妆、面目可憎的老太太。

这个形象让他想起了母亲。

他拿出毛巾，使劲把脸擦洗干净。

重新穿上舒服的衣服——海军蓝斜纹棉布裤和灰色T恤，他开始着手工作。他的第一个任务，像往常在酒店房间一样，是遮盖烟雾报警器。

接着，他掀起床垫的一角，看见了底下的螺旋弹簧。他取出一根弹簧，放到桌上，解开几英寸螺旋线圈，用钳子剪下来，然后把铁丝折成U形，推到买来的高负荷绝缘电线末端。

他将微型继电器设定为30秒，用电线连接到水银倾斜开关，再把开关向下倾斜。里面的水银向下滑落，整个运动传感器电路连接完毕，计时器开始运转。30秒后，一阵火花闪烁，一股燃烧电线的刺鼻气味钻进他的鼻孔。

太好了！工作正常。

他断开计时器连接。

他把研磨咖啡机接上电源，放进从水族馆商店买来的氯酸钾离子氧片，然后打开机器开关。药片被磨成粉末后，他倒在天平上称了称，又倒进从浴室拿来的玻璃杯里。整个过程他重复了几次，直到达到需要的确切数量。

接下来，他仔细称了些从艺术用品店买的铝粉，倒进另一个玻璃杯里。然后，他非常小心地把这两种化合物混合。

觉得可以了，他拧下钢管一端的螺旋帽，把混合物倒了进去。

他把弯曲的金属弹簧圈推进绝缘电线末端，直到混合物完全契合后，用热胶棒固定住。为了安全起见，他把电缆另一端两条裸露的电线仔细用绝缘胶带缠好，推进钢管，然后是水银倾斜传感器和阿都伊诺继电器。安装完毕，他拧上螺旋帽。上回干这事是很多年前了，他想，但现在有个优势，有什么不明白的，总能上网查到。

他环顾四周，想找个地方把自制炸弹和引爆炸弹的定时器藏起来。他眼前突然一亮：门上方的空调格栅就很安全。他从行李箱里取出瑞士军刀，站在椅子上，把固定格栅的四个螺丝拧了下来。

五分钟后，格栅被重新安装上去。他从椅子上下来，开始做腿部训练。他必须让一切恢复正常。他的身体正在慢慢康复，但他必须在完成任务之前就要痊愈。他知道该做什么。他看看冰桶里冰袋的温度，用毛巾包好冰袋，压在右腿瘀伤最严重的地方。

为了让自己在这10分钟内有点事干，他打开笔记本电脑，想查看一下乔迪·卡迈克尔的房子里有何动静。

第99章　3月12日，星期四

下午4点多，J.保罗·科内尔在格兰德酒店四楼宽敞的套房安顿下来。他四处走动，熟悉一下新环境。这个套房足有他的小公寓五倍大了。

套房俯瞰英吉利海峡，有一个带大浴室的主卧、一个次卧和一个起居室，起居室是摄政时期的装饰风格，一盏吊灯十分华丽，下面有两张大沙发。他带了四个大箱子，都还没有打开，其中两个箱子行李员帮他放到了行李架上，里面装满了从市内各大服装店买来的衣服，还有一个高档洗衣袋，塞满了化妆用具。

他把配备的苹果手机充上电。手机里装有隐藏软件，能将他的位置定位到警察总部情报小组办公室的24小时监控屏幕上，以及一个语音激活的录音机。他把箱子一一打开，挂好夹克和裤子，再把衬衣和内衣一一放到抽屉里。很多衣服是美国名牌。一小时后，他安顿完毕。下一步是找到那个危险的女人乔迪·卡迈克尔。或者，如果同事按预先计划放了诱饵，她会找上门来。

下午6点过后，他穿着深蓝色套装、开领白衬衫和黑色古驰麂皮休闲鞋，乘电梯下楼。他大步走进酒吧，把里面的所有人都扫视一遍。有几组人看上去是商人，还有一对喝香槟的男女，但没有单独的女士。他选了一个座位坐下，不管是谁走进酒吧或者经过，他都能看见。他暗自纳闷：J.保罗·科内尔会在鸡尾酒吧里点什么喝呢？

马提尼？还是曼哈顿鸡尾酒？

他看了看服务生递过来的酒单。旁边坐着两个西装革履的商人，西服翻领上贴着会议标签，正在喝啤酒。他想，或许啤酒更好。他不知道还得等多久。远处还有一个穿西装的男子，正端着高球玻璃杯喝着什么，看上去像是杜松子酒。

酒吧有各种各样的鸡尾酒，很多他闻所未闻。服务生把一碗新鲜花生放在他面前，他吃了起来。她会露面吗？说不准。管它呢，他直觉今晚可能会很漫长。

他点了一杯加柠檬的毕雷矿泉水，腔调中故意加了点加州鼻音。如果乔迪果真露面，她会以为他在喝杜松子酒。

接下来的一小时，时间过得很慢。他在翻看手机打发时间的同时，始终留意门口动静，等待乔迪出现。他的思绪又回到贝拉身上，只要闲下来，他就会想起她。

他心潮起伏，一阵伤心。

她真是一个大好人。他们前方有那么美好的未来。经历了很多糟心事后，他终于找到了一生挚爱。然而她做了任何一名警察在那种情况下都会做的事，无论是否执行公务——她走了，因公殉职，壮烈牺牲。

服务生打断了他的思绪，问他要不要再喝点别的。

他很想，但还是尽职尽责又要了杯水，并自我安慰，自己总比今晚监视小组那两名可怜的警官舒服多了。为了保护他的安全，他们把车停在附近暗处，两人12小时轮流值班，干着枯燥乏味的工作。他知道在他卧底期间，不远处总有两名警官，只要他需要，几秒钟之内他们就能赶到。他只需按下手机上的一个键即可。

水端来了，他郁郁寡欢地盯着。接着，他点了一杯杜松子酒。

服务生端来后，他两大口就喝下了肚。

第100章　3月12日，星期四

乔迪·卡迈克尔可不希望下一个男人和沃尔特·克莱因一样。她在网上花了整整两小时对J.保罗·科内尔的信息细加甄别。

维基百科上的内容她在报纸上都看到了。他生于怀特豪克郊区一个普通人家，从布赖顿多罗斯汀中学毕业后，获得奖学金到麻省理工学院学习计算机科学。毕业后有五年时间他在多伦多师从大名鼎鼎的科学家约瑟夫·凯茨博士。后来他成为加州微软公司一员，先是为美国军方开发面部识别系统，为自己位于硅谷的科技公司赚到第一桶金，之后为一系列非常成功的科技初创企业提供资金支持。他对经典汽车非常着迷，收藏了一大批价值不菲的名车。

尤其令她兴奋的是，他没有继承人。他只结过一次婚，育有一儿一女。妻子死于癌症；儿子患囊胞性纤维症，19岁时夭折；女儿乘坐环球航空公司的航班在纽约死于空难。

他曾两次试图收购美国专业棒球队，但均未成功。在过去10年里，他向慈善机构捐赠数百万美元，其中包括囊胞性纤维症和基因工程研究。

她发现自己为科内尔感到难过。

多亏报纸的采访报道，让她知道他现在就在布赖顿，也知道去哪里找到他。

她用谷歌搜索科内尔妻子的照片。他的妻子身材苗条，深褐色头发，明艳动人。乔迪笑了。她刚留了个新发型，和他的妻子倒是挺像。

下午6点后不久，她开始着手准备。

图斯坐在酒店房间的桌子前，边抽烟、喝威士忌，边盯着监控画面上的乔迪。她正坐在卧室梳妆台前，精心化妆。监控摄像头无法拍到她的电脑屏幕。他很想知道，她从网上查到了什么。

她今晚为何打扮？什么时候才能化完妆？图斯不得不承认，他对她心生爱慕。她和自己很像，也是个掠夺成性的家伙。

他站起来，在房间里一瘸一拐地四处走动，以缓解肋骨的不适。右腿上的瘀伤现在看起来好多了。过不了几天，他的身体就会恢复。

6点30分后，他看见——也听见——乔迪·卡迈克尔叫了一辆出租车，送她去格兰德酒店。是用化名朱迪丝·福肖订的车。

“今晚玩得开心点，朱迪丝，”他轻声说，“晚些回家，越晚越好。”

机会来得比预料得快。但是，在狙击手学校训练时他就学到，机不可失，必须时刻做好准备。

他脱下衣服，开始乔装打扮。化完装，他走到衣柜前，拿出衣服、鞋子、外套和假发。

15分钟后，西尔玛·达比拄着拐杖，紧紧抓着大手提包，一瘸一拐地穿过走廊，乘电梯来到大厅，然后穿过马路，朝租来的汽车走去。

第101章　3月12日，星期四

一杯杜松子酒下肚，诺曼·帕丁——不，不，他不断提醒自己，是J.保罗·科内尔——正考虑再来一杯。他很想知道，在确定乔迪·卡迈克尔不会出现之前，他在这里还得待多久。

酒吧里的人越来越多，虽然他竭力想占住旁边的座位，但最终还是让了出去。现在他被夹在中间。一边是个大块头男人，听口音是斯堪的纳维亚人，正和旁边的英国人大声探讨核能问题。另一边是一对同性恋人，正亲密交谈。自从他当警察以来，世界发生了翻天覆地的变化，越来越让他看不懂。

一个漂亮女人走进了酒吧。当警察这么多年，他早就能分辨出哪种目光是随意环顾四周，哪种目光是在侦察地形。

她正在侦察地形。

她的目光飞快落到他身上。

她30多岁，长未过膝的灰色真丝连衣裙紧贴身体。双腿修长，脚穿闪闪发亮的高跟鞋。一头乌黑长发，很是优雅。脖子上挂着精美的珠宝首饰，手腕上戴一块上等手表。

她又瞥了他一眼，莞尔一笑，在酒吧最里头坐下。他们中间隔了几个人。

是她吗？

如果是的话，他下一步该如何行动？他预订了晚上8点的晚餐。还有一个小时。他有点饿了，很期待来一顿由苏塞克斯警局买单的美餐。

也许，如果行动得力，他能请她一起用餐。如果她就是乔迪·卡迈克尔的话。

他假装发短信，身子前倾，想听听她从服务生那里点的是什么。一杯霞多丽白葡萄酒。他继续假装发短信，看了看手机上那个女人的照片。

没错，就是她！

他又喝了一杯毕雷矿泉水。左边那个讨厌的斯堪的纳维亚人和朋友从凳子上下来走了。10分钟后，他和目标中间的另外两对客人也离开了。

帕丁向那边看过去，再次和她的目光相遇。他朝她友好地笑笑，她也报以微笑。他转向服务生，让其为那位年轻女士来一杯香槟，由他买单。

效果不错。几分钟后，年轻女人手拿杯子，走过来，坐在他旁边，“谢谢你！一个人喝酒？”

“来淹没我的悲伤。”他笑着说。

“你知道吗，”她说，“那些为了淹没悲伤来喝酒的人应该知道，悲伤学会了游泳。”

“真的吗？”帕丁说。

“根据我的经验，没错！”她笑了。

“我埋葬了两个孩子和一个妻子，”他说，“而我从没学过游泳。”

“想学的话什么时候都不迟。”

帕丁和她碰了杯，“希望如此。所以，借用我最喜欢的电影《卡萨布兰卡》中的原话：世界上有那么多的城镇，城镇里又有那么多的酒馆，是什么让一个像你这样的漂亮女士进入我的酒馆？”

她笑了，“我也可以问你同样的问题！”

他摇了摇头，“我想给你一个聪明的回答，但我没有。我在这个城市长大——嗯，小时候这儿只是一个小镇——我已经离开很多年了。现在来日不多，我决定叶落归根。你呢？”

她从面前的碗里拿了一颗橄榄吃掉，抿了一口香槟，又吃了一颗橄榄，妩媚地看了他一眼。“我的人生惨烈得就如同车祸现场，我来这里是为了忘记一切。我很久没在外面待这么长时间了。我本打算在这里会见一位老朋友，但他刚才放了我的鸽子——给了一个蹩脚的理由，说轮胎爆了。”她耸耸肩，“我猜他有了更好的女伴。”为了故意显得软弱无助，她捻动着脖子上的吊坠链子。

“更好的女伴，比你？”

“他是我的老情人。我们现在只是好朋友。但你知道，男人……”

他笑了，“说说你的惨烈人生吧。”

她耸耸肩，“你知道，在这儿怪怪的。”

“为什么？”

“是这样，我是在这儿遇到了我的丈夫。我们结婚不久他就死了——在印度被一条毒蛇咬了。”

“太可怕了。”他说。

“我们是那么相爱。”

“我很抱歉。”

“你真好。”她火辣辣地盯着他。他一时意乱情迷，不得不努力打起精神，控制住自己。

他伸出手，“保罗·科内尔。”

她与他握手，“乔迪·卡迈克尔。”

“很高兴认识你。”他说。

“我也很高兴认识你，”她紧盯他的眼睛，“可以说说你来这座城市的真正原因吗？”

“我是想长眠在故土。”

“可不要说这样的话，我们才刚认识。”

他笑道：“好吧，我保证活过今晚，但有一个条件。”

她举起酒杯，“什么条件？”

他和她碰了杯，“你与我在这儿共进晚餐。当然了，如果你有空的话。”

她抛给他一个恍惚的眼神，“这还真让我为难，家里的冰箱正在解冻意大利千层面呢。嗯，还有别的诱惑吗？”

“想喝什么香槟都可以。”

她风情万种地转动食指，意即：还有别的吗？

“这儿的餐厅是这座城市最好的，牡蛎、龙虾、多佛比目鱼，应有尽有。”

她又转动食指。

“我听说，他们的酒单很棒。”

她又转动食指。

“与才华横溢的我共度几小时？”

她粲然一笑，点点头，“好吧，现在我开始被你说服了。”她淘气地盯着他的眼睛。

“我不喜欢一个人吃饭。你和我一起用餐，是帮了一个老头的大忙。”

她又转动手指。

“我觉得你非常漂亮。”

“你太会说话了。”

“不，真的，你真是很美，”他说，“而且我相信和我共度今宵必将更加增添你的光彩。”

“哦，是吗？好吧，如果说没有被你的魅力吸引，那我是在说谎。”

“现在是你在谬奖了！”

“不，我总是说实话。我非常需要有个快乐的伴儿陪着。我会很高兴和你一起用晚餐。但是我想说，我喜欢的美味都很昂贵哦。”

幸亏苏塞克斯警局给我的预算没有上限，帕丁心想。“好吧，这一点我们两个一样。”他说。

她把手指伸进酒杯蘸了一下，拿出来伸到科内尔面前，碰了碰他的嘴唇。

他舔了舔她指尖上的香槟。天哪，他想，我明白为什么有那么多男人爱上她了。

他忽然意识到，外面坐在车内的两名警官，正听着他们说的每一句话，这让他很不舒服。

第102章　3月12日，星期四

细雨蒙蒙，街灯全都笼罩在薄雾中。图斯又一次装扮成西尔玛·达比，开着租来的福特车行驶在乔迪·卡迈克尔家门前的路上。雨刷不停地摆动，他喜欢这样的天气。能见度很低，真是完美。在这个富人区，每家都有专属私人车道，街上的车寥寥无几，他知道这让他的车很显眼。他开过她家车道，把车停在一辆路虎后面约100码处。

他慢慢脱掉裙子，每个动作都让他的胸腔疼痛。他里面穿着黑色高翻领毛衣和黑色牛仔裤。他穿上运动鞋，费力换上带帽厚夹克，把钢管滑进前面的毛衣里面。接着他把从水族馆商店买来的死老鼠放进一个口袋，拉上夹克拉链。

他从另一个口袋里掏出一副黑手套戴上，看了眼手表。晚上7点05分。他不知道自己有多长时间，但肯定得有一个多小时。乔迪打扮得花枝招展，20分钟前刚离开。时间可能足够多，但他不需要太久。他打算在几分钟内进去就出来。他戴上棒球帽，从车上下来，冒着细雨朝191号走去。

黑暗中一个身穿雨衣的男人，牵着一只玩具贵宾犬朝他走来。“西塞罗！”那人气呼呼地喊道，“西塞罗，过来！”

为了躲开那人，图斯到了马路对面，再悄悄回到乔迪·卡迈克尔家前门，沿着陡峭的车道向房子走去，每往前走几步就回头看看是否有人。

站在门廊前，他用上次来时拿到的一串钥匙开门进去。他随手关上门，打开手电筒，朝报警器照了照。只有一点绿光。

和以前一样，她并未设置报警器。不想吸引别人的注意，女士？非常明智。如果我是你，我也不会设置。

他走进门厅，瞥了一眼他安装在灯具里的摄像头，想到等回到酒店，可以在视频上看到自己，觉得很好玩。他没费吹灰之力便从门厅桌子中间的抽屉里找到了奔驰车钥匙，接着去打开车库门。

每个车库都散发着汽油、金属、皮革和橡胶混合物的熟悉气味，这个也不例外。借着手电筒的光束，他看见面前有辆深蓝色奔驰车。车库里还有一个涓流充电器、一个轮胎打气泵、一辆轮胎瘪了的山地车、一堆行李箱和一些园艺工具。

他按下奔驰遥控钥匙的开门按钮。指示灯闪烁，门锁发出令人满意的咔嗒声，车内灯也亮了。他打开驾驶室门，闻了闻奶油色皮革散发出的芳香，然后拿出钢管，开始动手干活。

他拧开一端，小心拉出继电器、水银倾斜开关和橡胶涂层导线末端，然后从电线上取下绝缘胶带，将继电器定时器时间设置为30秒。很多安炸弹的家伙都被自己的装置炸死，全是因为定时器失误，但他一直觉得继电器十分可靠。30秒的时间足有余地，万一他不小心激活炸弹，也有时间逃生。

他用绝缘胶带把它连接到倾斜开关上。一旦她把车开上车道的陡坡，水银会滑下来，启动计时器。30秒后，这个装置就会爆炸。

他把倾斜开关和定时器插回钢管，非常小心地将它与地面平行放好，最后滑到驾驶座下方，直至看不见为止。

他关上车门，锁上，返回屋内。他把车钥匙放回原处，登上楼梯，沿着走廊朝那扇隐蔽的门走去。进屋，他打开壁橱门，拿出遥控器，按下按钮，假墙徐徐滑开。他先是通过玻璃门往里仔细查看，在确保没有动物跑出来后，才走进温暖的爬行动物室。一股酸臭味扑面而来，他皱起鼻子。

堆放的生态养殖箱后面的灯都亮着。有的箱子里是毛茸茸的大蜘蛛，有的里面是正在睡觉的小蛇，有一个箱子养着几十只活蹦乱跳的小白鼠，还有一个里面全是蟑螂。他尽量不看它们，把挂在墙壁钩子上的耐用手套取下来。他的手比乔迪的大多了，费了好大力气才把手套戴上。

他来到装着大蟒蛇的生态养殖箱前。这条蟒蛇全身盘绕，蛇头比他的拳头还大，锯齿状的黑色条纹一直延伸到右眼处。他紧张地摸索着箱盖上的搭扣，小心翼翼地缓缓揭开盖子。

他等了一会儿。蛇一动也不动。

他从口袋里取出塑料袋，把那只解冻的死小白鼠倒到蛇头旁边。

蛇紧盯着他看。

“快吃该死的老鼠！”他说。

蛇似乎更想吃他。

他低头看箱子里光线昏暗的环境。岩石，蕨类植物，树枝和小植被。他可以看到植物深处的优盘。他试探着向前伸了一下手。

蟒蛇还是盯着他，一动不动。

他继续小心翼翼地把手伸过去。一辈子他几乎从未害怕过，但这条蛇简直吓破了他的胆子。

“吃该死的老鼠！”他说。

还是没有反应。

他把手迅速伸过去，抓起优盘，赶紧收回来，立即砰的一声合上盖子。他拽下手套，把优盘放在桌上，然后把今天早些时候买的一大把各式各样的优盘拿出来。没有跟这个一模一样的，但有一个很相似。即使乔迪活得足够长，她也不会发现其中的差别，除非她把它插到电脑上。

他再次看了看蛇，揭开盖子，把内容空白的优盘扔了进去。它落到树叶底下，几乎就是他取出的地方，这让他松了一口气。

他合上盖子，扣上搭扣，把辛辛苦苦追回来的优盘放进夹克口袋。在离开之前，他环顾四周，检查别留下什么东西，然后关上玻璃门，再关上电动墙。

他并不特别在意，但还是忍不住想，如果乔迪能在死之前发现优盘是空白的，那该多好。

第103章　3月12日，星期四

诺曼意识到自己喝得太多了，但同时酒精又带给他更多自信。乔迪对男人的杀伤力太大了。

他必须集中注意力，不要忘记自己的使命。

但这个漂亮女人让他很难集中精神。他深感内疚，因为他挚爱的女人死了，而此时他却在和另一个女人打情骂俏，还因为在执行公务时喝了那么多酒。他只能自我安慰，这也是卧底的需要。

吃完晚餐，乔迪喝起了冰冻果汁鸡尾酒，他则在喝第二杯阿马尼亚克白兰地。一杯就30英镑。管它呢，反正都是苏塞克斯警局买单，喝上几杯又能怎样。

“保罗，”她突然说，“很奇怪，我跟你有种心有灵犀的奇妙感觉。你相信灵魂伴侣吗？”

“我的灵魂伴侣在一场大火中丧生。”他过了一会儿回答道。

“听到这个消息我很难过。”她说。

他突然意识到泄露了自己的信息，愣了一下。

“这是什么时候发生的事？”

“哦，很久以前，那时我还没结婚。”

她用迷人的眼睛盯着他，“但你到现在还在为这个痛苦吗，可怜的宝贝？”

他笑了，“你知道吗，你是我多年来遇到的第一个……”他的声音越来越小。

“第一个什么，你这个可爱的家伙？”她把手伸过来，碰他的手。

他耸耸肩，把手指与她的手指交叉在一起。在她身后的窗外，透过夜幕下的蒙蒙细雨，他能看见国王路上的路灯、过往汽车的灯光，以及远处漆黑一片的英吉利海峡。

“我想说的是，乔迪，你给我的感觉很美妙。就在我自以为到了人生终点时，你进入了我的生活。我知道这听起来很疯狂。我们才刚刚认识，还有，我的年龄都可以做你的父亲了！”

她笑了，“我想抽支烟。你抽烟吗？”

是的，我抽烟斗，他差一点这么说，但及时控制住了自己。一个美国计算机大亨怎么会抽烟斗呢。妈的，他想，好悬。得注意点了，不能再喝酒了。“雪茄，”他说，“我偶尔抽雪茄，尽管医生建议我戒掉。如果你想抽烟，我陪你去外面。”

“你想来一支吗？”

“当然了，为什么不呢？”

几分钟后，他们来到酒店外面。她点燃香烟，他笨拙地用胳膊揽着她的腰。他想知道监视车停在哪里。

“我真的很喜欢你，保罗。”她说。

“我也很喜欢你，乔迪，但我不能给你未来。我得了绝症——前列腺癌，无法动手术，而且已经扩散。”

“得了，我们说点更好玩的事吧！除了你，还有哪些名人也来自布赖顿？”

她抽了一口烟，然后吐出来。他呼吸着香甜的气味，“你还记得电影《乱世佳人》中的女演员费雯·丽吗？”

她点了点头。

“我记得在我小时候，她和劳伦斯·奥利弗结了婚——他们住在离这儿不远的地方，就在肯普敦的皇家新月楼。”

“费雯·丽曾经说过一句话，也是我一生的格言：‘对于过去和未来，最好置之不理，否则就永远不会享受现在。’”她给了他一个会意的眼神。

他点了点头，“这话充满智慧。”

两人在寒风中瑟瑟发抖。“不是吗？”她又深吸了一口烟，“你是年龄大到可以做我父亲，但明天我也可能会被公交车撞死。所以很难说呢！”

“希望不是一辆车头标有我名字的公交车！”

“我还以为你死后才能在布赖顿的公交车上留下大名呢！”话一出口，她又急忙补充道，“对不起，我不是故意的。”

他咧嘴一笑，“嘿，你知道，古代人需要金字塔或帝王谷中雄伟的坟墓来实现不朽。我想在布赖顿公交车上留名可要简单多了。”

她捻灭香烟，又打起了哆嗦，“我们进去吗？”他也捻灭烟，点了点头。

在桌旁坐下后，诺曼举起酒杯，与她的碰了碰，“愿我们俩都远离公交车。”

“我喜欢你的幽默感。”

“我也喜欢你的。”

“这么说，你现在回来有什么计划吗？”

“你知道，几十年来我第一次把自己从计划的暴政中解放出来。我远离故土，辛辛苦苦干了50年，一直想混出个人样来。我为此付出了沉重的代价。从来没有陪妻子和孩子开开心心地玩过。几个月前，医生诊断说我还有不到一年的时间。就在第二天早晨，我醒过来时心想，你这一辈子都干了些什么呢？建立帝国，得到更多——都为了什么？就为了成为墓地里最有钱的人？”

“还有把你的名字标在公交车车头？”

他咧嘴一笑，“嗯，我想对我来说那比大多数成就的意义都重大。一个来自怀特豪克郊区、出身卑微的穷小子，在一辆公交车上实现了不朽。真的。”他一口喝光了白兰地，虽然心里明白已经喝得够多了，但还是叫来服务生，又要了一杯，并且不顾乔迪的抗议，也给她斟满杯子，接着继续说，“我想那天早上我顿悟了。在弥留之际，你会开始想在这个世界上留下了什么印记，人们将如何铭记你。”

她笑了。

“我知道我要做什么，那就是回到家乡，找到一项事业，把我的钱捐出去。世界各地都有迫切需要钱的个人、组织和事业。任何人——哪怕是比尔·盖茨——也不能帮助全世界。费雯·丽那句可爱的话是你的人生格言，我也有我的。”

“是什么？”

“有的人因为力量弱小选择什么都不做，没有比这错误更大的了。”

“说得真好，让我想起了以前读过的一句话：‘如果你认为你力量太小，不能改变什么，那你是从未和一只蚊子在床上待过。’”

“我真喜欢这句话！也许我应该把它当作我的墓志铭？”

“不要再谈论死亡了，保罗！”

“好的，对不起。”

新点的饮料送来了，他喝了一口阿马尼亚克白兰地，放下杯子，“你知道我想做什么吗？”

她摇摇头，喝了一口冰冻果汁鸡尾酒。

“我们俩生活过的布赖顿非常不一样。20世纪50年代，那时我还是个孩子——我父亲在战场上阵亡，我由母亲一人抚养长大——这个地方还破败脏乱不堪，到处是邪恶的坏蛋，还有暴力团伙。而现在，它已成为英国除伦敦外最酷的城市，也是世界上最酷的城市之一。我想带你参观一下我生活过的布赖顿。在我飞回加州之前你还有空闲时间吗？”

“好吧，”她若有所思地说，“我得把冰箱解冻，但我相信能腾出一些时间。”

他斜眼看着她，轻声笑了起来，“好吧，我可不想给你带来任何不便。”

“你不会给我带来不便。你这么可爱，倒正好让我放松一下呢。”

他笑了，“明天上午我要跟会计和律师会面，但下午没有安排。”

“很好，”她说，“我来这儿接你怎么样？我开车技术一流，而且我有一辆好车。我很乐意当你的司机！”

他摇摇头，“我已经让酒店安排了一辆配司机的豪华轿车。我可以在午餐前后去你家接你——我们先去吃点东西，再参观游览。怎么样？”

“嗯……”她犹豫了一下，“好，那太好了，但我不确定明天上午去哪。不如我来这儿跟你碰头怎么样——什么时间合适？”

“12点30分？”

“好，如果你真确定没有不方便的话。”

“我会很感激有你做伴。”

“我陪你一起去参观，还有一个条件。”她说。

“什么条件？”

“你得答应明天到我家吃晚饭，如果你没有其他计划的话。”

“嗯，你说奇怪吧，我的日程上明晚正好没有什么安排。”

“现在有安排了！”

第104章　3月13日，星期五

诺亚整个晚上都不安稳。在无数次去儿童房喂他哄他后，罗伊和克莉奥终于在午夜过后睡下。

几乎是刚睡着，罗伊就被手机刺耳的振动声吵醒了。屏幕上显示是0点43分，但没有来电者名字。他拿起手机，溜下床，走进浴室，关上门，打开灯。“罗伊·格雷斯。”他小声说。

“罗伊？我是诺曼——对不起——我是保罗。”

诺曼听上去醉醺醺的，口音在英音和美音之间切换。

“你不该直接给我打电话。你应该跟卧底联络官联系。”

“我知道，罗伊，但我也想让你了解情况——别官僚主义了。”

“诺曼，这不是官僚主义，而是礼节问题。好的，我很感激你打电话来，但这很危险，明白吗？这也违反了程序。”

“好吧，头儿，如果你这么说的话。”

“你打电话有什么事？”

“我已经与对方取得了联系。”

“我接到监视小组的通知了。”

“我们度过了一个很有趣的夜晚。”

“听上去是这样。”

“嗯？”

“喝了不少酒吧？”

“嗯，不得不跟上她喝酒的节奏。我想她喜欢我。我们的计划成功了，我想她一定读过《阿格斯报》上那篇文章，知道我是谁。你知道吗？”

“科内尔。”

“你那是——那是——叫我呀！”

听他说话的声音，罗伊警惕起来，“干得好，诺曼——对不起——保罗。然后呢？”

“我明天还会跟她见面。她提议到她家里去——明天晚上她在家请我吃饭，到了那里，你就能从追踪器里找到地址了。”

“好，干得漂亮，但别再给我打电话了。”

格雷斯挂了电话，很是担心。苏塞克斯警局的许多警官都认为，诺曼政治态度不正确（尽管现在不那么极端了），早就跟不上时代了。有史以来都是30年工龄就退休，过去苏塞克斯警局鲜有年龄超过55岁的警察。但最近不受欢迎的养老金制度改革后，过了55岁还工作将成为常态。诺曼是后来才当的警察，等他工作满30年后都快60岁了。还剩几年时间了。多年来，罗伊·格雷斯与他亲密共事，发现他性格虽怪，但心地善良，那些只见识到他守旧老派的一面和价值观的人无法了解这点。格雷斯比他们更清楚，所以最近几年曾多次力挺他，使他免受纪律处分，也不止一次使他免于被开除的命运。

他希望诺曼别让他失望。但更重要的是，他希望诺曼注意个人安危，不要放松警惕。如果格雷斯是对的——他肯定自己没错——乔迪·卡迈克尔很危险，跟她喝醉可不是闹着玩的。

第105章　3月13日，星期五

早上5点30分醒来，图斯肾上腺素飙升，他不希望错过今天的重大事件。他走到桌前，打开笔记本电脑，查看乔迪·卡迈克尔家里的动静。和她养的大多数爬行动物一样，她还在睡觉。屋里唯一有动静的是两个玻璃养殖箱——一个装着蟑螂，另一个装着老鼠。这些横冲直撞的小动物并不知道，它们存在的唯一理由，是等着被周围养殖箱里的邻居们吃掉。

乔迪·卡迈克尔的末日也快到了。

好好享受在世上的最后几小时吧，宝贝，他边想边开始蹲在地上进行康复训练。

锻炼完毕，他冲了澡，刮了胡子，然后开始化装，再次把自己打扮成西尔玛·达比。昨晚他把预订早餐卡挂在门把手上，6点30分后不久，早餐送来了。“谢谢你，夫人。”客房服务生收下小费，感激地说。

他一边吃早餐一边继续看着还在睡梦中的乔迪，然后收拾好包，溜出酒店，朝租来的车走去。他不打算再回来了，但并不想让酒店知道。他已经提前付了房费，离退房还有三天时间。格雷斯警探不是自以为很聪明吗，这下查不到他下落了。如果运气好，等警察来酒店找他时，他早就回到美国跟尤索林团聚了。

15分钟后，他来到罗丁新月街，留意着昨晚停在那里的汽车。所有车窗上都蒙上了一层水汽，包括那辆曾停在他车前的路虎揽胜。

他继续往前，经过191号，一直开到街道尽头，又掉转车头往回开，停在她房子对面几百码远处。他能看清她家车道入口。他关掉引擎，将座位往后调了调，把笔记本电脑放在大腿上，通过4G手机信号连接登录，再一次查看监控视频。

她醒了。

很好。

乔迪从床上坐起来，宿醉似乎越来越厉害了。她很想服用一片扑热息痛，但最终只喝了些水，心想还是去健身房锻炼一小时吧。昨晚很不明智，酒喝得太多了。她绞尽脑汁，回想有没有说漏了嘴，把自己过去的事泄露给了J.保罗·科内尔。最后她想应该没有，况且他也喝得醉醺醺的了。

她简直不敢相信自己的运气，在心里笑成了一朵花。轻易就找到了他，而且他们很是情投意合。昨晚真是太棒了，远超她的预期。她还很喜欢他，真是意外收获。他真的可以成为她长久以来一直苦苦寻觅的头等大奖。那么有钱，而且老婆孩子都死了！他在报纸上说打算把所有财产都捐给慈善机构，当务之急是尽快阻止他干这件蠢事。她需要尽快把结婚戒指戴在手指上。昨天晚上他提到打算下周二返回加利福尼亚，这么说她只有一个周末的时间。从现在到星期一，她必须想办法让他邀请她一起去加利福尼亚，而且还要让他认为是自己的主意。她不想冒险和他分开，甚至一天都不行。

他本人并不很帅——报纸照片上的他看上去更有魅力——但他很有幽默感，她喜欢这点。管它呢，比他糟得多的男人她都睡过。她要给他一生中最美好的夜晚，还要在床上度过最美好的清晨。到了周末，他就会痴迷于她，不想再与她分开了。自从她发育成熟以来，跟她睡过的男人还从没有一个想离开她的呢。

一缕缕阳光透过窗户照了进来。尽管她的头很痛，但新的一天还是充满了希望。她瞥了一眼时钟，7点05分。该起床行动了。

中午12点30分她将与保罗会面。他先带她去吃午餐，接着去参观他小时候生活过的布赖顿，然后她打算今晚在家请他吃饭。昨晚他已经把最喜欢吃的菜肴告诉她了。如果现在起床，就有时间去健身房，做做头发和指甲，购买食材后回家。

她穿上运动服和运动鞋，下楼来到厨房，试图回忆夜里做的那个令人不安的梦。梦中她大喊救命，惊醒过来，但具体是什么样的噩梦无论如何都想不起来了。她不再去想，而是专注于眼前的事情。她从冰箱里拿出一杯草莓酸奶，摇了摇喝下，然后上楼，打开爬行动物室的门。

看上去一切正常。她戴上结实的防护手套，取出一只蟑螂，扔进养着一条锯鳞蝰蛇的养殖箱里。她又喂了其他三条毒蛇。接着，她提着一只老鼠的尾巴，扔进装着帝王蝎的养殖箱里。她又拿出一只老鼠，来到大蟒蛇赛拉斯的箱子旁，解开搭扣，掀开盖子，把吓得不停扭动的小家伙扔了进去。

她知道蟒蛇一定饿了，因为她上次喂它吃的食物都被排泄出来了。奇怪的是，它并没有像往常一样，立刻把吓坏了的老鼠缠住，而是一动不动。接着，她注意到蛇头往下1英尺左右，有一个小小的凸起，她皱起了眉头。

凸起的原因只有一个，就是它吃过什么东西。

她一阵恐慌。出什么事了？她低头往下面的树叶中间仔细看，优盘还在，这让她松了一口气。她又盯着蛇身上的凸起。“你吃什么东西了，赛拉斯？”她大声问道。

图斯坐在车里盯着屏幕，笑了。

乔迪离开爬行动物室，关上安全门，百思不得其解。那个凸起看上去像蛇吃了什么东西——好像吞下了一只老鼠。但她没有喂它。难道赛拉斯生病了？得了肿瘤？老鼠又是怎么跑到养殖箱里面的？她努力回想自己动身出发去乘坐游轮之前的匆忙。难道那只老鼠是她之前不经意间放进去的，它现在才吃掉？

她心烦意乱地下了楼，从门厅桌子的抽屉里取出奔驰车钥匙，走进厨房，打开通往车库的内门，开了灯，盯着奔驰车出神。她下定决心，如果接下来几天一切顺利，过不了多久她就去买一辆梦寐以求的阿斯顿马丁。

她按下遥控钥匙，车门咔嗒一声开了，指示灯全都闪了起来。她爬进车内，拿起车库门遥控器按了一下，门开始上升。她发动汽车，看着刻度盘开始运转，系上安全带，松开手刹。正要挂D挡起步，她突然闻到一股刺鼻的酒精味。她皱起眉头，把手放在嘴前，呼了一口气。酒精味是她嘴里发出来的。

昨晚她到底喝了多少呀？

很多，这是肯定的。事实上，她感觉不太舒服，甚至有点头晕。这个样子还能开车吗？她想起昨天看到《阿格斯报》上的那篇文章，关于警察在市内针对凌晨宿醉者驾车展开的闪电行动。

如果因为这个被查，就很不明智了。不但与保罗·科内尔的约会泡汤，假如其他身份被曝光，她就会被捕，后果是灾难性的。她关掉引擎，绕到车后面，打开后备箱，拿出很久以前买的呼气式酒精测试仪。她读了说明书，固定好吹气口，按下电源开关，使劲往里面吹气。

表盘发出红光，读数显示51。

她诅咒了一句。在英格兰和威尔士，法律限定的酒驾标准是每百毫升呼气中酒精含量不高于35微克。

她下定决心，不值得冒这个风险。她回到屋里，打电话给出租车公司叫了一辆车。

图斯怒火中烧，无可奈何地看着她。酒精测试？超过该死的酒精限制？叫出租车？你这个婊子！你觉得自己很聪明是吗？我会让你见识一下什么是聪明。快回到你该死的车里去！

第106章　3月13日，星期五

图斯等着乔迪·卡迈克尔回来，一直等了近四个小时。周围静悄悄的。几辆车从车道上驶出，一会儿又回来了。一名身穿莱卡衣服的男子骑着一辆竞赛自行车扬长而去。一辆红色邮车在每座房子前依次停下，司机键入门禁密码，把当天的邮件放进去。上午11点左右，一辆破旧的大众高尔夫缓缓开过来，司机戴一顶棒球帽，帽檐压得很低，遮住了脸。

他突然一阵不安，心想会不会是便衣警察在监视他。但那辆车车速一直很慢，径直从他身边驶过。他便放下心来，暗想：难道是窃贼来踩点？

快到11点30分时，终于有一辆出租车停在乔迪家的车道上，她抱着几个购物袋下了车。图斯注意到她做了头发。他盯着电脑上的监控视频。进屋后她把袋子里的东西都倒出来，把大部分东西，包括一瓶香槟和一瓶红酒放进冰箱，然后进了卧室，拨打电话，又叫了一辆出租车，让车12点15分来接她。一切完毕，她开始脱衣服。

又叫了出租车？

开你自己的车，臭娘们，开你那辆该死的车！

还要在这儿等多久才能等到她开车出门？

他神情沮丧地看着她脱下内衣。至少她让他开了眼。她的身材真棒。他已经好几个星期没有碰过女人了，眼前的一幕让他感到兴奋。修长的腿，扁平的小腹，硕大坚挺的乳房。

她赤身裸体地坐了下来，极富挑逗地在白色梳妆台前坐下，动作很是夸张，好像知道有观众在看她。

阳光照在她白皙的皮肤上，他越来越兴奋。他看了眼表，11点40分。再有不到五小时，今天最后一趟返回美国的航班就要起飞了。现在他可以悄悄从前门溜进去，上楼猛干她一场，扭断她的脖子后走人，整个过程用不了10分钟。还有足够时间去赶飞机。

车窗突然砰砰响起来，听上去像是枪响。

他吓了一大跳，转过头，身体蜷缩起来，准备好采取行动。笔记本电脑从裙子上一滑，夹在了方向盘上。

他透过车窗往外看去，是一个神情严肃的老太太，身穿粗花呢外套，戴一顶提洛尔帽子。他啪的一声合上笔记本电脑，摇下车窗。她靠过来，声音洪亮地说："我看见你在这里有一会儿了。你有没有看见一只长着尖耳朵的小花狗？"

图斯极力稳定情绪，给了她一个西尔玛·达比老太太会给的甜甜的微笑，摇了摇头。

"它的名字叫邦佐，是个捣蛋鬼。一定是从篱笆上的洞里钻出去了——我一直提醒老伴去修。"老太太看着他，眼神有点怪。难道他哪个地方忘了化装？他心里嘀咕道。

他又给了她一个甜甜的微笑。

“没看见啊，不管怎么说，谢谢了！”她说。

他刚把车窗升上去，突然又传来刺耳的敲击声。他又摇下车窗，老太太又往里看，“顺便说一下，我是当地邻里联防协调员。我接到电话，说他们已经注意到你了。当然，这是一个自由的世界，但我们都提防陌生人。这个你该知道。”

她继续往前走去。他再次升起车窗，听到她大声喊着：“邦佐！邦佐！出来！邦佐！”

他为自己如此粗心生气，竟然没有注意到有人走过来，把自己吓得够呛。他发动汽车，往前开了几分钟，这次停在了海滨主路的路旁停车区。他为自己刚才搞砸了而生气。

他从不会搞砸。

第107章　3月13日，星期五

他们约定好中午12点30分见面。几分钟后，出租车停在格兰德酒店门前，乔迪·卡迈克尔从车里出来，此时阳光明媚，微风轻拂。

从她到家到现在过去了还不到一小时。其间她洗了澡，打扮一新，准备好与下一个目标游览布赖顿。她的心情好极了。在健身房锻炼完毕，宿醉就消失了，她已经买好了晚餐的食材，对赛拉斯的担忧也暂时搁置一边。她又做了头发，手指甲也都修剪整齐。她穿灰色毛衣、豹皮大衣、紧身裤和高跟短靴，十分优雅。她知道自己看上去很棒。她决定不开车了，因为预感与J.保罗·科内尔共进午餐、共度下午，很可能会喝很多酒。

“哇！”他迈着大步穿过大厅向她走来，赞叹道，“哇！”

她面如桃花盯着他的眼睛，“彼此彼此！”

他穿一套剪裁考究的深灰色西装，里面是一件扣子扣得严严实实的中式领黑衬衫，脚蹬一双看上去很昂贵的黑色休闲鞋。

“我想我是刚中了彩票吧！”他说。

她粲然一笑，“我也是。”

“我本来打算午餐简单吃点——我已经在套房冰好了一瓶酩悦香槟，还有两份龙虾沙拉。听上去如何？”

“听上去好极了，”她笑得更灿烂了，“你不会是打算借机诱惑我吧？”

“如果我雄风犹在，我肯定会这么做的，亲爱的。但是，恐怕我很久都没这个本事了。所以对于我，你尽管放心好了！”

“那不也太糟糕了吗？”她咧嘴笑道，“但我相信肯定还有其他办法。”

一个半小时后，银色宾利车在山坡上纵横交错的狭窄住宅区之间穿梭。怀特豪克郊区位于布赖顿东北部，两旁是一排排战后修建的半独立式住宅和平房，往南和往东看去，风景如画。

乔迪和保罗在后排相倚而坐，她用右胳膊挽着他。

“这儿就是你小时候生活过的地方？”她问。

他慢吞吞地说：“是的，那时候这儿很乱，很多心地善良的人住在这里，比如我母亲。但20世纪50年代，这里就是恶棍的天堂，连停在路边的警车都会被人偷走轮子。”

“但现在看起来不错。”她说，“回到这里你感觉如何？”

“奇怪。就像——就像一切都没变，但是变化又如此之大——那时没有这么多车，也没有这么多卫星天线。”他若有所思地转过身，“我看见很多熟悉的东西，就像……”他耸耸肩，又沉默不语。

“像什么？”

他摇了摇头，“也许带你来这儿是个错误。”

“怎么会！你很迷人，我想知道你的一切。我觉得你取得的成就令人难以置信。”

他把手伸到前面，拍拍司机的肩膀，兴奋地说：“就是这里！停下！停下！”他转向乔迪，透过她那边的车窗，指着前方山坡上一幢半独立式小房子。花园里杂草丛生，完全变成了一个垃圾场，堆满了破旧的家具、腐烂的门、超市手推车、锈迹斑斑的汽车引擎、轮胎、混凝土板和旧砖块。

“有趣的艺术。”她说。

“就是那栋房子！那就是我长大的地方！我妈妈打理那个花园。”他摇了摇头，“怎么——怎么里面的人让它变成了这个样子？”他痛苦地看着旁边房屋前整洁的草坪和花圃，“天哪，对不起，我想我犯了个错误。我不该回来。”

“不，”她说，“我很高兴你带我来这里。生活中没有什么是一成不变的，难道不是吗？有时多愁善感也是件好事。”

他继续眼睛一眨不眨地盯着那里，“真不敢相信发生了什么。我妈妈曾经那么引以为傲。”他摇了摇头。

“过去是过去，现在的人不一样了。”

“是的，的确如此。你知道，我18岁就离开了这里。我很想知道现在谁住在里面。”

“想让我去敲门问问吗？”

他朝她笑笑，“算了，我不确定里面住的是不是我想见的人。为什么不和我谈谈你自己？”他问，“昨晚你说你也来自布赖顿——你家在哪里？”

他立刻看出她很不自在。

“哦，是的，原来我们是住在这里，但是因为爸爸工作上的原因，我们经常搬家。”

“他是做什么工作的？”

“他在一家银行上班，经常到全国各地出差。我们经常搬家——你知道——对一个孩子来说这可很不容易。刚交了一群新朋友，就得跟他们说再见，然后又去一个新地方开始生活。”

“你在这个城市的什么地方出生？”

“在某个产科病房里吧，我真的不记得具体在哪儿了。”

“那你父母呢？他们还在世吗？”

“不在了。”

“很遗憾。”他说，随即让司机继续往前开，带他们去多罗斯汀中学，他在那儿上过学。一路上，他不停地对年轻时生活过的地方发表评论，同时还一直问乔迪一些微妙的问题，试图让她更多地谈论自己。但是对于每一个问题，她要么撒谎，要么应付他说，回想过去太令人痛苦。

下午6点多，当豪华轿车拐进位于罗丁新月街她家车道时，他对她的了解几乎与他们刚认识时差不多。

但他知道的是，警局会从GPS追踪器中看到他们的确切位置。

“你的房子很不错呀，”他说，此时车在门前停下，“是我喜欢的风格。这叫什么风格呢——都铎复兴式？”

她笑了，“你离开英国真是太久了，难道你忘了？这叫仿都铎式风格。”

“噢，明白了。但你的房子似乎不仅仅是这个风格。也许是天生丽质的你让它更漂亮了。”他朝她挤挤眼。

“你可真会说话。如果你有时间，我想领你参观一下。”

“我会挤出时间！我们还有一晚上时间呢。”

“要不进去喝杯茶，吃点我烤的蛋糕？”她问。

“拒绝就不太礼貌了。”

“那是，非常不礼貌。你答应要留下来吃晚餐，没变卦吧？”

“嗯，我想变卦也很不礼貌。”

她靠过去，吻了他脸颊一下，“我喜欢你。”

司机打开后备箱，科内尔从里面取出一个重重的袋子，递给她说：“酒店行李员早些时候向我推荐了一家当地葡萄酒店，我买了些香槟、红酒和白葡萄酒。”

“这么说你猜出我想喝酒了？”

“根据昨晚的情况，还有我们午餐喝的香槟数量，我猜的。”他笑了，“我今晚该让司机什么时候来接我呢？”

她凑到他耳边小声说：“明天中午怎么样？”

第108章　3月13日，星期五

“我查到地址了，好像是罗丁新月街191号。帕丁到她家里去了，长官，”卧底联络官在电话里对罗伊·格雷斯说，“吃了蛋糕，喝了茶，之后她给他做晚餐。”

“这个家伙很幸运啊，”格雷斯说，“谢谢你告知。没有其他消息吗？”

“没什么重要的事，长官。他演得天衣无缝，但她什么也没透露。”

“有新情况再告诉我。”

“当然了，长官。我晚上8点下班，之后是安迪·克拉克值班。”

“好的，谢谢。”

“我明天早上8点再接安迪的班。”

“祝你晚上愉快。”

“谢谢你，长官。今天是我丈夫的生日。我会喝点橙汁。”

“玩得开心！”

“嗯。”

格雷斯站在那里，盯着布赖顿-霍夫市地图，找到了罗丁新月街。这个地区他很熟悉。现在诺曼·帕丁和目标就在那里。图斯很可能也知道那儿了。他打电话给助理警察局长皮威，汇报说卧底可能身处重重危险之中，屋内很可能养了有毒爬行动物，因此他将和尼克·斯隆取得联系，讨论24小时武装反应部队的监控。他还补充说，如果必须闯进去营救卧底，为了以防万一，他们还需要一个研究有毒爬行动物的专家在场。

“罗伊，”皮威说，“你很清楚我们现在警力十分紧张。我们有足够人力和物力来保护卧底警官吗？如果没有，你得考虑把他撤回——你不希望他有个三长两短吧，那会让你良心不安的。”

“长官，到目前为止一切都完全按照原定计划进行。我相信他会完成使命。我们只需保证他的安全。”

“去她家也是计划中的一部分吗？”皮威质问。

“当然了，长官。”

“你相信她家很可能养着有毒爬行动物，但你竟然没有安排一位专家到场？万一他被咬伤，你知道这会对苏塞克斯警局带来什么后果吗？”

“我已经安排了一位专家，而且我对我们的卧底警官很有信心。”

“很高兴听到这个，罗伊，”皮威抱怨道，“很高兴有人有信心。”

格雷斯挂了电话。天哪，他真恨这个家伙。总有一天皮威会得到报应的。现在罗伊的首要任务是保护帕丁的安全，并以谋杀罪名逮捕那个坏女人。他迫切需要更有力的证据。

他打电话给塔尼娅·凯尔，让她确认一下，伦敦动物园的蛇类专家里尔登博士是否正在前往布赖顿的路上，来参加预搜查计划会议。随后，他打电话给金牌指挥官、总警司尼夫·肯普，简要介绍了目前在罗丁新月街191号卧底的情况，并提出，万一情况紧急，可能需要部署武装反应车队。

由于人力短缺，可能无法马上安排监视小组，听到这个，格雷斯很不高兴。他知道帕丁应该能照顾好自己，而且他的手机上安装了紧急报警软件，万一有需要，立刻会有警察前去救援。肯普告诉他，他会和马克谈谈，安排一下必要的资源。

格雷斯挂上电话，坐下来，感到很沮丧。五年前，如果他需要一个武装监视小组保护帕丁，那么30分钟之内他们就会赶到现场，而且不管需要多长时间，他们都会坚守阵地。而现在，光是安排协调就要花很长时间。

真是服了。

格雷斯低头盯着桌上关于克里斯普、乔迪和图斯最新进展的文件。

他看了眼手表，下午3点05分。他皱起眉头——时间肯定比这个晚，晚很多。他晃了晃手表，意识到表停了。这块手表还是他刚跟克莉奥交往时，格伦·布兰森为了让他时尚点，坚持带他去买的斯沃琪表。可能该换电池了。他瞥了一眼手机，下午6点20分，然后看了看日期。

今天是13号，星期五。英语中还有一个专门的单词“周五13号恐惧症”来形容那些对这个日期倍感恐惧的人。但他从不为此感到困扰。他唯一的迷信——如果能称之为迷信的话——就是满月之日。从警早期，他还在布赖顿当巡警时，每到满月，暴力事件总有上升趋势。几年前，他的一个同事做了一项研究，得出的结论正是如此。

此刻，他感觉自己就像是个把一堆转个不停的盘子扔到空中的杂耍者。布赖顿有一个女杀手正逍遥法外；一个在法国、欧洲，甚至世界上任何地方流窜的连环杀手；一个在市里到处玩猫鼠游戏的美国杀手。

还有一个顶头上司，如果他不把这三个人抓起来，上司就会以任何借口责难他。

他现在手头上唯一有用的信息，是乔迪·卡迈克尔的家庭住址，还有一些对她不利的非常站不住脚的间接证据，这还多亏了诺曼·帕丁。

要想找到能证实她有罪，并将其抓捕归案的证据，全靠帕丁了。

黑色星期五。

第109章　3月13日，星期五

在半英里外一个几乎废弃的高尔夫球场的停车场，图斯一边吃着手撕猪肉卷，喝着可乐，一边监视着乔迪家里的动静。先是柠檬蛋糕和茶，接着是香槟和点心。哦，乔迪，你可真专业呀，他带着由衷的赞赏之情心想。

身材微胖的美国人陶醉在她的殷勤之中。此时他正靠在沙发上，一只手抚摸着猫，另一只手端着再次斟满的香槟。

与此同时，她正在厨房里忙着。

看来今晚不管去哪儿她都不会开车了。

但也有一个好消息：她似乎已经说服他取消了明天预订的豪华轿车，让她开自己的车带他去他年轻时生活过的苏塞克斯转一转。

图斯决定今晚不再干守着了，还是到附近找家酒店住一晚，但必须在格雷斯搜索的区域之外。他上谷歌搜了搜，在盖特威克机场附近找到几家酒店，上次他来这儿曾经在那里住过。

盖特威克机场有家希尔顿酒店。他上网查了查，订了一个房间。

他的脑海中又闪现出全身赤裸的乔迪站在镜子前的诱人场景。他可以从网上找到很多乐意到希尔顿这样的机场酒店来的妓女。想到这个，他不由得一阵兴奋。

想到明天早上乔迪开车拉着自己和胖男友驶出车库，他更加兴奋了。

第110章　3月13日，星期五

J.保罗·科内尔品着乔迪给他倒的一大杯香醇的阿马尼亚克白兰地，忍住打哈欠，又吸了几口还剩最后几英寸长的高希霸雪茄。他心满意足地拍着肚子说："天啊，今晚你可把我宠坏了。多可口的晚餐！超赞的扇贝，不能更完美的牛排——我还从没有吃过比这更好的牛排。"

实际上，他吃过比这好的。牛排里有太多软骨，而且她煎得太过了，但他不打算告诉她。玻璃餐桌旁的有机玻璃高背椅坐上去很不舒服，但他也不打算告诉她。

"你真是个天才厨师，这烤苹果奶酥和蛋奶沙司太可口了。"

"对你来说什么都好。我真喜欢和你在一起。"

"我也喜欢和你在一起。"他打了个哈欠，"看看时间，都快半夜了，一晚上时间都去哪儿了？"

"我也不知道都这么晚了。"她说，"真有意思。"

"的确。我想我该准备上床睡觉了。恐怕吃的药对我起作用了。"

“你的房间我都准备好了。”

“假如是几年前，我会和你缠绵一整晚。”他举起酒杯，“亲爱的乔迪，为什么你不早些在我生命中出现？”

她举起苏格兰威士忌。

“天啊，我多么希望早点遇见你。我很想知道我的人生会有多么不同。”

“永远不会太迟，不是吗？”

“我要为此干杯。”他一饮而尽，把剩下的雪茄捻灭，摇摇晃晃地站起身来，“我没带牙刷。”

“我有备用的。”

“你真是个天使。”

“没错。”她说。

他们都笑了。

“我真希望能跟你做爱。”他说。

她在他脸颊上亲了一下，“还是上床睡觉吧。”

“好计划。”

“你早餐想吃点什么？”

“吃你！”他说。

“我想我可以安排！”

10分钟后，她带他到楼上。科内尔注意到她的猫正在走廊尽头抓墙。

“猫在找什么？”他问。

“我想是抓老鼠吧。它老这样——也许墙洞里有只老鼠。泰森！”她喊道。猫沿楼梯平台飞奔而过，跑下楼去。

墙底部似乎有很多划痕，还有一些浅槽。他很想知道，墙那边究竟有什么？她养的蛇吗？等有机会，他再悄悄过去仔细查看。

几分钟后，待把J.保罗·科内尔安顿在有独立浴室的客房后，乔迪回到楼下收拾。这一天进行得很顺利，她非常满意，但她也知道，她还需要加深两人之间的感情。他似乎有点警觉，她需要消除掉他的戒心。

但该怎么行动呢？

他坦承自己因做过前列腺手术而不能与她做爱。先不管他说了什么，如果她能撩起他的性欲，也许就行了。她可以赤身裸体跑到他床上去试一试。过一会儿再说吧。

她给杯子斟满苏格兰威士忌，又点燃一支烟，在餐桌旁坐下。她想，真嫁给他的话，倒也不错。

面前摆着一份《阿格斯报》。她一边喝酒，一边抽烟，漫不经心地翻阅报纸，突然目光被一篇报道吸引住了：苏塞克斯警官被追授女王英勇勋章。

吸引她眼球的并非标题，而是标题下面的照片及说明文字："贝拉·莫伊探长和她的未婚夫——苏塞克斯警局的诺曼·帕丁探长。"

她35岁左右，黑发，很有魅力，胳膊搂着一个身材高大的男人，年龄不太确定，至少55岁。

她通读了整篇文章。这两位警探已经订婚，不幸的是，为了营救被困的孩子和狗，帕丁的未婚妻在非执勤时间冲进火海。孩子和狗获救了，但她未能出来。几小时后，人们找到了她的尸体。

她想起保罗昨天晚餐时对她说的话：我的灵魂伴侣在一

场大火中丧生。

当时他说完这话，脸上的表情都变了。她还以为是对方不小心透露了太多信息的缘故。

她盯着照片，目不转睛地端详着那个男人。脸形，微微隆起的大鼻子，稀疏的头发，粗短的脖子。

她感到一阵不安，打开笔记本，用谷歌搜索“苏塞克斯警官，诺曼·帕丁，图片”。

屏幕上出现了许多照片。一些照片上是完全陌生的人。但有一些照片却很像J.保罗·科内尔，只不过照片上的人比他寒酸。

是她想多了？他们只是长得很像？与沃尔特·克莱因的事败北之后，她是否变得过于谨慎？

有一个办法可能会让她查出真相。

她在谷歌上搜索“J.保罗·科内尔”，筛选出照片，并把每张照片截屏。

第111章　3月13日，星期五

诺曼·帕丁身处危险之中，没有人能马上保护他。

克莉奥在喂诺亚吃饭，格雷斯坐在旁边，苦思冥想。他是否应该把一切规定抛到脑后，开车去罗丁新月街，随时等候解救诺曼？他把卧底警官的真实身份告诉了克莉奥，他知道她会保密的。

再过半小时就是午夜时分了，此时诺亚已经香甜入睡，精疲力竭的克莉奥也瘫倒在床上。

“试着睡会儿吧，亲爱的，”她说，“你要是太累的话，也帮不上诺曼什么忙。”

他打了个哈欠，“你说得对。”他关上床头灯，但不一会儿又打开了。“对不起，”他说，“他身处险境我不能不管。我得去看看，确保他没事。”

“该去你就去吧。但是一定要小心，尽快回来，你总得睡一会儿。”

他穿上衣服，套上一件暖和的外套，冲了一杯浓缩咖啡。

小狗汉弗莱还以为天亮了，他让它安静下来。他擦去车窗户上的水汽，发动引擎，朝布赖顿驶去。

15分钟后，他拐进罗丁新月街，放慢车速。街道上漆黑一片，他看着房子门牌号。奇数号在左边。他摇下车窗，慢慢往前开。车子经过好几辆停放的汽车，车窗上都有水汽，说明它们已经在那里停放了好长时间。他找到191号，继续往前开。前方不远处有一只猫飞快地穿过马路。

帕丁汇报之后他们才确定乔迪·卡迈克尔的真实住址，那个美国杀手很可能也在费力查找。尽管如此，他还是开到每条小巷，把整个小区仔细巡视了一遍，寻找图斯可能潜伏其中的一切可疑车辆。他又开回罗丁新月街，在距离私家车道入口100多码的地方停下来，关掉车灯，下车，走回车道。

考虑到乔迪的前科，他怀疑她可能安装了夜视闭路监控摄像头。于是他假装夜间外出散步，慢慢朝那边走过去，路过私家车道时，朝里面瞅了一眼。他能看见下面那幢房子的轮廓，现在里面似乎一片黑暗。最新情况是，诺曼·帕丁睡了，就在房内。

格雷斯穿过马路，从另一边走回去，这次几乎没看车道，只是心中暗想：那座房子里现在到底发生了什么？

值班警官听到了帕丁和乔迪·卡迈克尔交谈的每一句话。根据监听到的最新内容，里面并没发生什么。帕丁已经上床睡觉，一个人。

他看了眼手表，快凌晨1点了。尽管喝了浓缩咖啡，他还是感觉身体像灌了铅一样沉重。他想起克莉奥的话，如果太累，也就帮不上诺曼了。他感到疲惫极了，于是驱车回家。

第112章　3月14日，星期六

睡意全无的乔迪坐在床上，盯着笔记本电脑，房间里只有昏暗的床头灯和电脑屏幕发出的光。过去一小时，她一直在谷歌和其他搜索引擎上查找诺曼·帕丁探长的照片及其所有信息。

之后，她双击一张科内尔的照片，出现了一个窗口，要求输入他的名字。她输入名字，立刻出现了七张报纸和网上的诺曼·帕丁的照片，显示它们很可能是同一人。每张照片上都附带一个蓝色对号，让她判断是否为同一人。

她盯着照片上的脸，越来越相信这是同一人，电脑也证实了这点。J.保罗·科内尔和诺曼·帕丁探长是同一人。但是怎么可能呢？网上关于科内尔的历史都有20多年了，甚至更早。难道只是两人的长相惊人地相似？

我的灵魂伴侣在一场大火中丧生。

科内尔也许说的是多年前死去的一个女友？

她听到咔嗒的开门声。她悄悄关上灯，合上电脑，踮起脚尖踏着厚厚的地毯来到门口，在黑暗中侧耳倾听。地板发出嘎吱一声响，接着又是一声。是科内尔在楼梯平台上走动吗？忽然她看到一束亮光，接着又是一束。

她屏住呼吸，打开门往外看。走廊尽头，他正蹲下身子，检查划痕。

她盯着他看了很久，然后慢慢把头缩回来。

她的心怦怦直跳。

你想知道那堵墙后面是什么，对吗？对一个刚刚声称自己很是疲惫的亿万富翁来说，这个行为也太古怪了。也许我该让你看看那堵墙后面有什么，诺曼·帕丁探长，你这个混蛋！

过了几分钟，她听到他的脚步声慢慢往后退了回去，地板又发出嘎吱一声，接着他的房门咔嗒关上了。

她也悄悄关上房门，重新打开床头灯，一再端详电脑屏幕上科内尔和帕丁的脸庞。

等了一会儿，她脱下衣服，换上睡衣，拿起手机，溜出了房间。她穿过楼梯平台，来到客房门外静静倾听。里面鼾声如雷。她尽可能不出声地把房门打开一条几英寸宽的小缝。万一他醒着，她打算施展魅力，钻进他的被窝，撒娇说她睡不着。

她打开手机手电筒，照了下整个房间。

呼噜声没有变化。

他的夹克挂在梳妆台前的椅背上。她屏住呼吸，慢慢走过去，把手伸进夹克内侧右口袋，摸到了鼓鼓囊囊的钱包。她小心掏出钱包，转身向门口走去。这时她看到他的手表侧放在床头柜上，表盘背面上似乎刻着什么字。她担心手电筒离他的脸太近会惊醒他，于是拿起手表。

两分钟后，她回到自己房间，锁上房门。她按下顶灯开关，打开钱包开始翻找。里面有一张格兰德酒店房间电子钥匙卡、一张美国运通卡、一张Visa信用卡，以及一本在加州注册的美国驾照。并没有什么东西能证实她的怀疑。

接着她看了看手表的背面，只见用小小的哥特式文字刻着“N, love B”。

看到这个，她气得双手发抖，“你这个混蛋！”

她的第一反应是冲进他房间，拿着手表质问他，把他踢出家门。但她知道，她必须冷静下来。冷静下来，仔细想清楚。

你这个混蛋。

她回想起今天一整天和昨天晚上。她是否给他留下了自己有罪的把柄？几乎可以肯定的是，他身上藏有窃听器或发射器。现在警察应该知道她的住址了。他们有什么证据能把她定罪吗？

她小心把钱包内的物品按原样一一放回。接着，她关上灯，拿起手机，又蹑手蹑脚回到走廊，站在他门外倾听。

屋内还是鼾声雷动。

她轻轻推开门。正在此时，她听到喵呜一声，是泰森在她右腿上蹭。她用脚把猫推开，一步步溜进房间。借着数字时钟发出的绿光，很容易看清他的夹克。

她刚够到夹克，床上传来沙沙一声，她不由得吓得僵住了。

“嗯？”他哼了一声，又喊了一声，“啊！”

她一动也不动。

又一阵沙沙声，一声响亮的呼噜，接着他又打起了呼噜。

窗户开着，一阵寒风刮进来，她打了个哆嗦，等了几秒钟后，把钱包塞回他的夹克口袋。他还在打鼾。

她把手表放回床头柜上，慢慢走向门口，退到门外，关上房门。在楼梯平台那头，泰森又在墙上乱抓起来。她打开手机手电筒，朝它身上照去，低声呵斥："泰森！"

猫闷闷不乐地看了她一眼，停了下来。

她继续盯着墙，想着墙那边的东西。真是巨大的诱惑，啊，她多么想给这个警察一个教训，让他永生难忘。

第113章　3月14日，星期六

和大多数晚上一样，诺曼被尿憋醒了，一时之间竟忘记自己身在何处。房间内有令人毛骨悚然的绿光。

黑暗中，绿色数字显示此时是凌晨3点03分。

他头痛欲裂。

到底是在哪儿？

然后他想起来了。

他一骨碌从床上爬起来，脚趾陷进厚厚的地毯。他用手稳住自己，眨了眨眼，凝视着有股绿莹莹意味的黑暗。

最后，他向前迈了一步。电灯开关在哪里？

他俯下身，看到了台灯，按下开关，没有反应。

他站着，膀胱的压力更大了。他走了几步，撞上了什么东西。是一把椅子。卫生间的门在右边。他摸索着向前走，摸到了门，推开进去，摸索着找开关。他记得在左边，但他的手指摸到的是冷冰冰的瓷砖。难道开关在右边？

他终于找到了开关，按下，强烈的光线让他一时睁不开眼睛。他掀起马桶盖，正要方便，这时注意到一个影子从墙上移动下来。

当看清楚是什么东西时，他吓得直发抖。

一只毛茸茸的黑蜘蛛，巴掌大小，一身橙色斑纹。

它盯着他，顺着墙慢慢爬下来，在他脸的正前方，相距不过1英尺。

他浑身直冒冷汗，尽量往后移，直到头抵在身后的墙上，拼命寻找武器。有没有马桶吸？

他只看见一个手纸盒。

他能看到蜘蛛肚子上的绒毛，还有它的眼睛。八只又黑又亮的眼珠子肆无忌惮地盯着他，一副恶狠狠的饥饿模样。

他伸手去够手纸盒，早已吓得大汗淋漓。

他试图大喊乔迪来帮忙，但是发不出声音。

他又试了一次。

但是恐惧让他张口结舌。

他盯着蜘蛛的眼睛。他的右手碰到了手纸盒。他试着把它摘下来，但它一动不动。蜘蛛又往下爬了几英寸。他本能地用左手捂住下体，右手使劲往下拽手纸盒。突然，随着一声巨响，手纸盒掉下来，落在墙壁和马桶之间。

蜘蛛像杂技演员一样晃动蛛丝，离开墙壁，径直朝他扑过来，毛茸茸的尖腿夹在他的脸上。

他大声尖叫，浑身颤抖。一声接一声地尖叫，一次又一次地颤抖。他试图把那该死的东西从脸上晃下来。一千根细细的针同时扎进他的皮肤。

“救命啊，救命！”

突然，他只能看见微弱的绿光。

是数字时钟上的。凌晨4点07分。

他躺在床上大口喘着气，床单都被汗水浸湿了。他感觉尿急得厉害。

他伸出手，打开床头柜上的台灯，惊恐地盯着天花板和墙壁。墙上挂着两幅油画，一幅是巴黎街头雨景，另一幅是普罗旺斯村庄风景。

他翻身下床，走向卫生间，小心翼翼地推开门，打开灯。在进去之前他先四处仔细查看一番，里面什么也没有。

尽管如此，他还是尽快尿完，洗干净手，走出来把门牢牢带上。

他爬回床上，但睡意全无。

没过多久，他的手机闹铃响起，天亮了。

第114章　3月14日，星期六

乔迪·卡迈克尔整晚为诺曼·帕丁的身份而烦恼，度过了一个不眠之夜，最后她决定不睡了，走进了浴室。

站在淋浴喷头下，她竭力想把一切想清楚。她并没有对帕丁警官说一些对自己不利的话，这一点她很满意。他到底打算干什么？

来她家四处看看，寻找证据？祝你好运！从理论上来说，唯一能让她进监狱的是那只优盘和那笔20万美元。她早就藏好了，把钱缝进床垫，就是他昨晚睡在上面的床垫。想到这一点，她笑了。她不相信优盘和现金的主人会报警。

她想起昨晚看到警探在研究楼梯平台墙。如果他带一个搜查小组过来，他们会找到爬行动物室。然后会怎样呢？

她的第一任丈夫克里斯托弗·本特利，一个爬行动物专家，死于毒蛇咬伤。罗利·卡迈克尔在印度被一条毒蛇咬死。

她在家里养了很多宠物，其中就有锯鳞蝰蛇。

她在布赖顿养这些动物并没有许可证。大部分蛇是从已故丈夫克里斯托弗·本特利那里继承来的，她有一个他名下的有效许可证，就在她位于伦敦的避难所——南肯辛顿的一个小公寓里。警察可能会去七面钟区附近她在布赖顿的秘密小公寓大肆搜查，但他们什么也找不到。她总是比他们领先一步。

真聪明，她想。至少在几个小时内，如果幸运的话，她会比那个白痴胖警探抢先一步。如果她很聪明，什么都不透露，她或许还能从他那里得到一些信息。男人都很软弱。如果他的前列腺问题只是一个幌子，一个不想和她上床的谎言，那么也许她可以诱惑他，并且把过程录下来，这样就能控制住他。从没有哪个男人拒绝过她的攻势，他们都觉得她无法抗拒。

她的脑海中酝酿出一个计划。

几分钟后，她走出浴室，擦干身子，刷了牙，喷了香水。她穿上睡衣，打开手机录音功能，把手机塞进口袋，出门来到楼梯平台，轻轻敲了一下客房的门，推开，准备钻到客人的床上，不停地吻他，让他陷入疯狂。

令她沮丧的是，他正穿戴整齐地站在那里。

“早上好！”她镇定下来，轻松活泼地说，“只想过来问问你早餐想吃什么——因为你忘了把订单挂在门上！”

“真是呢！”他耸耸肩，“好，我想你吃什么我就吃什么吧。”

“培根煎鸡蛋、黑布丁、油炸面包、西红柿和蘑菇，这些能满足你的需求吧？”

“全套英式早餐吗？我怎么能拒绝呢？但是上午9点在酒

店套房还有一个非常重要的电话会议，我必须赶过去参加。我会叫一辆出租车送我回酒店，打完电话，冲个澡，换好衣服，路上买份《金融时报》。也许等我回来后我们再吃早餐。”

“到时早餐会备好了放在桌上。哦，如果你去买报纸，能顺便帮我买一下《邮报》《泰晤士报》《阿格斯报》吗？”

“当然了。”他看了眼手表，“大约一个半小时我就会回来。”

她走上前，轻轻把手放到他肩膀上，盯着他的眼睛说：“时间太长了，我会想你的。我很喜欢跟你在一起，尽量快去快回。”

他也把手放到她肩膀上，“我会尽快的。还有一个选择是我们到酒店吃早餐，听上去如何？”

她察觉到他表情有轻微变化，很是纳闷，他为什么提这个建议？难道他夜里打过电话？为了试探他，她说：“酒店餐厅冷冰冰的，一点也不温馨。我觉得早餐应该是一个非常私密的场合，不是吗？”

“这一点我从没想过。”

“跟对的人在一起，早餐可是最浪漫的。最好两人赤身裸体躺在床上。”她抬起头，轻轻吻了一下他的前额，“你知道在酒店如何分辨热恋情侣和多年夫妻吗？”

“不知道。怎么分辨？”

“边吃边交谈的是情侣，吃饭时安安静静坐着看报纸的是夫妻！”

他点了点头，“我觉得你说得没错。”

“而且真正的情侣都是在床上吃早餐。”她笑着把头一歪，

“我买了很多东西，准备好好享受一顿美味早餐，我可不喜欢浪费。不如我开车送你去吧？”

“哦，这——这——你知道——这个提议很不错，但是这会耽误你准备早餐。我已经饿坏了。”

“有道理。嘿，昨晚你告诉我你很喜欢汽车。我有一辆非常漂亮的奔驰SL500敞篷车——你开吧。也节省你等出租车的时间，你会很开心的！”

“你不怕我开着车跑了？”

“我相信你不会！”

图斯已改回本来的面目，并做好了去机场的准备。他把车停在离乔迪家几百码远的一条小道上，希望能避开昨天碰见的那个爱管闲事的老太太。但听到乔迪和美国佬的谈话，他惊恐不已。

通常，他从不惊慌失措。但此刻从笔记本电脑屏幕上，看着乔迪走下楼梯，后面跟着那个美国人，他异常惊慌。

不！妈的，妈的，妈的！不！

只见她拉开门厅桌子的抽屉，拿出车钥匙。

他知道，他只有几秒钟的行动时间。

他下定决心，猛地打开车门下车，砰的一声关上门，按下遥控钥匙的锁车按钮，快步来到罗丁新月街，右转弯，一瘸一拐地奔向191号。

乔迪在帕丁嘴唇上吻了一下，“小心驾驶，保罗，快点回来！”她指了指通往车库的厨房门，“车库门遥控器在车里，变速杆旁边。”

“谢谢。是自动挡的吗？”

“当然。”

“好的！我马上回来！”

“再见，宝贝！”她又在他嘴唇上吻了一下。

他走到车库门口时，她已经登上楼梯了。接下来一小时，或者不管多长时间，她打算仔细查看一下爬行动物室，尤其是赛拉斯。它吃进去的东西到底是怎么进入生态养殖箱的呢？她急匆匆穿过楼梯平台，进了备用房间，抓起遥控器按下按钮，打开玻璃门，径直向赛拉斯走去。

蟒蛇蜷缩在植物中间，看上去很满足。

“你吃了什么东西？”她问，“让我看看，好吗？”

这条9英尺长的蟒蛇快12岁了。已故丈夫克里斯托弗曾警告过她，永远不要独自处理一条蟒蛇。他告诉她，房间内应该有两个人。这种动物一旦紧张，不管出于何种原因，都会把它认为是威胁的物体紧紧缠住，这是天生的自我保护本能。当赛拉斯还是条小蟒蛇时，一次他故意朝它大叫。她还没来得及反应，这个家伙就闪电般缠住她的胳膊，牢牢固定在她腹部，然后又缠住她脖子。

她喘不过气来，拼命挣脱，但蟒蛇的力气实在是太大了。当克里斯托弗把它拽开时，她差点窒息而死。

喘过气来后，她气急败坏地说：“你这个混蛋！为什么要这么做？”他把蟒蛇抱走，放回养殖箱。

他只是大笑。多年以后，她依然记得他当时的忠告：“我爱你，亲爱的，希望你能永远安全。现在你已经体会到蟒蛇的力量了，那么在它周围一定要多加小心，好吗？”

那真是一个很好的教训。她小心地打开盖子。“嘿，赛拉斯，”她说，“你究竟吃了什么东西？”

诺曼·帕丁推开通往车库的内门，扫了一眼，看看有什么明显的线索。他看见了那辆锃亮的蓝色奔驰跑车，此外还有一辆混合动力山地自行车，一堆行李箱，一个堆满报纸的架子，一排上面挂满了园艺工具的钩子。

令他吃惊的是，车库门已经打开了。

图斯气喘吁吁地跑到乔迪家前门口，此时传来发动机的轰鸣声，只见蓝色奔驰车驶了出来，一个头戴棒球帽的家伙坐在方向盘后面，加速驶向陡峭的车道。汽车向左拐弯，沿道路飞奔。

妈的，妈的，妈的。看来得去把她该死的脖子拧断了。

他依次去了厨房、餐厅和客厅，但都没有人。接着他爬上楼梯。

楼梯平台那头的爬行动物室墙壁打开了。

透过玻璃门，他看见她背对着他正低头查看一个生态养殖箱。

就在他向前冲过去的时候，巨大的爆炸声传来，窗户和门也跟着震动起来。

乔迪听到附近低沉的爆炸声，感到地板随之晃动。天哪，到底怎么了！

震惊中她转过身子，想探个究竟，却看见一个身材瘦小、剃着光头、气势汹汹的陌生人，身穿厚夹克、牛仔裤和运动鞋，推开爬行动物室的门向她冲过来，手里还拿着一把长尖刀。

她没有时间思考。出于本能和自卫，她做了能想到的唯一一件事。也不知从何而来的超人力量，极度惊慌中她一把从箱子里拽出蟒蛇，朝闯入者扔了过去。

蟒蛇撞到那人胸部，他失去平衡，跌跌撞撞地往后顶在墙上。

"啊——"他大喊道，蟒蛇马上缠住他，咬他的手。"哎哟——"他大叫着，拼命想把蟒蛇抖掉，但它缠得更紧了，先缠住胳膊，继而缠住肩膀和脖子。他感到窒息，"把它从我身上拿开，你这个贱货！"

乔迪抓起一个装有四只狼蛛的玻璃箱，高高举过头顶。

"你他妈的是谁？"她喊道，"是警察吗？"

他抬头看着蜘蛛，显然吓坏了。"你他妈的是谁？"他反问，"乔迪？还是朱迪丝？"

"都是，"她答道，"还有更多名字呢。"

"把这东西拿开！"

"哦，是吗？然后呢？"她把玻璃箱举得更高。

"不！不——求求你了，我讨厌这些动物。女士，我会离开的，我保证。"蟒蛇更紧地缠住他的脖子，他说话也越来越费力。

"就好像我相信你似的。你知道吗？我杀了三个人——两个丈夫和一个未婚夫——实际上，如果加上我愚蠢的姐姐，是四个人。你以为我会在乎你这个白痴入侵者吗？”

“求求你。求你——帮我——把它——拿走。”

他现在连呼吸都很困难了，惊恐地瞪大眼睛，盯着蜘蛛的下腹和毛茸茸的腿。

“帮你？快说你到底是谁！”她喊道。

他的嗓子发出嘶哑的声音，“把这东西拿走，我就——”

她把玻璃箱砰地砸到他头上，他颓然倒在地上。玻璃箱碎了，蜘蛛从里面爬了出来。她又拿起一个装着三只浅棕色噬魂金蝎的养殖箱，摔到他脑袋旁边的地板上。玻璃箱碎了，里面的蝎子爬了出来。她朝门口后退几步，满意地看见一只蝎子爬到他脸上。

“求求你——”他尖叫着，惊恐地扭动着，脸上在流血。

蟒蛇越来越紧地缠住他。

“你是谁？”她怒问，“你是谁？”

他一声不吭地盯着她，浑身颤抖着。

她从他身边跑过去，穿过敞开的玻璃门，随即把门关上。她松了一口气，但刚才的惊吓和混乱还是让她直打哆嗦。

“你是谁？”她又透过门喊了一声。

他吓傻了似的，只是呆呆地看着她，说不出一句话。

他是警察吗？

但他说话有美国口音，不可能是警察。那么他究竟是谁呢？

他的脸正在变蓝。一只狼蛛沿着他的脖子往下爬。一只伸着毒刺的蝎子，爬到他的眼睛上。

蟒蛇在他的脖子上缠得越来越紧。

“求求你帮帮我！”她听见他大喘着气说，“帮我——

求——求——你！”他的眼睛肿胀，好像眼球马上要鼓出来似的，瞪着她在哀求：可怜可怜我吧。

她看着蝎子在他的脸上爬行。

接着她走进备用房间，拿起遥控器，按了一下按钮。假墙立即开始滑回原位，挡住了陌生人，也挡住了他刺耳的尖叫声。

她从不可怜别人。

第115章　3月14日，星期六

诺曼·帕丁跟在车后跑，刚到车道尽头，就被爆炸的气浪掀翻在地。他站起来，呆呆地望着前方100码左右的道路，简直不敢相信自己的眼睛。奔驰车的残骸在燃烧，一辆停在路边的路虎揽胜也着火了。离他几码远的花园墙壁上，嵌了一块冒烟的发动机残片。

更近处，就在离他几步远的路中间，他看到一只烧得焦黑的胳膊，还戴着一块手表。再往前不远，是连在车轴上的两个轮子。他控制不住自己，浑身直打哆嗦，吐了一地。

他的头脑陷入一片混乱。这是乔迪干的吗？她是故意让他开她的车吗？这个抢在他之前开走奔驰车的冤死鬼是谁？

他掏出手机，表明身份，用充满恐慌的声音呼叫所有急救服务，然后喘着粗气，竭力向前跑去，尽可能接近地狱般的爆炸现场。20英尺开外，灼热无比，他无奈地停下来。

烧死的人本来会是我。

他打电话给罗伊·格雷斯。

“待在原地别动，诺曼，不要回屋。武装反应部队已经上路。”

“谢谢，头儿。”他又不由自主地颤抖起来。

围观的人越来越多，一些人举起手机开始拍摄。他看见一个女人牵着一个哭哭啼啼的小女孩在围观，不禁上前责问：“你真想让孩子看到这场景吗？”汽车玻璃碎片上沾满了烧焦的人体残骸。他的思维越来越清晰。

乔迪。

那个婊子差点害死了他。但是车里那个可怜的家伙到底是谁？

他看了看乔迪的房子和街道上的一排汽车。“退回去！”他冲人群嚷道，“别过来，可能还会发生爆炸！”

令人欣慰的是，他看到了蓝色警灯。警笛声近了，是一辆巡逻车。车停下来，他跑过去，举起双手，简要说明了情况。他刚说完，又来了一辆巡逻车，后面还跟着一辆救护车和一辆消防车。

他奔向乔迪家，沿着陡峭的车道，穿过敞开的车库门。“乔迪！”他喊道，“乔迪！”

她穿着睡衣走下楼梯，脸色苍白。“发生什么了？”她问，“保罗，发生了什么事？”

“我来告诉你发生了什么事，小姐。”他大步走到她跟前，不等她反应过来，猛地抓住她的右手腕，一个擒拿把她的胳膊扭到身后，“你涉嫌谋杀罪被捕了，这就是发生的事情。你有权保持沉默，如果你不保持沉默，那么你所说的一切都会作为控告你的证据。”

他知道嫌疑人的心理。真正无辜的人往往拒捕，有时甚至反应相当激烈；但大多数犯罪嫌疑人在逮捕时会很顺从，因为游戏结束了。她现在就很顺从。

“涉嫌谋杀？你到底在说什么？”

“是你让我开你的车，对吗？”

“是的。”

“那把车开走的人是谁？”

“有人开走了车？”

“是谁？你告诉我。”

“对不起，保罗，我不知道你在说什么。刚才的爆炸声是怎么回事？”

他又把她的胳膊一扭，她疼得叫了起来。“你这个臭女人。”他怒斥道。

他的手机响了。他一只手接了电话，是格雷斯打来的。“诺曼，你现在在哪里？”

“191号，嫌疑人已被我控制住。”

“你能打开前门吗？警察在外面。”

帕丁押着她来到前门，把门打开。

“你们最好快点，”乔迪狡黠地冷笑道，“你们还有一个同事在楼上。他的时间不多了——如果他还活着的话。”

第116章　3月14日，星期六

乔迪的手被铐在背后，帕丁押送她上楼，几名警察紧随其后。她在一扇门前停下，转向帕丁，“房间左边的衣柜里有一个遥控器。”

帕丁找到遥控器，按下。走廊尽头的墙壁立刻缓缓滑开，露出后面的玻璃门。

“天哪！”有名警察惊恐地叫道。

一个身穿厚夹克、牛仔裤和运动鞋，身材矮小，剃光头的男人，躺在地上一动不动。他双眼凸出，身体和脖子上缠着一条带棕色和米黄花纹的巨蟒。地板上，几只毛茸茸的大黑蜘蛛和浅棕色的蝎子四处爬行，一只蝎子爬到了男人的脖子上。

“别进去！”身后传来一声警告。

众人转过身，只见罗伊·格雷斯警司和一名男子站在那里。男子穿连帽白色防护服、戴厚手套和大玻璃面罩，像是个养蜂人。“这是伦敦动物园爬行动物专家里尔登博士。这个由他来处理。”

几名警察退到一边，都长舒了一口气。

“请便吧！”帕丁说。

里尔登打开玻璃门，走进去，迅即把门关上。

“哎呀，看看里面是谁呀！这不是我们的朋友图斯先生吗！”格雷斯说，“真是一个惊喜！一切都有了圆满的大结局！”

第117章　3月15日，星期日

“现在是3月15日，星期天，上午10点17分，开始对乔迪·卡迈克尔进行审讯，她的律师克利福德·奥森也在场。”盖伊·巴彻勒对着安装在天花板上的监控摄像头说。此时他们正坐在苏塞克斯警局的审讯室里。他旁边另一把靠背椅子上坐着塔尼娅·凯尔，她也是一位训练有素的高级审讯官。周六下午已经进行过首次审讯，确立了一些事实和被告的背景，也让她开口陈述。这是第二次审讯，就她之前的回答，警方调查后又有了新发现，本次审讯是为了与她当面对质。

盖伊和塔尼娅都知道，罗伊·格雷斯就在隔壁观察室观看现场视频。他们也清楚，对嫌疑人只能拘留36小时。现在她已经被拘超过24个小时，他们必须在今晚10点前对她起诉，否则要有延长拘留她的理由。

桌子上摆着水和咖啡，乔迪·卡迈克尔静静地坐在对面。她身穿黑色外套，蓝色牛仔裤，脸色阴沉，不停摆弄着脖子上的项链吊坠。她旁边是她从伦敦一家顶尖律师事务所请来的刑事律师克利福德·奥森。奥森身穿西装，脚蹬靴子，头上抹了发胶，一副干练模样，说起话来带有浓浓的伯明翰口音。

两名警官知道审讯将是一场恶战。

“这是对乔迪·卡迈克尔的第二次审讯，她娘家姓丹福思，又名乔迪·本特利和珍玛·史密斯，可能还有其他名字。”

“其他名字？”律师插话道，“能否具体说明？”

“目前还不能。我们正在对你的当事人进行背景调查，相信她过去还用过其他别名。”巴彻勒看着乔迪，“你在22岁时嫁给了克里斯托弗·本特利，是吗？”

她瞥了一眼律师，答道：“是的。”

“婚后若干年，你丈夫被家里养的一条锯鳞蝰蛇咬伤后死亡，此事是否属实？”

她点了点头，“是的，事情很可怕。他十分了解这种蛇，知道其危险。”

巴彻勒继续说道：“你的第二任丈夫罗利·卡迈克尔也死于同一种蛇毒——锯鳞蝰蛇毒，这是否也属实？”

“验尸报告上是这么说的。”

她从包里拿出一块手帕。

“你目前位于布赖顿罗丁新月街的房子里还养着几条这种毒蛇，此事是否也属实？”

“是的，的确如此。”

“你是否清楚这些动物极为致命？”

“当然了，不知道的话就有些蠢了。”

“你是否知道，根据《危险野生动物法》，如果饲养这些动物，必须要获得许可证？”

“我知道。”

“在昨天的审讯中你告诉我们，你已故的丈夫克里斯托弗·本特利有许可证。尽管他已经过世，你仍然持有他名下的许可证，登记地点在伦敦南肯辛顿一个闲置的公寓。你为什么从未把许可证过户到自己名下，也从未通知过任何相关部门，便把这些爬行动物搬到了布赖顿？”

她看了一眼律师，律师点了点头，示意她可以回答。

“我一直很忙，”她说，“还没腾出时间。”

“这些年你一直很忙吗？”塔尼娅·凯尔问，语气中带着一丝嘲讽。

“我以为，如果许可证在有效期内，在哪里安置这些动物并不重要。”

“你肯定一直都很忙，”巴彻勒说，“我们先回顾一下。我知道你姐姐凯茜死时你在现场。在昨天的审讯中，你简单介绍了当时的情况，现在能否再详细说一下？”

“无可奉告。”律师插话道。

“不，没关系。”乔迪说，“那是一场可怕的事故。父母趁10月期中假带我们去了康沃尔，住在博斯卡斯尔。我和凯茜到悬崖边散步。她站在一个很高的地方，让我给她拍照。她退到悬崖边缘。我很担心，让她离开那儿。她说我是个胆小鬼，又后退一步，不料绊了一跤，她——她——她突然就——”乔迪闭上眼睛，“哦，上帝。”她再次睁开眼睛，“我永远也不会忘记她脸上那可怕的表情。前一秒她还站那里，然后她——她——”说着她泪水盈眶，连声音也变了，“她就消失不见了。”她停顿了一下，稳定情绪，吸了吸鼻子，“我爬到悬崖边缘往下看，她跌落在下面的岩石上，距崖顶足有两三百英尺。”

塔尼娅·凯尔递给她一盒纸巾。乔迪抽出一张擦了擦眼睛，“对不起。”

“你在那一刻有何感受？”凯尔轻声问。

“那是糟糕的时刻，我一生中最糟糕的时刻。”

接着乔迪描述了此事的后果，以及对一家人的影响。

盖伊·巴彻勒从夹克内侧口袋里掏出几张纸，一张递给乔迪，一张交给奥森律师，一张给了塔尼娅·凯尔，“乔迪，搜查人员昨天从你家找到一本你童年写的日记。这是其中一篇日记的复印稿，是你姐姐去世一周年那天，你陪同父母去墓地回来后写的。我来读一下日记的最后部分：

“这就是我的家人。让我难堪的家人。还有他们说的话。但最好笑的还是下面这件事。妈妈突然说想为凯茜点上一根蜡烛，把点燃的蜡烛放在桌上与我们一起用餐。于是爸爸去了吧台，问他们是否可以为他的女儿点一根蜡烛。10分钟后，厨师和两名服务生走了出来。他们端着一块小蛋糕，中间点着蜡烛，朝我们走来，一边对我微笑，一边齐唱：‘祝你生日快乐！’

“现在快午夜时分了，明天的作业我还没开始写，但我仍然在笑这件事。

“但是，说实话，我必须说，我有好长时间没有这么开心过了！”

他把纸放在面前，“我觉得听上去不像是一个悲伤的妹妹写的。”

乔迪盯着他的眼睛，好像要窥探他灵魂深处，“真的吗？你经历过失去亲人的惨痛吗？整整一年我都像生活在地狱之中，备受良心的折磨，觉得姐姐的死我难辞其咎。当然，我觉得那天酒吧工作人员犯了荒诞的错误，送来一块生日蛋糕，既愚蠢又挺逗人的，整整一年我第一次真正笑了。”

“好吧，乔迪，我们再谈谈克里斯托弗·本特利。他是经验丰富的爬行动物专家，也是世界上一流的毒蛇专家，却被一条致命的锯鳞蝰蛇咬伤了。你能谈谈这件事是怎么发生的吗？”

乔迪和律师交换了一下眼神，然后转向警探，“我觉得所有专家都过于自信。老实说，他处理有毒动物的一些方式真的很令我担心，我警告过他好几次。他相信驯服了这些动物，处理它们时，采取的预防措施也越来越少。”

在接下来的15分钟，他们问了一些事发当天的问题。

巴彻勒研究了一会儿笔记，转换了话题，“我们现在想问一些关于沃尔特·克莱因的问题。你们是在什么时候认识的？”

“去年8月，在拉斯维加斯百乐宫酒店的酒吧。”

“你能谈谈大约一个月前发生了什么吗？”

她没再看律师，直接答道：“当然。我们到法国阿尔卑斯山库尔舍维勒滑雪——他酷爱滑雪。”

“你们两人是什么关系？”

“我们订婚了。”

“你们在库尔舍维勒时发生了什么？”

“沃尔特是一个真正的——滑雪爱好者称之为粉雪猎犬。他喜欢滑新鲜的粉雪——美国的粉雪比欧洲的多。我们到那里几天了，终于有一晚上下起了大雪，第二天早上仍没停。早晨一醒来他就急着上山。我试图劝阻他，天气预报说上午晚些时候天气会有好转，但他下定决心，要在别人去滑之前滑新鲜的粉雪，所以我们就一起上山了。”

她吸了吸鼻子，喝了几口水，“我们坐缆车到了山顶，我让沃尔特跟着我，因为我之前去过，而他是第一次去。我绕了几个弯，停下来等他——而他再也没露面。我猜他肯定从另一条雪道滑下去了——因为天气条件不好，我滑的是初级的蓝色雪道——我想他可能沿红色或黑色雪道滑下去了。过了一段时间，我意识到他肯定一直往前不回来了，于是滑到雪道底部，来到我们商定好万一走散的会合地点。”她耸了耸肩，“但他再也没有出现。当天晚上……”她再次用纸巾擦了擦眼睛，心里暗自希望不要演得太过火。

“那天晚上发生了什么事？”凯尔问。

“一名警官告诉我，有人在一处悬崖底下发现了他的尸体。”

“你们俩订婚了，”巴彻勒说，“你是否知道沃尔特·克莱因把你写进了他的遗嘱？”

“无可奉告。”律师说。

“没关系，”她对律师说，转向巴彻勒，“他很担心，他的心脏不好。他跟两个孩子的关系也不太好，说他们是寄生虫，很少跟他联系，也不来看他。他希望死后不给他们留一分钱。”

“他人可真好。”巴彻勒说。

“你这话是什么意思？”律师问。

“只是随口评论一句。我们继续。乔迪，你说你跟沃尔特·克莱因订婚了？”

“没错，是的。”

“沃尔特·克莱因有没有跟你谈过他的财务状况？”

“从来没有。”

“你爱他吗？”

“我当然非常爱他，我都和他订婚了。”

“那你为什么没有参加他的葬礼？”

“无可奉告。”律师坚定地说。

乔迪并未理会律师，回答道：“我乘飞机返回纽约时，他的儿子和女儿到机场接我，明确说他们不欢迎我。我觉得在这种情况下再去参加葬礼极其无礼。”

之后两名警官就她到纽约律师事务所和酒店住宿的情况又问了许多问题。

“好的，谢谢，乔迪。我们再谈谈你的第二任丈夫罗利·卡迈克尔。你昨天说，你们是通过交友网站认识的，先在网上交流了几个月。你具体是什么时间跟他见面的呢？”

她的脸一红，绞尽脑汁思索如何回答，但她知道情况不妙。“上个月。”她说。

“你还记得是哪一天吗？”

“2月24日。”

巴彻勒看了看笔记，“2月24日，星期二？”

“是的。”

“你未婚夫沃尔特·克莱因的葬礼在2月27日星期五举行。这么说你是在未婚夫葬礼三天前跟罗利·卡迈克尔约会的？”

乔迪转向律师。

“我的当事人想休息一下。”律师说。

第118章　3月15日，星期日

“现在是3月15日，星期天，上午11点35分。在其律师克利福德·奥森在场的情况下，继续对乔迪·卡迈克尔进行审讯。”盖伊·巴彻勒说，随后重复了之前问过的问题，并告知其法律权利。

“我当时心情不好，”乔迪回答，“我刚刚失去了未婚夫，他的家人明确表示，我在他葬礼上不受欢迎。我想让自己开心点，就到布赖顿一家最爱去的酒吧喝酒，同时安排在那里与罗利会面。因为妻子不久前去世，他看上去也失魂落魄。我们俩很投缘，一见如故。”

“是吗？”

“我们一起吃了晚餐，后来他告诉我，他预订了一次游轮之旅，问我是否愿意陪他同去。我想为什么不呢，反正也没有别的事情，而且还因为沃尔特的事情心烦意乱，出去散散心也好。”

“在与沃尔特·克莱因交往并且订婚期间，你跟罗利·卡迈克尔并不太熟吗？”

她犹豫了一下，“是的，不熟，我们那时还从未见过面。”

“也就是说你在和沃尔特·克莱因约会交往、后来订婚期间的几个月，一直通过电子邮件与他保持联系，最后一起乘坐游轮旅游？”

她转向律师。

“我的当事人对此无可奉告。”克利福德·奥森律师说。

“我们还有几个问题，”巴彻勒说，“乔迪，你是否至少在三家针对单身女士约会有钱男人的网上约会机构注册过？”

尽管律师看了她一眼以示警告，但乔迪并不在意，反问道：“你结婚了吗，警探？”

“提问题的是我。”

“我36岁了，青春年华正在逝去。我不知道你是否意识到，像我这个年龄的女人找一个没有负担的正派男人有多难。我只想嫁给一个我爱的人，跟他建立家庭，养育孩子。我越来越绝望，不得不在多家约会机构注册。这有什么不对吗？”

选择近80岁的老头作为生活伴侣和孩子的父亲可是不同寻常，巴彻勒想说。但他没有说出口，只是摇了摇头，“这个没问题，但你丈夫罗利·卡迈克尔那么有钱，婚后才几天就去世，太不幸了。游轮上的船长竟然是合法注册的司仪，你也真幸运，你们的婚姻是完全合法的。”

“你在向我的当事人暗示什么，警官？”奥森问道，“预订游轮的又不是她。”

“我只是随口评论一句。当然，我还想指出可怕的悲剧性巧合，你当事人的第一任和第二任丈夫都死于锯鳞蝰蛇毒液。”

“你说得没错，”奥森说，“但她完全是无辜的。你们根本没有任何证据。你和你同事所说的一切纯粹都是猜想。除非有真凭实据，否则希望你们立即释放我的当事人。”

巴彻勒回应道：“现在还不行。调查仍在继续，我们相信你的当事人对至少三名男子的死亡负有责任，可能还谋划杀害另一名受害者，昨天早上他差点被汽车炸弹炸死。目前警方仍在搜查你当事人的房子，我们正在详细调查克里斯托弗·本特利、沃尔特·克莱因和罗利·卡迈克尔的死亡案件。案子目前有一些间接证据，但我们还有很多问题要问你的当事人。”

奥森说：“如果只有间接证据，她应被释放。”

门开了，罗伊·格雷斯拿着一台笔记本电脑走进来。他先对着摄像头向律师和乔迪·卡迈克尔做了自我介绍，然后把电脑放在桌子上，“我们从另一名嫌疑人那里没收了一台笔记本电脑，我想让你的当事人看看上面的资料。”

他打开电脑，“奥森先生，你的当事人可能没有意识到，她家里的每个房间都被人偷偷安装了监控摄像头。我们相信，安装摄像头的人有任务在身，要去她家里拿回一些东西，他怀疑那些东西被你的当事人从纽约一个人那里偷走了。”

“这一指控你有什么证据吗，格雷斯警司？”

“事实上，我有证据。昨天早上，我们在罗丁新月街你当事人住处附近的一辆车上发现了一台笔记本电脑，我想给你们看一下里面的内容。”

他在笔记本电脑上敲了几个键，转动电脑屏幕，让所有在场的人都能看清。

图像都来自安装在房间墙壁顶端的摄像头，房间里面摆着很多玻璃箱，里面装着许多蛇、蝎子、青蛙和蜘蛛。

乔迪·卡迈克尔站在房间一端，正揭开一个装有蟒蛇的玻璃箱盖子。外面传来一声巨响，摄像头晃动了一下。很快一个小个子男人冲进房间。乔迪从箱子里抓出蟒蛇扔过去，正中那人的胸膛。

他们默默地看着。

蟒蛇立刻缠住他，拼命咬他的手。“啊——”那人惊恐地尖叫。

他们看见他面带痛苦，愤怒地大叫道：“把它从我身上拿开，你这个贱货！”

乔迪抓起一个装有四只狼蛛的玻璃箱，高高举过头顶。

“你他妈的是谁？”她喊道，“是警察吗？”

他抬头看着蜘蛛，显然吓坏了。“你他妈的是谁？”他反问，“乔迪？还是朱迪丝？”

“都是，”她答道，“还有更多名字呢。”

“把这东西拿开！”

“哦，是吗？然后呢？”她把玻璃箱举得更高。

“不！不——求求你了，我讨厌这些动物。女士，我会离开的，我保证。”蟒蛇更紧地缠住他的脖子。

“就好像我相信你似的。你知道吗？我杀了三个人——两个丈夫和一个未婚夫——实际上，如果加上我愚蠢的姐姐，是四个人。你以为我会在乎你这个白痴入侵者吗？”

格雷斯停下视频，看了眼又在摆弄项链吊坠的乔迪，然后看向律师，“这个证据够不够？”

“恕我直言，警司，我的当事人当时危在旦夕，她喊出这些威胁的话纯属自卫。”

“自卫？用蟒蛇缠死入侵者也叫自卫？我可不这么认为。你听到的爆炸声来自她奔驰车里的一枚炸弹，她可能打算用来炸死一名警官。我们想确定你的当事人是否参与其中。”

“你有什么证据，能证明炸弹是我的当事人安装的？”律师问，“太荒谬了。”

格雷斯合上电脑，“奥森先生，在你离开之前，我们会给你一份这段视频。”接着他微笑道，“哦，顺便说一下，警察在搜查你的当事人的房子时，在一个房间的床垫里发现了崭新的钞票，共计19.99万美元。可能完全是巧合，我接到纽约警察局的消息，就在2月18日星期三晚上，在曼哈顿一家酒店房间失窃20万美元，你的当事人有可能难脱干系。然而，你的当事人不知道，那些全是假币。正如我说的，这可能完全是巧合。很抱歉打断这次审讯，请继续吧。”

还在用手摆弄项链吊坠的乔迪对他怒目而视。

格雷斯正要走出房间，突然犹豫了一下，紧盯着她，皱着眉头朝她走来，“我能看看你的项链吊坠吗？”

“为什么？”

“我想看看。”

她摘下项链，递给格雷斯。他仔细看了一会儿吊坠，摇了摇。里面有什么东西在晃动。他回头看看乔迪，注意到她的脸色变得有些苍白。他小心翼翼打开吊坠，里面是一颗蛇牙。

他思索片刻，“这件东西我要带走，作为调查的潜在证据。”

“请你好好保管好吗？”她说，“它对我有特殊意义，是第一任丈夫送给我的礼物。一条加蓬毒蛇咬了他最好的朋友，这是那条蛇的牙齿。克里斯托弗杀死了那条蛇，救了朋友一命。我们见面后不久，他把这颗牙齿当作幸运符送给了我。”

“再次为打断审讯而抱歉，请继续吧。”格雷斯起身离开，随手关上房门。

第119章　3月16日，星期一

“现在是3月16日，星期一，上午8点30分。这是第11次‘蜘蛛行动’简报会。”罗伊·格雷斯扫视了一下。除了诺曼·帕丁，重案组成员都来了。诺曼给他发了信息，说自己正在路上。

“我先告诉大家一个好消息，”格雷斯继续说，“你们大多数人都参与了去年的‘小提琴行动’，涉及两起复仇谋杀和一个小男孩绑架案的调查。我们的头号嫌疑犯是美国职业杀手图斯，他和格伦在肖勒姆港的码头上打斗，随后消失了。他在跳海后失踪，据推测是淹死了，大规模的水下搜寻也未找到其尸体。不久前我们从纽约警察局帕特·拉尼根警官那里得到情报，图斯并没有死，他回到布赖顿，要追回一只优盘和在纽约酒店房间被盗的一笔钱。他要找的不是别人，正是乔迪。”

他喝了口咖啡，“根据拉尼根收集到的情报，乔迪曾与一名罗马尼亚推销员发生交集，此人是一个俄罗斯犯罪团伙的成员，有人发现他在他们同住的一家酒店被杀。就在他被发现遇害几天前的一个晚上，酒店工作人员在酒吧见过他们俩在一起。我怀疑这并非完全是巧合，昨天在搜查乔迪位于罗丁新月街191号的住所时，在一个床垫里发现了19.99万美元。有趣的是，周六在图斯租的汽车里发现一个旅行袋，里面有一张100美元的钞票，这张钞票与床垫里美元的现金序列号相匹配，此外还有一只优盘。我们已经得知，20万美元其实是伪造的假币。”

他又喝了些咖啡，接着说：“优盘已交高科技犯罪科破解。里面似乎是某种分类账，记录了在美国和一些中欧国家的交易，包含姓名和地址。我们向纽约警察局发送了一份副本，因为里面包含了许多他们感兴趣的人的名字。”

“我们知道图斯在跳海之后是怎么逃出来的吗？”布兰森问。

“不知道，也不确定我们究竟还有没有机会。”

“为什么？”

“罗丁街乔迪家拍摄的视频显示，运气不佳的图斯试图用刀袭击她。为了自卫，她把一条蟒蛇扔到他身上，蟒蛇死死缠住他的躯干和脖子，导致他无法呼吸。可怜的家伙严重缺氧，还被别的动物咬了。目前他正在皇家苏塞克斯郡医院的重症监护室，靠呼吸机维持生命。自从周六上午入院后，‘尤索林’是他说出的唯一单词。”

“尤索林？”盖伊·巴彻勒说，“尤索林是《第二十二条军规》里的一个人物。那可是我最喜欢的小说之一。”

“你能详细谈谈吗？”格雷斯说，“这个名字他叫了好多次。”

“尤索林是小说的主人公，”巴彻勒说，“小说是我很久以前看的。我记得这个人有妄想症，总以为有人想杀他。”

格雷斯在政策书上写下“尤索林”这个词，“盖伊，如果你再去深入了解一下，那就太有帮助了。”

“好的，头儿。”

“目前正对图斯进行进一步检查，希望今天晚些时候能知道最新情况。与此同时，他在医院有警察严密看守。”

他又低头看了看笔记，“好吧，现在谈谈‘蜘蛛行动’，消息不如我期望的那么好。首先，我要赞扬帕丁探长的英勇行为，他在一分钟内会赶过来。大家不知道，其实他就是我们的卧底警察。他身处极大的危险之中，今天仍能与我们共事，真要感谢老天保佑。炸弹始料未及的受害者疑似是一名汽车盗窃团伙的成员，也是臭名昭彰的犯罪分子，名叫迪安·沃伦。在现场发现的一只完好的手臂上，我们通过指纹判定了其身份。从目前确定的情况看，沃伦似乎认为星期六早上是偷这辆车的最佳时机。”

“此前在一次简报会上你不是提过，斯托纳和沃伦有联系吗？”盖伊·巴彻勒皱着眉头站起来，走到固定在一块白板上的系谱图前，指出了两人的关系。

戴夫·格林说：“他们是多年的酒肉朋友。”

“你说得没错，盖伊，”格雷斯接过话，“我猜，2月24日星期二晚上，谢尔比·斯托纳欲在乔迪的住处入室盗窃。这一点跟乔迪昨天在审讯中提供的信息相吻合。这次入室盗窃中斯托纳很可能被乔迪饲养的锯鳞蝰蛇咬伤，在此之前，或在此期间，他看见了那辆奔驰敞篷车，于是将信息发送给沃伦。”

“这就是朋友的意义所在。”盖伊·巴彻勒说。

“诺曼差一点就开上了那辆车。他还在我们身边，纯粹是因为运气好。今天我们在这里庆祝好消息，希望大家都停下来，想一想我们日常工作中面临的危险。我能公开说诺曼是卧底警察，那是因为他决定这是他第一次也是最后一次当卧底，对此我想我们中的任何人都不能去责怪他。”

这时，帕丁拿着一张纸走进来。格雷斯停顿了一下，接着继续说：“乔迪仍被拘留——我们可以延长48小时扣留她，但说实话，我们需要更多证据。她太狡猾了。现在我们对她的所有指控都是间接证据，可能很难说服皇家检察署提起诉讼。”

“那盗窃20万美元现金和优盘呢，罗伊？”塔尼娅·凯尔问。

他摇了摇头，“这次失窃并没有人报案——我们从纽约警察局得到的信息来自他们的一份情报。那可能是毒品交易的钱——我们知道都是假币。我想不会有人去报案。”他露出会意的微笑。

“头儿，对她来说这些间接证据够不够有力？”巴彻勒问。

“可能力度还不够。她十几岁时和姐姐一起外出，姐姐死亡。她的第一任丈夫死于毒蛇咬伤。她的未婚夫和她在法国滑雪胜地滑雪时死亡。她的第二任丈夫在印度被蛇咬伤而死。金融犯罪科正在进行所谓的资金跟踪。经过对乔迪三处房屋的搜查，找到不少多人名下的护照、出生证明和信用卡。

但是要拿出足够的证据，可能还需要几个月时间——即使找到了，也是欺诈罪。我们需要找到一些——我也不知道是什么——确凿的证据。”他翻了一页笔记本。

“这么说来，她的姐姐、第一任丈夫以及未婚夫在死时都和乔迪在一起。她的第二任丈夫在他们婚后几天死于锯鳞蝰蛇咬伤。我对后者的死亡很有疑问，但在现阶段，还没有足够的证据支持。”

“你有什么疑问，长官？”凯尔问。

“我们已经召集了一些专家来帮助解决这个问题。来自利物浦热带医学院的韦斯特博士对卡迈克尔的尸体进行了检查，并提出两个主要问题。不幸的是，因为尸体已经做了防腐处理，所以没有机会再进行有效的二次尸检。但他说，卡迈克尔腿上的刺孔周围没有任何变色痕迹，他感到不对头，因为被锯鳞蝰蛇咬伤后周围的皮肤会出现这个。他还明确表示，被蛇咬伤的地点并不是该动物的自然栖息地。乔迪后来对游轮上的医生说，他们当时是在位于孟买城外包里瓦利东部的鳄鱼养殖场。但詹姆斯·韦斯特博士说，这种蛇通常生活在空旷、干燥的沙漠地带——在岩石下或者在多刺植物的底部。”

他停顿了一下，“韦斯特博士熟悉包里瓦利鳄鱼养殖场——他在那里待过。他说，卡迈克尔被咬之地确切地说属于沼泽地，而锯鳞蝰蛇是不会靠近那种地方的。”

“有没有可能她带了一条蛇，把它放在那里？”埃克斯顿问。

“嗯，我认为这令人难以置信，即便按照这位女士的标准。”格雷斯说，“他们从游轮下来，乘坐一辆小巴士直接前往鳄鱼养殖场，她没有机会在途中任何地方买到蛇。在此之前，他们已经在海上待了好几天。她可能会从英国偷带一条蛇，藏在行李箱里，但我认为这个可能性不大——而且，我们也没有真凭实据。事实上，她目前唯一可能面临的指控就是杀害罗利·卡迈克尔。你们刚才也听到了，我们还没到那一步。”

诺曼·帕丁举起一只手，“也许我能帮上忙。”

第120章　3月16日，星期一

所有人的目光一子下齐刷刷地转向诺曼·帕丁。“上周五在乔迪家卧底时，晚上趁她睡着了，我四处看了看。”

格雷斯心想，尽管与死神擦肩而过，但他看上去并没有惊魂未定，仍然干劲十足。

“她给我做晚饭的时候，我也趁机去窥探了一下——说实话，很高兴不用再忍受她做的饭菜了，她的厨艺可真不敢恭维。”

有几个人笑了。

“在其他地方我没有发现什么，除了她的猫一再不停地抓墙，我们现在知道那面墙是爬行动物室的假门，但我注意到厨房里有一台奇怪的机器。她告诉我那是家用冷冻干燥机，说那个东西能快速冷冻，是蔬菜保鲜的最佳方法。那天晚上上床睡觉时，我用谷歌搜索了一下冷冻干燥机，发现她的比国产的更为高端精致——是一款价格极其昂贵的工业级产品。”

“它是干什么用的?”埃克斯顿问。

“快速冷冻各种食品——以及化学物品——事实上几乎能冷冻任何东西。机器能去除水分，很显然，不仅能保存食品，而且能有效保存药物和化学品。”帕丁回答说，“早上我听见她在淋浴，就下楼去了厨房，看了看冰箱抽屉——她有两个很大的冰箱，一个在厨房，另一个在食品贮藏室，发现大部分抽屉里都塞满了冷冻的老鼠。”

“倒是挺合这个女妖婆的胃口。”巴彻勒说。

帕丁嗯了一声表示同意，“应该比她做的——或者说烤过头的牛排更美味，也没那么硬。不管怎么说，我好一顿翻找，终于在下面发现了一堆没贴标签的橡皮塞小瓶。”

“里面是什么，诺曼?”格雷斯问。

“琥珀色的透明液体——不知道是什么东西，我也不打算亲口品尝——真是万幸。它们看上去都一样，所以我拿了一个，用冷藏袋包好，放进口袋，打算带回警局，送去做成分检测分析。但考虑到随后发生的事件，我联系了吉尔福德司法鉴定中心的主管，把我的疑虑告诉了她，让她对小瓶内的成分马上进行分析。为了获取完整的证据链，我周六早上开车亲自去了一趟。”

“你怀疑什么，诺曼?”塔尼娅·凯尔问。

他把先前带的那张纸举了起来，“这次简报会我迟到了，因为我等着电子邮件发送结果。如果有人想看，我这儿有全部的实验数据。专业行话就不多说了，瓶子里装的是锯鳞蝰蛇的冻干毒液。”

罗伊·格雷斯的脑子飞快运转。罗利·卡迈克尔腿上的咬痕周围没有瘀斑，这便是有力的证据，能证明不管毒液如何进入他体内，绝不是被蛇咬的。韦斯特博士已经证实了这点。他还证实，卡迈克尔被咬的地方并不是该毒蛇的生活栖息地。格雷斯握紧拳头站起来，兴奋异常，“这真是太好了，诺曼，干得漂亮。这对我们将是极大的帮助。”

第121章　3月16日，星期一

一小时后，罗伊·格雷斯回到自己的办公室，心情好多了。他没想到今天会如此顺利。

他坐下来，全神贯注地写案件纪要，准备呈报给皇家检察署，看看能不能据此指控乔迪谋杀罗利·伯内特·卡迈克尔，这时他的手机响了。

“罗伊·格雷斯。”他接听电话。

是伦敦国际刑警组织的汤姆·海恩斯警探打来的，以前两人通过电话。

“长官，”海恩斯说，上次他说话生硬又刻板，这次比上回亲切多了，“我有一些关于嫌疑人爱德华·克里斯普医生的消息，我想你听了会很高兴。”

“请讲。”

“里昂警方已经把他捉拿归案。”

“真的？”

“他是今天早上被逮捕的。”

“这真是个天大的好消息。发生了什么？”

“显然，我们要感谢一位法国农民。他的妻子和往常一样早起去给奶牛挤奶，看到一个邋遢的男人正从晾衣绳上偷衣服。她丈夫用猎枪把他扣留了。具体细节我也不是很清楚，但我知道他浑身脏兮兮的，又冷又累，被抓住时反而挺轻松，没做任何反抗。”

过去一周，高傲的克里斯普从监狱下水道逃脱，浑身沾满了粪便，在法国乡村四处逃窜，想到这个，格雷斯就觉得好笑。“真是好消息，汤姆。我会马上通知引渡小组。也许这次法国监狱能比上次更严密地监视他。”

“他们对上次发生的事情深感抱歉，长官。我想他不会有第二次越狱机会了。”

“请感谢所有相关人员。”

“我觉得他们能抓住他也纯属运气。”海恩斯沉默了一会儿，“我想我们都需要运气。”

“越努力，越幸运？”格雷斯说。

“托马斯·杰斐逊的名言，”海恩斯答道，“实际上，他的原话是‘我发现我越努力工作，就越幸运’。”

“没错！”

“富兰克林·罗斯福也说：‘我认为，我们太强调早起的鸟儿有好运，而没有想到早起的虫子运气有多坏。’”

格雷斯笑了，“汤姆，你对美国人的名言很有研究啊。”

“我就是美国人。”

第122章　3月16日，星期一

和汤姆·海恩斯的通话结束后，格雷斯收到来自米歇尔·韦伯斯代尔的一封新邮件，确认了果阿警方毒理学报告的结果。罗利·卡迈克尔死于锯鳞蝰蛇毒液。

午餐时间，又有最后一个谜底揭晓。

昨天，他带着装有蛇牙的盒式项链吊坠从审讯室离开后，把它放进一个密封的证据袋里，马上联系了科林·邓克顿医生——内政部病理学家，也是创伤和武器方面的专家。

之前他给对方打过电话，说出自己的请求，病理学家同意第二天上午来布赖顿殡仪馆。他也通知了验尸官。

他正要给殡仪馆打电话，问医生是否到了，这时病理学家打来了电话。

“警司，我相信有你希望听到的好消息。我对罗利·卡迈克尔右脚踝上的刺痕伤口进行了显微镜检查，据称是被一条毒蛇咬伤的？”

“没错。”

“首先我可以告诉你，伤口不是普通的蛇咬的，我可以断定，伤口是由那颗蛇牙造成的。检查蛇牙时，我发现条纹痕迹——特别是表面有许多脊线、褶皱，蛇牙表面和尖部有独特的不规则，跟切口的伤口相吻合。在我看来，伤口就是这颗蛇牙造成的。此外，我已经安排法医科学实验室进行进一步检查，因为我相信他们会在死者的裤子上找到细微的纤维痕迹。你们有他的裤子吗？”

“谢谢，这真是好消息！我去查裤子的下落。”

“和往常一样，到时我会给你发一份检查结果的完整报告。你现在需要什么，我可以先通过邮件发给你。”

罗伊·格雷斯随即把最新情况向皮威、皇家检察署和重案组成员做了汇报，并指示诺曼·帕丁做好准备，对乔迪·卡迈克尔进行谋杀指控。

一整天他的心情都很不错。下午刚过5点30分他就到家了，比往常都早，还给克莉奥买了一束美丽的百合花。

就连诺亚也觉察到了他的好心情，一整晚睡得都很安稳。罗伊躺在床上，仍然兴奋不已，想着过去一天形势发生一系列令人难以置信的扭转。先是诺曼·帕丁弄到了装有蛇毒的小瓶，再就是乔迪的蛇牙和卡迈克尔腿部伤口吻合，现在他们终于有了足够证据将这个女人定罪。图斯很长时间以来一直处于失踪状态，也是他的一大心病，现在已经被警方看守。几乎可以肯定的是，如果他能活下来，其大脑也会永久性损伤。今天下午再次出发去法国的引渡小组明天也将把克里斯普带回来，等待他的是一系列铁证。

还有一件好事：在离开办公室之前他又接到帕特·拉尼根的电话。拉尼根说，从图斯那里弄到的优盘不啻一枚炸弹，里面有纽约警察局长久以来苦苦寻找的信息，包括姓名、彼此关系等。

格雷斯问对方是否愿意帮个忙，给他的上司助理警察局长皮威发封电子邮件，代表纽约警方表达一下感激之情。

“没问题，朋友，马上就发！”拉尼根爽快答应。

最后，在闹铃响起之前他睡了一小时，没有做梦。

克莉奥还在沉睡，但他完全醒了。他悄悄走进诺亚的房间，坐在小床旁边的摇椅上，克莉奥喂儿子吃饭时就坐在那里。他想着天明之后的事，还有连续几周甚至几个月的文书工作。他会尽其所能，成功完成对克里斯普、乔迪和图斯的起诉。除此之外，还有之前即将开庭的几个案子。他沮丧地想，这得需要伏案疾书好几个月，之后才能再全力以赴侦破新的凶杀案。

他回到卧室，刷了牙，换上慢跑装备，走下楼，牵着汉弗莱走进清晨的蒙蒙细雨中。天还没亮。

锻炼完毕后他冲了澡，时间过去了45分钟。他穿好衣服，准备下楼到厨房为克莉奥沏茶，顺便喂喂狗。他走进厨房，打开灯，和往常一样说了声：“早上好，马龙！”

他感觉不对劲，疾步冲到鱼缸前。

“哦，不！”他的心一沉，金鱼在水面上一动不动地漂浮着，“马龙！马龙！”

他把手伸进冰冷的水里，将鱼捧了出来，“马龙，嘿，老伙计，嘿！”

水从他的手掌慢慢流走，小鱼还是躺在那里，眼睛呆滞，一动不动。

“伙计！”他的心在叹息，“嘿，伙计？”他向它吹气，但没有任何反应，“嘿，动一动啊！”

他轻轻把它放回水中，“来，伙计，去游泳吧！游呀！”

他的手机响了。

“罗伊·格雷斯。”他接了电话。

是马塞尔·库伦打来的，声音很阴郁，“罗伊，很抱歉这么早打电话给你。”

“不，没关系，我已经起来了。”

“我想我应该把这个消息及时告诉你。我刚接到医院的电话，今天凌晨4点左右桑迪被发现在病房死亡。”

“死了？”

罗伊·格雷斯感到脚下的地板在下沉，又好像正乘坐下行的电梯。“死了？”他重复道。

“很抱歉告诉你这个不幸的消息。”

“怎么——我是说——究竟发生了什么？”

德国警官犹豫着说：“如果这个信息让你痛苦，我很抱歉。是一名护士发现的。我刚到医院去看了看。她在灯具上搭上绳子，上吊自杀了。”

“天哪。”他说。

地板还在下沉，整个厨房似乎也在晃动。他一只手紧紧扶住橡木长条餐桌，不让自己倒下去。“天哪，马塞尔，太可怕了。谢谢——谢谢你——告诉我这个。”

“罗伊，我还有消息要告诉你。桑迪的儿子叫布鲁诺，是吗？”

“布鲁诺。是的，是布鲁诺。”他茫然地说。

“桑迪在床头柜里留下一封信。信是密封好的，但信封上写着‘仅在我死后拆开’。”

格雷斯没有说话。马塞尔继续说道：“我刚把它打开。里面是一份关于布鲁诺DNA的实验室报告，根据他、你和桑迪三人的DNA样本，证实你就是他的亲生父亲。还有一封写给你的信，上面是她的笔迹。你想让我读给你听吗？或者我扫描一下，发到你的私人邮箱？”

他听见诺亚在楼上哭。“好，”他说，“请扫描后发邮件给我。上午晚些时候我再打电话给你。”

“几分钟后你就会收到。”

格雷斯在餐桌旁坐下，阴郁地盯着鱼缸，希望马龙能突然动起来。但是没有奇迹。他看了看手机，等着。过了一会儿，库伦的电子邮件发过来了。

他打开附件，看见桑迪熟悉的字迹，虽然不像以前那样整齐，但仍然清晰可辨，很明显是她的笔迹。

最亲爱的罗伊：

如果你正在读这封信，你会知道我已经走了。去哪里了呢，啊？我们曾经讨论过这个问题，不是吗？那些漫长的讨论，我们是否遁入无边黑夜，被人遗忘，或者其他。我想我现在就会知道了——或者永远不会。

你上次来看我，我知道你想寻找答案，在这封信里我将尽最大努力回答你。我把事情弄得一团糟，这是肯定的，但一切我都不怪你，我也不希望你自责。你突然被抛到我的生活中已经很过分。我一直很乐于做一个默默无闻的凡人。现在有一大堆烂事落在了我身上。我必须告诉所有人——我的父母、朋友、领导——我真是无法应付——令人耻辱和倍感尴尬。我不知道该怎么开始，要去哪里。我当然也不想让你回到我的生活中。我不知如何应对。真的，我觉得不能面对任何事情，这太过分了。就像过去10年我都生活在一个茧中——一个巨大的肥皂泡中——突然间，肥皂泡破裂了。我们每天都在不断做出选择，有时正确，有时错误。我离开你，这是一个错误的选择，但那时我真的不想跟一个与工作结婚的男人共度未来。我不想成为那个三角关系里的第三者。我发现自己怀孕了，要迅速做个决断：要么留下来，这样，我就会因为孩子而困在你身边——至少一段时间；要么去堕胎。但我不喜欢第二个选择。这么多年来我一直在接受不孕治疗，现在终于怀上了，怎么能轻言放弃。如果这次堕胎了，我还会有第二次机会吗？还有一个选择是我离开，不让你知道我怀了我们的孩子。

我真的不明白当时脑子里是怎么想的。你知道，你工作一忙起来我就不开心。我想那是在你30岁生日那天，我们计划好了一起去吃一顿浪漫的晚餐，然而我接到你的电话，你说正在忙一件案子，会晚点到。我的内心深处有什么东西突然断了，于是我逃走了——很长时间以来我坐在栅栏上，一直计划着逃离的可能性，心想我是否有勇气去做这件事。就是这么简单。我不指望你会原谅我，但我希望这能减轻你的痛苦，而不是加重。

你要知道我不是一个圣人，也不是你一直认为的那样是个好人。说出来可能会让你伤心，但你有权知道，我对你并非一直忠诚——我有过一夜情。我不会找任何借口——我也不会说出名字。我已经身处黑暗多年了，在我们认识之前很长时间就是。我以为和你这样一个坚强稳重的人在一起，对我会有帮助；你会成为我的磐石，我坚强的后盾。但事实并非如此。我向你隐瞒了一些事情，比如我服用抗焦虑药物。你从不知道，很长时间以来我对安定药都有重度依赖——我设法向你隐瞒了这一点，还有很多。我不是一个好人，从来都不是。我的生活一团糟。抑郁症愈演愈烈。几年前我和一个男人交往，他带我吸毒，有两年时间，也许更久，我记不清了。我对海洛因上瘾了。为了布鲁诺，我试着戒掉这一切。上次你来这里时，我就想告诉你很多事情——也想问你很多问题。不知道为什么我没有。你的出现让我大为震惊，搞得我晕头转向。我想那时我就知道，我不会有什么未来。我的脸永远会伤痕累累。我的运动神经也有问题——神经外科专家刚刚告诉我，我的头撞在路面上，角度太糟糕——可能是最糟糕的角度——脑壳没能保护好，所有脑灰质都混成一团。哎呀，我又扯远了。

我从不指望你能回到我身边，但看到你和克莉奥在一起，我彻底明白，我永远失去你了。

事情是这样的，罗伊，未来对我来说只不过是一条永无尽头的黑暗隧道，没有光亮，没有希望。尤其是现在，每个人都知道了真相。我无法应付，也不想继续下去了。很多人都能应付，但我不够强大。

好了，你都知道了。你该对我释怀了。我知道我没有权利要求你做任何事，但我只想请求你一件事——这不是他的错。求求你，我走以后，请照顾好我们的儿子布鲁诺。他让我担心，你会明白我的意思。不要把他交给我的父母，他们永远也应付不了，对他来说也是巨大的折磨。我给你留下很多钱，为他支付学费，帮他成家立业。我还给你留下一份DNA鉴定书，证明你是他的父亲。去年我去布赖顿时，从家里取了一些样本，你并不知情。

我仍然爱着你，尽管这些年来你可能不觉得我有多么爱你。对不起，真的，我的末日来临了。我知道我是个懦夫，但也许我一直都是。

桑迪

第123章　3月17日，星期二

“亲爱的，太晚了，我得抓紧了。”克莉奥冲进厨房，马上停了下来，“哦，天哪。”她看到格雷斯坐在桌旁，双手捂脸，然后注意到了金鱼。

她走到鱼缸前，皱着眉头往里面看了一会儿。“不！”她说，“马龙！”她把手伸进水里，轻轻把鱼捞出来，仔细端详，“哎哟，马龙，可怜的小家伙。”

她瞥了格雷斯一眼，把马龙放回鱼缸，用水龙头冲了冲手，擦干。“很抱歉。”她走到格雷斯身后，用胳膊搂住他的肩膀，“它已经很长寿了，比许多金鱼活得都长，一辈子也很开心。”

格雷斯点了点头。

“能让你当它的爸爸它可是走了大运呢！”

他勉强挤出一丝微笑，“谢谢。”现在他又成了一个人的爸爸。他得把这个消息告诉她，但现在她急着出门，尚不是时候。迟点告诉她吧，也给他留点时间好好思考。他需要让自己静一静，理顺这一团乱麻。

得知自己有了一个10岁的儿子，他震惊不已。此外，桑迪自杀的消息仍没让他回过神来。多年前他就该察觉到危险信号，难道不是吗？但究竟是什么危险信号呢？她抛下他一走了之，让他过着地狱般煎熬的生活。她就那样从人间蒸发，包括卡西安·皮威在内，很多人都怀疑他把她杀害了。

他的心中还有一块沉重的石头，即桑迪说的那句“我对你并非一直忠诚”。

这么说你和谁对我不忠？有多少次，跟多少人？和你睡过的人当中有没有我认识的？每次见到我他是否都在暗自嘲笑我？

说到布鲁诺，你是什么意思——“他让我担心，你会明白我的意思”？

克莉奥匆匆走到门口，抬头瞥了一眼厨房的时钟，又低头看看手表，好像要确认一下。“见鬼，简直不能相信时间！太迟了——今天上午有四具尸体等着我们检验，还有一位同事请了假。听着，亲爱的，不如先把马龙包裹好，今晚埋在花园里怎样？”

他点了点头，“好，主意不错。”他几乎说不出话来。从某种程度上说，克莉奥冲出门去让他松了一口气，给了他更多的时间去思考。他听到前门关上了，接着传来砰的一声关车门的声音，然后是她发动奥迪引擎的轰鸣声。不等引擎变热，她就加大油门出发了。

几分钟后，凯特琳来了。他用厨房卷纸把马龙包好，放进一个三明治小塑料盒里，再将盒子置于高高的架子上。

他什么也没吃就走了。他没有一点胃口。

整个上午，罗伊·格雷斯都倍感煎熬，无法集中精神。他不停地掏出手机，一遍又一遍读桑迪的信。即便卡西安·皮威打来电话，一反常态亲切地对他表示祝贺，也没能让他低落的情绪有所好转。

这真是巨大的讽刺，他不停地想。自从他和桑迪在一起，两人几乎一直为要个孩子而努力。她消失差不多10年，他一直盼望她能回来。后来他开始与克莉奥交往，一切都变了。但桑迪的幽灵一直挥之不去，他总感觉有一天会有什么事情发生，这件事会让他内心深处受到极大震撼。

但他绝对没有想到，她会生下他们的儿子。天啊，想到这个，他突然浮想联翩。那个男孩长什么样？他有什么兴趣爱好？他会说英语吗？他对将被带回英国有何感想？要知道，他是在英国怀上的。这真是莫大的讽刺。

但更重要的是，克莉奥知道了会有何反应？

午餐时分，格雷斯请格伦·布兰森到黑狮餐厅吃饭。布兰森狼吞虎咽地吃着一盘意大利千层面，摆在他面前的三明治还一动未动。

“自杀？”

格雷斯点了点头。

“你不能责怪自己，虽然离开你后，她的生活听上去挺凄惨。”

“如果我对她说，我想让她回来，也许她现在就不会死吧？”

布兰森紧盯着他的脸，“你想什么呢？脑子进水了吗？你都开始新生活了，有了克莉奥和诺亚，他们才是你的生活，你的未来。让她回来从来都不是一个选项。”

“克莉奥，诺亚，现在又有了布鲁诺。”格雷斯纠正道。

“关于那个孩子，还有别的选择吗？外祖父母呢？要是对你和克莉奥来说负担太重，可以让他们照顾。你说过桑迪的父母还活着，住在西福德，对吧？”

“天哪，我可不会把任何一个孩子托付给他们。虽然桑迪事先劝阻过我，但上周我还是给他们打了电话，说桑迪还活着，我去看望过她，他们竟然连个谢谢都没有！他们并不因为女儿还活着而欣喜，甚至连个电话都不打，更不用说坐上飞机去看她。”

“这么说你没有选择了？”

“是的，我别无选择。但我该怎么跟克莉奥谈呢？我觉得对布鲁诺有责任，他是我的儿子，我们必须把他抚养成人。”

“你告诉她就是。你们在一起的时候，桑迪一直如影随形，阴魂不散。从某种程度上说，我们都是过去的囚徒。克莉奥心地善良，很有爱心，她会明白的。”

“她还有个德国继子，可能不会说一句英语，这个她能明白？”

“听着，谢天谢地，她和你一起见过桑迪。你没有对不起她，她爱你，罗伊。布鲁诺那个孩子怎么样？”

“我不知道。我从来没有见过他。我想我很快就会知道。”

“还记得贝蒂·戴维斯吗？”

“贝蒂·戴维斯？名字听起来挺熟，但一时没想起来。”

“她是史上最伟大的电影明星之一，演过《彗星美人》《保姆》《邪恶的继母》，两届奥斯卡奖得主。”

“这些电影我从没看过。”

“好吧。她曾经说过，‘生活的关键在于勇于接受挑战。一旦有谁停止这样做，他就死了。’”

“没错。”格雷斯说。

布兰森拍了拍他的后背，“关于桑迪和马龙，我很抱歉。见鬼，今天对你来说是个什么日子啊。”

“我们应该庆祝的日子。”他耸耸肩。

“我一直想问你——你是怎么发现项链吊坠有鬼的？”

格雷斯笑了，“我早就知道，如果一个人摆弄自己的结婚戒指，他可能对婚姻感到内疚。在审讯中，我看到她不停摆弄吊坠，不免心生怀疑。”

“不错，我会记住这点。哦，我也有个消息，”布兰森说，“关于尤索林。”

“尤索林？”格雷斯茫然问道。

“图斯在医院不断重复的名字，记得吗？”

“尤索林，没错。什么消息？”

“昨天下午，图斯的意识出现短暂清醒。一位护士从他那里打听到，他住在普罗维登西亚莱斯岛的特克斯和凯科斯。她打电话给调查小组。盖伊·巴彻勒还记得，代理警司史蒂夫·柯里和一个叫尼尔·霍尔的家伙挺熟——大家都叫他诺比，此人曾在特克斯和凯科斯当过警察局副局长，几年前才加入苏塞克斯警局。霍尔记得一个奇怪家伙经常带一条叫尤索林的狗去一家酒吧。盖伊已经和州长办公室联系过了，他们刚发电子邮件过来，说图斯的家庭清洁工会照顾那条狗。顺便说一下，乔迪的猫也送去宠物店寄养了，她的爬行动物现在都被送到了伦敦动物园。”

第124章　3月17日，星期二

晚上7点，空气干燥而寒冷，克莉奥举着手电筒，罗伊·格雷斯借着光线，在花园角落的一棵橡树下找了一块松软潮湿的地方。他挖了几英尺深，以免该死的狐狸把马龙掏出来。

之前他在三明治盒子上缠了一圈胶带，密封好，然后放进厚厚的信封里，再用胶带封好信封。他举起信封，“多年前我把你放在一个装满水的塑料袋里带回家，想想就挺有趣。你从来都不健谈，是吗？但你要知道，你一直是我的好伙计。”

他弯下腰，把信封放在洞穴底部，“再见了，我的朋友。这么多年来你在鱼缸里不停地游来游去，也许现在你会找到一个快乐的猎场了。”

说完他站直身子，靠在铁锹上，盯着地下。

“再见了，亲爱的马龙。”克莉奥说。

真奇怪，他想。再过几天，他们将飞往慕尼黑参加桑迪的葬礼，但现在他对马龙比对桑迪更有感情。与桑迪的噩梦终于结束了，他感到如释重负。他错了吗？

把土铲进洞穴后，他们就进屋了。

不知为何，他脑海中突然涌现出前任郡警察局长汤姆·马丁森的话。多年前，马丁森用生硬的英格兰中部地区口音对他说："你知道我经常对手下的警员说什么吗，罗伊？永远不要试图成为他人的复制品。永远努力做更好的自己。"

当时他没完全理解马丁森的意思，但是现在他懂了。今晚早些时候，在他把桑迪的信给克莉奥看时，克莉奥让他明白了这一点。

"罗伊，真爱就像车轮的轮圈。当你决定和某人结婚或者一起生活时，你们就形成了一个与世界对抗的圆圈。圆圈中只有你们两个人，余生你们绝不会让任何事或任何人打破这个圆圈。当然，孩子会走进这个圆圈，成为你们的一部分。"

她走向冰箱，拿出一瓶红酒，"想喝一杯吗？"

他很想。